ノーラ・ロバーツ/著
清水寛子/訳

母なる大地に抱かれて

Heaven and Earth

扶桑社ロマンス
0921

血によらず心でつながっている
すべての姉妹たちへ
そこにこそ魔法があるのです

影のようにすばしこく、夢のように短く
漆黒の夜に走る稲妻のようにほんのつかのま
天と地を明るく照らしたかと思うと
人に〝待て！〟と言う暇すら与えずに消えてしまう
闇が大口を開けてまるのみし
光り輝くものは儚く失せてしまう

——ウィリアム・シェイクスピア

母なる大地に抱かれて

登場人物

アース――――――――――土の魔女
エアー――――――――――風の魔女
ファイヤー――――――――火の魔女
リプリー・トッド――――――保安官代理
マカリスター・ブック―――――超常現象の研究者
ネル・チャニング・トッド―――カフェ・ブックのコック
ザック・トッド――――――――保安官。リプリーの兄。ネルの夫
ミア・デヴリン――――――――カフェ・ブックのオーナー
ルル・カボット――――――――カフェ・ブックの書店員
グラディス・メイシー――――――スリー・シスターズ島の住民
デニス・リプリー――――――リプリーの親戚の男の子
エヴァン・レミントン―――――ネルの元夫
ジョナサン・ハーディング―――雑誌記者

プロローグ

スリー・シスターズ島
一六九九年九月

彼女は嵐を呼んだ。

吹き荒れる風、空を裂く稲妻、荒れ狂う海は、人を幽閉するものであると同時に、守ってくれるものでもある。彼女は自分の内にひそむ力、外に渦巻く力を呼び集めた。明るい力も、暗い力も。

ほっそりした体に翼でも生やしているかのように、彼女はマントを翻し、風の吹きすさぶ浜辺にひとりで立っていた。大いなる怒りと、悲しみを抱えて。そして力を抱えて。その力が今、激しく律動しながら一気に押し寄せてきて彼女を満たした。正気を失った恋人のように。

そう、もしかすると本当にそのとおりなのかもしれない。

　彼女は夫と子供たちを置いてこの場所へやってきた。彼らの身に危険が及ばぬよう、彼らになにも気づかれぬよう、眠りの魔法をかけて。ここへ来た目的を無事果たしたとしても、二度と戻らないつもりで。深く愛した彼らの顔をふたたびこの両手で包みこむことはないと覚悟して。

　夫は嘆き悲しみ、子供たちはすすり泣くだろう。それでも、彼らのもとへは戻れない。自分で選んだ道を引きかえすことなどできやしないし、そうするつもりもなかった。

　因果は報いられなければならない。どれほどむごい結末になろうとも、最後には正義の鉄槌が下されなければならない。

　自ら起こした嵐のなかにたたずみ、彼女は両腕を高く突きあげた。その髪は激しく乱れ、夜を鞭打つ黒いリボンのごとく、風になびいていた。

「こんなことをしてはいけないわ」

　そばへやってきた女性が言った。火（ファイヤー）という名のとおり、その女性は明るく照り輝いていた。顔は青白く、恐怖のせいか瞳は暗く陰っていた。

「もう始まってしまったもの」

「今すぐやめて。シスター、手遅れになる前に。こんなことをする権利などあなたにはないわ」

「権利？」土《アース》と呼ばれている彼女はその目を鋭く光らせて振りかえった。「だったら誰に権利があるの？　セーラムの町の罪なき者たちが殺されたとき、彼らが告発され、とらわれて、首を吊られたとき、わたしたちはそれを阻止するためになにも行動を起こそうとしなかったじゃないの」

「ひとつ阻止すれば、別の波が襲ってくるだけだったわ。あなただってわかっているはずよ。だからわたしたちはこの場所をつくったんでしょう？」ファイヤーは海の上で揺れているこの島を包みこむかのように、両腕を広げた。「自分たちの身を守って、生き残るために、魔法のために」

「身を守るですって？　身を守るだの、生き残るだの、よくも今さらそんなことが言えるわね。わたしたちの妹は死んでしまったのよ」

「そのことはわたしだって悲しんでいるわ、あなたと同じく」そう訴えながら、胸の前で手を組んだ。「あなたの心と同じように、わたしの心も泣いているのよ。あの子の子供たちは今、わたしたちのもとにいるわ。自分の子供たちと同じく彼らまで見捨てるつもりなの？」

髪をかき乱す激しい風のように、アースのなかを駆けめぐる狂おしさが心を引き裂こうとした。そのことに気づいていてもなお、彼女にはなすすべがなかった。「あいつをこらしめないわけにはいかないわ。あの子が死んだのに、あいつをあのまま生かしておくなんてできないでしょ」

「人を傷つけたりしたら、誓いを破ることになるわ。あなたの力は汚れ、こうして夜に放つ魔法は三倍になってあなたのところへ戻ってくるのよ」

「正義には代償がつきものだもの」

「でもこれは違うわ。絶対に。あなたの夫は妻を失い、子供たちは母を失う。そしてわたしは愛する妹をもうひとり失うはめになるのよ。それだけじゃない、わたしたちの存在意義さえ揺らぐことになるんだから。あの子は決してこんなことを望んではいなかったはずよ。あの子の求めていた答えはこんなものじゃなかったはずだわ」

「あの子は自分の身を守るより死ぬことを選んだ。あの子があの子であるがゆえに、わたしたちがわたしたちであるがゆえにね。わたしたちの妹は愛という名のもののために、力を放棄してしまったのよ」

「あの子の選択よ」その声にまじった苦さはしばらくのあいだ喉のあたりに引っかかっていた。「それでもあの子は誰ひとり傷つけなかったわ。もしもあなたが、与えられた力を間違った方法で使ったら、自分自身を破滅に導くことになるのよ。わたしたちすべてを」

「こんなところに隠れたままじゃ、わたしは生きられない」涙がこみあげてきた目は嵐の明かりに照らされて、今や血のように赤く燃えていた。「もうあと戻りはできないの。これがわたしの選択。わたしの運命なんだもの。あの子の命を奪ったあいつの命はこのわたしが奪ってやる、そして永遠に呪ってやるわ」

復讐を誓い、鮮烈な死の矢を弓で放つがごとく、アースと呼ばれた彼女は己の魂を生け贄として捧げた。

1

スリー・シスターズ島

二〇〇二年一月

カーブを描く浜辺を走り抜ける彼女の足の下で、霜のおりた砂がきゅっきゅっと音を立てた。寄せる波が運んできた泡が波打ち際に残り、ぼろぼろのレースのように見える。頭の上では、カモメがせわしなく鳴き交わしていた。

早朝のジョギングが二マイルめに入るころには筋肉がだいぶほぐれてきて、たっぷりと油を差した機械のようになめらかに動いた。ペースは速めで規則正しく、吐きだされる息は白い。胸に吸いこむ空気は氷のかけらがまじっているように感じられ、痛いくらい冷たかった。

最高の気分だ。

冬場のビーチには他人の足跡ひとつなかった。自分だけがつけた足跡をさらに踏みしめながら、彼女はなだらかなビーチを往復した。

三マイルをまっすぐ走るとすれば、このスリー・シスターズ島を横切って西の端まで行けるだろう。

そう考えるといつも楽しくなってくる。

マサチューセッツ沖に浮かぶ小さなこの島はわたしのものだ、どの丘も、どの道も、どの崖や入江も。リプリー・トッド保安官代理は、単にこのスリー・シスターズ島が好きなだけではなかった。彼女はここの村に、ここで暮らす人々に、そして彼らの幸福に、責任感を抱いていた。

ハイ・ストリートに軒を並べる商店の窓に朝日が反射して光って見える。あと二時間もすれば店が開き、人々が通りを行き交って日々の営みを始めるだろう。

一月なので数はさほど多くないものの、本土からフェリーに乗ってやってくる観光客もちらほらいて、店をのぞいてまわったり、崖の上までドライブしたり、波止場へ行ってとれたての魚を買ったりする。だが大まかには、冬のあいだここは島の住人のものと言えた。

彼女は冬がいちばん好きだった。

村から見おろせる防波堤の縁にビーチがぶつかるところまで走ってくると、そこでくるりと向きを変えて砂浜を引きかえす。淡いブルーの氷を思わせる色合いの海では、数艘の船が漁にいそしんでいた。海の色は、陽射しが増して空が明るくなるにつれて変わっていく。さまざまに色を変える海は見ていて見あきることがなかった。

遠くに浮かぶ漁船の船尾から、小さな人形にしか見えないカール・メイシーが片手をあげて挨拶をよこした。リプリーは走りながら手を振りかえした。年間を通じてここで暮らす住民が三千人に満たないこの島では、人々の顔を見分けるのはさして難しいことではない。

リプリーは走るペースをいささか落とした。クールダウンのためではなく、孤独な時間を少しでも長く楽しみたいからだ。普段はよく兄の愛犬ルーシーと一緒に走るのだが、今朝はひとりで抜けだしてきた。

こうしてひとりで過ごすこともまた、とても気に入っている。

それに、頭をすっきりさせたい気持ちもあった。考えるべきことが山ほどあったからだ。なかにはあまり考えたくないこともあるので、とりあえず今はそうした悩みや問題を心の片隅に追いやっている。正確に言えば、現実に対処すべきものごとは問題ではない。普通、自分を幸せにしてくれる行為を問題とは呼べないだろう。

ハネムーンから戻ったばかりの兄ザックとその妻ネルは一緒にいると実に幸せそう

で、眺めているだけでこちらまでうれしくなってしまう。あれだけの事件に巻きこまれ、危うい目にも遭ったふたりが、兄と自分の育った家で仲むつまじく暮らす様子を見るにつけ、純粋な満足感を覚える。

それに、恐怖の逃避行の末にネルがこの島へたどり着いた去年の夏以来の数カ月で、彼女とは真の友人になれた。美しく咲き誇り、芯の強くなったネルを見るのは、リプリーにとっても喜びだった。

でも、今はそういうお涙ちょうだいの物語はさておき、美しい薔薇についた虫をなんとかしなければ。リプリー・カレン・トッドという名の、一匹のお邪魔虫を。

新婚さんの愛の巣にいつまでも小姑が居座っていては気の毒だ。

その点は結婚式の前から考えつづけていたものの、バミューダへ一週間の旅行に出かけるふたりを見送ったあとでさえ、はっきりした答えは出ていなかった。

だが、ハネムーンの余韻冷めやらぬお熱いふたりが戻ってみると、これ以上ないほど答えははっきりしていた。

新婚の夫婦にはプライバシーが必要だ。昼といわず夜といわず、いつなんどき帰ってくるかわからない妹が同居していては、情熱に火がついたときリビングルームの床で愛を交わすことすらままならない。

当のふたりがその件について文句を言ってきたわけではない。むろん、ふたりはなにも言わないだろう。あのふたりは胸に〝われわれはお人好しです〟という記章をつけていても不思議はないほど善良な夫婦だ。わたしなら絶対シャツの胸にそんな記章をつけたりしないけど、とリプリーは思った。

ビーチの端までたどり着くと、むきだしの岩を支えにして、ふくらはぎや膝の腱、大腿四頭筋のストレッチをした。

リプリーの体は若い虎のように無駄がなくしなやかだ。そのこと、つまり自分をコントロールしてそういう体を保っている点には、誇りを抱いている。前屈した拍子にかぶっていたスキー帽が脱げて砂の上に落ち、磨きこまれたオーク材を思わせる色合いの髪がぱさりと垂れた。

髪を長くのばしているのは、こまめにカットしたりスタイリングしたりする必要がないからだ。これもまたリプリー流のコントロール術だった。

瞳の色はガラスのボトルのような澄んだグリーンだ。気分が乗ればマスカラとアイライナーくらいはつけたりもする。何度もじっくりと観察したあげく、角張った線とミスマッチなパーツで構成されている自分の顔のなかでもっとも魅力的なのはこの目だ、という結論に達していた。

ブリッジをはめて歯列を矯正するなんてくだらないとばかにしていたため、上下の歯は多少噛みあわせが悪くて過蓋咬合《オーバーバイト》［下の前歯が奥へ引っこんでいる状態］ぎみだ。額は広く、母方の血を受け継いだせいか、眉はほぼまっすぐで黒々としていた。面と向かってリプリーを美人と呼ぶ者はひとりもいなかった。そんな言い方は甘ったるすぎるし、どうかすると侮辱と受けとられかねない。彼女自身は自分の顔を、強そうでセクシーだと思っていた。それが男を惹きつけるのだ、と。もちろん、こっちがその気になりさえすればの話だけれど。

ここ数カ月は、とんとそういう気分になっていない。結婚式や冬休みの準備に加えて、ザックとネルが正式に夫婦となるために必要とされた煩雑な法的手続きを手伝うのに忙しかったせいもある。もうひとつの理由として、ハロウィーン以降、どうにも心のもやもやが晴れないことがあげられた。それまで何年もかたく縫いつけてあった心のポケットを開けてしまったあのとき以来。

仕方なかったのよ、と今は思う。あのときはああするしかなかったんだもの。でも、もう二度とやるつもりはないわ。たとえあのミア・デヴリンがクールな薄ら笑いを浮かべて、しつこく視線を投げかけてきても。

ミアのことを考えたとたん、リプリーの思考は振りだしに戻った。ミアのコテージは現在空き家になっている。そこを借りていたネルがザックとの結婚を機に引っ越したからだ。ビジネス上のつきあいであれ、できればミアとはなんのかかわりも持ちたくはないが、あの黄色いコテージなら完璧な解決策になってくれそうだった。

小ぢんまりしていて、ちょっと奥に引っこんでいる、素朴な感じの家。

あそこならまあ悪くはない。リプリーは勝手にそう判断して、ビーチから自宅へとつながっている古びた木の階段をのぼりはじめた。癪にさわるものの、便利そうではある。ただし、あの家を借りるのは、あと数日我慢してリプリーが借家を探しているという噂が広まるのを待ってからでも遅くないだろう。もしかしたらほかにもっと適当な――ミアの持ち家以外の――物件が見つかるかもしれないのだから。

期待に胸をふくらませて、リプリーは階段を駆けあがり、裏のポーチへと出た。

この時間、ネルはすでにお菓子やパンを焼きはじめているはずだ。キッチンはおそらく天国のような香りに包まれているだろう。ネルと同居する最大の利点は、朝食をとりにわざわざ出かけなくてすむことだった。いつだってわが家のキッチンにちゃんと用意されている。おいしくって、心弾むような料理が、好きなだけ。

ドアノブに手をのばしたとき、ガラス越しにザックとネルの姿が見えた。旗竿に絡まるツタのようにしっかりと抱きあっている。互いの体に腕をまわし、互いの愛に包まれて。

「あらまあ」

大きく息を吐きだしながらそっと身を引き、ポーチの床をどんどん踏み鳴らして口笛を吹いた。こうすれば、べったりくっついているふたりに体を引きはがす間を与えてやれるだろう。少なくとも、そうであってほしいとリプリーは願っていた。

とはいえ、これでもうひとつの問題も解決するわけではない。結局のところ、ミアと話しあうしかなさそうだった。

できるだけなにげない感じで話したかった。リプリーの推察によれば、こちらがぜがひでもあの黄色いコテージに住みたがっていると知ったとたんに、ミアが貸し惜しみすることは目に見えていた。

本当にあまのじゃくな女なんだから。

もちろん、なるべく穏便にことを運ぶためには、ネルに仲介役を頼むのがいちばんだろう。ミアはネルには甘いからだ。けれど、誰かに道を切り開いてもらうのは、どうにも癪だった。だったら、ネルがカフェの厨房を預かるようになって以来ずっとそうしてきたように、ふらりとミアの店へ立ち寄るほうがずっといい。

そうすれば、まっとうなランチと新しい住まいを同時に手に入れられて、一石二鳥だ。

リプリーはハイ・ストリートをきびきびした足どりで歩いていった。家を借りる話に早くけりをつけたかったからであって、強くなってきた風の寒さが身にしみるせいではない。いたずらな風は、彼女がいつものように野球帽の後ろの穴から無造作に垂らしている長いポニーテイルにたわむれて、くしゃくしゃに乱した。

カフェ・ブックの前まで来ると、彼女は口を引き結んだ。

ミアはまたウインドウのディスプレイを変えたようだ。房飾りのついた小さな足載せ台に、深紅のやわらかそうな肩掛け、背の高い燭台には太めの赤いキャンドルが載っていて、そのかたわらに本が数冊、一見乱雑に積まれている。ミアは決してものごとをいいかげんに片づけたりはしない人だから、おそらく演出なのだろう。リプリーの目にも、そのディスプレイは家庭的であたたかく映った。そして、かすかに――ほんのかすかに――セクシーな雰囲気も漂っている。

〝外は寒いでしょう〟とウインドウが呼びかけているかのようだった。〝どうぞなかに入って、おうちでぬくぬくしながら読む本を見つくろっていって〟と。

ミアに関してリプリーがひとつ言えるのは――言いたいことはほかにも山ほどあるけれど――この女性はたしかにビジネスのやり方を心得ている、ということだった。

あたたかい店内に入ると、リプリーは無意識のうちにマフラーを外した。濃い青の書架には、どこかの家の客間のように本が整然と並んでいる。ガラスの陳列ケースにはきれいなアクセサリー類とともに集塵機がおさまっていた。暖炉では黄金色の炎がちろちろと揺れており、その前に〝どうぞわたしに座って〟と言わんばかりに陣どっている深い椅子の背には青い肩掛けがさりげなくかけてあった。

まったく、ミアの演出は心憎いわ。

それだけではない。ほかの棚にはさまざまな色や形のキャンドルが並び、深いボウルにはパワー・ストーンやクリスタルのかけらが入っていた。タロット・カードやルーン文字が刻まれた小石入りのカラフルな箱なども、そこここに置かれている。

すべてがまたとてもさりげない、とリプリーは眉をひそめながら思った。ミアはここが魔女のやっている店だとわざわざ言いふらしたりはしていないものの、隠そうともしていなかった。観光客であれ、島の住民であれ、好奇心に駆られてここを訪れる人々が落としていく額は、この店が生みだす年間利益にかなりの貢献をしているに違いない。

ま、わたしの知ったことじゃないけれど。

飾り彫りの施された大きなカウンターの向こうに控えている従業員頭のルルが、レジを打ち終えてから銀縁眼鏡を少し下へずらし、フレームの上縁越しにリプリーを見かえした。

「あら、今日はおなかだけじゃなくて、頭を満たしてくれるものも探しに来たの？」

「いいえ。頭のほうは考えごとでいっぱいよ」

「もっと本を読んで、知識を蓄えたら？」

リプリーはにんまりと笑った。「知りたいことはもう全部知ってるもの」

「まあ、そんな気はしてたけど。今週はね、ちょっと珍しい本が入荷したのよ。ちょうどあなたが立ってる列に並んでるでしょ。『101の口説き文句——ユニセックス版』っていうの」

「ルゥったら」リプリーは鼻であしらい、二階へあがる階段のほうへゆったりと歩いていった。「その本、わたしが書いたのよ」

ルルが声を立てて笑う。「それにしちゃあ、近ごろとんとデートのお相手を見かけないけど」

「最近はデートする気分じゃないだけよ」

上のフロアにも書架が並んでいて、本を探している客が何人かいた。だが、カフェ目あての客のほうがはるかに多い。濃厚でスパイシーな本日のスープのおいしそうな匂いが、もうすでにリプリーの鼻まで届いていた。

開店早々、ネル特製のマフィンやパイ、あるいは彼女がその日の気分でつくるおいしいものをつまみにやってきた客の波は、ランチを食べにやってくる客層に入れ替わりつつあった。今日のような日は誰もが、心のこもったあたたかい料理を食べたあと、罪なほどおいしいネルのデザートに舌鼓を打ちたくなるのだろう。

リプリーはガラスのショーケースをひととおり眺めて、ため息をついた。シュークリーム。正気でありながらこのシュークリームを素通りできる人はいない。エクレアやクッキー、ねっとりと甘い罪が何層も重なってできているように見えるケーキなど、ほかの選択肢にも同じくらい心をそそられるけれど。

魅惑の芸術家は前の客から受けとった代金をしまってレジをチンと鳴らした。瞳は深く澄んだブルー、顔をとり巻く短い髪は黄金色の後光のように輝いていて、いかにも健康的で幸福そうだ。芸術家はえくぼを見せてにっこりと微笑み、窓辺のテーブルへ向かう客に愛想よく手を振った。

結婚生活が性に合ってる人もいるってことね、とリプリーは思った。ネル・チャニング・トッドは間違いなくそのひとりだ。

「今日はいちだんと元気がよさそうじゃない」リプリーは言った。

「気分がいいの。あっというまに時間が過ぎていくわ。本日のスープはミネストローネ、サンドイッチは——」

「スープだけにしておくわ」リプリーはさえぎった。「確実に幸せを手に入れるために、どうしてもそのシュークリームを食べなくちゃならないんだもの。一緒にコーヒーもお願いね」

「かしこまりました。今夜のお夕食はハムのステーキよ」ネルがつけ加える。「だから、寄り道してピザなんかつままないで、まっすぐ家に帰ってきてね」

「ええ、わかった。そうするわ」そこでリプリーはふたつめの用事を思いだした。その場で足を踏み替え、店内をもう一度ぐるりと見まわす。「どうやらミアはいないようね」

「オフィスで仕事してるわ」ネルがスープをボウルにすくい、朝焼きあげたカリカリのロールパンをひとつ添えてくれた。「もう少ししたら、ひと息入れにおりてくるんじゃないかしら。それより、今朝のあなたは帰ってきてすぐにまた家を出ていっちゃったから、話す暇もなかったわね。なにかあったの？」

「いいえ、とくには」もしかすると、なんの相談もしないで勝手に引っ越しを決めてしまうのは、ネルに対して失礼かもしれない。こういう根まわしのようなことは苦手だけれど、そうも言っていられないだろう。「あの、ちょっとだけ厨房に入れてもらってもかまわない？」リプリーは尋ねた。「そうすれば、あなたの手を休めさせずに話を聞いてもらえるでしょ」

「もちろんよ。さあ、どうぞどうぞ」ネルは食材を調理台に並べた。「本当に、なにか困ったことになってるんじゃないでしょうね？」

「ええ、それは本当に大丈夫」リプリーはそう言ってネルを安心させた。「外はものすごく寒いわ。あなたもザックも、こんなことなら春まで南のほうにいればよかったって後悔してるんじゃない？」

「ハネムーンはすばらしかったわ」思いだすだけで心があたたかくなるらしく、ネルの顔に満足げな輝きが宿る。「でも、やっぱり家がいちばんよ」ネルは冷蔵庫を開けて、本日のサラダが入っている容器をとりだした。「わたしの欲しいものはすべてここにあるんだもの。ザックに、家族に、友人に、そしてわが家。一年前は、ここでこうして働いて一時間後にはわが家へ帰れる、なんて日が来るとは夢にも思っていなかったから」

「あなたの努力の結果じゃない」

「ええ、まあ」ネルの瞳の色が濃くなった。リプリーはそこに――ネル自身も含めて誰もが過小評価していた――芯の強さを見てとった。「でも、ひとりでやったわけじゃないわ」カウンターのベルが鳴って、新たな客が来たことを告げた。「そのスープ、冷めないうちに食べてね」

ネルはすべるように厨房から出ていき、愛想のいい声で客を迎えた。

リプリーはスプーンでスープをすくい、ひと口味見して満足のため息をついた。今はとにかくランチを味わうことに集中して、ほかのことはあとで考えよう。

だが、まだほとんど食べ進まないうちに、ミアの名を呼ぶネルの声が聞こえてきた。

「リプリーが厨房にいるわ。あなたに会いたそうだったわよ」

ちょ、ちょっと、勘弁してよ！　リプリーは苦虫を噛みつぶしたような顔をすると、急いでスープをたいらげようとした。

「あら、あら、わが家だと思ってもっとくつろいでちょうだい」

ジプシーのごとく奔放な赤い髪を肩まで垂らし、森を思わせるくすんだ緑色のロングドレスを身にまとったミア・デヴリンが、戸口の横の柱に優雅に体をもたせかけた。その顔はまるで奇跡の産物のようだった――くっきりと浮きでた高い頬骨、真っ赤な口紅の塗られた厚めで形のいい唇、クリームのようになめらかな肌、魔女の煙を思わせるグレーの瞳。

その瞳はけだるげにリプリーを見つめ、片方の眉だけがきれいなアーチを描いて吊りあがり、嘲るような表情をつくっている。

「そのつもりよ」リプリーは食べつづけた。「この時間、この厨房はネルの城なんでしょ？　そうじゃないとわかってたら、スープにコウモリの毛だのドラゴンの牙だのを入れられてやしないか、もっと用心深く調べてたわ」

「この時季、ドラゴンの牙はなかなか手に入らなくて。で、わたしがお役に立てることってなんなのかしら、保安官代理？」

「なにもないわよ。でも、あなたの得になる話なら、ちょっとばかり考えてたことがないでもないんだけど」

「まあ、ぜひとも聞きたいわ」背が高くてほっそりしているミアがテーブルまで近づいてきて座った。大のお気に入りの、針のように細いピンヒールの靴を履いている。リプリーに言わせれば、頭に銃を突きつけられてもいないのに、罪のない両足をわざわざ好き好んであんな拷問器具でしめつけたがる人の気が知れない。

ロールパンをちぎって口へ運びながら、リプリーは言った。「ネルとザックが結ばれちゃったから、あなたは借家人を失ったわけでしょ。これまでのところ、あの黄色いコテージの新たな借り手を見つける努力はしてなかったようだし、ちょうどわたしはひとりで住む家を探してるところだから、もしかしたらあなたの助けになってあげられるかもしれないと思って」

「話を続けて」ミアは興味津々の顔つきで、リプリーのロールパンをひと口かじった。

「ちょっと、これはわたしがお金を払って買ったんですからね」

抗議の声を無視して、ミアは口をもぐもぐ動かした。「今住んでる家は少々手狭になってきたってことかしら？」

「家自体は広いわよ」リプリーは軽く肩をすくめ、ロールパンをミアの手が届かない位置へと置き換えた。「だけど、たまたまあなたのコテージが空いてるんだし。質素なつくりみたいだけど、わたしはそれほど贅沢を言うつもりはないから。それで、もしよかったら、賃貸契約を結べないかと考えてるんだけど――」

「賃貸契約って、どこの？」サンドイッチの注文を受けたネルが軽やかな足どりで戻ってきて、食材をとりにまっすぐ冷蔵庫へ近づいていった。

「例の黄色いコテージよ」ミアが説明する。「リプリーは、ひとりで住むところを探してるんですって」

「ええ？　でも――」ネルは振り向いた。「住むところならちゃんとあるじゃない。わたしたちの家が」

「そういうややこしい話じゃなくって」ミアとふたりきりになれるところで話をすればよかった、と今さら悔やんでも遅かった。「わたしはただ、そろそろ独立するのも悪くないかなと思ったのよ。それにミアが、どうか借りてくださいって泣いて頼むものだから――」

「あら、とんでもない」ミアがなめらかな口調で言った。「わたしも、わたしの所有物も、泣いて頼んだりする必要はいっさいないわ」

「だったら、わたしが借りてあげなくてもいいのね？」リプリーは肩をすくめてみせた。「それならそれで、こっちは全然かまわないのよ」

「あなたのお気づかいはとってもありがたく思うわ」ミアの声がキャンディーのように甘ったるくなった。悪い兆しだ。「でもあいにく、たった十分ほど前に、あのコテージの借り手と契約を結んだばかりなのよ」

「冗談でしょ。今までオフィスにこもってたくせに。あなたが誰かと一緒だったなんて、ネルはひとことも言ってなかったわよ」

「電話で話してたのよ」ミアが続けた。「ニューヨークのジェントルマンと。ドクターなんですって。おかげさまで、三カ月の賃貸契約にサインできたわ、ファックスでやりとりして。こう聞けば、あなたも気が休まるかしら？」

リプリーは不快な表情を隠しきれなかった。「さっきも言ったけど、それならそれでわたしはちっともかまわないわ。けど、そのドクターはどうして三カ月もスリー・シスターズ島に滞在するの？　島にだって医者はいるのに」

「ドクターといってもお医者さまじゃないわ。博士よ。ずいぶん興味がおありのようだから教えて差しあげるけれど、ここへはお仕事でいらっしゃるの。ドクター・ブックは超常現象の研究者で、魔女がつくりあげた島での滞在をとても楽しみにしてらっしゃるみたいよ」

「最低ね」

「例によって、ばっさり切ってくれるじゃない」くすくす笑いながら、ミアは立ちあがった。「さてと、わたしはもうお役ご免のようね。ほかの誰かの人生に幸せをもたらしてあげられるかどうか、行って試してくるわ」ドアに近づき、一瞬間を置いてから振りかえる。「そうそう、その人、明日到着するの。きっとあなたにも会いたがると思うわよ、リプリー」

「イカレたお化けハンターをわたしに近づけないでよ。まったくもう」リプリーはシユークリームにかじりついた。「彼女、絶対楽しんでるわよね」

「どこへも行かないでね」いきなりネルが命じた。「あと五分もしたらペグが来るから。話があるの」

「わたし、パトロールに行かないと」

「とにかく待ってて」

「あーあもう、おかげで食欲がなくなっちゃったわ」リプリーは文句を言ったが、シユークリームはぺろりとたいらげた。


十五分後、リプリーはネルに脇をぴったり固められて店を出た。

「話しあわなきゃ」

「あのね、ネル、たいしたことじゃないのよ。前から考えてたんだけど――」

「ええ、ええ、考えてたんでしょうとも」ネルは毛糸の帽子をぐっと引っぱり、耳まですっぽりおさまるように深くかぶった。「なのに、わたしにもザックにもひとことの相談もしてくれなかったわけね。どうして自分の家で暮らしたくないのか、理由を教えてちょうだい」

「わかった、わかったわよ」リプリーはサングラスをかけ、背中を丸めるようにして、ハイ・ストリートを保安官事務所のほうへと歩きだした。「わたしはただ、新婚夫妻にはプライバシーが必要なんじゃないかと思って」

「家はあんなに広いのよ。お互い、邪魔にはなってないでしょう？　あなたが家庭的な人だったら、わたしがほとんどキッチンを占領してるせいで居心地悪くなっても仕方がないでしょうけれど」

「わたしに限って、そういう心配はないわね」

「でしょう？　あなたはお料理しないんだもの。もしかして、わたしがいやいやあなたのためにお料理してるんじゃないか、なんて心配してるの？」

「いいえ、そんなことないわ。感謝してるのよ、ネル、とっても」

「わたしが起きだすのが早すぎるとか？」

「いいえ」

「それじゃ、空いていた部屋をシスターズ・ケイタリングのオフィスにしてしまったのが気に入らないの？」

「まさか。だって、あそこは誰も使ってなかった部屋じゃない」リプリーはベルベット製のやわらかいバットで叩かれているような気がした。「あのね、料理のこととか、空き部屋のこととか、あなたが陽がのぼるよりも早く起きだすこととかは関係ないの。セックスのことが問題なのよ」

「なんですって?」

「あなたとザックはセックスするでしょ?」ネルがはたと足をとめ、首を傾げてリプリーの顔をのぞきこんだ。「ええ、するわよ。否定はしないわ。実際、けっこう頻繁にしてるほうかもしれないわね」

「だからよ」

「リプリー、わたしが正式に引っ越す前から、ザックとわたしはしょっちゅうあの家で寝ていたのよ。でもあなたは、そのことが気にくわないそぶりなんか見せたことなかったじゃない」

「それとこれとは違うわ。あのころはごく普通のセックスをしてただけでしょ。でも、今のあなたたちは夫婦としてセックスをしてるわけだから」

「それはそうだけど、やってることにほとんど変わりはないわ」

「ばか言わないで」ネルがここまで心を開いてくれるようになるなんて、とリプリーはしみじみ思った。以前はほんのささいな言いあいでさえ、自分からさっと引いてしまいがちだった。

そういう日々は終わったのだ。

「だって、おかしいでしょ? あなたとザックは正式に夫婦になったのに、わたしみたいなのがいつまでもまつわりついてるなんて。もしもふたりが、リビングルームの床に寝そべってタンゴを踊りたいな、とか、たまには裸のままでディナーを楽しみたいわ、っていう気分にでもなったら、どうするわけ？」

「最初のほうは、実はもう試したことあるのよ。ふたつめのほうはちょっと考えちゃうけれど。ねえ、リプリー」ネルはリプリーの腕にふれて軽くさすった。「出ていかないで」

「いいじゃないの、ネル、どうせ小さな島なんだから。めったに会えなくなるわけじゃなし」

「出てってほしくないの」ネルがくりかえす。「これはわたし自身の気持ちよ、ザックに代わって言ってるわけじゃなくて。なんなら、彼には直接話してみて、気持ちを確かめてみるといいわ。リプリー……わたし、女のきょうだいを持つなんて初めてだから……」

「ちょ、ちょっと」リプリーは慌てて、色の濃いサングラス越しにあたりを見まわした。「めそめそするのはやめてよ、こんな往来の真ん中で」

「しょうがないじゃない。わたし、あなたがそばにいてくれて、いつでも話ができるのが好きなの。ご両親とは結婚式で戻ってこられたときに何日かしか一緒に過ごせなかったけど、おふたりと知りあえて、あなたとも同じ家で暮らせるおかげで、わたしはようやくまた家族が持てたんだ、と思えるのよ。ねえ、今のままじゃだめ？　せめて、あと少しだけでも」

「ヘッドライトみたいに強烈なあなたのそのブルーの瞳で射すくめられたら、どんなときでもザックはノーとは言えないんじゃない？」

「わたしにとって大切なことだとわかっているときはね。あなたが家に残ってくれるなら、わたしとザックがセックスするときは結婚してないカップルのようにふるまうって約束するから」

「そうしてくれると助かるかも。どのみち、ニューヨークから来るとかいうごくつぶしがわたしの鼻先からコテージをかすめとっていっちゃったから、しばらくはこのまで我慢するしかないし」リプリーは腹立ち紛れにため息をもらした。「超常現象の研究家とはね、恐れ入るわ。博士、か」ばかにしたように吐き捨てると、少しだけ気分がよくなった。「ミアはきっとわたしをうんざりさせるために、わざとその人にコテージを貸したのよ」

「わざとじゃないとは思うけど、結果的にそうなったことを楽しんでる節はあるわね。あなたたちがそうやっていちいちお互いに突っかからずにいてくれたら、どんなにいいか。あのハロウィーンの日からは、またふたりが友達づきあいを始めてくれるんじゃないかって、わたしはかすかに期待してたんだけど」

すぐさまリプリーは言いかえした。「あのときはみんな、やるべきことをやったまでよ。もう終わったことよ。あれくらいじゃあ、わたしはなにも変わらないわ」

「ひとつの段階を乗り越えただけでしょ」ネルが訂正した。「もしも伝説が――」

「伝説なんてでたらめよ」考えるだけで、リプリーは気分がむしゃくしゃした。

「わたしたちはそうじゃないわ。わたしたちのなかにあるものは嘘でもでたらめでもないのよ」

「だとしても、自分のなかにあるものをどうしようと、わたしの勝手でしょ。この話はもう終わりにしてくれない、ネル？」

「わかったわ」それでもネルはリプリーの手をとった。ふたりとも手袋をしているというのに、ふれあったとたん、エネルギーの火花が飛び散った。「じゃあ、お夕食のときにね」

リプリーは拳を握りしめ、歩き去るネルを見送った。ふれあった部分の肌はまだひりひりしている。まったく油断も隙もない魔女なんだから、とリプリーは思った。その点を認めないわけにはいかなかった。

夜遅く、意識が眠りについて心が解き放たれると、夢が訪れた。昼間ならば夢など否定し、しっかりと守りを固めて、十年以上前に自分で選んだ道を信じつづけることができる。

けれども眠りには独自の力があって、夢の世界へと誘われてしまうのだった。

夢のなかで、彼女は高波の迫りくるビーチにたたずんでいた。岸壁にぶつかって砕け散る不気味な黒い波、闇に閉ざされた空の下で狂ったように打つ心臓の鼓動。唯一の光は、彼女が腕を高く掲げるたびに大蛇の鞭のごとく空に走る稲妻だけ。彼女が放つその光は、怒りの金色に縁どられた邪悪な赤い色をしていた。

風が激しいうなりをあげる。

その荒々しさ、純然たる猛々しい力が、彼女の体の奥深く秘めやかな部分をぞくぞくさせた。彼女は時を超え、正しさを超え、定めを超えた。

そして望みをも超えた。

彼女の一部はいまだ輝きを放ちながら、失われしものを思って悲しみの涙を流した。やってしまったことはもうとり消せない。過ちには報いを。死には死を。憎しみによって形づくられた環《サークル》。一かける三。

黒魔術の邪悪な煙が体のなかへ流れこんできて、彼女の良心、誓い、そして信念を汚して息の根をとめ、勝利の叫びをあげた。

荒々しい力とあくなき欲に揺さぶられて、彼女は椀状に掲げた両手を小刻みに震わせながら、このほうがいい、と思った。以前はおなかのあたりにじんわりと弱々しい感覚を覚えただけだったが、今はとてつもなく狂暴な力を感じた。

どんなことでもできそうな気がした。すべてを思うがままに操れそうだった。もはやなにも、誰も、彼女をとめられはしないだろう。

翼のように両腕を広げ、蛇のごとくとぐろを巻いた髪をなびかせながら、彼女は砂を蹴散らしてくるくるとまわり、狂乱の舞を踊った。妹を殺《あや》めた犯人の死と、彼女自身が撒き散らした赤い血の金属的な味を舌に感じ、これほど美味なるものを口にするのは初めてだ、とつくづく思った。

彼女の笑い声が突然あたりに響き渡り、漆黒の空を引き裂いた。叩きつけるような黒い雨が砂浜を覆った。

彼が彼女を呼んだ。

夜の嵐と彼女自身の怒りの叫びに紛れて、たしかに彼の声が聞こえてきた。彼女のなかで小さくくすぶっていた火が勢いをとり戻し、赤々と燃えあがった。

激しい雨風のなか必死でこちらへ腕をのばそうとする彼を、彼女はじっと見つめた。冷めてしまった心のなかで、愛がもがき、涙を流した。

「帰って！」彼女が叫ぶと、その声は雷鳴のごとく轟き、世界を震わせた。

それでも彼は手を前に突きだして近づいてきた――彼女をその腕にかき抱くために、彼女をとり戻すために。ほんの一瞬だけ夜の闇のなかで彼の目が光り、そこに愛と恐怖がきらめいたのを、彼女は見逃さなかった。

空から一本の火の槍が飛んできた。彼女は悲鳴をあげたが、その槍が彼に突き刺さると同時に、彼女のなかに宿る炎が一瞬にして大きく燃えあがった。

彼女は体で彼の死を実感した。彼に与えた苦痛と戦慄は、まさに三倍になって返ってきた。

やがて、彼女のなかに宿っていた炎はかき消えた。このうえない寒さだけを残して。

2

彼の外見は、フェリーに乗っているほかの客たちとさほど変わらなかった。丈の長い黒のコートが風にはためいている。乱れた髪はごく普通のダーク・ブロンドで、これといった特徴のないスタイルだった。

ひげはこまめにそるほうで、鋭角的な顎にふたつばかり小さな切り傷がある。顔は――かなり整ってはいるのだが――望遠レンズで島を狙っているため、カメラに隠れて見えなかった。

ボルネオで熱帯の陽射しをさんざん浴びて焼けた肌は、今もなお浅黒い。その肌に映えて、瞳は瓶につめたばかりの蜂蜜を思わせる金茶色に輝いて見えた。鼻筋は細くまっすぐ通っており、どちらかというと細面だ。

仕事に没頭すると三度の食事もまともにとらなくなるので、頬は落ちくぼんでいることが多い。おかげで、その顔には飢えた学者のような印象が加わっていただが、口もとにはしょっちゅうセクシーな笑みが浮かぶ。背は高いほうで、体つきはひょろりとしている。そして、手足の動きはどこかぎこちなかった。今も、揺れるフェリーから危うく投げだされそうになって、慌てて手すりをつかんだところだ。もちろん、外へ身を乗りだしすぎていたせいだった。わかってはいても、期待に胸がふくらんでくると、ついつい現実を忘れてしまう。

彼は両足を踏みしめて立ち、ガムでも噛もうとコートのポケットをまさぐった。なかから出てきたのは、いつからそこに入っていたのかも定かでないレモン味のドロップがひとつに、くしゃくしゃのメモが数枚、チケットの半券と——最後に映画館へ足を運んだのはいったいいつだっただろう？——てっきりなくしたと思いこんでいたレンズのキャップだけだった。

仕方なくレモンのドロップを口に放りこんで、ふたたび島に目を向ける。

アリゾナのシャーマンに話を聞きに行き、ハンガリーの山中に住む自称ヴァンパイアのもとを訪れ、メキシコで不本意な事故に遭ったあと、呪術師に呪いをかけられた。コーンウォールでは幽霊の出るコテージに寝泊まりし、ルーマニアでは降霊術師がとり行う儀式に関して論文をまとめたりもした。

マカリスター・ブックはこの十二年間、この世のありとあらゆる不思議を研究し、記録し、目撃しつづけてきた。魔女、幽霊、狼人間、エイリアンに誘拐されたと称する人、霊能者《サイキック》などへのインタビューも重ねた。そのうち九十八パーセントは偽者か詐欺師にすぎなかった。だが残りの二パーセントは……まあ、だからこそ、今もこうして研究が続いているのだと言える。

そうした超常現象のたぐいを、ただやみくもに信じているわけではない。彼はその研究をライフ・ワークにしていた。

これからの数カ月を、三人の魔女がマサチューセッツの土地の一部を海へ飛ばして聖域をつくったという伝説の残る島で過ごせるとは、なんとも楽しみだ。

スリー・シスターズ島については事前に精力的に調査をして、現在の島の魔女として知られるミア・デヴリンにまつわるさまざまな情報を手に入れた。インタビューや魔法の実演の申しこみに対しては、はっきりした返事をもらってはいない。だが、おそらく説得できるだろうと彼は考えていた。

ネオ・ドルイド［古代ケルト民族の信仰をベースとした新興宗教］たちを口説き落として儀式に参加させてもらうことにも成功したくらいだから、たったひとりの魔女にいくつか術を見せてもらうくらいは造作もないはずだ。

なんなら取引してもいい。こちらには、あのミア・デヴリンなら、というより、三百年前の呪いに縛られている者なら必ずや興味を示すであろう情報がある。

彼はふたたびカメラを構え、高い崖の上に槍のごとくそびえる白い灯台と、古めかしくてどこか暗い感じの漂う石造りの家を、フレームにおさめようとした。深い森のそば、村を見おろすその家にミアが暮らしていることは、すでに調べあげていた。村のなかにある彼女の本屋がかなり繁盛していることも。それらの事実から察するに、ミアはきっと、普通の世界でも魔法の世界でも生きるすべを心得た、いや、うまく生きるすべの身についた、実利に聡い魔女なのだろう。

彼女に会うのが待ち遠しくてたまらない。

汽笛が鳴って、フェリーが港に近づいていることを知らせた。彼は自分のランドローバーへと戻り、カメラをケースにしまって助手席に置いた。

ポケットのなかのレンズ・キャップは、またしても忘れられた。

下船までにいささか時間があったので、メモをいくつか書きとめたのち、日記をつけた。

フェリーは乗り心地がよかった。天気は晴朗だが肌寒い。いろいろな角度から島の写真を撮れたが、風上側を撮影するにはボートを借りるしかなさそうだ。

地形的、あるいは地誌的に見て、スリー・シスターズ島にはなんら変わった点はない。面積はおよそ九平方マイル、島民人口は——そのほとんどが、漁業と小売業と観光客相手の商売に従事していて——三千人にも満たない。小さな砂浜がひとつと、数えきれないほどの入江や瀬、頁岩《けつ》のかけらで覆われたビーチなどがある。島の一部は森となっており、固有の動物相には野生のオジロジカ、兎、アライグマなどが含まれる。この地方ではよく見られる海鳥のほか、森にはフクロウ、鷹、カンムリキツツキも生息している。

村はひとつだけ。島民の大半は村の中心から半径〇・五マイル以内に居住しているが、さらに広い範囲にも住宅や貸別荘が点在している。

遠くからざっと島を見渡す限りでは、ここが超常現象の起こる土地であることを示唆するものはない。だが、そうした見かけが調査のうえではあてにならないことはわかっている。

一刻も早くミア・デヴリンに会って、研究を開始したい。

フェリーが接岸して軽い衝撃を感じたが、彼は顔をあげなかった。代わりに腕時計を見おろして、さらにこう書き加えた。

二〇〇二年一月六日、東部標準時午後十二時〇三分、スリー・シスターズ島上陸。

村の通りはおとぎばなしにでも出てきそうにきれいで、行き交う車はあまり多くなかった。マックは村をひとめぐりし、あちこちで停車しては、テープ・レコーダーにメモを残していった。くしゃくしゃのナプキンに描かれた地図を頼りにジャングルで古代マヤの遺跡を見つけることならお手の物なのだが、こういう町なかで目印を記憶しておくのは苦手だった。銀行、郵便局、マーケット。それに、ピザ屋とか！

車を駐めるスペースは、カフェ・ブックの少し手前に難なく見つかった。彼はひと目でその店が気に入った——ディスプレイ・ウインドウもいいし、海に面して立っている点もいい。ブリーフケースをつかみ、念のために小型のテープ・レコーダーをそのなかに忍ばせて、車をおりた。

店のなかに入ってみると、さらに好感度が増した。石造りの暖炉では赤々と薪が燃えていて、大きなレジ・カウンターには月や星の彫刻が施されている。十七世紀ごろにつくられたものだろう。博物館にあってもおかしくないほどの時代物だ。ミア・デヴリンは能力に恵まれているだけでなく、趣味もいいらしい。

彼はカウンターに歩み寄ろうとした。その後ろの高いスツールに、ノームを思わせる小柄な女性が座っている。だがそのとき、視界の隅で鮮やかな色が揺れ動き、彼の注意を引いた。書架のあいだから現れたミア・デヴリンがにっこりと微笑んだ。

「いらっしゃいませ。なにかお探しですか?」

マックはあらためてミアを見つめ、感嘆の声をもらしかけた。

「いや、その、あの……。ミズ・デヴリンにお目にかかりたいんですが。ミア・デヴリンに」

「わたしがそうですけど」ミアが近づいてきて片手を差しだした。「あなたは、マカリスター・ブック?」

「ええ」彼女の手は華奢で、指も長くほっそりしていた。白いシルクの生地に置かれた宝石のように指環が輝いている。あまり強く握りかえすのがためらわれた。

「スリー・シスターズへようこそ。よろしければ、上でお話ししません? コーヒーをごちそうします、なんならランチでも。当店自慢のカフェなんですよ」

「じゃあ……ランチをごちそうになろうかな。ここのカフェはたいしたものだって評判を聞いてますからね」

「よかったわ。こちらまでの旅はとくになにごともなく?」

今の今までは、とマックは心のなかで答えた。「ええ、快適な旅でした」マックはミアのあとについて階段をのぼった。「この店、気に入りましたよ」

「わたしも大好きなんです。この島にいらっしゃるあいだは、どうぞお気軽にご利用くださいね。こちらが、わたしの友人にして当カフェの誇る芸術家、ネル・トッドです。ネル、こちらはドクター・ブックよ」

「お会いできてうれしいわ」

ネルがえくぼを見せて微笑みながら、カウンター越しに手をのばして握手を求めてきた。

「ドクター・ブックはつい今し方本土から到着なさったばかりだから、ランチでもいかがかしらと思ってお誘いしたの。もちろんお代はいただきませんわ、ドクター・ブック。なんでもお好きなものをネルにおっしゃって」

「では、特製サンドイッチとカプチーノのラージをお願いします。パンやお菓子なんかも、全部あなたの手づくりなんですか？」

「ええ、もちろん。本日は、アップル・ブラウン・ベティーがお勧めです」

「じゃあ、それもいただこう」

「ミア、あなたは？」ネルが尋ねた。

「スープを一杯と、ジャスミン・ティーでいいわ」

「はい、ただ今。ご注文の品ができ次第、テーブルまでお運びしますので」

「なるほど、この島にいるあいだは、次の食事はなんにしようかと頭を悩ませなくてもよさそうだ」マックはそう言い、ミアとともに窓辺の席に座った。

「ネルはシスターズ・ケイタリングという会社を経営してもいるのよ。そちらはデリバリーもしてくれるの」

「そいつはいいことを聞いたな」彼は二回ウインクしたが、ミアの表情には――その輝くような神々しさには――みじんの変化も見受けられなかった。「仕方ない、正直に言いますが、どうか気を悪くしないでください。あなたはぼくが生涯出会った女性のなかで、誰よりもお美しい」

「ありがとう」ミアは椅子の背にもたれかかった。「少しも気を悪くしてなどいませんわ」

「よかった。初っ端からご機嫌を損ねてしまっては困りますからね。あなたにはぜひともぼくの研究におつきあいいただきたいと願っているので」

「お電話でも申しあげたとおり、わたしは……魔法を見せ物にするつもりはありませんよ」

「でもまあ、ぼくのことをもっとよく知ってもらえれば、お気持ちも変わるかもしれません」

なかなか説得力のある笑顔だわ、とミアは思った。わずかにゆがんだところがチャーミングで、いかにも人がよさそうだ。「その件は追々考えましょう。この島自体や、ここの歴史に関しては、資料探しにお困りになることはないはずよ。島民のほとんどは、先祖代々このシスターズ島で暮らしてきた人たちだし」

「トッド家もそうですよね」彼はカウンターのほうへ目をやりながら言った。

「ネルはトッド家に嫁いだんですけれどね、ほんの二週間ほど前に。ザカライア・トッドという保安官と結婚したんです。彼女はこの島へやってきてからまだ日が浅いけれど……トッド家はそれこそ何世代も前からここに住みついているんですよ」

ネルの話は聞いている。エヴァン・レミントンの元妻。レミントンはかつてエンターテインメント業界では多大な権力を誇っていたが、妻を虐待していたことが発覚し、法の裁きによって精神異常者と認められ、今では厳重な監視下に置かれている。

彼をこの島で実際に逮捕したのは、トッド保安官だ。ハロウィーンの夜に起きたと噂される、摩訶不思議な事件のしめくくりとして。

ハロウィーンの夜、すなわちソーウェン［十一月一日ごろ行われていた古代ケルト人の祭り。ハロウィーンの起源］の祝祭《サバト》。

この件に関してさらに深く調査したいとマックは願っていた。

ちょうど彼がその話題を持ちだそうとしたとき、ミアが表情だけでこう警告した。

今はその話題にはふれないほうがいいわ、と。

「やあ、おいしそうだ。ありがとう」ランチを運んできてくれたネルに向かって、マックは礼を言った。

「どうぞごゆっくり。ミア、今夜は約束してあるとおりでかまわないの？」

「もちろん」

「それじゃ、七時ごろに行くわね。ほかにもなにかお召しあがりになりたいものがおありでしたら、遠慮なくおっしゃってくださいね、ドクター・ブック」

「ネルはハネムーンから帰ってきたばかりなんです」ふたりきりになると、ミアが静かな声で言った。「今はまだ、過去のある時期について彼女にあれこれ尋ねるのは差しさわりがあると思うので」

「わかりました」

「いつもこんなに協力的な方なのかしら、ドクター・ブック？」

「マックでけっこうです。そうだな、普段はもっとしつこいかもしれませんね。ただ、最初からあなたを怒らせてしまいたくないんで」マックはサンドイッチにかじりついた。「おいしいな」口をもぐもぐさせながら言う。「すごくおいしい」

ミアは少し前かがみになって、スープをかきまわした。「そうやって、徐々に土地の人々の心を開かせる作戦かしら？」

「さすがに鋭いですね。あなたには超能力もあるんですか？」

「あら、誰にだってある程度はあるんじゃなくて？　忘れられている第六感の開発に関するあなたの論文に、そう書いてあったと思いますけれど？」

「ぼくの研究、お読みいただけたんですか？」

「ええ。わたしはね、マック、忘れられた存在ではないわ。かといって、わたし自身がこの力をもっと開発しようとか、誰かに開発してもらいたい、なんて思ってもいないの。あなたにはコテージをお貸しすることと、気分が乗ったときはおしゃべりにつきあうくらいならしてもいいとお約束したけれど、その理由はたったひとつだけ」

「なるほど。なんなんです？」

「あなたの頭脳は明晰で――こちらのほうが大切なんだけれど――しかも柔軟そうだからよ。その点はすばらしいと思うわ。信頼関係が築けるかどうかは、時間が経ってみればわかるでしょう」ミアはとある人物に目を向け、手でそちらを示した。「あら、頭脳はそこそこだけど、とっても頭のかたい人がやってきたわ。リプリー・トッド保安官代理よ」

マックが振りかえると、魅力的な黒髪の女性がすらりとのびた脚で大股にカウンターに近づいていき、そこに寄りかかってネルと和やかに話しはじめた。「リプリーというのも、この島では多い名字ですよね」

「ええ、彼女はザックの妹。お母さまの旧姓がリプリーだったの。どちらの一族もシスターズ島では古くから続く家柄よ。とても古くから続く家柄」ミアはそうくりかえした。「調査に公平を期すために皮肉屋さんの意見も聞いてみたいのなら、リプリーと話をしてみるといいわ」

ミアはほくそ笑みながら、リプリーの注意を引いて手招きした。

普段のリプリーなら鼻で笑って、反対のほうへ歩きだすところだ。だが、島で見かけたことのない人物がいると、どうしても顔を確かめずにはいられない。

けっこうハンサムな男ね。リプリーはふたりのほうへ歩み寄りながら思った。どことなく本の虫って感じが漂ってるけれど。本の虫。ミアの言っていた、例のイカレた学者に違いない。

リプリーは眉間にしわを寄せた。

「ドクター・マカリスター・ブック、こちらがリプリー・トッド保安官代理よ」

「どうぞよろしく」椅子から立ちあがった彼は思いのほか背が高かった。その背のほとんどが長い脚だ。

「駄ぼらの研究で博士号がとれるなんて、知らなかったわ」

「ほらね、彼女って、ほれぼれするくらいすてきでしょう?」ミアはあだっぽく微笑んだ。「ちょうど今マックに、心が狭くて頑固者のあなたにも意見を聞いてみるといって勧めていたのよ。それほど時間がかかるわけでもないんだし」

「くだらないわ」リプリーはポケットにそれぞれ親指を引っかけて、マックの顔をまじまじと見た。「どうせ、あなたの聞きたいような話なんかほとんどできないと思うし。いかがわしい話なら、ここいらじゃミアの右に出る者はいないもの。島での生活に関してなにか現実的な問題が生じたときは、いつでも相談に乗るけど。わたしはたいてい保安官事務所にいるわ」

「お気づかい感謝しますよ。ただしぼくは、駄ぼらの研究ではまだ修士号しかもらっていないんです。博士論文はまだ書きあげていないんでね」

リプリーは口もとをゆがめた。「あらそう。店の前に駐めてあるローバーはあなたの?」

「ええ」またうっかりして、キーをつけたままおりてきてしまったのだろうか? マックは慌ててポケットを上からぽんぽんと叩いた。「なにか問題でも?」

「いいえ。いい車ね。じゃあ、わたしはそろそろお昼にさせてもらうわ」

「彼女は別に、人を怒らせようと思ってわざとああいうつっけんどんな口の利き方をしてるわけじゃないのよ」リプリーが離れていくと、ミアは説明した。「ああいうふうに生まれついてるの」

「気にしてませんよ」マックはふたたび席に着き、食事を続けた。「人からああいう態度に出られることは珍しくないんでね」ミアに向かってうなずく。「あなたもそうなんじゃないですか?」

「まあ、たまには。あなたはとても順応性があって、おまけにお人好しなのね、ドクター・マカリスター・ブック」

「そんなところです。退屈な男でしょう？」

「あら、わたしはそうは思わないわ」ミアは紅茶のカップをとり、その縁越しに彼をじっと見つめた。「まったくそんなふうには思いませんとも」


マックはほとんどの荷物をローバーに積んだまま、黄色いコテージのなかをひとりで見てまわることにした。案内は必要ないとミアに断って。というのも、ミアがそばにいない状態で、この家の雰囲気をつかみたかったからだ。彼女の存在感は大きすぎて、一緒にいると気が散ってしまう。

コテージは小さいもののなかなか趣があって、遠方での調査でよく寝泊まりするような施設に比べればはるかに快適だった。知人の多くは彼のことを、薄暗くて埃っぽい図書館こそがお似合いだと思っている。それはそうなのだが、実を言うと、ジャングルでのテント生活も同じくらい気に入っていた。調査に使用するさまざまな機器の電源さえきちんと確保できれば。

小ぢんまりとしたリビングルームには、適度にがたが来ているせいでかえって座り心地のよさそうなソファーがあり、小さな暖炉にはすでに薪がくべられていた。まずはこれに火を灯そうと考えて、無意識にポケットを上から叩く。そのとき、奥行きのほとんどないマントルピースの上に置かれたマッチ箱が目に入った。細かな心配りをありがたく受けとめ、暖炉に火を熾してから、さっそくコテージのなかを探険する。ひとりごとを言う癖があるため、声が少し響いた。

「ベッドルームはふたつか。あっちは仮のオフィスとして使えるな。とりあえず、機械類はリビングルームのほうをメインに設置しよう。キッチンは、どうしても料理がしたいという衝動がわいてからでいいな。そうだ、ネル・トッドが……」

ポケットを探って、カフェのカウンターからもらってきたシスターズ・ケイタリングの名詞をとりだした。料理したくなったとき目につきやすいよう、ガス台の真ん中に置いておく。

窓の外を眺め渡した彼は、すぐそこまで森が迫っていて近くにほかの家が立っていないことをありがたく感じた。奇妙な時間に活動することが多いからだ。ここなら、文句を言いに来る隣人もいないだろう。手にしていたバッグを、ふたつあるうちで大きいほうの部屋のベッドに投げだし、自分もマットレスにどすんと腰をおろして、かたさを確かめる。

そのとき、ふとミアの顔が頭に浮かんだ。「こらこら、落ちつけ」自分で自分に釘を刺す。「下手に手なんか出したらこっちの頭をもぎとられかねない女性に、みだらな感情なんか抱くんじゃないぞ。しかも彼女は、調査の主たる対象なんだからな」

部屋の使い方がおおよそ決まって満足したので、外に駐めてあるローバーから残りの荷物をおろしはじめた。

抱えられるだけの荷物をいったんコテージへ運んで、次の分をとりに外へ出てきたとき、パトカーが近づいてくるのに気づいて足をとめた。見ていると、リプリーが車からおりてくる。

「おや、トッド保安官代理」

「ドクター・ブック」リプリーは、初めて顔を合わせたとき彼に嫌味な態度をとってしまったことに、いささか罪の意識を感じていた。もっとも、あのあとネルに叱られなければ、こんなふうに感じたりはしなかったはずだけれど。「ずいぶんたくさん荷物があるのね」

「いや、これはほんの一部でね。残りは明日到着することになってるんだ」

持ち前の好奇心を刺激され、リプリーはローバーのなかをのぞきこんだ。「このほかにもまだあるの?」

「ああ。もっと本格的な機械類がね」

頭をくるりと後ろに向けて訊きかえす。「本格的って?」

「いろいろあるよ。センサー、スキャナー、測定器、カメラ、コンピューター。優れもののおもちゃばかりだ」

彼があまりにもうれしそうな様子なので、リプリーは皮肉っぽい笑みを返す気にさえなれなかった。「荷物をおろすの、手伝いましょうか?」

「それには及ばないよ。なかにはかなり重いものもあるし」

そこで初めてリプリーはにやりと笑ってみせ、ローバーの後部から大きな箱をとりだして抱えた。「これくらい楽勝よ」

たしかにそのようだ、とマックは思い、先に立ってコテージへ入った。「ありがとう。体を鍛えているんだね。ベンチプレスなんかもやってるのかい?」

リプリーは両方の眉を吊りあげてみせた。「九十ポンドの負荷で十二回をワンセット」マックは長いコートと厚手のセーターを着こんでいるので、外から見るだけでは体つきまではわからない。「あなたは?」

「ぼくもそんなようなものだよ、体重分の差はあるけど」マックはふたたび外へ向かった。あとを追いながら、リプリーはあれこれ想像した。彼の肩って、がっしりしている感じなのだろうか? お尻は……?

「これだけの……本格的な機械とやらで、いったいなにをするの?」

「調査するんだよ。観測して、記録して、論文を書く。神秘的で、超常的で、世にも不思議な現象についてね。風変わりな事象というか」

「要するにいんちきでしょ」

マックは微笑んだだけだった。口もとだけでなく、目も笑っている。「そういうふうに受けとる人もなかにはいるけど」

ふたりは残りの箱やバッグをすべて運び入れた。

「これだけの荷物を解くのに一週間はかかりそうね」

マックは頭をぽりぽりかきつつ、今やリビングルームを占領している荷物の山を眺めた。「こんなにたくさん持ってくるつもりはなかったんだが、まあ、途中でなにが必要になるかわからないから。ここへ来る前はボルネオに行ってたんだけど、予備のエネルギー探知機を荷物につめ忘れてきた自分を、何度蹴り飛ばしてやりたくなったことか。動体感知機と似たようなものだけど、ちょっと違う」彼は言い添えた。「とにかく、ボルネオでは探しようがないものさ」

「でしょうね」

「今見せてあげるよ」マックがコートを脱いで脇に放り投げ、箱の前にしゃがんでがさごそとなかを引っかきまわしはじめる。

わあ意外、とリプリーは思った。イカレ博士のお尻はなんともすばらしい。

「ほら、これはこんなふうに手で持つんだ。完全に携帯用。ぼくが自分で設計したんだけどね」

なんだか小型のガイガー・カウンターみたいだ。といっても、本物のガイガー・カウンターをこの目で見たことなどないけれど。

「プラスとマイナスの力を感知して測定する」マックが説明した。「簡単に言うと、空気中もしくは固形対象物、たとえば水なんかでもいいんだが、そのなかのイオンに反応するんだ。ただし、こいつはまだ水中じゃ使えない。そっちは現在製作中なんだ。必要なときはこれをコンピューターに接続すれば、力の大きさや密度、それ以外の関連データなんかも、グラフ化してプリントアウトできる」

「へええ」リプリーはちらりと彼の顔を見た。てのひらにおさまるそのがらくたがたいそう自慢らしく、大まじめに語っている。「あなたってものすごいおたくなのね、違う?」

「ああ、かなりのね」マックはバッテリーの残量をチェックするため、その機械を裏がえした。「昔から、超常現象と電子機器にはとても興味があったんだ。その両方を思う存分活かせる道を見つけたってわけさ」

「まあ、楽しみは人それぞれだから」そうは言ったものの、リプリーは山積みになった箱をあらためて見まわさずにいられなかった。これではまるで、家電量販店が爆発でもしたかのようだ。「どれもこれもハイテク製品なんでしょ。さぞかしお金がかかるんじゃない?」

「ああ」マックはうわのそらで答えた。作動させたばかりのセンサーが、数値自体は低いものの、確実に反応を示していたからだ。

「こういうものの購入資金なんかも援助されてるの？」

「ああ、たぶんね。ぼく自身はもらったことがないから、わからないけど。こう見えてもぼくは、金には不自由しないおたくなんで」

「嘘でしょう？ それ、ミアには言わないほうがいいわよ。すかさず家賃をあげられちゃうから」

なぜか興味をそそられて、リプリーは山積みの箱のあいだをひとめぐりした。このコテージは前からかなり気に入っていたので、自分が入居できなかった点に関してはまだ少し腹が立っている。でも、マカリスター・ブックに対しては、それほど悪い感情がわいてこない。

「あのね、普段のわたしは他人のことに余計な口出しなんてしない主義なんだけど、どうしてもこれだけは言わせて。こんなの、あなたには似合わないわ。わけのわからない研究をしてる大金持ちでおたくのあなたが、ちっぽけな黄色いコテージに住むなんて。いったいなにが目的なの？」

マックは笑みを返してこなかった。顔つきがさっと変わり、今や不気味なくらい真剣な表情が浮かんでいる。「答えを探すこと」

「なんの答え？」

「知りうるすべての答えだよ。きみはすばらしい目をしてるね」

「ええっ？」

「たった今気づいた。まじりけのないグリーンだ。灰色がかっても青みがかってもいない、鮮やかなグリーン。きれいだな」

リプリーはおもむろに頭を傾けた。「もしかして、わたしを口説いてるつもりなの、おたく博士さん？」

「あ、いや」マックはたちまち赤くなった。「ただ本当にそう思っただけだよ。ぼくがしゃべることの半分くらいは、しゃべってる自覚がなくてね。頭にぱっと浮かんだことが、そのまま口から出てしまうんだ。ひとりで過ごす時間が長いせいだと思うけど、声に出して考える癖がついてて」

「なるほど。それじゃ、わたしはそろそろ失礼するわ」

彼はセンサーをオンにしたままポケットに突っこんだ。「手伝ってくれてとても助かったよ。どうか、ぼくが今口走ったことで気を悪くしないでほしい」

「わかったわ」リプリーは自分から握手を求めて片手を差しだした。

ふたりの指がふれあった瞬間、彼のポケットのなかのセンサーが狂ったように鳴りはじめた。「わっ！　待ってくれ。このままこのまま」

彼女は手を振りほどこうとしたが、マックの握力が思いのほか強く、手を引き抜けなかった。彼は空いたほうの手で、ポケットからセンサーをとりだした。

「ほら、これを見てくれ」うわずった声に興奮が表れている。「これほど強い力を感知したのは初めてだよ。もう少しで針が振りきれそうだ」

数字を脳に叩きこむためだろうか、なにやらぶつぶつくりかえしながら、マックはリプリーを部屋の奥へと引っぱっていった。

「ちょっと待ってよ。いったいなにを――?」

「数字を記録しておかなきゃならないんだ。ええと、今の時刻は? 二時二十三分十六秒だな」無我夢中で、センサーをふたりがつないでいる手の上にかざす。「やっぱりだ! こうすると針がぴょんとはねる。こいつはすごいぞ」

「放して。今すぐ――殴り倒されたくなかったら」

「ええ?」マックは振り向いてリプリーの顔を見つめ、大きくまばたきしてわれに返った。つい先ほど美しいと思った瞳が石のように鋭くこちらを見かえしている。「すまない」彼がぱっと手を放したとたん、センサーの音が低くなった。「悪かった」もう一度謝る。「すぐ夢中になってしまうんだ、新たな現象に出くわしたときはとくにね。ほんのちょっと時間をくれたら、今すぐこれをコンピューターに接続して記録がとれるんだが」

「そんなおもちゃで遊んでるあなたにつきあうほど、こっちは暇じゃないのよ」リプリーはセンサーに怒りの目を向けた。「その機械、壊れてたんじゃないの？」

「そんなことないよ」マックはさっきまで彼女の手を握っていたほうのてのひらを差しだした。「ほら、こんなに震えてる。きみのほうはどうだい？」

「なにを言ってるのか、さっぱりわからないわ」

「十分だ」彼は言った。「あと十分待ってくれたら、最低限必要な機械を揃えられるから、そしたらもう一度試してみよう。お互いの生体情報《バイタル・サイン》もチェックしたい。体温とか、室温なんかも」

「ディナーもおごってもらわないうちから、男の人にバイタル・サインなんかチェックさせてあげる気はないわ」彼女が親指で、そこをどいて、と合図する。「通行の邪魔よ」

　マックはさっと脇によけた。「ディナーならおごるから」

「いいえ、けっこうよ」リプリーは一度も振りかえることなく、まっすぐドアへと向かった。「あなたみたいな人、全然わたしのタイプじゃないもの」

　彼女がドアを叩きつけるようにして出ていったあと、マックは不快な思いを抱えて時間を無駄にしたりはせず、すぐさまテープ・レコーダーを捜しだして、データを口述しはじめた。

「リプリー・トッド」そこでいったん言葉を切る。「リプリー・トッド保安官代理、おそらく二十代後半。口が悪く、疑り深くて、ときに無礼。例の現象は肉体的接触によるもの。握手。こちら側の肉体的反応は、びりびりとしびれるような感覚とあたたかさが、接触面、すなわち右のてのひらから肩のほうまで肌を伝って走った。脈拍はあがり、一時的な多幸感も覚える。トッド保安官代理側の肉体的反応は不明。印象としては、彼女もこれと同じ、もしくは似たような感覚を覚え、そのことに腹を立ててすべてを否定した模様」

ソファーの肘掛けに座って、さらに考えを進める。

「事前の調査、現状の観測、並びに過去の記録から導かれうる仮説は、リプリー・トッドもまた、この島の始祖とされる三姉妹の血を引く直系の子孫である」

マックは唇を引き結び、レコーダーのスイッチを切った。

「彼女自身は、この仮説には怒り狂うだろうけどな」

マックはその日の午後と夜を費やし、荷物を解いて機械類の設置をした。どうにか設置が終わったとき、リビングルームはハイテク科学研究室さながらの様相を呈していた。さまざまなモニター、キーボード、カメラ、センサーなどが、彼にとって使いやすい配置でところ狭しと並んでいる。

動きまわれるスペースはほとんど残っていなかったが、ここへ大勢の客を呼ぶわけではないのでかまわない。

もともと置いてあったわずかな家具は部屋のひと隅に押しやってしまい、その後、セットアップした機器をひとつずつテストしていく。すべての確認作業を終えるころには、暖炉の火はとっくに消えており、彼はひどく空腹になっていた。

たしかピザ屋があったはずだと思い、コートをつかんで表に出る。

すると、どこまでも続いているのではないかと思われる闇に迎えられた。月はほの暗い光を放ち、星はまばらにまたたいている。記憶を振りしぼって思いだしたところによればここから南へ四分の一マイルほど下った位置にあるはずの村は、整然と並んだ街灯のもと、薄ぼんやりした黒い影にしか見えなかった。

気勢をそがれて、腕時計を見おろす。そして悪態をついた。もう夜の十一時を過ぎている。こんなちっぽけな島の、しかも村外れに、この時間まで開いている店などあるはずがない。

どうやら今夜は、ピザはお預けだな。

すっかり目を覚ましていた胃袋が、すかさず抗議の声をあげた。こんなふうに腹を空かせることは珍しくない。たいてい自分の忘れっぽさがなせる業だ。だからといって、空腹状態が好きだという結論にはならない。

一縷の望みを抱いてコテージへとってかえし、キッチンを漁ってみることにした。

最悪の場合、ブリーフケースを探ってみれば、入れたことさえ忘れていた袋入りのシリアル・バーとかキャンディーくらいは出てくるかもしれない。だが、とりあえず開けてみた冷凍庫が大あたりだった。〝クラム・チャウダー〟という文字のほかに、あたため方まで丁寧に書かれたラベルつきの容器を発見したのだ。シスターズ・ケイタリングからの差し入れだ。

「ああ、愛してるよ、ネル・トッド。奴隷になってもいいくらいだ」たちまち浮かれ気分になって、マックはその容器を電子レンジに放りこみ、指示どおりに時間と温度を設定した。おいしそうな匂いに鼻をくすぐられたとたん、思わず声をあげそうになった。

そして、立ったままで容器の中身を一気にたいらげる。ようやく腹がくちくなって身も心も生きかえると、ビーチを散歩でもしてみようかという気になった。

出かけてから二分後、マックはコテージに舞い戻り、荷物のなかから懐中電灯を掘りだした。

海の音に耳を傾けるのは昔から好きだった。とくに、世界が隅々まで夜の闇に包まれているときは。冷たい風に刺激された肌を、ベルベットのような闇がやさしく撫でてくれる。

歩きながら彼は、明日片づけるべき仕事や雑事を頭のなかでメモしていった。いくらリストをつくったところで、どうせほとんど——でなければすべて——忘れてしまうのだが、わかっていてもやめられない。食料や日用品の買いだし。それから、必要に応じて引きだせるように、預金をいくらか地元の銀行へ移しておこう。電話工事の手配。郵便局の私書箱もだ。トッド家の祖先と、リプリーの家族の歴史についても、もっと詳しく調べてみたい。

もしかするとミアから話が聞きだせるかもしれない。彼女とあの保安官代理のあいだには、明らかに妙な緊張が漂っていた。その理由を探ってみるのもおもしろいのではないだろうか。

いずれにしろ、あのふたりとはもっと多くの時間を過ごす必要がありそうだ。ただし、どちらもそうやすやすと話に応じてくれるとは思えないが。

うなじのあたりに視線を感じ、彼は足をとめてゆっくりと振りかえった。

彼女は輝いていた。かすかな後光が、体の線を、顔の輪郭を、くるくるした長い巻き毛を、闇のなかに浮かびあがらせている。その瞳は暗がりにひそむ猫の目のごとく、グリーンに光っていた。彼女は微動だにせず、ただ静かにこちらを見つめていた。

「リプリー」ちょっとやそっとのことでは驚かないマックも、さすがに肝を冷やされた。「ほかに人がいるなんて、思ってもみなかったよ」

マックは今来た道を戻って、彼女に近づこうとした。そのとき、頭上の空気が震えた。足もとの砂が流れた。そして彼は、ダイヤモンドのような涙がひと粒、彼女の頬を伝うのを見た。彼女の姿が煙のようにすうっと消えてしまう前に。

3

雪化粧したスリー・シスターズ島はとても静かで、非の打ちどころがないほど美しく、アイランド・トレジャーズという名の土産物屋に並んでいるスノー・グローブにそっくりだ、とリプリーは思った。昨夜この島を襲った吹雪は、ビーチも、芝生も、街路も分け隔てなく、すべてを真っ白に覆いつくしていった。こもをかけられた木々はそよとも動かず絵のように立ち並び、あたりは教会を思わせる荘厳な静寂に包まれている。

この美しい銀世界を汚してしまうのは、あまりにも忍びない。

だが、ちょうど今ザックはディック・ステューベンズに電話をかけて、雪かきを始めてくれ、と指示を出しているところだ。じきに世界はふたたび動きだすだろう。けれども今この瞬間は、いまだ世界はしんと静まりかえっている。ほれぼれしてしまうほどに。

　雪が二フィート以上も積もっていては、毎朝の日課としているビーチでのジョギングはさすがにあきらめざるを得ない。リプリーはジム用のバッグを肩にかけ、義理の姉が焼いているなにやらおいしそうなものの匂いを最後にもう一度吸いこんでから、そっと家を抜けだした。

　こうして家からヘルス・クラブのあるホテルまで歩くあいだに限っては、島はわたしだけのものだと思える。

　煙突から煙が立ちのぼっていた。キッチンの窓には明かりが灯っている。その奥ではオートミールの鍋がかきまぜられたり、じゅうっと音を立ててベーコンが焼かれたりしているのだろう。あたたかくて快適な家々のなかでは、子供たちが喜びのダンスを踊っているに違いない。学校は休み。今日は雪合戦に、かまくらづくり、そりすべりをして遊び、キッチンのテーブルで熱々のココアを飲む日だ。

　わたしにもそういう素朴な時代があったっけ。

　リプリーはまっさらの雪に細い筋を残しながら、一歩一歩村へと歩いていった。明るい薄曇りの空は、せっかくだからおまけとしてあと何インチか雪を積もらせようかどうしようかと迷っているかのようだ。どちらにしても、ジムでひととおり汗を流したら家に戻り、パトカーとネルの車をシャベルで掘り起こさなければならないザックに手を貸すことにしよう。

村へ入ると、リプリーは足もとを見おろして眉をひそめた。彼女が期待していたような、まだ踏み荒らされていない真新しい雪ではなかったからだ。どこかの誰かが朝早くから起きだしてきたらしく、細い筋道ができている。

なんだか気に入らない。島のこのあたりに積もった雪はリプリーがいちばん最初に踏みしめるのがならわしであり、ほぼ儀式とさえ化している。にもかかわらず、暗黙の決まりごとを勝手に破り、彼女の楽しみを奪った者がいるようだ。

リプリーは雪を蹴り、歩きつづけた。

雪のなかの道は彼女が行こうとしている、ゴシック様式の石造りのホテル、マジック・インへと続いていた。

本土からやってきた観光客か誰かが、いかにもニューイングランド地方らしい風情の残る村がすっかり雪に覆われている様子を見てみたくて、ホテルの部屋から抜けだしたのかもしれない。だとしたらその人を責めるわけにはいかないけれど、せめてあと一時間待ってくれたらよかったのに……。リプリーは両足をとんとん踏み鳴らしてブーツについた雪を落としながら短い正面階段をのぼり、ホテルへ入った。

受付係に手を振り、ジム用のバッグを肩にかけなおして、ロビーから二階へ続く階段を足どり軽く駆けあがる。つきあいの長い得意客ということでホテル側の特別な計らいを受け、本来は会員制のヘルス・クラブを、一回ごとの精算で利用させてもらっていた。トレーニングはひとりでやるのが好きだし、夏にはプールより海で泳ぐほうが多いので、会費を払ってまで正会員になるほどの価値はないからだ。

階段をあがって左に折れ、突きあたりの女性用ロッカールームに入った。たしか今週は、片手で数えられるほどの宿泊客しかいないはずだった。ジムやプールをひとり占めできる確率は高そうだ。

リプリーは着ていた服を脱いで、ホテルが用意してくれている彼女専用のロッカーに突っこみ、黒いスポーツ・ブラとバイク・パンツだけの姿になって、ソックスとトレーニング・シューズを履いた。

負荷のかかるマシーンや、バーベル、ダンベルなどを使って、これからいい汗を流せると思うだけで、ふたたび気分がよくなってきた。トレッドミルは大嫌いだから、有酸素運動はプールで泳ぐことでこなせばいい。

ロッカールームの奥のドアを抜けてジムへ出た。そのとたん、金属と金属のぶつかりあう音が聞こえてくる。先客がいることがわかると、たちまち気分がかりかりした。おまけにテレビまでついていて、朝っぱらからやけに明るくて騒々しいワイド・ショウ番組を映しだしている。

トレーニングのときは大音量で音楽をかけるのが、リプリーの好みだった。顔をしかめつつベンチ・プレスのコーナーへ視線を向けると、思いがけず興味深い光景が目に飛びこんでくる。全身までは見えなかったが、見える範囲ではかなり立派な体つきの男性だ。

よく陽に焼けた筋肉質の長い脚には、すでにうっすらと汗がにじんでいた。腕も長く、バーベルがあがったりさがったりするたびに、しなやかそうな二頭筋が波打つように動いている。履いている靴もなかなかだ。飾り気がなく実用的なブランドのもので、なにより新品にはほど遠い。

百二十ポンドのバーベルはなめらかにテンポよく上下していた。どんどん調子があがっているようだ。

週末だけ軽く体を動かすのではなく、毎日鍛えているのだろう。体のほかの部分も脚や腕と同じくらいたくましいとすると、かなりホットな感じかもしれない。

どうせ誰かと道具やマシーンを共用せざるを得ないなら、相手がホットで、たくましくて、さわやかな汗にまみれた男性であるに越したことはない。

やっぱり男はそうであってくれなくちゃね、とリプリーはうきうきしながら思った。このところ、つきあっている男性はいない――少なくともセックスはとんとご無沙汰だ。ここにいるミスター・フィットネスが毎日鍛えているだけのことはある男なのかどうか、この目で確かめてみよう。

リプリーはタオルを肩にかけて、彼のほうへ近づいていった。

「トレーニングの補助役は必要ないかしら？」そう声をかけつつ相手を見おろした瞬間、リプリーは思わず息をのんだ。そこにマックの顔があったからだ。

彼は低い声をもらしながら、バーベルをさげた。「やあ、調子はどうだい？　ゆうべの雪はすごかったね」

「ええ、まあ」リプリーはげんなりして、彼から離れるとウォームアップのストレッチを始めた。まったく、どうしてこうなるの？　こっちがちょっぴりその気になりかけたら、ミスター・フィットネスの正体はおたく博士だったなんて。

「いいクラブだね」かすかにうめくような声を発しつつ、マックがバーベルを押しあげる。「誰もいなかったんで、驚いたよ」

「一年の今ごろはホテルも暇ですからね」リプリーはちらりと彼を盗み見た。無精ひげがのびているせいか、単なる男前の本の虫という顔つきではなく、精悍な雰囲気が漂っている。セクシーな感じ。

そうじゃない、かなりホットだ。

「ここの会員になったの？」彼女はそう訊いてみた。

「まあね。あっ、何回やったか数え忘れてしまった。仕方ないな」マックはバーベルをスタンドに戻し、体を起こした。「きみもここに通ってるのかい？」

「いいえ。トレーニングに必要なものは家に揃ってるから。フリー・ウエイトの用具一式に、負荷調節つきの家庭用多機能マシーンまで。でも外を走れないときは、ここのプールで泳がせてもらってるのよ。ねえ、このくだらない番組、見てるの？」

彼は別のマシーンの負荷を調整しながら、テレビ画面を見やった。「別に」

その答えを〝ノー〟の意味に解釈して、リプリーはスイッチを切った。マックはレッグ・プレスを始めたようだ。彼女は音楽をかけてボリュームをあげ、会話を拒絶した。

そんな嫌がらせにもひるむことなく、マックは淡々とトレーニング・メニューをこなしていった。同じように黙々と体を動かすリプリーを、視界の隅でそれとなく観察しながら。ヘルス・クラブのなかで女性に言い寄る趣味はない。そういうのは、なんというかその、無作法だ。とはいえ、彼も人間だった。今ここにはふたりしかいないのだし、彼女の体はよく引きしまっていて、とても美しい。

態度がそっけないのが残念ではあるが。

そのときふと、おとといの夜ビーチでリプリーが立っている、と感じた瞬間のことを思いだした。むろん、人違いだったに決まっている。あのあとすぐにそう思ったではないか。瞳はほぼそっくりだった。澄みきった鮮やかなグリーン。だが、あのときビーチに現れた女性、もしくは幻かなにかは、リプリーほど均整のとれた鍛えあげられた体つきではなかった。髪は長くて黒っぽかったが、リプリーのようなストレートではなく、くるくるした巻き毛だった。

そして顔は、どことなく似てはいたものの、もう少しやわらかくて丸みがあり、悲しげな面差しだった。

それよりなにより、このリプリー・トッドが涙を流しながら暗いビーチにたたずんでいたかと思うと、次の瞬間にはふっと宙に消えてしまう、なんてことがあるはずがない。

あれは三姉妹のうちのひとりだ、とマックは確信していた。これまでに調べたことから推測するに、おそらくアースと呼ばれていた者だろう。

もっとも、トッド保安官代理が例の伝説に深くかかわっていることは疑いようがない。

わからないのは、今のところとりつく島もないリプリーをどう説得して話を聞きだすか——つまり、どうやって彼女の心を解きほぐすか、だ。とにかく話すきっかけをつくらなければと思ったマックが、彼女のつかもうとしたダンベルに同時に手をのばしたのは、もちろんただの偶然ではなかった。

リプリーが大胸筋を鍛える運動を始める。彼も横で同じことを始めた。

音楽はうるさいが、この位置からならばかみたいに大声を張りあげなくとも声は届く。

「ここのレストランの料理はどんな感じなんだい？」

「ふたつあるわ。どっちもいいわよ。おしゃれなほうの店は高いけど」

「このあと朝食を一緒にどう？　おごるよ」

リプリーが横目で彼を見た。「ありがとう、でも戻らなきゃいけないから」

彼女の目は、マックの握っているダンベルに向けられている。彼が使っているのは二十ポンドだった。彼女のは十ポンド。それでもふたりは音楽のビートに乗って、鏡に映したかのようにまったく同じ動きをくりかえしていた。

「機械のセットアップが終わったんだ」次の動きへと移りながら、マックは軽い口調で切りだした。「ぜひ一度、きみにも見に来てほしいな」

「どうしてわたしが？」

「興味があるかと思って。この前みたいなことがまた起こるんじゃないかと不安なら、絶対に手をふれたりしないって約束するから」

「不安なんてないわ、なんにも」

声に表れていた気の強さが、マックにリプリー攻略のヒントをくれた。女性のなかには、容姿の美しさや頭のよさを自慢に思う者もいる。しかしリプリーは土性骨の強さを、なにより誇りとしているらしい。

「やっぱり、あんなことがあったあとじゃ、あのコテージには近づきたくないだろうし、ぼくと話すのだって気が進まないんだろうね。だとしても、きみを責めるつもりはないけど」一歩間違えたらただのまぬけに見えかねない、のんきな笑みを浮かべてみせる。「普通の人はあの手の超常現象には慣れてないってこと、ついつい忘れてしまうんだ。そういう人にとっては、たしかに気味が悪いかもしれないね」

「わたしが怖がってるとでも思ってるの？」リプリーは歯をくいしばって体を動かしつづけた。「わたしは恐れてなんかいないわよ、ブック、あなたも、そしてあなたのばかげたおもちゃも」

「うれしいことを聞いたな」陽気な声、愉快そうな表情で、彼はマット上での運動を終えて立ちあがり、二頭筋を鍛えるマシーンに移った。「ちょっと心配してたんだ、きみがあんなふうに逃げていったからさ」

「別に逃げてなんかいないでしょ」リプリーはぴしゃりと言いかえして、三頭筋の運動を始めた。「帰っただけよ」

「なんでもいいけど」

「仕事があったの」

「なるほどね」

リプリーは息を吸いこみながら、しまりのない彼のにやけ顔にバーベルでもぶつけてやったらどうなるかしら、と想像した。「あなたは優雅に遊んで暮らせるお金持ちなのかもしれないけど、わたしは生活のために働かなきゃいけないんだから」

「たしかにな。でも、もしきみがこのあいだみたいなエネルギーの反応を恐れてるわけじゃないんなら、ぜひもう一度来てほしい。機械も全部揃ったことだから、今度はちゃんと記録がとれるし、再現性のある現象かどうかも確かめたいんだ」

「興味ないわ」

「今回はきちんと謝礼も払うよ」

「あなたのお金なんていらないもの」

「だけど、あって困るものでもないだろう？　とにかく考えてみてくれ」マックは普段やっている回数より少なめに切りあげて、マシーンをリプリーに譲った。「それにしても……」負荷を調整してやりながら言い添える。「見事な腹筋だね」

遠ざかっていく彼の背中に向かって、リプリーはいーっと歯をむいた。

あんないけ好かない男に臆病者扱いされるなんて、冗談じゃないわ。心のなかで憤りをぶちまけながら、残りのメニューをこなしていく。お笑いぐさですんだからよかったものの、そうじゃなければ侮辱よ。おまけに、お金さえちらつかせれば、このわたしがほいほいとばかげた実験だか研究だかにつきあうと思ってるなんて。

ほんと、もったいないわ。ここ数カ月で出会った男のなかでは最高に格好よくて、なおかつ最高の肉体の持ち主であるだけに、なおさら惜しい気がした。彼があんな能なしでさえなかったら、まったく違う種類のワークアウトを一緒に楽しむことだってできたかもしれないのに。

でもこうなったら、今後はなるべく彼に近寄らないよう、気をつけなければ。完全に避けるのは難しいだろうけれど、それをこの冬の個人的な目標にしよう。

筋肉に心地よい疲労を感じながら、ロッカールームへ戻ってシャワーを浴び、ワンピースの水着に着替えてプール・エリアへ向かった。

だがそこに入ったとたん、自分の愚かさを呪いたくなった。プールのなかではすでにマックが、ゆったりのんびりしたペースで泳いでいる。意外にも彼は全身余すところなく陽に焼けていた――もちろん、見える限りにおいて、だけれど。彼の着ているスピードーの黒い競泳用水着は、肌を隠すことにはあまり向いていない。

たとえ彼と同じ水に浸からなければならないとしても、リプリーには泳ぐのをあきらめるつもりなどさらさらなかった。乾いたタオルを脇に放り投げ、頭からざぶんと飛びこむ。

水面に浮かびあがったとき、手をのばせば届く位置に彼がいて、悠然と水をかいていた。「ひとつ、いい考えを思いついたんだけど」

「あなたの頭にはいい考えがいっぱいつまってるんでしょうね」リプリーは頭をのけぞらせていったん水にもぐり、顔に張りついた髪を後ろへ撫でつけた。「そろそろわたしも泳ぎたいんだけど、いいかしら？　このプールは広いわ。あなたはあっち側で泳いで。わたしはこっちで泳ぐから」

「ただの考えというより、提案、と言ったほうがいいかもしれないな」

「ブック、いいかげんにしてよ、そのうち怒るわよ」

「ぼくはなにも――」

　このうえなくセクシーな無精ひげを生やした顔がぱっと赤くなる。その顔を目にした瞬間、体の奥からじわっと熱いものがこみあげてきた自分に、リプリーはなんとも腹が立った。

「変なことを考えてたわけじゃなくて……」マックは二度ほど慎重に息をついた。さもないと舌がもつれそうだったからだ。「レースしてみないか、って言いたかっただけだよ」

　どうやらリプリーの競争心に火をつけることに成功したようだ。彼女はきらりと目を光らせてから、水中に沈んで横のほうへと泳いでいった。「興味ないってば」

「プールの長さの四分の一のハンデをあげるからさ」

「わかったわ、どうしてもわたしを怒らせたいのね」

「全部で二往復だ」マックは骨をくわえこんだ猟犬のごとく、食らいついたら二度と放さないつもりで勝負を持ちかけた。「きみが勝ったら、ぼくは二度ときみを悩ませたりしない。でももしぼくが勝ったら、一時間だけつきあってほしい。一時間と三カ月だ。きみにとってかなり有利な賭だろう？」

リプリーは相手にする気などなかった。彼のことはさっさと追い払ってしまいたかった。そもそもこちらが許しさえしなければ、彼みたいな男に悩まされるはずがないからだ。けれど、ひとつだけ心に引っかかるものがあった。勝負を挑まれて逃げだすのは、どうしても性に合わない。

「二往復ね、ハンデはいらないわ」ゴーグルをつけて、ゴムの長さを調節する。「わたしが勝ったら、二度とわたしに近づこうとしないこと。あなたの手がけてるプロジェクトだかなんだかの内容を、二度とわたしに説明しようとしないこと。それから、男としてわたしを口説こうとするのもやめてちょうだい」

「最後の条件だけは胸にぐさっと突き刺さるけど、まあいいさ、それで受けて立つよ、保安官代理。ぼくが勝ったら、きみはコテージへ来て、いくつかの実験に力を貸してくれ。一時間ぐらいですむはずだ、きみが協力を惜しまずにいてくれればね」

「じゃあ、決まりね」彼が差しだした手を、リプリーは穏やかな目で見つめただけだった。「握手まですする気はないわ」マックが壁際に立つのを待ちながら、ゆっくりと深呼吸して勝負に備える。「自由形？」

「ああ。三つ数えてスタートでいいかい？」

彼女はうなずいた。「一、二……」

三と同時にふたりは壁を蹴り、水を切って泳ぎはじめた。リプリーは負ける気がしなかった。もしかしたら、などとはちらりとも考えなかった。生まれてこの方ほぼ毎日泳いでいるのだし、ここは言うなれば自分のホームだ。

最初のラップを泳ぎながら、マックのフォームを横目で観察した。悪くはないけれど、わたしのほうがいい。

ふたりは向こう端の壁にタッチして折りかえし、第二ラップに突入した。

リプリーの泳ぐ姿はほれぼれするほど美しい、とマックは思っていた。できるものなら、もっともっとこういう機会を増やしたいものだ。こんな緊張した雰囲気のなかではなく。力強いだけではない、彼女の泳ぎには真のスポーツ選手だけが持つ、鍛えあげられた流麗さと優雅さがある。

自分がその域にまで達しているとうぬぼれたことは、かつてない。しかし、得意なスポーツをなにかひとつあげるとすれば、それは水泳だった。正直言って、ここまでいい勝負になるとは思ってもいなかった。腕はこちらのほうが長いし、身長分だけで七インチは有利なのだから。だが、彼女のキックは強力だ。

第三ラップに入ると、マックは試しに少しだけペースをあげた。リプリーはぴったりとついてくる。そうなると俄然やる気がわいてくると同時に、なんだか笑いだしたくなった。これでは、彼女にもてあそばれているようなものだ。さらにスピードをあげてみて、その考えが間違っていなかったことを実感した。彼女がハンデを突っぱねてくれて本当によかった。

一方のリプリーは、なんてしつこい男なのかしら、と思っていた。ふたり並んでいよいよ最終ラップにかかったとき、彼の能力を見くびっていたことに遅蒔きながら気づいた。最後の力を振りしぼって、なんとか身長の四分の一程度のリードを奪う。そのとき、とうとうアドレナリンが出つくしてしまった気がした。

結局マックが抜きかえして二ストローク分ほど先にゴールすると、リプリーはショックを受けるとともに、感心すらしてしまった。

胸を上下させながら水面に顔を出し、ゴーグルを上へ押しあげる。これまで誰にも、兄のザックにさえ、二往復の競泳で負けを喫したことなどなかったのに。リプリーの体からふうっと力が抜けていった。

「それじゃ」マックが髪を後ろへ撫でつけ、息を弾ませながら言った。「今日は何時ごろだったら都合がいいかな?」

あの嫌味な男ときたら、はっきりした勝利宣言すらしなかった。そのせいでリプリーはなおさらみじめな敗北感を味わわされた。最初から最後まで、彼はとにかく上機嫌で如才がなかった。もしかするとあの人、ドラッグでもやってたんじゃないかしら。化学物質の助けなくして、あそこまで平常心を保てる人なんていないもの。

むしゃくしゃする気持ちの一部を雪かきすることで発散し、傷ついたエゴはかの有名なネルお手製のシナモン・バンズで癒した。それでもなお、勝負に敗れたという事実は一日じゅう、リプリーの心をちくちく刺しつづけた。ついつい爪で引っかいてしまう、治りかけのかさぶたのように。

何件もの通報があったおかげで、物理的には忙しくしていられた。車がスリップして路肩からはみだしたとか、雪合戦の玉がとんでもない方向に飛んで窓ガラスを割ったとか、さらには、雪の日になると子供たちがはめを外してしでかすさまざまないたずらの後始末などにも追われた。

それでも心はいっこうに晴れず、リプリーはずっと機嫌が悪かった。

保安官事務所のなかでザックは、彼女がぼそぼそと悪態をつきながらコーヒーのお代わりを注ぐ様子を、じっと見守っていた。彼は辛抱強い男で、妹のことをよく理解してもいる。今日はパトロール中に何度か行き会い、その言動の端々から、妹がいらだっていることを感じていた。

リプリーのいらだちはいまだ静まる気配がない。ならばここは、こちらからちょっとつついて、怒りを吐きださせてやるしかないだろう。

このタイミングなら悪くない。

彼は今、つかのまのコーヒー・ブレイクをとって、デスクに両足を投げだしてくつろいでいるところだった。

「いつまでそうやってかりかりしてるつもりなんだ？　聞いてやるから、わけを話してみたらどうだ？」

「別にかりかりしてなんかいないわ」リプリーはコーヒーをぐいっと飲み、舌をやけどして、またもや悪態をついた。

「今朝ジムから戻ってきてからというもの、おまえの頭からは湯気が出っぱなしじゃないか」

「わたしは頭から湯気を出したりしないってば。兄さんと一緒にしないでよ」

「ぼくはふさぎこむほうだ」ザックは訂正した。「ぼくなら、こういうときはひとりになって、矛盾点の解決方法や状況の改善策をじっくり冷静に考える。だが、おまえみたいにかーっとなって湯気をしゅんしゅん出してる場合は、誰かに鍋の中身をぶちまけでもしない限り、怒りはおさまらないだろ？　今のところ被害を受けているのはぼくひとりのようだからね、ぼくにだけはその鍋のなかでなにが煮えてるのか教えてくれてもいいんじゃないか？」

リプリーはくるりと振り向き、鼻で笑った。「それって、これまでわたしが聞いたなかじゃ、いちばんばかげた論法だわ」

「ほらな」ザックは妹の目の前で指を振った。「そうやってぼくに矛先を向けて、やつあたりしようとしてるじゃないか。なあ、誰がおまえを怒らせたのか教えてくれよ。ふたりで一緒にそいつの尻を鞭で叩きに行こう」

なぜかザックは、こういう最悪の状況でもわたしを笑わせる方法を知っているのよね、と心のなかでリプリーは思った。彼女はデスクに歩み寄り、縁に腰かけた。「ブックとかいう男にはもう会った？」

「ニューヨークから来た学者だろ？　昨日会ったよ、彼が村を見まわりがてら、ぶらぶら散歩してたときに。なかなか人のよさそうな男に見えたけど」

「人がいいですって？」リプリーが鼻を鳴らす。「彼がここへなにをしに来たか、知ってるの？」

ザックはうなずいた。ひとことブックと聞いただけで、リプリーの怒りがどこから来ているのかわかった。「リップ、あの手の連中が押し寄せてくることは、これまでにもしょっちゅうあったじゃないか。シスターズ島で暮らしてる限り、避けられない運命だよ」

「それとこれとは話が違うの」

「かもしれない」眉間にしわを寄せながら立ちあがって、彼もコーヒーのお代わりを注ぐ。「だが、去年の秋にネルの身に起きたことだけをとっても、みんなを驚かせるには充分だった。死んだはずの彼女が実は生きていたというだけでも、あの憎きレミントンの野郎が妻を殴り倒して楽しんでいた事実が発覚したというだけでもない。もちろん、彼女を追ってここへたどり着いたあいつが、殺してやると彼女に脅しをかけたからだけでもないさ」

「あいつは兄さんを刺したわ」リプリーは声を落として言った。真っ赤な血に染まったザックのシャツが、暗い森のなかでそれだけが輝いて見えたように、今もありありと脳裏に浮かぶ。

「ネタがふんだんに揃っていたから、新聞や雑誌はこぞってとりあげた」ザックが続ける。「いかにも大衆の喜びそうな大事件だったからね。おまけに、最後にどんな決着がついたかを考えれば――」

「そこの部分は隠しとおしたじゃない」

「ぼくらにできる限りはな」彼は同意した。

妹の横まで行って、そっと顔にふれる。あの夜リプリーがそれまで守ってきた誓いを自らの意志で破ったことを、ザックは知っていた。ネルを助けるため、そして彼を助けるため、自分の奥深くにひそむ力を使ってミアと手をつないだことを。

「それでも話はもれたんだ」彼は静かに言った。「噂や憶測、狂った男の妄想。いろんな尾ひれがついて、人々の好奇心をあおった。そうなったら多少は火の粉が飛んでくることくらい、覚悟しておかないと」

「野次馬が押し寄せてくることは覚悟してたわ」リプリーは認めた。「物見高い観光客が増える程度のことはね。でも、あのブックは違うの。彼は侮りがたいっていうか、なんかその、まるで十字軍みたいなのよ。立派な学位も持ってるし。彼のこと、どうせ変人のひとりだろうと考える人は多いでしょうけど、そうじゃない人も大勢いるはずだわ。それだけならまだしも、ミアが彼に話をしてしまうかもしれないのよ。調査に協力する気でいるかもしれないの」

「ああ、かもしれないな」ネルもまた協力するつもりでいることは、言わずにおいた。その点について、夫婦のあいだではすでに話しあっている。「それは彼女の選択だよ、リップ。だからって、おまえが思い悩む必要はない」

リプリーはうんざりした顔でコーヒーを見おろした。「わたしも一時間だけつきあうはめになっちゃったのよ」

「というと？」

「あの男、ずる賢くも、今朝わたしに賭を持ちかけてきてね。その勝負に負けて、わたしは一時間だけ彼のくだらない呪術《ヴードゥー》研究とやらにつきあう約束をさせられちゃったってわけ」

「まさか。なにをやっておまえが負けたんだ？」

「話したくない」リプリーがぼそっと言う。

だが、ザックにはすでにおおよそ察しがついていた。「今朝おまえはジムにしか行ってないよな？　そういえば、彼はあそこの会員になったとか聞いてるよ。そこで彼と鉢合わせしたんだろう？」

「ええ、ええ、そうよ」彼女は立ちあがり、あたりをうろうろと歩きはじめた。「だって、彼があんなに速いなんて、いったい誰が想像できたと思う？　ごく短い距離なら、背が高い分、たしかにあっちのほうが有利でしょうけど。百六十フィートの自由形じゃあね」

「ってことは、泳いだのか？」ザックは驚嘆の声をあげた。「彼は競泳でおまえに勝ったのか？」

「だから、話したくないって言ったでしょ。あのときわたし、ちょっとリズムに乗れなかったの、それだけよ」リプリーがくるっと振りかえって兄をにらみつける。「ねえ、今、笑い声が聞こえた気がしたけど？」

「仕方ないだろ。でもそれじゃあ、おまえがかっかするのも無理ないな」

「うるさいわね。ま、たった一時間でなにを証明できるつもりでいるのか、見物だわ。エネルギー探知機やら霊センサーやらを駆使してね。きっと時間の無駄よ」

「なら、おまえが心配することはないじゃないか。で、彼はどれくらいの差をつけたんだ？」

「もう黙って、ザック」

とにかく早くすませてしまおう、とリプリーは心に決めた。歯の根管治療と同じことだ。とはいえ、心情的にはほんのわずかでも先送りにしたくて、ザックのパトカーに便乗していくのではなく、歩いていくことにした。

黄色いコテージへと角を曲がるころにはあたりはすっかり闇に包まれていて、新月のため月も黒かった。朝からさらに三インチほど雪を降り積もらせた雲は、夕方には消えていた。澄み渡った夜空にまたたく星々が、空気中のぬくもりをすべて奪い去ってしまったかのようだ。冴えた冷気が鋭利な刃物のごとく、露出している肌を容赦なく切っていく。

彼女は懐中電灯で道を照らしながら、早足で歩いた。

やがてマックのローバーが見えてくると、リプリーはやれやれと首を振った。まだ雪に埋まったままだ。まったくもって、イカレた教授さまのなさりそうなことだわ。実際の肩書きがどうであれ。

足を踏み鳴らしながら玄関へ近づき、ウールの手袋をはめた手でどんどんとドアを叩いた。

すぐに、かなりくたびれたグレーのスウェットシャツに同じくらいはき古されたジーンズ姿のマックが出迎えてくれた。さらに、おいしそうな匂いも漂ってくる。ネルのつくった牛肉と大麦のスープに間違いない。なぜかよだれが出そうになったのはそのせいだ、それだけのせいだ、とリプリーは決めつけた。

「やあ。外はものすごく寒いね。これじゃ気温は華氏零度近くまでさがってるな」横へ身を引いて彼女を招き入れながら、マックが外を見やる。「車は？　まさか、歩いてきたのかい？　気は確かか？」

リプリーは狭いリビングルームにぎっしりつまった機械類を眺めまわした。「こんなところで暮らしてるあなたに言われたくないわ」

「とにかく、今夜はのんびりと散歩を楽しむには寒すぎるよ」とっさに彼は手袋に包まれたリプリーの手をとり、自分の手のなかでこすりはじめた。

「こんなふうにいちゃついてていいの？　時間には限りがあるのよ」

「そういう態度はよくないな」穏やかでのんきな声ではなく、弾丸のように熱く鋭い声だった。リプリーが探るような目で見かえす。「凍傷を見たことないのか？」

「もちろんあるわよ——ちょ、ちょっと！」彼女は手を引っこめた。マックが手袋を引っぱって脱がせ、指先を調べようとしていたからだ。

「二年ほど前、ネパールで学生のグループと一緒になったことがあってね。そのうちのひとりがうっかり油断して……」マックは抗おうとする彼女を無視し、その手をとって指をいじくりまわした。「一本も失うはめになったんだ」

「わたしはそんなうっかり者じゃないわ」

「いいだろう。それじゃ、コートを預かろうか」

リプリーは体をくねらせてコートを脱ぎ、マフラー、ウール製の野球帽、防寒用ベストを次々と彼の腕にかけていった。

「ここまで用心深いなら大丈夫のようだね」そう言うとマックは預かったものをどこに置いたらいいかと、あたりをきょろきょろ見まわした。

その様子を見て、リプリーは思わずにんまりした。「まとめて床に置いといてくれれば充分よ」

「いや、そんなわけには……そうだ、ベッドに」思いつくなり、彼は細い廊下の先のベッドルームへそれらを運んでいった。

「ねえ、暗いのが怖いの?」大きな声で尋ねる。

「ええ?」

「この家、どこもかしこも電気がついてるじゃない」

「そうかい?」彼がふたたび廊下へ出てきた。「いつも消すのを忘れてしまうんだよ。

今日はネルのスープを一クォート分買ってみたんだ。今あたためてるところでね。きみも食べるかい？」一瞬の間を置いたのち、彼女の心を読んでつけ加える。「ただし、食べる時間は一時間に含まれないよ」

「おなかは空いてないから」とっさにそう答えてしまってから、あとで悔やむことになりそうだとリプリーは思った。

「それなら、ぼくも食べるのはあとにするから、さっそく始めよう。ええと、あれはどこに置いたんだったか……」マックはポケットを叩きながら、ぐるりと部屋を見まわした。「ああ、あった」モニターの脇にあった小型のテープ・レコーダーをとりあげる。「まずはきみ自身の基礎データから教えてほしいんだが……」

そこで言葉が切れ、マックは眉間にしわを寄せた。ソファーには古い書類や切り抜き、資料本、写真、その他の器具などがうずたかく積まれている。そして床にさえも、ふたりが腰をおろせるだけのスペースはなかった。

「仕方ないな、この続きはキッチンでやろうか」

リプリーは肩をすくめ、ポケットに両手を突っこんで、彼のあとをついていった。

「せっかくこっちへ移ってきたんだから、ぼくは食べながらやらせてもらうよ」マックはボウルをひとつとりだしてから、やっぱり気の毒に思ったのか、彼女の分もとりだした。「ひとりで食べるのも気が引けるから、どうせならきみも気を変えて一緒に食べないか?」

「そうね。ビールはある?」

「ないんだ、悪いね。まあまあおいしいメルローならあるけど」

「それでいいわ」リプリーは立ったまま、彼がスープとワインを注ぐのを見守っていた。

「さあ、どうぞ座って」

そう言ってマックも向かい側に腰をおろしたものの、すぐにまた立ちあがった。

「しまった、ちょいと失礼。先に食べててくれ」

慌てて出ていくマックにかまわず、リプリーはスプーンを手にとった。彼のひとりごとや紙をがさがさめくる音、なにかが床に落ちた音などが聞こえてくる。

マックはリング綴じのノートと鉛筆二本、メタル・フレームの眼鏡を持って戻ってきた。彼がその眼鏡をかけたとたん、リプリーは胸がきゅんとなった。

ああ、なんてセクシーなおたくなのかしら。

「ノートをとらせてもらうよ」マックが説明した。「念のために録音もしておく。スープはどうだった?」

「ネルの味ね」彼女はひとことですませた。

「ああ」彼も食べはじめる。「この前ぼくは時の過ぎるのも忘れて作業に熱中してしまったんだが、彼女のおかげで命を救われたんだよ。冷凍庫を開けてチャウダーの入った容器を見つけたときは、泣きだしたいくらいうれしかった。きみのお兄さんは幸せな男だね。彼には昨日会ったんだけど」

「聞いたわ」リプリーはくつろぎはじめた。マックがこうして無駄話を続けていてくれれば、時間は刻々と減っていく。「あのふたりはほんとにお似合いなの」

「ぼくもそういう印象を受けたよ。きみはいくつなんだい？」

「えっ？」

「きみの歳だよ――これも記録のためさ」

「年齢がこのことにどういう関係があるのかわからないけど。先月三十になったところよ」

「何日に？」

「十四日」

「射手座だね。生まれた時間はわかるかい？」

「さあ、そのときは時計なんか確かめてる暇はなかったから」彼女はワインを手にとった。「たしか母は、十六時間も陣痛に苦しんで、夜の八時ごろにようやく生まれたと言ってた気がするけど。どうしてそんなことが知りたいの？」

「データを占星術の図表に照らしてみるためさ。よかったら、あとできみにも結果を教えてあげるよ」

「そんなの、全然あてにならないでしょ」

「驚くほどあたるよ。きみはこの島で生まれたんだよね？」

「ええ、自宅で――お医者さんとお産婆さんが来てくれて」

「きみ自身は、なにか超常的な現象を体験したことがあるのかい？」

嘘をつくのもやぶさかではなかったけれど、そうするといつも喉のあたりがきゅっとしまる感じがするのがいやだった。「どうしてわたしが？」

「夢は覚えているほうかい？」

「ええ。この前の夜なんか、ハリソン・フォードと、孔雀の羽根と、瓶入りの菜種油の夢を見たわ。いったいどういう意味だと思う？」

「ときとして葉巻はただの葉巻にすぎないように、官能的な夢は単にセックスを指してることもあるんじゃないかな。夢はカラーで見るほう？」

「ええ、もちろん」

「いつもかい？」

彼女は肩を動かした。「白黒なんて、ボガートの映画とか芸術写真でしか見ないもの」

「予知夢を見たことは？」

うかつにも肯定しそうになったが、なんとか思いとどまった。「今のところ、ハリソン・フォードとわたしが結ばれる夢は見てないわ。希望は捨ててないけど」

彼はそこで戦術を変えてきた。「趣味はあるかい？」

「趣味？　というと……キルトづくりとか、バードウォッチングとか？　いいえ」

「暇なときはなにをしてる？」

「とくにこれというものは……」リプリーは思わず身をくねらせそうになった。「いろいろよ。テレビや映画を見たり。たまにセイリングもやるわ」

「ボガートの映画かい？　いちばん好きなのは？」

「《マルタの鷹》ね」

「セイリングはどの船で？」

「ザックが持ってる小型のデイ・クルーザー」彼女はテーブルを指で打ち鳴らしながら、ゆったりした気分で答えた。「いつか自分のを手に入れたいと思ってるんだけど」

「水の上で一日過ごすくらい、気持ちのいいものはないものな。自分に力があると気づいたのはいつ？」

「いつって……」リプリーは姿勢を正し、用心深く顔から表情を消した。「あなたの言う意味がわからないわ」

「いいや、わかってるはずだ。でも、きみが不快に感じるなら、今は答えなくていいよ」

「不快だなんて言ってないでしょ。ただ、質問の意味がわからないだけ」

マックは鉛筆を置き、スープのボウルを脇にどけて、リプリーの顔を真っ正面から見つめた。「じゃあ、こういうふうに訊けばいいかな。自分が魔女だと気づいたのはいつだったんだい？」

4

心臓の激しい鼓動に合わせ、血液が音を立てて頭のなかを駆けめぐった。マックは落ちついた様子で座ったまま、そこそこ興味深い実験対象でも見るような目でリプリーを観察している。

彼女の怒りは爆発寸前だった。

「そんなばかばかしい質問ってある？」

「ある者にとってそれは、本能――つまり生得的な知識だ。なかには、子供が歩き方やしゃべり方を教わるのと同じように、誰かから教えられることもある。もしくは、初潮を迎えた時点で気づくケースもあるらしい。でもきっと、自分のなかに眠っている力に気づかないまま人生を終えてしまう者が大半なんだろうけど」

彼の口調はまるで、少々理解力の足らない学生かなにかを相手にしてでもいるかのようだった。「どこでそんな情報を仕入れてきたのか、じゃなきゃ、なにを根拠にそんな突拍子もない考えを思いついたのか知らないけど、わたしは……」リプリーはその先の言葉を口にする気などなかったし、あえて口にすることで彼の願望を満たしてやるつもりもなかった。「その手のでたらめは、わたしじゃなくてあなたの得意分野でしょ、イカレ博士さん」

　マックがいぶかるように首を傾げる。「どうして怒ってるんだい？」

「怒ってなんかいないわよ」リプリーは身を乗りだした。「本当に怒ったところを見たい？」

「いや、そういうわけじゃないけどさ。でも、今のきみにセンサーをつけたら、きっとおもしろいデータがとれるはずだ、賭けてもいいよ」

「二度とあなたと賭なんかしないわ。というか、あなたと話すのもこれで終わりにしたいんだけど」

　立ちあがったリプリーにかまわず、マックはメモを書きつづけた。「時間はあと四十五分あるよ。もしきみが約束を破るなら……」そこでようやく顔をあげ、怒りに燃えている彼女の目を見かえす。「やっぱり怖がってるんだと判断せざるを得ないね。ぼくとしては、きみを怯えさえたり動揺させたりするつもりはなかったんだが。謝るよ」

「謝ってもらうほどのことじゃないわ」いつもの激しい心理的葛藤の末、リプリーはプライドにすがりついた。賭に乗ったのはほかならぬこの自分であり、条件をのんだのも自分だ。思いっきり不機嫌そうに顎を突きだしながらも、彼女はふたたび腰をおろした。

マックはあてこすりを言うでもなく、メモを書きつづけている。自分が勝つことは最初からわかっていたかのようだ。リプリーは悔しさのあまり、奥歯をぎりぎり噛みしめた。

「じゃあ、ここで大きく質問を変えるよ。きみは実践してないね」

「実践すべきことなんてないもの」

「きみは愚かな女性ではない。しかもぼくの受ける印象では、とても自意識が高いんじゃないかな」マックはリプリーの顔をしげしげと観察した。なんとか平静を保とうとしているようだ。だがその落ちついた仮面の下には、強い意志と、情熱のようなものが見え隠れしていた。

無性にその仮面を引きはがしたくなる。あらわにしたい。彼女のすべてを。しかし、こんなにも早く彼女に愛想をつかされてしまったら、そういうチャンスは決してめぐってこないだろう。

「この辺のことは、あまりふれてほしくない話題だったようだね。すまない」

「謝ってもらう必要なんかないって言ったはずよ。それに、勝手な類推もしてほしくないわ」

「リプリー……」マックは片手をあげて、和睦のしるしに指を広げてみせた。「ぼくは特ダネを追っている記者ではない。スターにひと目会いたいと狙っているグルーピーでもなければ、よき師を探し求めている修練士でもない。これはぼくの研究のためなんだ。きみのプライバシーは尊重するし、文書にもいっさい名前は出さないと約束する。きみを傷つけるようなこと、するつもりはないんだよ」

「とにかくわたしにかまわないで、ブック。実験台《ギニア・ピッグ》が必要なら、ほかをあたってちょうだい。わたしはあなたの……研究とやらには、まったく興味ないから」

「ネルが三人めなんだろう?」

「ネルには近づかないで」考えるより先にリプリーはマックに駆け寄って、彼の手首をつかんでいた。「彼女を面倒に巻きこんだりしたら、八つ裂きにしてやるわよ」

彼は微動だにせず、呼吸すらとめていた。リプリーの瞳孔は真っ黒と言っていいほど暗く陰っている。手首をぎゅっとつかんでいる彼女の指から熱が伝わってきた。皮膚から煙があがっても不思議ではないほどに。「なにものをも傷つけない」彼はどうにか声を震わせることなく言った。「それは魔術を操る者だけの哲学ではない。ぼくはそう信じてるんだ。だから絶対にきみの義理のお姉さんを傷つけたりはしないよ。きみのこともね、リプリー」

鎖を引きちぎった番犬でも見るような目でリプリーを見つめながら、空いているほうの手を彼女の手に重ねた。

「自分でコントロールできないんじゃないのかい？」やさしい口調で尋ねる。「完全には」そして、彼女の手を親しげにぎゅぎゅっと握った。「手首がやけどしそうなんだけどな」

その言葉を聞くなり、リプリーはぱっと指を広げ、マックの手首を放した。視線を落とすと、震えのとまらない自分の手と、五本の指のあとが赤くくっきりとついた彼の手首が目に入った。

「だからいやだって言ったのに」必死の思いで呼吸を整えようとする。荒々しいエネルギーの放出を抑え、自分をとり戻すために。

「ほら」

マックが立ちあがったことも、シンクのほうへ行ったことも、まるで気づいていなかった。はっとわれに返ったときには、彼が隣にいて、水の入ったグラスを差しだしてくれていた。

グラスを受けとってごくごくと飲んだあとは、もはや自分が怒っているのか恥ずかしいのかわからなくなっていた。でもとにかく、この心の乱れが彼のせいであることだけは間違いない。「他人の生活に土足でずかずか入りこんでくる権利なんて、あなたにはないはずよ」

「知識と、それに真実が、われわれを混沌から救ってくれるんだよ」穏やかで理性的な口調だった。だからなおのこと、リプリーは彼に噛みついてやりたくなった。「そこに哀れみと寛容さが加わって初めて、ぼくらは人間らしくなれる。そういうものがなかったら、この世は恐怖と無知に支配されてしまうからね。三百年前のセーラムがそうだったように」

「魔女を首吊りの刑にしなくなったからといって、世界が寛容になったわけじゃないでしょ。なにはともあれ、わたしはあなたの研究にはいっさいかかわりたくない。それだけよ」

「わかった」マックの目には、なぜかリプリーが急に疲れはてたように映った。骨の芯までぐったりしているようだ。彼の胸に罪悪感と同情心がこみあげてきた。「いいだろう。だが、この前の夜起きたことを考えたら、いっさいかかわらないというのは難しいかもしれないよ」

椅子の上で身じろぎしていたリプリーがしぶしぶ顔をあげるまで待ってから、彼は話を続けた。

「あの夜ビーチで、ある女性を見たんだ。最初はきみかと思った。目もとがそっくりで、髪や瞳の色も同じだったから。ひとりぼっちで、とてつもなく悲しげだった。彼女はぼくをじっと見つめた。そして、跡形もなく消えたんだ」

リプリーは唇を引き結んでいたが、やがてワインを手にとった。「もしかしてあなた、メルローを飲みすぎてたんじゃないの？」

「彼女は贖罪を求めている。ぼくは彼女に手を貸してやりたいんだ」

「あなたはデータが欲しいだけでしょ」リプリーが言いかえす。「自分の十字軍的行為を正当化したいのね。もしかしたら、出版契約でも狙ってるんじゃない？」

「理解したいだけだよ」いいや、それだけではない。マックは心のなかでそう認めた。そこがもっとも重要というわけでもない。「知りたいんだ」

「だったら、ミアと話せばいいじゃないの。彼女は他人からちやほやされるのが大好きだし」

「きみたちは幼なじみなんだろう？」

「ええ。それがなにか？」

こんなふうに挑戦的な態度をとってくれるリプリーのほうが、はるかに扱いやすく、相手をしていて愉快でもあった。「きみたちふたりのあいだに……妙な緊張が漂っている気がしたんだけどね」

「もう一度訊くわ。それがなにか？」

「科学者にとって、好奇心はなにより大切な資質だから」

「あら、猫はそのせいで命を落とすのよ」リプリーの目に、先ほどまでの冷ややかな輝きが戻ってきた。「だいいち、魔女を追い求めて世界じゅうを放浪することを〝科学〟とは呼ばないわ」

「ぼくの父もしょっちゅう同じことを言ってるよ」彼は陽気な声で言いながら、空になったスープのボウルを重ねてシンクへ片づけた。

「お父さまは分別がおありのようね」

「ああ、そのとおりだ。ぼくは父を落胆させてばかりいる。いや、その言い方は正しくないな」マックはテーブルに戻り、それぞれのグラスにワインをなみなみと注ぎ足した。「父にとってぼくはパズルみたいなもので、しかもピースがいくつか欠けてる感じだろう。きみのご両親のことを教えてくれないか？」

「ふたりともすでに隠居の身よ。父はザックの前の保安官で、母は公認会計士だった。しばらく前から、ウィネベーゴっていう大きなキャンピング・カーに乗って、国じゅうを旅してるわ」

「国立公園めぐりってわけか」

「ええまあ、そんなところね。ふたりとも、人生を最高に楽しんでるの。永遠に続く春休みをもらった子供みたいに」

言葉そのものより、リプリーのその言い方が、トッド家がかたい絆で結ばれた幸せな家族であることを匂わせた。彼女が自分の力を隠そうとするのは、少なくとも家庭内のもめごとが原因ではないようだ。マックはそう確信した。

「きみはお兄さんと一緒に働いてるんだよね？」

「訊くまでもないでしょ」

間違いない。リプリーはもう、いつもの彼女に戻っている。「この前、彼に会ったよ。きみとはあんまり似てないんだね」マックはノートから目をあげた。「目もと以外は」

「うちの家系のいい遺伝子は全部ザックが持ってっちゃったのよ。わたしの分はろくなのが残ってなかったってわけ」

「エヴァン・レミントンを逮捕した際にザックがけがを負ったとき、きみもそばにいたんだろう？」

ふたたび彼女が真顔になった。「調書でも読んでみる？」

「実を言うと、もう読んだんだ。大変な夜だったようだね」とりあえず、今はこれ以上この話題を深追いするのはやめておこう、と彼は心に決めた。「保安官の仕事は好きかい？」

「嫌いなことはやらない主義なの」

「うらやましいね。で、どうして《マルタの鷹》なんだ？」

「どういうこと?」

「なぜそれを選んだのかなと思ってさ。たとえば……そう、《カサブランカ》じゃなくて」

リプリーは頭を振って考えをまとめようとした。「さあ、どうしてかしら。強いて言うなら、バーグマンはあそこで飛行機に乗る代わりに、ボガートに向かって〝パリなんてくそくらえよ〟と言うべきだったたって気がするからかも。その点、《鷹》での彼はよかったわ。アスターを警察に引き渡したもの。あれこそ正義よ」

「ぼく自身は、イルザとリックは戦争のあと結ばれたはずだと思ってるし、サム・スペイドについては……まあ、その、彼はどこまでもサム・スペイドだった、って感じかな。音楽はどういうのが好き?」

「えっ?」

「音楽だよ。音楽を聞きながら運動するのが好きだって言ってたじゃないか」

「そんなことが、あなたのプロジェクトとどう関係するの?」

「だって、きみがぼくの研究にはかかわりたくないって言うから。それならせめて、残りの時間は互いを知ることに費やすのもいいかと思ってね」

リプリーはふうっと息を吐き、ワインに口をつけた。「あなたって本当に変わった人よね」

「わかった、じゃあ、きみのことはもういい。ぼくのことを話そう」マックは椅子に深々と座りなおすと、急に彼女の顔がぼやけたことに気づいて、読書用の眼鏡を外した。「歳は三十三で、いささか聞こえが悪いほどの大金持ちだ。ニューヨークのブック家の次男。家は不動産業を営んでる。マカリスターという分家のほうは――ちなみにうちの一族は代々その姓をファースト・ネームにしてるんだが――会社の顧問弁護士を務めている。ぼくが超自然的な事象に興味を抱きはじめたのは、まだ子供のころでね。そのうち、歴史とか、さまざまなバリエーション、文化や社会への影響なんかまで手を広げるようになった。あまりにもそっち方面への興味が深くなりすぎたのを心配した家族が精神分析医のところへぼくを診せに連れていったあげく、こういうのもある種の反抗にすぎないとお墨つきをもらったほどさ」

「お化けや幽霊みたいなものが好きだってだけで、ご家族はあなたを精神科へ連れていったの？」

「十四歳の大学一年生の家族であれば、精神科へ通うのなんか日常茶飯事さ」

「十四歳？」リプリーは口をへの字に曲げた。「それはたしかに普通じゃないわね」

「まあ、デートの相手を見つけるのはかなり大変だった、とだけ言っておこう」彼女の口もとがわずかに引きつったので、彼は内心ほくそ笑んだ。「本来なら性的なことに向けられていたはずの精力を、ぼくは勉強と個人的な興味に注ぎこんだ」

「つまり、読書や学術的研究に没頭してたのね」

「ある意味ではね。十八歳になるころには、両親はすでにぼくを一族の傘下の会社に就職させることはあきらめていた。で、晴れて二十一になって成人したとたん、ぼくは信託財産をもらって、好きなことがなんでもやれるようになったのさ」

リプリーは少しだけ頭を傾けた。どうしても訊いてみたいことがあって、我慢できなかったからだ。「それで、デートのお相手は見つかったの？」

「ふたりほどね。こう見えてぼくは、自分の行きたくない方向へ無理やり進まされる、あるいは、まだ心の準備ができていない方向へと背中を押される感覚がどんなものか、よく知ってるんだよ。みんな、こうするのがあなたにとっていちばんいいとわかってるのよ、なんて言うけどね。もちろん、その言い分が正しいこともあるだろう。だけど、ほかに選択肢がないところまで追いつめられたら、いいも悪いも関係なくなってしまう」

「今夜わたしに無理強いしなかったのは、それが理由？」

「それもひとつだ。もうひとつは、いずれきみが気を変えてくれるだろうと思ったからだよ。おっと、怒らないでくれ」彼女の口もとが引きしまったのを見て、マックは急いでつけ加えた。「この島に着いたときには、ミアから話が聞ければいいと思っていた。でも今は、きみの話が聞きたい——少なくとも、最初に話を聞くのはきみでなければ、って感じてるんだ」

「どうして？」

「その理由もこれからじっくり探るつもりさ。さてと、そろそろ約束の時間は終わりだね。家まで車で送るよ」

「わたしは気を変えたりしないわよ」

「ぼくには時間なら腐るほどあるから。きみのコートをとってくるよ」

「あ、でも、わざわざ車で送ってくれなくていいわ」

「なんなら、今度は腕相撲で勝負してもいいぞ」彼が大声で言う。「とにかく、こんなに真っ暗で寒いなか、きみを徒歩で帰すわけにはいかない」

「車で送るのは無理でしょ。あなたの車、まだ埋まってるじゃない」

「だったら掘りだしてから送るまでだ。五分待っててくれ」

言いかえそうと思ったときには玄関のドアが大きな音を立てて閉まり、リプリーはむしゃくしゃした気分のまま、ひとり家のなかにとり残された。

好奇心に駆られて裏口のドアを少しだけ開け、寒さに震えながら戸口に立って、シャベルでローバーのまわりの雪と格闘する彼を見守る。あの朝ジムで目に焼きついた筋肉が見かけ倒しではなかったことは、認めざるを得なかった。ドクター・ブックはここぞというときに全力を出しきる方法を知っているらしい。

ただし、端から丁寧に雪をどけていくといった几帳面さはないようだ。その点を注意しようとして、リプリーは思いとどまった。ここでなにか言ったら、こんなふうに盗み見るほど彼に興味を引かれていると、自ら証明することになってしまう。結局なにも言わずにドアを閉め、冷えきった手や腕をこすってあたためた。

しばらくすると、玄関のドアがまたもやばたんと叩きつけられ、マックがどかどかと足を踏み鳴らす音が聞こえてきた。リプリーはさも退屈そうな顔をして、キッチンのカウンターにもたれていた。

「外はものすごく寒いよ」彼が向こうのほうから叫ぶ。「ええと、きみの荷物はどこに置いたんだっけ?」

「ベッドルームよ」リプリーはそこで、彼がキッチンへ戻ってくる前にノートの内容を確かめておこうと思い立ち、小走りにテーブルへ近づいた。そして速記のメモを見るや、小さく舌打ちした。といっても、これが本当に速記なのかどうか、はっきりとはわからない。いずれにしろ、奇妙なシンボル、線や丸でできた図形などは、なにを表しているのかまるで見当がつかなかった。だが、ページの中央に描かれたスケッチが目に飛びこんできたとき、思わず息をのんだ。

それはリプリーの顔だった。とてもよく特徴をつかんでいる。鉛筆で粗くスケッチしただけの顔。絵のなかの自分は……なんだか不機嫌そうだ。それに用心深げでもある。この点でも、彼の見立ては間違っていなかった。

マカリスター・ブックの観察眼はなかなか侮りがたいわ、とリプリーはあらためて感じた。

テーブルから一フィートほど離れ、なにごともなかったかのように両手をポケットに突っこんで待っていると、マックが戻ってきた。「思ってたより二、三分長くかかってしまった。キーがすぐに見つからなくてさ。まったく、なんでバスルームの洗面台なんかに置いてあったんだろう」

「ポルターガイストかしら？」リプリーが甘い声でまぜっかえすと、彼は声を立てて笑った。

「だったらいいんだが。ぼくって男は、とにかくものを二度と同じ場所に置けない性分なんだよ」マックの歩いたあとには雪が点々と落ちていた。けれどもリプリーはそのことを指摘したりはせず、手早くベストとマフラーを身につけた。

コートを着せかけようとして待ち構えている彼に向かって、ゆっくりと首を振ってみせる。

「そういうの、さっぱりわけがわからないのよね。男の人って、自分たちがまわりにいないとき、女はどうやってコートを着てると思ってるの？」

「さあ、さっぱりわからないよ」マックは愉快そうに言いながら野球帽をリプリーの頭にかぶせ、いつも彼女がそうしているように、後ろの穴からポニーテイルを引きだしてやった。「手袋は?」

彼女がポケットからとりだして尋ねる。「手袋もはめてくれるの、パパ?」

「もちろんだとも、ハニー」そう言ってマックがさっとのばした手を、リプリーはにやにやしながら軽くはたいた。そのとき、彼の手首が今も赤くはれているのに気づき、急に真顔になった。罪の意識が胸のなかで渦巻く。人を傷つけること自体は、そうされても仕方のない相手であれば気にならない。

でも、こんなふうに傷を負わせるのはいやだった。絶対に。ただ、自分のしでかした失敗であれば、とり消すのは可能なはずだ。たとえそれが、プライドをかなぐり捨てることを意味するとしても。

彼の手首に目をとめた瞬間、リプリーの表情が一変したことを、マックは見逃さなかった。「たいしたことないよ」そう言いながらシャツの袖を引っぱって、傷を覆い隠そうとする。

「わたしにとってはたいしたことなの」彼女は息つく暇もなく、彼の手首をつかんだ。そして視線をあげ、まっすぐに彼の目を見る。「これは例外中の例外だから、見なかったことにして。なんの記録も残さないで。いい?」

「ああ」

「怒りのなかで負わせし傷、われ悔やみてこの護符に祈らん。われの負わせし痛み、三倍の力にて癒したまえ。われ望む、かくあれかし」

かすかな痛みとともに、皮膚から熱さがふっと消えた。リプリーの指形がついていた部分はすでに冷えて元どおりになり、あとすら残っていない。彼は丹田のあたりがぞくっとするような感覚に見舞われた。物理的な変化のせいというより、彼女の目つきが変わったせいだ。

このような力を見たことは前にもあったので、たった今のあたりにしたのが魔法の力であることは間違いないと思えた。それはまさに敬服に値する力だった。

「ありがとう」彼は礼を言った。

「なにも言わないで」リプリーが顔を背ける。「本気よ」

彼女がキッチンのドアノブに手をかけた瞬間、なんのあとも残っていないマックの手がそっと上から重ねられた。「きみがどうやってドアを開けるのかも、まだ見せてもらってないよ」彼が言う。「すごく重くて、鍵も複雑だけどさ」

「おかしな人」家の外へ出ると、マックの手がごく自然に肘の下に添えられた。リプリーはじろりとにらみつけてやったが、彼はなにげなく肩をすくめただけだった。

「冷たかったかい？　だったらごめんよ。幼いころ身につけさせられた習慣っていうのは、おいそれと変えられないものだからさ」

彼女はもうなにも言わなかった。ローバーの助手席側へエスコートされて、わざわざドアまで開けてもらったときも、彼に肘鉄砲をくらわせる気にはならなかった。

家までの距離はさほど長くないのだが、道順を彼に教えながら、心のなかではやはりとても感謝している自分に気がついた。コテージのなかで一時間過ごしていたあいだにも、室温はぐんぐんさがっていた。暖房の熱がまだ充分にまわっていなかったせいだろうが、少なくとも外気にさらされずにいられただけよかった――ぱりんと音を立てて割れそうなほど、凍てついたこの外気に。

「もっと薪が入り用なら、ジャック・ステューベンズの店へ行けば、束で売ってるわよ」リプリーは教えた。

「ステューベンズ、だね。それ、メモにしておいてくれないか？」マックが片手でハンドルを操りながら、ポケットを探る。「書く紙、持ってるかい？」

「いいえ」

「グローブボックスのなかを見てみてくれ」

そこを開けたとたん、あまりの驚きにリプリーはあんぐり口を開けた。何冊ものノート、無数のペンや輪ゴム、中身が半分ほど減ったプレッツェルの袋、懐中電灯が三本に、ハンティング・ナイフが一本、さらに正体不明の物体がいくつか出てきたからだ。彼女は、赤いより糸と、色とりどりのビーズと、人の髪の毛でできているらしいものを引き抜いた。

「これって、なに？」

マックがちらりと目を向ける。「魔よけ《グリ・グリ》［アフリカ先住民やヴードゥー教徒が用いる護符やお守り］さ。もらいものなんだ。紙はあった？」

しばし呆然と彼を見つめてから、リプリーはその魔よけの人形を元に戻し、メモがたくさん書き散らしてある紙の束から一枚を引き抜いた。「ステューベンズ」そうくりかえしながら、くしゃくしゃの紙に書きつけていく。「ジャック。アウル・ホーント小路」

「ありがとう」彼は受けとったメモを胸のポケットにしまった。

「そこを曲がって。二階建てで、ポーチがぐるりとまわりを囲んでる家がそうよ」

ドライブウェイにパトカーが駐まっていたので、そこまで細かく指示されなくともマックにはわかっただろう。窓にはあたたかい明かりが灯っていて、煙突から煙があがっている。

「すてきな家だね」彼は車をおりると、ひとりで勝手に助手席からおりたリプリーに歩み寄り、ふたたび腕をとった。

「ねえ、マック、やさしくしてくれるのはうれしいけど、なにも玄関までわざわざ腕を組んで送ってくれなくていいのよ。デートじゃあるまいし」

「自分でもどうしようもないんだ。それにぼくらは一緒に食事をして会話もした。ワインだって飲んだ。デートっぽい要素はいくつかあったじゃないか」

リプリーはポーチにたどり着くと足をとめ、彼に向きなおった。スキー帽を目深にかぶっているものの、あちこちからダーク・ブロンドの髪がはみでている。見つめられて、マックもまじまじと彼女を見つめかえした。

「それじゃ、えっと、ここでおやすみのキスでもしましょうか?」

「いいね」

なんの邪気も感じられないほがらかな返事だったので、リプリーはにっこりと微笑んだ。だがその笑みは、ほんの一瞬しか続かなかった。

彼が……意外な行動に出たからだ。ためらいのない、予想外の、信じがたい行動に。俊敏とまでは言えないものの、あまりにもなめらかでよどみない動きだったので、リプリーには身構える暇がなかった。考える時間も。

彼の腕が巻きついてきたかと思うと、そのまま懐へ引き寄せられて、体と体が密着する。リプリーの体は最初からマックの体にぴったり合うべく形づくられていたかのようで、どこにも変な力はかかっていない。背中にまわされた腕でほんの少しだけ抱えあげられると、なぜかリプリーは、ふたりが垂直に立っているのではなく横たわっているような錯覚にとらわれた。

熱い思いが勢いよく突きあげてきて、頭がくらくらしそうになったとき、彼の口が近づいてきた。

やわらかくて、あたたかくて、濃厚なキス。さっとかすめるのでもなければ軽くついばむのでもなく、唇を吸いつくすようなキスだった。めくるめく感覚に、足の先からじわじわと迫りあがってきた熱いさざ波が加わって、全身の骨がとろけてしまいそうな気がした。

喉の奥から小さな声が——歓びのあえぎが——もれてしまう。リプリーは自分から唇を開いて彼を迎えた。ああ、もっと！ 骨が抜けてしまったかのような腕をやっとの思いで持ちあげ、彼の首に巻きつける。

膝の力が抜けて、くずおれそうだった。このまま体が溶けていって彼の足もとで水たまりになっても不思議はないと思えるほどに。

しばらくしてマックが顔を起こし、そっと体を離したとき、リプリーの視界は完全にぼやけ、頭は真っ白になっていた。

「この続きはまた今度にしよう」彼が言った。

「え……」どういうわけかリプリーは、声を言葉にする方法が思いだせなかった。

マックがふざけて彼女の髪を軽く引っぱる。「凍えてしまう前に、家のなかに入ったほうがいいよ」

「あ……」彼女はしゃべるのをあきらめ、ぼうっとしたままゆっくりと彼に背を向けて、玄関のドアに近づいた。

「開けてあげるよ」静かな、落ちつき払った声でそう言ってから、マックがノブをまわしてドアをそっと押し開ける。「おやすみ、リプリー」

「ええ……」

なかに入ったリプリーは、彼が閉めてくれたドアにもたれて立ちつくすほかなかった。人心地がつき、乱れた呼吸が元に戻るまで。

邪気がない、ですって? あの彼のこと、わたしは本当に邪気がないなんて思っていたの?

よろめきながら数歩歩いて、階段のいちばん下の段にへたりこんだ。両脚が元どおりになるまでこうしていよう。二階にある自分の部屋へ這いのぼるだけの力が戻ってくるまで。

二〇〇二年一月八日

東部標準時午後九時十分

リプリー・トッドへの初回インタビュー時にとったメモと録音テープの内容につ

いては、のちに詳しく記す。こちらが期待していたほどの進展はなかった。しかしながら、正規の日報にも記載すべき、ふたつの特殊な事象が見られた。個人的な感想はこちらにのみ書きとめておく。

リプリーの負けん気と、義理の姉にあたるネル・トッド（ネル・トッドのデータは同名で立てた項目を参照）を守ろうとする強固な意志は、ときに、天賦の才について口にすることへのためらいをも捨てさせるらしい。あるいは今夜のように、持てる力を人前で見せることへの躊躇も。ネルの名前が引きあいに出された瞬間にリプリーが見せた反応は本能的なもので、その結果は彼女にとっても予想外だったという印象を受けた。彼女がぼくに傷を負わせたのは、それが目的というより、副次的効果にすぎなかったのだろう。手首のやけどは、肉眼で見る限り、くっきりと彼女の指の形どおりについていた。高温による瞬間的なやけどではなく、徐々に温度が高くなる感じだった。炎を大きく燃えあがらせていくときの感覚、とでも言おうか。

その現象が起きていたときの彼女の肉体的変化としては、瞳孔の散大と、皮膚の紅潮が見られた。

彼女の怒りは即座に内面へと向けられた。

力を自在に制御できないことと、内在する力の大きさに対する恐怖が、彼女に与えられた才能の本質について論じたり、さらにそれを探求したりすることへの躊躇を生んでいると思われる。

彼女は実に興味をそそる女性であり、明らかに家族と深い絆で結ばれている。力に関すること以外のあらゆる面では、完全なる自信を持っているらしく、ゆとりさえ感じられる。

微笑んだときの彼女は、とても美しい。

マックはそこではたと手をとめ、最後の一文は線を引いて消すべきだろうかと考えた。正確さに欠ける記述だ。彼女はいわゆる美人ではない——魅力的で、男心をそそるタイプではあるものの、美しいのとは違う。

だがまあ、この日記は感想や印象を記すためのものなのだからいいじゃないか、と自分に言い聞かせた。〝美しい〟という言葉が自然と出てきたのは、心のどこかでそう感じていたからに違いない。だからこの一文も残しておこう。

家を出る前に起きたふたつめの事象が彼女にとってさらにつらいものだったことに、疑いの余地はない。やけどの傷を消し去るためにこれまで隠してきた力をあえて見せたという事実は、彼女がしっかりした正邪の感覚を持っていることを示している。それと、自分の愛する人やものを守ろうとする本能が、天賦の才など欲しくないという気持ちを凌駕してしまうのだろう。

彼女が力を否定、もしくは放棄するに至った原因を、いずれは解き明かしたい。ぼくの立てた仮説を実証するためにも、彼女とはふたたび会わねばなるまい。

「ああもう、まったく」マックはひとりごちた。今ここで自分の気持ちに正直になれなければ、どこでなれるっていうんだ？

まったく個人的なレベルで、もう一度彼女に会ってみたい。彼女とともに過ごすのは楽しかった。たとえ向こうが無遠慮で、侮蔑的な態度で接してきても。いや、もしかすると彼女が無遠慮かつ侮蔑的な態度で接してくるからこそ、一緒にいて楽しいのかもしれない、という悪い予感がしないでもない。むろん、それだけでなく、性的な魅力も強く感じている。初めてミア・デヴリンに会ったときにわいてきた、美に対する純粋な感嘆――それに伴う、ごく自然な人間らしい夢想――とは異なり、この感情はもっと俗っぽくて、それゆえになおさら抗しがたい。心のあるレベルでぼくは、この複雑な女性を形づくっているピースをひとつずつ外していき、彼女の本質を見極めたいと願っている。だが別のレベルでは、ただ単に……。

だめだ、とマックは思いなおした。誰に見せるつもりもない日記であろうと、ある程度の検閲は必要だ。リプリー・トッドとしてみたいあれやこれやを、心のままに書きつづることなどできない。

彼女の恋人になれたらどんな気がするのだろう。

まあ、この程度なら許されるか。ここであまり具体的な描写をしても仕方がない。

今夜は気温が華氏零度付近までさがっていたので、彼女の家まで車で送った。ここまで歩いてきたこと、あんな状況でも歩いて帰るつもりでいたことは、彼女の頑固さと独立心の旺盛さを物語っている。明らかに彼女は、コートを着せてもらうとかドアを開けてもらうといったただの儀礼的な行為にまで、いちいち反応していた。ただし、侮辱と受けとるのではなく、どこかおもしろがっている様子だったのは安心材料だ。

彼女のほうから言いださなければ、キスはしなかっただろう。まだ知りあったばかりの段階であいうことをするつもりなど、これっぽっちもなかった。彼女の反応はまったく予想外で……とても刺激的だった。心も体もあれほど強い女性があんなふうに脱力するさまを見せられると……。

そこでいったん手を休めて、深呼吸してから、グラスにくんであった水を飲まずにいられなかった。

彼女の反応とその熱さを体でじかに感じると……。あのような行為の最中に体温を上昇させる化学的/生物学的因子の正体を知ってはいても、体験自体のすばらしさは少しも損なわれない。唇にはいまだに彼女の味が残っている——強くて、そう、これもまた強くて刺激的な味だ。それに、喉の奥からもれてきた子猫の鳴き声のような音も耳に残っている。ぼくの脚からも力が抜け、彼女が腕を首にまわしてきたときには、彼女に包みこまれた気分になった。あと一分——あと一秒でも長くあのままでいたら、おそらくぼくは、ふたりが凍てつく寒空の下で外のポーチに立っていることを忘れていただろう。

だが、こちらから抱きしめた以上——冗談まじりに誘いかけてきたのは彼女のほうだったけれど——抱擁を解く責任もこちらにあった。少なくとも、彼女の顔を間近で見つめ、夢見心地の表情が浮かんだ瞳をのぞきこむことができたのだから、それだけでよしとしなくては。ドアのなかへとまっすぐ歩いていく彼女を見送ることができたのだから。

あの光景はよかった。

もちろんぼくは、コテージへ帰る途中で、二度ほど脱輪しそうになった——さらに道にも迷ったが、それはいつものことであって、思わぬ刺激を与えられたせいではない。

そう、ぼくはこれからもさまざまな形で彼女と会いたいと望んでいる。きっと今夜はあまりよく眠れないだろう。

5

ネルは最後に焼きあがった分のシナモン・バンズにアイシングをかけたあと、暇を持て余していた。カフェへ持っていくパンやケーキを車に積みこむまでには、まだ一時間ほど余裕がある。ポルチーニ茸を使った本日のスープはとっくに密閉式の鍋に移し替えてあった。三種類のサラダも下ごしらえはすんでいて、マフィンも焼きあがっていた。ナポレオン・パイの仕上げも終わっている。

彼女は朝の五時半から起きだしていた。

ディエゴという名のすらりとした灰色の猫がキッチン・チェアの上に陣どり、ネルの動きを見守っていた。巨大な黒のラブラドール犬、ルーシーは、キッチンの隅に寝そべってディエゴの様子をうかがっている。二匹はなんとか折りあいをつけ——ディエゴがほぼ一方的に主張を通したようではあるけれど——互いへの不信と疑念を抱えつつも、かろうじて平和に共存している。

ネルはラジオを低い音でかけ、クッキーが焼きあがるのを待っていた。

寝ぼけまなこのリプリーがパジャマ代わりのスウェットパンツとフットボール・ジャージ姿でキッチンへ入っていくと、ネルはなにも言わずにコーヒーのマグを差しだしくれた。

リプリーはカフェイン摂取前としては精いっぱいの大声でありがとうともごもごつぶやき、椅子にどすんと腰をおろした。

「今朝もまだ雪がだいぶ積もってるから、走りに行けないわね」ネルが言う。

リプリーはふたたびもごもごと答えた。日課の三マイルを走らないと、しゃきっと目が覚めない。それでも、コーヒーが少しは役に立ってくれそうだった。それをちびちび飲みながら、足もとへ寄ってきたルーシーの頭をうわのそらで撫でる。

あの忌々しいトレッドミルで走るしかないわね。大嫌いなんだけど。でも、丸二日も走らずにいたらおかしくなってしまうもの。今日はザックが早番だから――そういえばザックはどこにいるんだろう？――ジムへ出かけるのは午前中の半ばごろでも仕事には間に合うはずだ。

マックと鉢合わせすることは避けたかった。

別に、彼と会うのが怖いからではない。ゆうべのおやすみのキスに自分があんな反応をしてしまったことについては、納得のいく理由をいくつも思いついていた。

ただ、とにかく彼とかかわりたくないだけ、それだけだ。

ネルが目の前にボウルを置いた。リプリーはぱちぱちとまばたきした。「なんなの、これ？」

「オートミールよ」

喜ぶどころか、あやしげなものでも出されたような顔つきで、リプリーはボウルに鼻を寄せて匂いを嗅いだ。「なにが入ってるの？」

「栄養がたっぷり」ネルは焼きあがったクッキーをオーブンからとりだし、次のトレイを差し入れた。「いやそうな顔をする前に、ひと口食べてみて」

「はい、はい」ネルの背中に向かって顔をしかめていたのが、ばれてしまったらしい。リプリーはちょっぴり後ろめたい気持ちになった。ひと口味見して、口もとをゆがめてから、もうひとさじ食べてみる。やはり、ネルが出してくれる料理で喉を通らないものなど、ひとつもなかった。「これ、おいしい。冬になると母さんもよくオートミールをつくってくれたんだけど、鼠色のどろっとした糊みたいだったのよ。味もひどかったしね」

「あなたのお母さんにはほかの才能があるのよ」ネルは自分のカップにもコーヒーを注いだ。リプリーとふたりだけで話す時間が持ちたかったので、ザックには早めに家を出ていってもらった。そうしてつくった貴重な時間を無駄にする気はない。ネルは腰を落ちつけた。「で、どうだったの?」

「なにが?」

「昨日の夜、マック・ブックのところへ行ってきたんでしょう?」

「夜といったって、たったの一時間よ」

妙に言い訳がましいのね、とネルは思った。ぷりぷりしてるし。おや、おや。「じゃあ、その一時間はどうだった?」

「とくにこれといったこともなく、義務を果たして帰ってきただけよ」

「彼が家まで送ってくれてよかったじゃない」眉を吊りあげたリプリーに向かって、ネルは無邪気そうに青い目をぱちぱちさせた。「車の音が聞こえたのよ」

それで、窓からこっそりふたりの様子をうかがっていたのだ。マックがリプリーを玄関へとエスコートするところまでは見えた。そのあと彼が車に戻るまでには、かなりの間があった。

「ええ、だってあの人、〝外はものすごく寒いから、歩いて帰ったりしたら家にたどり着く前に凍え死んでしまう〟の一点張りなんだもの」リプリーはオートミールをもうひとさじ口へ運んでから、スプーンを振り動かした。「まるで、わたしが自分の面倒すら見られないみたいに言うのよ。ああいう男って、ほんと癪にさわるわ。自分はしょっちゅうキーをなくしたりしてるくせに、このわたしがアイスキャンディーになっちゃうかもしれないと心配するなんて。大きなお世話よ」

「なんであれ、彼が車で送ってくれてよかったわ」ネルはくりかえした。

「ええ、まあね」リプリーはため息をつき、スプーンの先でオートミールに意味もなく三日月形のくぼみをつくった。なんだか月の表面みたい、とふと思う。

もちろん、彼が送ってくれなかったとしても、ひとりで無事に帰ってこられたはずだけれど、そうするとあのめくるめくようなキスもなかったわけだ。だからって、別にどうってことはないけど。

「あのコテージ、見違えるほど変わってたわ」リプリーは続けた。「マッド・サイエンティストの巣みたいになってるのよ。わけのわからない機械だのがらくたのコンピューターだのが、そこらじゅうに置かれてて。キッチン以外には座る場所もないんだから。あの人、あやしい見せ物にとり憑かれてるんじゃないかしら。車のグローブボックスにはヴードゥー人形まで入ってたし。彼ね、わたしの正体を知ってるの」早口で言い終えると、リプリーはネルに視線を合わせた。

「まあ」ネルは小さく息をのんだ。「あなたが教えたの?」

リプリーは首を振った。なぜかいらいらして、怒りがこみあげてくる。「最初から知ってたのよ。わたしのおでこに〝土地の魔女〟って印でもついてたかのように。彼にかかると、すべてが学術的になっちゃうんだけど。〝おや、それは興味深いね、トッド保安官代理。記録を残しておきたいから、目の前でなにかやってみてくれないか〟なんていう調子で」

「魔法をかけてみてほしいって頼まれたわけ？」

「いいえ」リプリーは両手で顔をこすった。「いいえ」もう一度言う。「だけどわたし……。とにかくね、あの人がわたしをかっとさせるようなことを言ったから、それでわたし……彼にやけどをさせてしまって」

「なんですって？」ネルがカップを叩きつけるように置いたので、コーヒーが縁からぴちゃっとこぼれた。

「といったって、彼を火だるまにしたわけじゃないわよ。彼の手首を握りしめて、指のあとをつけてしまったの」リプリーは手もとに目を落とした。なんの害もなさそうな、ごく普通の指。どちらかといえば指自体は長いほうで、短い爪にはなにも塗られていない。

特別な指でもなんでもない。

けれどこの指は、人を殺すことだってできる。

「これまでは考えたことすらなかったんだけど、少なくとも意識的には。わたしのなかの怒りが熱となって、その熱が指先に集まったの。ずいぶん長いあいだ、なんの苦労もなく、不安もなかったのに。ここ数カ月は……」

「わたしを助けるために、それまで封じこめていた力を使ってからね」ネルは静かに言葉を継いだ。オーブンのタイマーが鳴ったので、さっと立ちあがる。

「あのときのことは後悔してないのよ、ネル、ちっとも。わたしが好きでやったことだし、ああいう状況になったら、きっとまたそうすると思う。ただ、あれ以来、力を完全に抑えこめなくなってしまって。どうしてかは自分でもわからない――」

いいえ、わかっていても認めないだろう。リプリーはちらりとそう思ったが、すぐさまその考えを捨てた。

「とにかくそうなの。わたしは彼に傷を負わせてしまった。その傷はあとでちゃんと治したけど、だからって、傷を負わせた事実が消せるわけじゃないでしょ」

「彼はどう受けとめてた?」

「たいしたことないって感じだった。グラスに水をくんできてくれて、わたしをやさしく慰めるように、すぐに普通の会話に戻ったの。テーブルクロスにちょっとワインをこぼしただけ、みたいにね。彼、肝っ玉だけは据わってるわね。その点は褒めてもいいくらい」

ネルはテーブルに戻り、子供にするようにリプリーの頭をやさしく撫でた。「あなたは自分に厳しすぎるのよ。わたしなんか、この数カ月のあいだに数えきれないほどの失敗を重ねてきたわ。ミアがひとつひとつ教えてくれているにもかかわらずよ」

「こんなときに彼女の名前を出さなくてもいいじゃない」リプリーはふたたびテーブルの上に身をかがめて、オートミールを食べはじめた。少しでも胃になにか送りこめば、引きつるような痛みがやわらぐとでもいうように。「彼女があの人を島へ呼んだりしなければ――」

「ミアが呼び寄せたわけじゃないでしょ、リプリー」ネルの声に、わずかながらも聞き間違いようのないいらだちを聞きとって、リプリーは背中を丸めた。「それに、彼女がコテージを貸さなかったとしても、彼は別の家を借りるか、ホテルに泊まるかしてたはずよ。だったらいっそのこと彼にあのコテージを貸してあげて、話をしてもいいと約束することで、ミアは彼の動きを把握しようとしてるのかもしれない、そんなふうに考えたことはないの？」

リプリーは口を開きかけ、すぐにまた閉じた。「ううん、なかったわ。よくよく考えればそうよね。彼女ってそういうところ、絶対に抜け目がないもの」

「わたしも彼に話をするつもりよ」

ボウルのなかで、スプーンがかちゃんと鳴った。「それって、あんまりいいアイデアじゃないんじゃない？　誰がどう見ても」

「よく考えたうえでのことよ。彼はミアに、許可なく実名を出したりしないって約束してくれたらしいし。わたし、彼の仕事に興味があるの」クッキーを冷ますためにトレイから網へ移し替えつつ、ネルが続ける。「自分のこと、もっとよく理解したいし。だから、彼に対してあなたと同じ感情を持ってはいないのよ」

「あなたに指図するつもりはないけど」でも、マックが決してネルに無理強いしないよう、あるいは間違った方向へ彼女を誘導しないよう、ちゃんと目を光らせておかなければ。「ザックはそのこと、どう言ってるの？」

「きみに任せるって。わたしを信頼して、意見を尊重してくれてるのよね。そういうのって、愛されてると実感するのと同じくらいうれしいわ。そんなわけで、わたしはドクター・ブックについてはなにも心配してないの」

「あの人、見かけよりずっとずる賢いわよ」リプリーはつぶやいた。「言葉巧みに自分を演出して、無邪気な子犬かなにかのように思わせるの。でも、本当は違うんだから」

「じゃあ、どんな人なの？」

「頭は切れるわね、口もうまいし。しかも子犬みたいな一面があるから、こっちはついだまされてしまうのよ。今の今まで、自分で外した頭をどこへ置いてきたのか忘れちゃったみたいに、ひどく困った顔をしてあたりを見まわしていたかと思うと、次の瞬間には……」

ネルはふたたび腰をおろした。「次の瞬間には？」

「彼、わたしにキスしてきて」ネルは指先を合わせて打ち鳴らしてから、両手を組んだ。「本当に?」

「冗談で終わるはずだったのよ。ほら、高校の卒業パーティーの夜って、男の子が家まで送ってくれるでしょ。それでなんとなくいいムードになって……」マックの腕がどんなふうに巻きついてきたかを思いだそうとして、言葉がとぎれた。「いつのまにか胸に引き寄せられてたわ。彼に焦るそぶりは見えなかった。そのうちにすべてがぼやけてきて熱くなったの。なんだか、ゆっくりとのみこまれていく感じがしたわ」

「あらまあ」

「体じゅうの骨が抜けたみたいになってしまったから、わたしはもう身を預けるしかなくて。そしたら彼が、信じられないほどすてきなキスをしてきたのよ」リプリーは息を吐きだし、また吸いこんだ。「これまでにもいろんな男性とキスしてきたし、わたし自身、キスはうまいほうだと思ってたけど……。とてもかなわなかった」

「まあ。それはそれは」ネルは椅子をほんの少しリプリーのほうへ近づけた。「で、そのあとは?」

「わたしはドアに近づいた」リプリーは身をすくめた。「悔しくってたまらなかったから。まっすぐドアに歩み寄ったの。そこで、どすん、とぶつかっちゃって。そうしたらドクター・ロミオがご丁寧にドアまで開けてくれたわ。キスのせいであんなふうにぼうっとなったのって、初めてだった。でも、あれが最後よ」

「もしも彼に惹かれているなら――」

「かわいいところもあるし、体格はいいし、セクシーな人だもの、もちろん惹かれてるわよ」リプリーは小さく頭を振った。「でも、問題はそういうことじゃないの。たったひとつのキスでこのわたしの脳みそをとろけさせるなんて、あり得ないわ。きっと、近ごろわたしが男性とつきあってなかったせいなのよ。かれこれ四カ月くらい、その……あっちのほうはご無沙汰してるから……」

「リプリーったら」ネルはくすくすっと笑った。

「たぶんあれって、なんていうか、自然発火みたいなものだと思うのよ。今回は彼にまんまとしてやられたけど、向こうの手はもうわかったから、これからは対処できるわ」すっかり気分がよくなって、リプリーはオートミールをきれいにたいらげた。

「彼のことも、うまくあしらえるはずよ」

マックは本屋をゆっくり見てまわり、本を手にとってページをめくったり、表紙を眺めたりしていた。スリー・シスターズ島に関する参考文献は以前から集めているのだが、ここで初めて見る書籍が二冊ほどあった。

それらを腋の下に挟み、さらに店内をぶらぶらする。

この店の品揃えは相当充実していた。マックはここで、英国の詩人、エリザベス・バレット・ブラウニングの『ポルトガル語からのソネット』の美装本と、大好きなヴァンパイア・ハンター・シリーズの最新刊、地元の動物相と植物相を網羅した二冊セットの資料本に、独学する魔女のためのハンドブックなどを見つけた。あとは、超常現象について書かれた本を二冊……すでに持っているのだが、どこへ置いたかわからなくなってしまった本だ。

それから、アーサー王伝説をモチーフにした、実にきれいなタロット・カードをひと組。

タロット・カードを蒐集しているわけではないのだが。

本の世界に浸る機会は絶対に逃さないと心に決めているので、気になった本はすべて買うことにした。これだけあれば暇な時間は楽しめるし、ルルと話すきっかけにもなる。

マックは本を抱えてカウンターへ運び、精いっぱい愛想のいい笑顔を見せた。「すばらしいお店ですね。小さな町の書店でこれだけ本が揃ってるなんて、予想外でしたよ」

「ここには、みんなが期待してないことがほかにもたくさんあるんですよ」ルルは眼鏡の上縁越しに、あからさまに値踏みするような目で彼を見た。「お支払いは現金？

それとも、カードで?」

「えっと、カードで」マックは財布をとりだしながら首を傾け、彼女が読んでいた本のタイトルを確かめた。『連続殺人鬼――その心と頭脳』なんとまあ。「その本はどうですか?」

「小難しい心理学用語が多すぎて、血が足りない感じね。こういうインテリ・タイプの書く本は、どうも物足らないわ」

「インテリ・タイプの多くが世間知らずだからですよ。教室にこもってばかりで、野外研究が足りないんでしょう」マックはルルがとげの代わりに薔薇の花束でも差しだしてくれたかのように、親しげな表情でカウンターに身を乗りだした。「ところで、切り裂きジャックには超自然的な力があって、記録のうえではロンドンでの事件が史上初の連続殺人事件とされているものの、彼がもっと前に住んでいたローマ、ガリア、ブルターニュなどでも殺人を犯していたという説はご存じですか?」

ルルはレジに金額を打ちこみながら、眼鏡越しに相変わらず鋭い目で彼を観察している。「その説は眉つばものだと思うけれど」

「ぼくもそう思います。でも、話としてはおもしろい。『切り裂き魔――時を駆ける殺人』ぼくが考えるに、彼は角のない山羊――すなわち人間を、魔法の儀式の生け贄に使った人類初の男だったんじゃないかと……」いぶかしげに目を細めたルルに向かって、マックは説明した。「黒魔法の、ですよ。とても邪悪な」

「もしかしてあなた、そういうものを見つけたくてこの島へやってきたの？　血の生け贄を？」

「とんでもない、マダム。善の魔女は血の生け贄など捧げないでしょう。白き魔女はなにものをも傷つけないんですから」

「ルルよ。マダムなんて呼ばないでちょうだい」ルルがふふんと鼻を鳴らす。「あなた、なかなか賢い人のようね」

「ええまあ。そのせいでときどき不興を買ってしまうんですが」

「でも、残念ながら吠える対象を間違ってるわよ、ハンサムさん。わたしは魔女じゃないもの」

「ええ、あなたは魔女を育てただけですよね。ミアの成長を見守るのは、さぞかしおもしろかったでしょう。それに、リプリーのことも」彼は買った本を適当に並べ替えはじめた。「あのふたり、歳は同じくらいですよね？」

やっぱりね、とルルは思った。この人はとても賢いようだ。「それがどうかしたかしら？」

「インテリ・タイプの人間の性《さが》ってやつですかね。なんでもかんでも知りたくなってしまう。よろしければ、あなたからもぜひ一度お話をうかがいたい。まあ、ミアが許してくれたらの話ですが」

警戒と喜悦の表情がせめぎあっていた。「あら、なんのために？」

「彼女の人間性を知るため、とでも言いますか。たいていの人は、非凡な女性にもごく普通で日常的な面があるということを理解できません。非凡さに心引かれる人々は往々にして、ありふれたもの、単純なものを見落としがちなんです。特別な人には算数の宿題もなければ、消灯時間に遅れて外出禁止の罰をくらったり、誰かの肩に寄りかかったりすることもない、ってね」

ルルはマックが差しだしたクレジット・カードを機械に読みとらせた。「もしかして、個人的にミアをどうにかしたいなんて考えてるんじゃないでしょうね？」

「まさか。ただし、眺めているだけで目の保養になるから、お会いする時間をもっと増やしたいとは思いますが」

「悪いけどわたし、学生さんの期末論文のために、おしゃべりにつきあってあげられるほど暇じゃないのよ」

マックが購入額の総計を確かめもせず伝票にサインしたことを、ルルは見逃さなかった。

「謝礼はお支払いします」

その瞬間ルルは、頭の隅のほうで、カシン、とかすかな音がするのを聞いた。「いくらぐらい?」

「一時間につき五十ドル」

「えっ、あなた、ばかじゃないの?」

「いえいえ。大金持ちなだけですよ」

ルルはやれやれと頭を振りながら、袋につめた本を彼に手渡した。「まあ、考えておくわ」

「わかりました。ありがとう」

マックが店を出ていくと、ルルはまたもや頭を振った。ちょっと話を聞くだけのためにお金を払うですって? まったく、驚いたわ。

ミアが階段をすべるようにおりてきたときも、ルルはまだその件について悩んでいた。「今日は暇すぎるわよね、ルゥ。お客さんを呼ぶために、二階で料理本のセールをやろうかと思うんだけど。何冊か見つくろって、そのなかのレシピどおりにネルにいくつかサンプルをつくってもらって」

「どうぞご自由に。今ね、例の学生さんが来てたのよ」

「誰? ああ……」ミアはルルのためにわざわざカフェから運んできた紅茶のカップを手渡した。「あの、おもしろくて男前のマカリスター・ブックのことね」

「まばたきひとつせずに、本だけで百五十ドル以上も買ってってくれたわ」

ミアのビジネスウーマン心がくすぐられた。「まあ、なんてすてき」

「それくらいじゃ、ちっとも懐は痛まないみたい。なにしろ、話を聞かせてもらえるなら一時間五十ドル払ってもいい、なんてこのわたしに言ってきたくらいだもの」

「本当に？」自分の紅茶に口をつけながら、ミアは片方の眉をあげてみせた。ルルが昔からお金をなにより愛していることは、誰よりもよく知っている。それはミア自身も、ルルの骨張った膝の上で学んだことだからだ。「だったら、お家賃をもっとあげておけばよかった。で、彼はあなたからなにを聞きたいんですって？」

「あなたのこと。人間性を知りたい、とかなんとか言ってたわ。あなたが子供のころ、わたしが何度そのお尻を叩いてやらなきゃいけなかったか、というような話よ」

「お尻叩きのみじめな罰についてまで詳しく話す必要はないと思うわ」ミアはにこりともせずに言った。「でも、彼のやり方はおもしろいし、予想外よね。てっきり、魔法について話が聞きたいとか目の前で見せてほしいとか言って、わたしにしつこくつきまとうのかと思っていたのに。そういうことはひとまず脇に置いておいて、現在のわたしを形づくった幼少期の話を聞きだすために、あなたに謝礼まで払う用意をしてるなんて」ミアは指先で下唇を軽く叩いた。唇も爪も大胆な赤に塗られている。「とても賢い作戦だわ」

「自分でそう言ってたわ、そのせいで不興を買うこともあるって」

「不興どころか、わたしはとても興味をそそられるわ。それこそ、彼の思うつぼなんでしょうけれど」

「あなたを個人的にどうこうしようって考えはないと、はっきり言ってたわよ」

「ひどいわ、なんて侮辱かしら」ミアは笑いながらルルの頬にキスをした。「あなたはまだ、わたしのお目付役を務めてくれてるの？」

「ちょっとは真剣に考えてみるのも悪くないんじゃない？　あの人、礼儀正しくて、金持ちで、頭もいいわ——おまけに、見た目だってかなりのものだし」

「彼はわたしの相手じゃないわ」そっとため息をつき、ルルの髪に頬を寄せる。「もしそうだったら、わかるはずだもの」

ルルは口を開きかけたが、結局なにも言わずに、ミアの腰に腕をまわした。

「サミュエル・ローガンのことを考えてるわけじゃないのよ」ミアは小さな嘘をついた。それは、彼女が心から愛したたったひとりの男性だった。彼女の心を粉々に打ち砕いた唯一の男性でもある。「わたしはただ、おもしろくて、賢くて、水もしたたるようなドクター・ブックに、ロマンティックな興味は抱いてないってこと。で、あなたは彼に話をするつもりなの？」

「場合によるけど」

「わたしが反対するんじゃないかと思ってるなら、どうぞ遠慮しないで。もしもそういう必要があれば、わたしは自分のことくらい、自分でちゃんと守れるから。あの彼が相手なら、そんな心配はないでしょうけれど」

妙な胸騒ぎがするのは、いまだ正体のつかめないなにかが起こりそうな気がして仕方がないからだ。でもそれは、マカリスター・ブックから感じるものではない。

ミアは体を離し、ふたたび紅茶のカップをとった。「やっぱり、わたしも彼に話をしてあげようかしら。一時間で五十ドルなんでしょう?」そう言うと、鈴の転がるような声で笑った。「魅力的だわ」

マックは携帯用の機材をいくつも担ぎ、コテージからその横の森へと続く小道を、雪をかき分けつつ進んだ。警察の調書や新聞記事を読んだところ、エヴァン・レミントンがネルとザック・トッドを襲撃した事件の際、彼女はその道をたどって森に逃げこんだと書かれていた。

ザックが刺された犯行現場であるキッチンのほうは、すでに隅から隅まで調査済みだった。だが、そこでは負のエネルギーは探知できず、暴力行為があった痕跡すら見つからなかった。その事実には多少驚かされたが、ネルかミアが家のなかを徹底的に洗浄したからだろうという結論に達した。

しかし、森でならなにか見つけられるかもしれない。

風はなく、空気は冷たかった。黒っぽい木々の幹や枝に張りついた霧氷がきらめいている。その上に、雪が毛皮のように積もっていた。

鹿の足跡を見つけてしばし見とれ、反射的にカメラをとりだしてフィルムを装填してあったかどうかを確かめた。

岩と氷の上をちょろちょろと流れる細い小川に出くわし、それをまたぎ越えた。そのとき、計器類はなんの異状も示していなかったにもかかわらず、彼はなにかを感じた。そしてすぐに、変化を感じたのは単純にこの静寂のせいだと悟った。この心地よさのおかげだ、と。

一羽の鳥が鳴きながら、弾丸のごとくまっすぐ飛んでいった。マックは立ちどまり、幸福感に包まれた。ああ、ここはなんて気持ちがいいんだろう。こういうところにいると、心がとても落ちつく。ピクニックするのもいいし、瞑想にももってこいの場所だ。

多少後ろ髪を引かれながら、彼はさらに森の奥へと分け入った。もっとのんびりできるときに、この場所へはきっとまた戻ってこようと心に決めて。

この幸せな気分を台なしにするのはいやだったが、彼はあえて想像してみた。暴力的な男から、すでに血まみれのナイフを持って追ってくる男から逃れるために、闇に包まれたこの森を駆け抜けるのは、いったいどんな気分だっただろうか？

許しがたい、とマックは思った。あの男は彼女を狩ろうとしたのだ。雌鹿を追いつめる獰猛な狼のように。そうできるから、というだけで。逃がすくらいなら殺すほうがましだというだけで。あの男は、自分の所有物だったはずのものを失うくらいなら、彼女の喉にナイフを突き立てることすらいとわなかった。

そう考えると、熱く激しくうねるような怒りがこみあげてきた。血と憎しみの匂いが、恐怖の匂いが漂ってくる気がした。しばらく進むと、センサーが激しい反応を示す場所へと出た。つかのまマックは、それがなにを意味するのかわからなかった。

「まさか!」はっとわれに返って、ぶるぶるっと体を震わせると、いつもの冷静な科学者に戻った。「ここか。ここだったんだ」

探知機であたりをざっと調べ、テープ・レコーダーをとりだして、読みとったデータを吹きこんでいく。いったんその場所から離れ、別の測定器を手にして、まわりからの距離、円の直径、半径などを測った。そして雪の上にひざまずくと、録音し、計算し、メモを書きつけた。計器の数値が跳ねあがり針が激しく振れつづけるのにもかまわず、めまぐるしく頭を働かせた。

「直径十二フィートのほぼ完全な円の内側で、もっとも高い電荷、ほぼ純粋な正のエネルギーを検知。超常現象を伴う儀式のほとんどは、こうした保護円において行われる。これはぼくがこれまでに見たなかでは、もっとも強力な環《サークル》だ」

彼は計器をポケットにしまい、両手を使ってあたりの雪をどけはじめた。エネルギー・サークルが全容を現すころには、背中にうっすらと汗がにじんでいた。

「雪の下の地面にはなんの印もついていない。シンボルなども描かれていない。もっと丁寧に雪をかいて調べるために、シャベルを持って出なおしてこよう。もしもこれが、エヴァン・レミントンが逮捕された夜に使われたサークルであるならば、二カ月以上前につくられ、その夜のうちに儀礼に則って閉じられたはずだ。にもかかわらず、これだけ強いエネルギーが残っていたとは。計器の数値は安定して六・二ポイントを示している」

六・二！　その数字に、胸躍る思いがした。すごいじゃないか！

「前に計測したあるサークルでは、秘儀伝授《イニシエーション》の儀式の最中でも、たしか五・八ポイントまでしか記録しなかったはずだ。そのときのデータも要確認だな」

彼はふたたび立ちあがり、雪を蹴散らしながら夢中で写真を撮った。テープ・レコーダーを落としてしまい、悪態をつきつつ雪のなかから拾いあげる。壊れていないといいのだが。

そんなことがあっても、興奮はまるでおさまらなかった。彼は静かな森のなかでたたずみ、考えていた。もしかしてぼくは今、シスターズ島の中心を踏みしめているのだろうか、と。

一時間後、マックはコテージへは戻らずに、雪に覆われたビーチをとぼとぼと歩いていた。寄せては返す波が少しずつ雪を削り、海へと運び去っていく。だが、残った雪は湿った冷気にさらされて煉瓦のごとくかたくなっていた。

ここは風が強く、身を切るような寒風が海から吹きつけてくる。マックは服を何枚も重ねて厚着していたが、手の指や足の爪先が徐々に凍えていくのが感じられた。

熱いシャワーを浴びたい、湯気の立つ熱いコーヒーを飲みたい。ぼんやりとそんなことを考えながら、島へ着いた最初の晩に女性が姿を現したあたりを眺めた。

「そんなところで、いったいなにをしてるの？」

声のしたほうに顔を向けると、防波堤にリプリーが立っていた。彼女が目に飛びこんできたとたん、湯気の立つような熱いセックスが思い浮かんで、マックは気恥ずかしさを覚えた。

「調べごとをね。そういうきみは？」

リプリーが両手を腰に突き立てた。黒いサングラスをかけているので、目は見えない。彼は、自分もサングラスを持ってくればよかったと思った。ここは雪の照りかえしがきつくて、まぶしいほどだ。

「調べるってなにを？　雪男になるにはどうしたらいいか、実験でもしてたの？」

「この地方にイェティは出ないだろう」

「自分の姿を見てごらんなさいよ、ブック」

言われるままに見おろしてみた。たしかに、全身雪まみれになっている。熱いシャワーを浴びるために一枚ずつ脱いでいったら、家のなかはものすごいことになりそうだ。「調べごとに熱中しすぎたようだね」彼は肩をすくめてみせた。

リプリーが歩み寄ってくる気配はなかったので、こちらから彼女に近づくことにした。吹きだまりになったところは膝上まで雪が積もっているため、歩きにくいことおびただしい。それでもなんとかビーチの端までたどり着くと、防波堤に両手を突いて息を整えた。

「凍傷って言葉、聞いたことないの？」彼女が皮肉っぽく言う。

「爪先の感覚はまだあるから平気さ。でも、心配してくれてありがとう。一緒にコーヒーでもどうだい？」

「残念だけど、コーヒーは持ってきてないわ」

「どこかでおごるよ」

「わたしは勤務中よ」

「もしかしたら、ぼくはやっぱり凍傷にかかってるかもしれないな」彼は哀れを誘うような表情で彼女を見あげた。「そういう男をどこかあたたかい避難場所へ連れていってくれることも、公僕としての務めなんじゃないかい？」

「いいえ、だったら病院に連絡してあげるわ」

「わかった、一本とられたね」彼はぴょんと防波堤に飛び乗り――その寸前に、首からさげているカメラのことを思いだせてよかった――彼女の横に立った。「きみはどこへ行こうとしてたんだい？」

「どうして？」

「どこであろうと、コーヒーくらいはあるんじゃないかと思って」

リプリーはため息をついた。目の前のマックは今にも凍えそうで、ばかばかしいほどかわいらしい。「いいわ、ついてきて。どうせ事務所に帰るところだったの」

「今朝はジムに来なかったんだね」

「今日は遅めに行ったから」

「村のなかでも会わなかったし」

「今、会ってるでしょ」

彼女の歩幅はかなり大きい、とマックは気づいた。こちらが無理をして合わせる必要はほとんどない。

ようやく保安官事務所に着くと、リプリーはあらためて彼を見つめた。「ブーツの雪を落として」

彼は素直に従い、コートやパンツについていた雪も形ばかりふるい落とした。

「ああもう、しょうがない人ね。ほら、後ろを向いて」リプリーは彼のコートの背中についた雪を丁寧に払い、顔をしかめながら、前のほうも落としはじめた。視線をあげると、にやついた彼の顔が目にとまった。「なに笑ってるの？」

「こうやって世話を焼かれるのもいいもんだな、ってね。お返しに、今度はぼくがきみの雪を払ってあげようか？」

「コーヒーが欲しいのなら、わたしに手出しはしないほうがいいわよ」ドアを開けたリプリーは、ザックの姿が見えないことを残念に思った。

手袋を外し、コートを脱ぎ、首にぐるぐる巻いていたマフラーもとり去る。マックも同時にマフラーを外した。

「それにしても、あんな雪のなかでいったいなにをしてたの？」

「本当に知りたいかい？」

「そういうわけじゃないけど」彼女はすたすたとコーヒーポットに歩み寄り、だいぶ濃くなっていた中身をふたつのカップに注ぎ分けた。

「そう言わずに聞いてくれよ。さっき、森のほうへ行ってみたんだ。そこで……きみたちがレミントンと対決したと思しき場所を見つけた」

なぜかリプリーは胃のあたりがきゅっと引きしまるような感覚に襲われた。マックがそばにいると、いつもこんなふうになる。「その場所がそうだって、どうしてわかるの？」

マックは彼女が差しだしたコーヒーを受けとった。「そういうことを見極めるのが仕事だからね。きみたちがあのサークルを閉じたんだろう？」

「その件はミアに訊いて」

「答えはイエスかノーだけでいい、そんなに難しい選択じゃないはずだ」

「イエスよ」好奇心に負けて答える。「どうして？」

「残存エネルギーが検知できたからさ。ぼくが実際に調査したなかでは前例がないほど高い数値を示した。強力な魔法だったんだろうね」

「今も言ったけど、そういう話はミアの得意分野よ」

彼は熱いコーヒーに息を吹きかけ、冷めるのを辛抱強く待っていた。「きみたちふたりが仲たがいしてるのには、特別な原因でもあるのかい？　それとも、単にそりが合わないだけかな？」

「特別な理由もそうじゃない理由もあるけど、あなたには関係ないでしょ」

「そりゃそうだ」マックはようやくコーヒーに口をつけた。熱い泥水みたいな味だが、これよりまずいものを飲んだこともある。「今夜、ディナーはどうする？」

「もちろん食べるわ、当然じゃない」

彼は唇をぴくっと動かした。「ぼくと一緒にどうかな、って意味だったんだが」

「だったら、お断りするわ」

「まずは食事を一緒にしてからでないと、もう一度おやすみのキスがしにくいんだけどな」

彼女はコーヒーポットが載っているテーブルに、腰をもたせかけた。「あれはあのときだけのことよ」

「ピザを分けあって食べてみたら、気が変わるかもしれないよ」

実を言うと、リプリーはすでに気が変わりかけていた。こうして彼を見つめているだけで、食欲がわいてくる。「ねえ、あなたってキス以外のいろんなことも、同じくらい上手なの？」

「その質問はちょっと答えづらいね。自分でそう言ったらばかみたいに聞こえるじゃないか」

「それもそうね。とりあえず、ピザを分けあって食べるのはまた今度、ってことにしましょう。でも、たとえそんな日が来たとしても、その席で仕事の話は持ちださないでよ、わたしにもかかわりのあることに関しては」

「承知した」マックが片手を差しだす。

無視しようかとも思ったけれど、それでは臆病すぎる気がした。リプリーは彼の手を握りしめ、上下に振った。今回はてのひらがふれあってもなにも起こらなかったので、心の底からほっとする。

ただし、マックが手を放してくれなかった。

「このコーヒー、すごくまずいね」彼が言う。

「わかってるわ」

今ここで起ころうとしているのはごく自然なことよ、とリプリーは自分に言い聞かせた。わきたつ血潮、女と男。胸ふくらむ予感、彼の唇が味わわせてくれたすばらしいキスの記憶……。

「ああ、もう」リプリーは自ら彼の胸のなかへ飛びこんだ。「やって」

「きみがそう言ってくれるのを待っていたんだ」マックは手にしていたコーヒーを置いた。今度は両手でそっと彼女の顔を包みこみ、指先でやさしくなぞる。リプリーの肌に心地よい震えが走った。

唇が重ねられ、やがてぎゅっと押しつけられると、脳がとろけそうになる。

「ああ、なんて……すてき！　あなたって本当に上手だわ」

「ありがとう」彼の手がすべるように動いて、うなじのあたりに添えられた。「でも、できたら黙っててくれないか？　集中しようとしてるところなんだから」

リプリーは彼の腰に腕を巻きつけ、体をぴったりと寄り添わせて、その感触を楽しんだ。

まつげの隙間からのぞき見ると、目を大きく開けたマックが真剣な面持ちで見かえしていた。その瞬間リプリーは、この世界に女は自分ひとりしかいないかのような心地がした。これもまた初めての感覚だ。男性からそんなふうに扱われたいなんて考えたこともなかったけれど、実際にこんな目で見つめられるのは、シルクで肌を撫でられるように快かった。

うなじに添えられた指がやわらかく動いて、彼女自身もそこにあることを知らなかった、歓びを感じる場所を刺激する。彼はなにかを試すようにキスの角度を変え、彼女の歓びを欲求へと変えていった。

リプリーは彼にしなだれかかり、その胸にすがりついた。心臓の鼓動が乱れて、血がたぎる。

マックはほかになすすべもなく、リプリーを抱きとめたままの格好で身を震わせていたが、やがていくばくかの落ちつきをとり戻すと、小刻みに震える手でどうにか彼女の体を離した。

「ああ……」彼女が息を吸いこんでから言う。「すてきだった。潔く負けを認めるわ。もしかしてあなた、本当は世界じゅうのすばらしいセックス・テクニックかなにかを研究してるんじゃないの？」

「実を言うと……」マックは咳払いをした。座らなければ、早く座らなければ。「ある意味、その手のことも研究の対象ではあるんだ。あくまでも補足的なものだが」

彼女はうっとりと彼を見つめた。「冗談だとは思わないわ」

「性的な儀式や習慣というのは、ときにとても重要で……。よかったら、実際にやってみせようか?」

「いえ、けっこうよ」片手を突きだして彼を制する。「わたしはまだ勤務中だし、これ以上心をかき乱されたら困るもの。あなたとピザを食べたい気分になったら、こっちから連絡するわ」

「連絡をくれたら、五分で駆けつけると約束するよ」マックは彼女のてのひらが胸にふれる位置まで前に歩み寄った。

「了解よ。さあ、さっさとコートを着て出ていって」

一瞬リプリーは、彼にはこちらの指図に従う気などないのではないかと思った。だが次の瞬間、まるで魔法のように、彼は引きさがった。「ピザを食べるときは、具のたっぷり載った大きなやつがいいな」

「おかしな偶然ね、わたしもよ」

「それなら話は簡単だね」マックはコートを着こみ、カメラを手にとった。「あそこできみに会えてよかったよ、トッド保安官代理。コーヒーをありがとう」

「お役に立つのがわれわれの務めですから、ドクター・ブック」

外に出てから、彼はスキー帽をかぶった。このままビーチへ戻って、氷のように冷たい水にざぶんと飛びこもうか。それで溺れてしまわなければ、熱くなった頭を冷やせるに違いない。

6

ここまで来るには、巧みな話術と、欲深い連中につかませる多額の裏金と、ブルドッグのごとき勇猛さ及び粘り強さが必要だった。だが、特ダネをつかむためとあらば、ジョナサン・Q・ハーディングにとって、それだけの投資は少しも惜しいものではなかった。

この業界では右に並ぶ者なしと自負する鋭い勘は、エヴァン・レミントンへのインタビューが真相解明の突破口となり、結果、この十年を代表するようなスクープ記事が書けるはずだと告げていた。

といっても、いまだにときおりマスコミをにぎわす、どろどろしたスキャンダルを暴きたいわけではない。ハーディングに言わせれば、レミントン自身の人となり――彼がいかにして世間を欺き、その暴力的側面を、絢爛なハリウッドの顧客や上流階級の紳士淑女の目から隠してきたか――については、誰もがうんざりするほど書きつくされていた。若く美しい妻がどのようにして彼のもとから逃げだしたか、彼女がいかに命懸けで夫の暴力と脅迫から逃れようとしたかの子細はもはや、一般大衆のあいだでも常識と化していると言っても過言ではない。

そんなありふれたものに、ハーディングはいっさい興味がなかった。

少し深く調べてみたところ、彼女がどこへ、どのような手段で逃げだしたか、そして例のメルセデスが崖から転落してからの八カ月、どこで働き、どのように暮らしていたかに関しては、しっかりと裏のある情報が入手できた。どこへ出しても恥ずかしくない情報だ――社交界の花であり、甘やかされたお姫さまだった彼女は、家具つきのぼろアパートやモーテルで雨露をしのぎながら、臨時雇いのコックやウエイトレスの仕事をこなしつつ、町から町へと移ろっていった。髪を染め、名前も変えて。

それだけの材料が揃っていれば、記事の一本や二本は楽に書けるだろう。

だが、ハーディングがきなくささを感じているのは、彼女が大西洋に浮かぶ小島にたどり着いてからのちの期間、レミントンがつかまって牢に閉じこめられることになった事件の結末についてだった。

そこで一巻の終わりとするには、どうもつじつまの合わない点が多すぎる気がするのだ。いや、つじつまがやけにきれいに合いすぎる、と言うべきか。

ハーディングは頭のなかで事件の経過を振りかえった。レミントンが彼女の居場所を突きとめる。それは完璧な偶然によるものだった。そして彼女を痛めつける。そこへタイミングよくヒーローが現れる。地元の保安官にして、彼女の新たな恋の相手が。ヒーローは運悪く肩に刺し傷を負いながらも、果敢に彼女の救出へと向かう。レミントンを森の奥へと追いつめ、ヒロインの喉にナイフを突きつけていた彼を説得して武器を捨てさせ、監獄へと送りこみ、傷を縫合してもらう。いい男が女を救う。悪い男は四方の壁や床にクッションが張りめぐらされた独房に閉じこめられる。いい男は女と結婚し、幸せな日々を送る……。

そのエピソードはレミントンの逮捕後何週間にもわたって、あらゆるメディアの話題を独占した。そして、たいていの話題がそうであるように、いつしかマスコミにはとりあげられなくなった。

しかし、ささやかな噂が絶えることはなかった。誰ひとり立証はできないものの、あの夜、森のなかでくり広げられた間一髪の逮捕劇の裏で、もっと別のなにかが行われたのではないかという噂だ。

魔女の術。すなわち、魔法の呪い。

初めのうちハーディングは、そんなうさんくさい噂を真剣にとりあげるつもりなどなかった。せいぜい、記事に新鮮さを加えるために、何行か書き添えればいいと思っていた。結局のところ、レミントンが常軌を逸した精神異常者であることは間違いないのだから。大金を積んで入手した事件当夜に関するレミントンの供述は、どれだけ眉につばして読んでも足りないほど、信じるに値しないものでしかなかった。

だが、しかし……。

超常現象界のインディアナ・ジョーンズこと、ドクター・マカリスター・ブックが、この時期にスリー・シスターズ島に滞在していることを考えあわせると……。

俄然、噂が真実味を帯びてくるのではないだろうか？

ブックが時間を無駄にする男ではないことを、ハーディングは知っていた。彼がジャングルの奥地へ分け入り、砂漠を徒歩で何マイルも横断し、険しい山々をのぼるのは、余人には計り知れない基準で選ばれた研究対象を追い求めるためにほかならない。しかも、たいていは自腹を切って。金ならうなるほどあるからだ。

だが、時間は決して無駄にしない。

ブックはいわゆる〝魔術〟のからくりを暴くほうが、その真実性を立証することよりも多かった。だが、ひとたび彼が正しいと証明すると、人々はたいてい耳を傾けた。それも知識層の人間が、だ。

それらの噂になにがしか引っかかるところがなければ、どうしてブックがわざわざあの島へ赴くだろうか？　ヘレン・レミントン、いや、ネル・チャニング・トッドが特別変わった主張を始めたわけではない。彼女はもちろん警察に話をしているが、その供述のなかに、魔術的現象に関する証言はいっさい含まれていなかった。弁護士を通じて発表されたコメントにも。

だが、マカリスター・ブックは貴重な時間を割いてスリー・シスターズ島で調査を行うだけの価値があると踏んだ。その事実に、ハーディングは注目した。自力で島について調べ、さまざまな言い伝えや伝説の記された文献を読みあさるほどに。

その結果、記者特有の鼻が特ダネの匂いを嗅ぎつけた。超特大の、探りがいのありそうな、おいしいスクープだ。

ハーディングは以前、マカリスター・ブックからインタビューの約束をとりつけようとして、不成功に終わったことがあった。マカリスター家、ブック家はいずれも一般人では正視できないほどの素封家揃いで、多大な影響力を持つ、すこぶる保守的な一族だ。ほんのわずかな協力さえ得られれば、彼ら一族と、お化け研究家の息子について、連続の特集記事が書けるはずだった。

だが、当のマカリスター・ブックはおろか、誰ひとり協力してくれなかった。

そのことに、ハーディングのプライドはいたく傷ついた。

しかし、ならばこちらは正しい攻め方を見つけだし、適度な圧力を加えてやればいいだけの話だ。真実を覆い隠している蓋をレミントン自身が開けてくれることを、ハーディングは確信していた。

そうしたとっかかりさえあれば、あとは自力でなんとかできる。

ハーディングは精神病棟と思われる建物の廊下を進んでいった。レミントンは事件当夜、心神喪失状態にあったと法的に認められ、さもなければ納税者に多額の費用負担を強いることになったであろう、微に入り細をうがつような長期の裁判を免れた。そして、裁判が行われていたらしつこく群がっていたに違いないマスコミによってさらし者にされることもまんまと逃れた。

これまでに明らかにされている事実は、島の保安官を襲った凶器にレミントンの指紋が残っていたこと、保安官と保安官代理を含む計三人の目撃者が揃って〝レミントンはたしかに妻の喉にナイフを突き立てて殺意をあらわにした〟と供述していること、などだ。

さらにやっかいなのは、レミントンがおとなしく罪を認めたのではなく、〝俺が彼女を殺してやった〟と叫んだり、〝死がふたりを分かつまで〟とかなんとかわけのわからない言葉をつぶやいたり、〝不義密通の罪を犯した魔女は火あぶりにすべきだ〟などと延々言い立てたりしたことだ。

むろん、それ以外にもさまざまなことをわめいた。目が光ったとか、青い稲妻が走ったとか、自分の皮膚の下で何匹もの蛇がうごめいたとか。

物的証拠と目撃証言、並びにそれまでの社会的信用度から、レミントンは精神病院へ送致され、厳重に警備された格子つきの房に収監されることとなった。

ハーディングの着ているテイラード・スーツのジャケットの襟もとで、訪問者用の許可証がはためいた。ネクタイはスーツとまったく同じ色合いのチャコールグレーで、完璧に結ばれている。

ところどころ白髪のまじった黒っぽい髪は、血色のいい角張った顔によく似合うきっちりしたスタイルにカットされていた。顔つきはごつく、ダークブラウンの瞳は笑うと見えなくなってしまうほど細い。唇は薄く、これもまた、機嫌の悪いときは唇そのものが消えてなくなったかのように見える。

この顔とこの声があと少しだけ魅力的だったら、テレビのニュース番組出演の道を目指すことだって可能だったかもしれない。

昔はそんなことを夢見ていた、少年が女性の胸にふれてみたいと願うように。欲望に突き動かされ、熱に浮かされたように。だが、カメラは味方になってくれなかった。それは彼の顔の厳つさと、切り株のようにずんぐりむっくりした短躯を強調するばかりだった。

そして声も、いつだったかこざかしい専門家が見立てたところによれば、けがをしたガチョウの鳴き声にそっくりということだった。

もっとも、ハーディングが今日のように冷酷無情な記者として活字媒体に名を馳せることができたのは、子供のころからの夢をかくも無惨に打ち砕かれたおかげと言えるかもしれない。

錠が外されて重いドアの開く音が、あたりに響き渡った。記事を書くときには、今回の訪問の場面を忘れずに盛りこもう、と彼は心に誓った。金属と金属がぶつかりあう不気味な音、まったく表情のない警備員や医療スタッフの顔、奇妙に甘い狂気の香り……。

ようやく目指す部屋の前までたどり着いて、しばし待たされた。ここで最後のチェックを受ける。入口の横のデスクには係員が座っていて、数台のモニターに目を光らせていた。

この先のセクションに収容されている者はすべて、二十四時間監視下に置かれているという。つまり、レミントンのいる部屋へ一歩足を踏み入れた瞬間から、ハーディング自身もすべての行動を見守られることになる。それは、ある意味、心強かった。

やがて、最後のドアが開かれる。面会時間は三十分。ハーディングはその時間を最大限有効に使うつもりだった。

エヴァン・レミントンは、ハーディングが雑誌のグラビアやにぎやかなテレビ画面で見慣れていた男とはかなり違って見えた。毒々しいオレンジ色のつなぎを着せられ、定規でもあてがわれたかのように正しい姿勢で椅子に座っている。両の手首には拘束具がはめられていた。

以前はつややかに輝いていたブロンドの髪はくすんだ黄色に変わりはて、短く刈られている。ハンサムだったその顔も、与えられる食事と薬のせいで、そしてまた美容サロンでの施術が受けられないせいで、すっかりむくんでいた。口もとはだらしなくゆるみ、目は人形のように生気がない

鎮静剤を投与されているに違いない、とハーディングは想像した。精神病的症状と暴力的傾向を示す平均的な社会病質者《ソシオパス》には、ドラッグがなにより有効だ。だが彼は、薬のせいで靄のかかったレミントンの脳内迷路をたどって、まともな出口に着けるとは思えなかった。

レミントンの背後に立っている警備員は、すでに退屈そうな顔をしている。ハーディングは仕切りの手前に座り、はめ殺しの柵の向こう側にいる男を見つめた。「ミスター・レミントン、わたしはハーディングという者です。ジョナサン・Q・ハーディング。今日わたしがこちらへうかがうことは、お聞きいただいてましたか？」

返事はなかった。ハーディングはひそかにののしりの言葉を吐いた。どうしてここの連中は、この面会が終わるまで投薬を待ってくれなかったんだ？

「昨日、あなたのお姉さんとお話ししたんですよ、ミスター・レミントン」なんの反

らした。
「バーバラです、あなたのお姉さんの」レミントンの口角からよだれがつーっと垂れ落ちる。ハーディングは思わず目をそ

「今日はあなたの元奥さんについて、あなたが逮捕された夜にスリー・シスターズ島で起こった出来事について、お話をうかがいたいと思って来たんですが。ちなみにわたしは『ファースト・マガジン』という雑誌で記者をしている者です」

正確には、記者をしていた者だ。そこの編集者たちは、このところ、やけに細かいことにこだわりすぎてつきあいづらく、彼の趣味に合わなかった。

「あなたの記事を書かせていただきたいんですよ、ミスター・レミントン。あなた側の話をね。お姉さんも、あなたがわたしと話をすることを強く望んでおられました」

それは完全な真実とは言えないが、エヴァンにインタビューを受けてもらえれば世間の同情を引く記事が書けるかもしれないと言って説得すると、バーバラもいちおうその気になってはくれた。弟を私設の療養所かどこかへ移したいと願っている彼女が法的な措置を講じるうえで、そうした記事は有利に働くからだ。

「わたしはあなたの助けになれるかもしれないんですよ、ミスター・レミントン。いや、エヴァン」呼び方を変えてみる。「あなたを助けたいんだ」

レミントンは相変わらず無言のまま死んだような目で見かえしてくるだけだ。とても応もない。

つもない空虚さが肌を這いのぼってくるようで、ハーディングはぞっとした。

「事件に関係のあった人すべてにお話をうかがおうと考えていましてね、全貌をつかむために。あなたの元の奥さんからも話を聞こうと思っています。インタビューを申しこむつもりなんですよ、ヘレンに」

その名前を聞いたとたん、暗くどんよりしていた目がきらりと光った。ようやく誰かが奥から現れてくれたようだ。ハーディングはそう思い、わずかに体を前へ近づけた。「わたしから彼女に伝えてほしいことはありますか？　なにか伝言でも？」

「ヘレン……」

きしんだその声はささやきにしか聞こえなかった。だからこそ余計に不気味さがつのり、ハーディングの背筋に冷たいものが走った。「ええ、そうです。ヘレンですよ。わたしは近いうちに、ヘレンに会うつもりでいるんです」

「俺があいつを殺したんだ」だらしない口もとが一瞬引きしまり、くっきりと笑みが浮かぶ。「森のなかで、闇に紛れて。毎晩殺してやってるのさ、あいつが生きかえってくるから。この俺を笑いやがるから、だから殺してやるんだ」

「あの夜、森でなにがあったんです？　ヘレンと？」

「俺から逃げやがったのさ。あいつは狂ってるんだ。でなきゃ逃げだすはずがない。

この俺から逃げようなんて、思うはずがない。俺はあいつを殺すしかなかった。目が燃えてたんだ」

「青い稲妻、ですね？　彼女の目が青い稲妻のように光ってたんですか？」

「あれはヘレンじゃなかった」翼を広げた黒い鳥のように、レミントンの鋭い視線が飛んできた。「ヘレンは静かで、従順だった。誰が偉いか、ちゃんとわかってたんだ。あいつはわかってた」しゃべりながら、レミントンは椅子の肘掛けを指先で引っかきはじめた。

「誰のことです？」

「魔女さ。あいつら、どこからともなく現れた。ものすごい光、まぶしい光とともに。それで俺の目をくらまし、呪いをかけた。蛇がこの皮膚の下を這いずりまわった。蛇が。光の環《サークル》。血の環だ。おまえにも見えるだろう？」

一瞬、ハーディングにもその光景が見えた。ガラスのようにくっきりと、恐ろしいまでに。彼は無理やり、震えを抑えこんだ。「〝あいつら〟というのは？」

「みんなヘレンだよ」レミントンが耳ざわりな甲高い声をあげて笑いはじめると、ハーディングの肌に怖気が走り、腕の産毛が逆立った。「全部ヘレンだ。魔女は火あぶりにしないとな。俺は毎晩あいつを殺してる。毎晩だぞ。なのに、あいつは戻ってきやがるんだ」

ついにレミントンが叫びはじめたので、ハーディングはぱっと身を引いて立ちあがった。おどろおどろしい恐怖はもう充分に味わった。すかさず警備員がレミントンをとり押さえにかかる。

完全に狂ってるな。数人がかりで部屋から連れだされるレミントンを見送りながら、ハーディングは思った。アリスの物語に出てくる、イカレ帽子屋のように。

だが……しかし……。

特ダネの匂いはあまりにもかぐわしく、あまりに魅力的だった。

夜に魔女の家へ訪ねていくと思うだけで、胸がどきどきしてしまう人は多いだろう。なかには、どこからかこっそり手に入れたトリカブトやたくさんの塩をポケットに忍ばせていく者もいるかもしれない。

マックはテープ・レコーダーとノートのほかに、上等なカベルネのボトル一本で武装して出かけた。島へ来て最初の週はじっと我慢し、こうして向こうから誘いがかかるのを待ちつづけていた。

そう、彼はこれからミア・デヴリンとディナーをともにする予定だ。

ひとりで車に乗って崖の上までドライブし、そこからは歩いて森を抜け、灯台の足もとの暗がりに身をひそめて彼女の家の様子をうかがいたい、という欲求を抑えるのは楽ではなかった。だがのぞき見など、マックに言わせれば、はなはだ礼儀に欠ける行為だ。

　けじめをつけて辛抱強く待ったかいはあった。よかったらディナーを食べに家へいらっしゃい、とミアのほうから気軽に誘ってもらえたからだ。その申し出を、彼も同じように気軽に受けた。

　海沿いの道をドライブしていると、次第に胸が期待にふくらんでくる。訊きたいことは山ほどあった。リプリーになにか尋ねようとするたびにぴしゃりとはねつけられてしまうので、なおさらだ。彼はまだ、ネルにはアプローチしていなかった。

　ふたりの魔女から与えられたふたつの警告の意味ははっきりしていた。ネルのほうから近づいてくるか、行く手を阻むものがすっかりなくなるまでは、おとなしく待つしかないということだ。

　時間ならたっぷりある。それに、こちらの手にはまだエースが残っているのだから。

　高い崖の上に立つ、年月と海風にさらされた古い石造りのその家が、彼はひと目で気に入った。芸術品のような破風、ロマンティックなバルコニー、神秘的な雰囲気漂う尖塔。灯台が放つ白いビームは幅の広い刃のように闇を切り裂き、海を、石造りの家を、暗い森にそそり立つ木々を、次々と照らしだしていた。

　寂寞とした場所だな、とマックは車を駐めながら思った。ほとんど尊大なまでにうら寂しくて、紛れもなく美しい。いかにも彼女に似合いの場所だ。ドライブウェイや庭の小道の雪はきれいに片づけられていた。ミア・デヴリンのような女性が雪かき用のシャベルを振りまわす姿など想像できない。こういうのも女性差別的な考えにあたるのだろうか、と彼はふと疑問に思った。

いや、そんなことはないはずだ。彼女が女性かどうかには関係なく、あれほどの麗しさを備えているからこその所感なのだから。マックはとにかく、彼女が優雅でない動きをしているところが想像できないだけだった。

ミアがドアを開けてくれた瞬間、彼は自分の考えが間違っていないことを確信した。彼女は深い森の色のドレスを着ていた。首から足もとまですっぽり包まれているにもかかわらず、男の目から見れば、その下に完璧な体が隠されていることが手にとるようにわかる服装だ。実に悩ましい。

耳もとと指に宝石が輝いている。銀の鎖を三つ編みにした長いチェーンの先に、なにやら模様が刻まれた小さな銀盤がぶらさがっていて、ウエストのあたりで揺れていた。両足はなまめかしくも素足のままだ。

ミアがにっこり微笑んで片手を差しだした。「わざわざ来てくれてうれしいわ、おまけにお土産まで持ってきてくれて」そう言いながらワインのボトルを受けとる。彼女のお気に入りの銘柄だった。「まあ、どうしてわかったの？」

「えっ？　ああ、ワインのことか。研究に少しでも役立ちそうなデータは徹底的に調べあげるのがぼくの仕事ですからね」

くすくすっと笑って、彼女はマックをなかへ招き入れた。「わが家へようこそ。コートをお預かりするわ」

彼のすぐそばまで近づいてきて、腕に指先をすっと走らせる。互いにとってのテストのようなつもりらしい。

「これなら、リビングルームへ入ってもらっても大丈夫なようね」彼女はまた、深くつやのある笑い声をあげた。「さあ、どうぞ」広い玄関ホールの奥にある部屋を指し示す。「あそこでくつろいでてちょうだい。今、ワインを開けてくるから」

少しぼうっとしながら、マックは暖炉が赤々と燃えている広い部屋へ入った。室内は鮮やかな色であふれ、やわらかそうな生地と、ぴかぴかに磨きこまれた木やガラスの調度品で飾られていた。幅の広い板張りの床には、多少色あせているのがかえって味となっている古いラグが敷かれている。

彼は豊かさを感じた――居心地がよく、風雅で、なぜか女らしさの香る豊かさだ。

背の高い透明の花瓶には、外に積もる雪のように白い星形の花びらを持つ百合が活けられていた。

花の香り、そしてミアの香りが、部屋じゅうに満ちている。

これでは、死んだ男でさえ血があたたまってホルモンが体内を駆けめぐってしまうのではないか、とマックは想像した。

棚に並んでいる本のあいだに、きれいなガラスの小瓶やクリスタルのかけら、おもしろい形をした小さな像なども置かれている。並んだ本に、彼は大いに興味を引かれた。その人がどういう本を読むかは、相手を知るうえで大切な手がかりとなる。

「わたしは実利的な女なの」マックは跳びあがった。いつのまにかミアが煙のように音もなく部屋に入ってきていた。

「えっ、今なんて？」

「実利的」彼女はそうくりかえし、ワインのボトルとグラスがふたつ載ったトレイを置いた。「読書は情熱の分野に属する行為でしょ。つまりわたしは情熱を利用してお金を儲けようと思って、本屋を開いたのよ」

「あなたの情熱は多岐にわたってるんですね」

「ひとつの分野だけでは単調すぎるわ」ワインを注ぎ、グラスを彼のほうへすうっと押しだす。そのあいだ、瞳はじっと彼の目を見つめていた。「あなたもそう思うでしょう？ いろんなことに興味をお持ちのようだものね」

「ええ。ありがとう」

「それじゃ、多岐にわたる情熱に、乾杯」目もとに笑みを浮かべて、彼女はグラスをかちんと合わせた。そのあと低いソファーに腰をおろし、隣のクッションを軽く叩きながら微笑む。「さあ、ここに座って。海に浮かぶこの小島について、感想を聞かせてほしいわ」

ここの室温が高すぎるのか、はたまた、彼女がどこにいてもその体から熱が放出されるのか。いぶかりながらも、マックは座った。「好きですよ。村は珍奇な感じがしない程度に風変わりでおもしろいし、島の人たちもさほどおせっかいではなく親切ですしね。あなたの本屋が洗練された雰囲気を、海が魅惑を、森は神秘的なムードを醸しだしている。ぼくにとっては、とても居心地がいいところです」

「よかったわ。コテージも住みやすいかしら？」

「それ以上ですよ。おかげで、仕事のほうもずいぶんはかどってます」

「あなたもけっこう実利的な人なのね、そうでしょう、マカリスター？」ミアは赤く塗られた唇で赤ワインに口をつけた。「多くの人は、あなたがやっているような研究は現実離れしていて役に立たないと思ってるでしょうに」

なぜかマックは、シャツの襟が急に縮んだ気がした。「役に立たない知識などありませんよ」

「それこそがあなたの追い求めているものなのね。知ること」ミアが両脚を折り曲げてソファーの上に載せた拍子に、膝頭が彼の腿をかすめた。「旺盛な探求心って、ものすごく魅力的だわ」

「ええ。まあ」彼はワインを飲んだ。勢いよく、ごくごくと。

「おなかのほうは……どう？」

顔が赤くなってくる。「おなか、ですか？」

そんな彼を見て、ミアはとても好感を抱いた。「ダイニングルームのほうへ移らない？　お食事を差しあげるわ」

「やったな。すばらしい」

ミアは足をおろしがてら、指先でふたたび彼の腕をつーっとなぞった。「ワインを運んできてね、ハンサムさん」

ああ、どうしよう。マックはそれしか考えられなくなっていた。

ダイニングルームには巨大なマホガニーのテーブルや、長いサイドボード、ハイバックの椅子が並んでおり、もっと堅苦しくて威圧的な感じがしたとしても不思議ではなかった。だが実際には、そこもリビングルームと同じように、客を歓待する雰囲気に包まれていた。インテリアも暖色系で統一され、カーテンは深みのある赤ワイン色に、ところどころ抑えめの金があしらわれているものだ。

カットが施されたクリスタルの花瓶から広がるように活けられた同じ色合いの花が、ここでも芳香を振り撒いていた。静かに流れるハープやパイプオルガンの音色に合わせて、暖炉では火がぱちぱちとはぜている。

三つある窓にはカーテンが引かれておらず、黒い夜と白い雪の鮮やかなコントラストを、部屋にいながらにして眺められるようにしてあった。一葉の写真のような光景だ。

そして、テーブルを飾るのは肉汁たっぷりの子羊の骨つきローストに、十二本のキャンドルの明かり。

もしもミアがロマンスにふさわしい舞台を演出しようと考えていたのなら、見事なお手並み、としか言いようがなかった。

食事をしながらミアは、文学、美術、演劇などさまざまな話題を振って会話をリードしつつ、うっとりした目で彼を見つめつづけた。

マックは催眠術でもかけられたかのような気分になった。心の奥底まで見透かすような真剣なまなざしに射抜かれたら、男はひとたまりもない。

キャンドルの揺らめく明かりが、雪花石膏を思わせる彼女の肌に照り映え、グレーの瞳のなかで金粉のようにきらめいていた。鉛筆でラフなスケッチを描くだけではもの足りない。彼女の顔は、油絵の具でキャンバスに描かれるのこそがふさわしい。

ふたりに共通点が多いことも、彼にとっては意外だった。好きな本や、音楽の趣味などが、かなり似ている。

そんなことがわかったのも、お互いゆっくりと時間をかけ、生い立ちを語りあったおかげだ。彼が今日知り得たのは、ミアがこの家でひとりっ子として育ったこと。だが、彼女の両親は子育てをほとんどルルに任せきりにしていたこと。母校は名門のラドクリフ・カレッジで、文学と経営学で学士号を取得したこと。両親は彼女の大学卒業を待たずに島を出ていってしまい、めったに戻ってこなくなったらしい。

そして、彼女もまた彼と同じく、生まれつき金に不自由したことがなかった。魔女の集団とか、グループや組織には入っておらず、生まれた場所でひとり孤独に静かな生活を送っている。結婚はしたことがなく、男性とともに暮らした経験もない。誰の目にも明らかなほど優美で官能的な女性が、同棲すらただの一度もしたことがないなんて、ありうるだろうか？

「あなたは旅をするのがお好きなのね」ミアが言った。

「見るべきものがたくさんありますからね。二十代のころのほうが、もっと楽しんでいた気もしますが。気が向いたとき、行きたいなと思ったとき、すぐに荷物をまとめて旅に出る」

「しかも自宅はニューヨークなんでしょう？　にぎやかで刺激的な街だわ」

「たしかにいいところもありますよ。でも、ぼくの仕事はどこでだってできますから。あなたは、ニューヨークへはよく行かれるんですか？」

「いいえ。ほとんど島から出ないもの。欲しいものはなんでもここにあるし」

「美術館、劇場、画廊なんかは？」

「そういうものは、なければないでかまわないの。それよりわたしはこの崖や森が好き、仕事が好き。それに、うちの庭もね」彼女はつけ加えた。「今が冬じゃなかったら、庭をぶらぶらと散策するのもよかったんだけれど。仕方がないから、リビングルームでコーヒーとデザートを楽しみましょうか」

ブラミアが出してくれたデザートのミニ・シュークリームは繊細でおいしかった。ブランデーも勧めてくれたのだが、そちらは断った。家のどこか遠くのほうから、大時計が時を刻む音が聞こえてくる。彼女はふたたび彼の隣に腰をおろし、ソファーの上で両脚を折り曲げた。

「あなたは自己管理能力が高くて、意志も強いようね、ドクター・ブック」

「そんなふうに思ったことはありませんが。どうしてです？」

「だって、わたしの家で、二時間以上もふたりっきりで過ごしているのよ。こちらは、ワインもキャンドルも音楽もたっぷりサービスしてあげているのに、あなたはいっこうに専門的興味のある話題を持ちだそうとしないし、誘惑してもこないじゃない。それって、評価すべきことなのかしら。それともわたしは侮辱されたと思うべき？」

「ぼくだって、考えないではなかったんですよ」

「そうなの？　どんなふうに？」

「今日はあなたがご自宅に招いてくださったのだから、ぼくの専門の話題を持ちだすのは控えたほうがいいかと」

「そう」彼女はわずかに頭を傾け、キスを誘うかのようにわざとらしく口を開けてみせた。「それで、誘惑のほうは？」

「半径半マイル以内に近づいておきながら、あなたを誘惑したいと思わない男がいたら、すぐに治療を受けたほうがいいでしょうね」

「まあ、やっぱりわたし、あなたが気に入ったわ。予想していたよりずっとね。罠にかけるようなまねをしたこと、謝らなくちゃ」

「どうして？　こっちも楽しませてもらいましたよ」

「ねえ、マック」ミアは彼に体を寄せて、唇をほんの軽くふれあわせた。「わたしたち、これでお友達になれるわよね？」

「こちらとしても望むところです」

「友達より深い関係になるのも楽しそうだけれど、きっと長続きしないでしょうし、それじゃ運命の糸が複雑にもつれてしまうもの」

「ぼくの、それともあなたの？」

「ふたりだけじゃなくて、ほかの人のもよ。わたしたちは、恋人になる運命じゃないわ。そのことにあなたが気づいていたとは知らなかったけれど」

「少しばかり残念な気もすると言ったら、気にさわりますか？」

「そう思ってもらえなかったら、そのほうが癪にさわるわ」ミアはくるくると流れるような赤い髪をふわりと後ろへ払った。「今いちばん気になっている専門的な質問をしてみて。答えられる範囲で答えてあげるから」

「コテージのそばの森にあるサークル。あれはどうやってつくったんですか？」

驚きのあまり、ミアは唇を引き結んだ。考える時間を稼ぐために立ちあがる。「いい質問ね」そう言って、窓に歩み寄った。「どうやって見つけたの？」マックが口を開く前に、彼女は片手で制した。「いいえ、いいのよ。それがあなたの仕事ですものね。でも、ほかの人にもかかわる質問には答えられないわ、その人たちは答えてほしくないかもしれないから」

「リプリーのことならわかってます、ネルのことも」

ミアが肩越しに視線を向けてきた。「そうなの？」

「いろいろ調べて、情報を取捨選択し、観察した結果です」彼は肩をすくめた。「そういうのは得意なんで。あなたとネルが反対のようなので、ネルにはまだアプローチしていませんが」

「なるほど。わたしたちの反対を無視したら、結果が怖いというわけ？」

「いいえ」

「いいえ？　そんなふうに即答できるなんて、勇気があるのね」

「いや、ちっとも。ただ、あなたが恵まれたその力を、誰かを守るために使うことはあっても、他人をこらしめたり傷つけたりするために使うはずはないとわかってますからね——特別な理由でもあれば話は別でしょうが。思わずかっとなってしまうとか。リプリーにはあなたほどのコントロール力もないし熱意もない代わりに、彼女なりの行動規範というものがあって、それはひょっとすると、あなたの基準よりも厳しいかもしれない」

「あなたの観察力には恐れ入るわ。でも、ということは、リプリーにはアプローチしたのね？　彼女とは話したんでしょう？」

「ええ、そうです」

ミアの口の端がいささか持ちあがったが、目はほとんど笑っていなかった。「それなのに、勇気がないだなんて、ご謙遜ね」

その言い方に辛辣な響きが含まれていたことがマックは気になった。「あなたたちのあいだで、いったいなにがあったんです?」

「それはふたつめの質問ね。まだひとつめにも答えるかどうか決めていないのに。あなたの推測は正しいとリプリーが認めない限り――」

「推測ではなく、事実です。それに、彼女のほうは認めてくれましたよ」

「まあ、驚いたわ」ミアは考えこみながらゆっくり暖炉へ歩み寄り、そこからさらにコーヒーポットに近づいてカップに注ぎ足したが、別にコーヒーが飲みたいわけではなかった。

「あなたは彼女のことも守ろうとしていますね」マックは静かに言った。「とても大切な人だからでしょう?」

「わたしたちはずいぶん長いこと友達だった、これ以上ないくらい親しい友達だったわ。でも、今は違うの」彼女は簡単に答えたが、実際に起きたことは簡単でもなんでもなかった。「けれどわたしは、ふたりがどういう関係だったか、ふたりでなにを分かちあったかを、忘れたことなんてない。もっとも、リプリーなら自分の身は自分で守れるけれど。どうして彼女がこんなにも早くあなたに打ち明けたのかわからないわ。力を持っていることを。自分の正体がなんであるかを」

「ぼくが追いつめてしまったからですよ」

彼は一瞬ためらったが、ここは正直に話すことにした。エネルギーの暴発、ビーチで見かけた女性、さらに、コテージでリプリーと過ごしたときのことについて。ミアは彼の腕をとって、手首をじっくり見た。「彼女ってね、かっとなりやすいのが昔からの欠点なのよ。でも、正義感はそれよりはるかに強いの。あなたを傷つけてしまったせいで、深く心を痛めたんじゃないかしら。あなたに負わせたやけどを自分の肌に移し替えたに違いないわ」

「なんだって？」

「それが彼女流の懺悔の仕方、過ちを改めて正義を貫く方法なのよ。あなたの肉体からやけどした部分をとり去って、自分の体に移す」

マックはあのときの熱さと痛みを思いだした。そして舌打ちする。「くそっ、そんな必要などなかったのに」

「彼女にとっては必要だったのよ。だから、もう気にしないことね」ミアは彼の手首を放すと、しばらく部屋のなかを歩きまわって、覚悟を決めた。「あなたは彼女を求めているのね、セクシーな意味で」

彼はソファーの上で身じろぎした。首筋がかーっと熱くなり、徐々に赤みを帯びてくる。「そういう話をほかの女性とするのは、あまり気が進まないんだが」

「男の人って、セックスに関してはけっこう神経質よね。それを話題にすることに対してよ、実際の行為じゃなくて。まあいいわ」ミアはソファーに戻って座った。「さて、そろそろあなたの質問に答えましょう――」

「申し訳ないが、録音させてもらってもかまわないかな?」

「ドクター・ブックったら」ポケットから小型のテープ・レコーダーをとりだす彼を見ながら、ミアはおかしそうに言った。「ボーイ・スカウトみたい。いつだって準備は怠りないのね。そうね、録音することはかまわないけれど、これだけははっきり約束してちょうだい。書面によるわたしの許可がない限り、録音した内容はいっさい文書として発表しない、って」

「あなたこそ、ボーイ・スカウト並みに用意周到じゃないですか。了解しました」

「ネルは念には念を入れてきたの、わたしもだけど。守りをもっと固めるために、法的な手続きをとろうとしていた矢先だったのよ。仕事ができて、ネルを深く愛しているザックも、彼女を守ろうとがんばっていたわ。にもかかわらず、エヴァン・レミントンはこの島へやってきて、彼女を見つけだした。彼女を傷つけて恐怖を味わわせた。一歩間違えばザックは殺されていたでしょうし、ネルだって危なかったわ。どんな手を打たれようとも、あの夜エヴァンは彼女の命を奪おうと心を決めていたのよ。ネルは、深手を負っていたザックが完全に殺されてしまう前に、森へ逃げこんだの。エヴァンなら絶対に自分を追いかけてくるとわかっていたから」

「勇敢な女性なんですね」

「ええ、そのとおりよ。彼女は森をよく知っていたわ、自分の庭ですものね。それに、あの夜は新月で暗かった。それでもあいつは、案の定、彼女を追ってきたのよ。なにをもってしても変えられない運命ってものがあるの――魔法や、知能や、努力では太刀打ちできない運命が」ミアは真剣そのもののまなざしをマックに向けた。「あなたはそれを信じる？」

「ええ、信じます」

彼の顔を見つめながら、ミアがうなずく。「だと思ったわ。信じるだけじゃなくて、ある程度はきちんと理解してもいるようね。とにかく、あの男は彼女を見つけだすことになっていた。この試練は……彼女の命が天秤にかけられて生と死の狭間で揺れ動くという筋書きは、もう何世紀も前に決められていたものだから。彼女の勇気と、自分を信じる心だけが、命運を分ける鍵だったのよ」

ミアはそこでいったん言葉を切り、考えをまとめた。

「そうわかっていても、わたしは怖くてたまらなかった。女なら誰もがそうなるようにね。だってエヴァンは、ネルの喉にナイフを突き立てていたんだもの。彼女の顔には、殴られて青あざができていた。わたしね、そうやって他人を苦しめるやつが大嫌いなの。自分より弱そうな者にわざと恐怖を植えつけていたぶるような連中が、憎くてたまらないのよ」

「人としてそれだけ教養が高いってことですね」

「そう思ってくれるの、ドクター・ブック？　それじゃあ、エヴァン・レミントンがわたしの大切なシスターの命をおびやかした瞬間、わたしは彼をめちゃくちゃにすることも可能だったって、わかるかしら？　言葉では表せないほどの痛みを与え、その心臓をとめ、命を奪うこともできたって」

「それほど強大で威力のある呪いには、呪われる対象自身の執念深さと、複雑な儀式が必要なはず……」彼はその先を言いよどんだ。ミアがコーヒーに口をつけながら、にっこり笑っていたからだ――今度は心から楽しげに。「ぼくの調べでは、そういう結論が出てるんですが」

「好きに解釈してくれていいわ」彼女が軽やかに答えると、マックはうなじがぞくぞくっとした。「やろうと思ったらどこまでやれたか、というのはまた別の問題。それはさておき、わたし自身も、自分の主義や誓いに縛られているのよ。そういう信念を曲げたら、わたしはわたしでなくなってしまうもの。わたしたち五人は、あの森のなかでたたずんでいた。ザックとリプリーはどちらも武器を持っていた。でもね、それを使っていたら、エヴァン・レミントンの命だけでなく、ネルの命も確実につきていたわ。とるべき道はたったひとつ、正解はひとつしかなかったの。三人でサークルをつくることよ。あの晩わたしたちは、特別な儀式をするでもなく、なんの道具もないまま、普通なら必要とされる詠唱《チャント》を延々と唱えることもせずに、あのサークルをつくった。三人の意志の力だけでね」

実に興味深い、と彼は思った。驚嘆すべき話だ。「そんなサークルなんて、一度も見たことがない」

「わたしもよ、あの夜までは。試したことすらなかったわ。必要に迫られたおかげでしょうね」ミアがつぶやくように言う。「心と心と心がつながったの。そして力が、ドクター・ブック、環のなかで炎のごとくほとばしったのよ。あの男は、彼女自身が傷つけられても仕方ないと思わない限り、彼女を傷つけられなかった。自分のなかに巣くっていたものに無理やり直面させられたとき、彼は正気でいられなくなったの」

静かな声だったが、なにかが――〝魔法〟という言葉はありきたりすぎる気がした――部屋の空気をそっと震わせ、マックの肌を撫でた。「リプリーは、あのサークルを閉じたのは自分たちだと言ってましたが」

「あなたが相手だと、リプリーにしては珍しくおしゃべりになるみたいね。そうよ、わたしたちが閉じたの」

「エネルギーは今もそこに残っています。ぼくがこれまでに記録をとった、いかなるサークルよりも強いエネルギーが」

「三人が手を結ぶと非常に強い力が発せられるのよ。わたしたちがこの世から消えたあともずっと、エネルギーは残るんじゃないかしら。ともあれ、ネルは必要としていたものを見つけた。それが、安定への第一歩だったというわけ」

いつしか部屋のなかはひんやりしはじめ、ミアは陶器のポットを片手に微笑む、ただの美しい女性に戻っていた。

「コーヒーをもっといかが?」彼女はそう尋ねた。

7

まったく、なんてずうずうしい男なのかしら。

向こうから誘いをかけてきて、あのキュートな、ぼくを信用してくれと言わんばかりの笑顔でこっちの判断力を鈍らせたうえで、いつかベッドをともにしたいとあからさまに態度で示したくせに。

リプリーは悔しさに歯噛みしながら、ビーチをジョギングしていた。

なのに、それなのに、別のチャンスが与えられたら、すかさずくらいついて今度はミアとよろしくやるなんて。

これだから、男なんかあてにならないのよ。

おまけに、ミアがマックを自宅に招いてディナーをごちそうした件について、ネルがなにげなく教えてくれなかったら、わたしはいまだになにひとつ気づかずにいたかもしれない。

ディナーですって？　リプリーはふんと鼻を鳴らした。なにがディナーよ。

どうせ下心があったに違いないわ。ミアの好きなフランス産のワインを一本、アイランド・リカーズで買ったときからね。そういう事実は、隠そうとしたってもれ聞こえてくるものなんだから。しかも彼ったら店員に、ミアはどういうタイプの――どの年の――ワインが好きなのか、わざわざ尋ねたっていうじゃない。

まあね、たとえ彼がミアだけにとどまらず島じゅうの女性を口説いたとしても、それは彼の勝手かもしれない。でも、最初にこのリプリー・トッドを口説いた以上は、話が別よ。

モラルのかけらもない男だわ。都会ずれした手練手管でわたしの心をかき乱したあげく、裏でこっそりミアにも気のあるそぶりをみせるなんて。あのミアのことだから、生け贄の山羊をおびき寄せるために餌で釣ったのかもしれないけれど。

彼女ならそれくらいやりかねないもの。

リプリーはビーチの端までたどり着くと、くるりと向きを変えてまた走りだした。

いいえ、悔しいけれど、それは違う。基本的にリプリーは、ミアと顔を合わせるたびにちくちくと嫌味を言うことを楽しんでいるものの、悪口の内容を本気で信じこんでいるわけではなかった。ミアは決して、ほかの誰かがつきあっている男性にちょっかいを出すようなまねはしない。正確には、どんな男性が相手でも、自分から誘いをかけたりしない。だからこそ、あんなふうに気むずかしくて癇にさわる女ができあがるんだわ。たまには気晴らしに軽い情事でも楽しんでみれば、態度ももっと変わるでしょうに。

でも、そういうのはミアのスタイルではない。いくら彼女とは反目しあう仲だといっても、リプリーにはちゃんとわかっていた。ミア・デヴリンはこの手のことに関しては実にきまじめだし、いやになるくらいお上品だから、他人の男を横どりするなどというはしたないまねは絶対にできない。

そう考えてくると、リプリーの思考は大きな円を描いて振りだしに戻った。

とにかく、どう考えても悪いのはマックよ。こうなったら、せいぜい彼に痛い目を見せて、思い知らせてやらなくちゃ。

リプリーはジョギングを終えて家に戻り、シャワーを浴びた。黒っぽいウールのスラックスとタートルネックのセーターを着てから、その上にフランネルのシャツを重ね、ボタンをとめる。ブーツの紐もきっちりと結んだ。そのあと全身を鏡に映し、じっくりと見つめてみる。

やっぱり、容姿じゃとうていミアにはかなわないわ。勝てる人なんている？　だいたい、勝ちたいと思ったことすらないんだもの。自分には自分らしいスタイルがあって、それで充分に満足している。とはいえ、ここぞというときに自分をよりいっそう魅力的に見せるこつくらいは心得ていた。

マックへの報復の手段をあれこれ考えながら、口紅を塗り、アイライナーとシャドウを入れて、マスカラをつけた。最高の出来栄えに満足すると、クリスマスにネルが靴下に入れておいてくれた香水をとりだして、しゅしゅっと吹きかけた。甘ったるい花やさわやかな風ではなく、リプリーに似合いの、大地を思わせる濃密な香りだ。

それからしばらく迷ったあげく、フランネルのシャツはやめることにした。日が暮れたら多少は寒さを感じるかもしれないけれど、スラックスとタートルネックのセーターだけのほうが、女らしい曲線があらわになっていい。われながら悦に入って、彼女はホルスターをベルトにとりつけ、仕事に出かけた。

ピート・シュタールの飼っている駄犬が、またもや綱を振り切って逃走した。冷凍されて山と積まれていた魚のはらわたをその鼻でほじくりかえし、たらふくごちそうを食べたのだ。朝にはドッグフードもきちんと一食分与えられていたところへ、さらにそれだけのものを食べたせいで、グラディス・メイシーの家のきれいな玄関の前まで来て気持ちが悪くなったらしい。

こういうご近所同士のもめごとの処理は、リプリーとしてはできればザックに任せたかった。兄のほうが辛抱強く、この手の仲裁役には向いている。だがあいにく、ザックは島の風上のほうで木が倒れて困っている夫妻のもとへ手伝いに出かけていて不在だった。となると、自分が応対するしかない。

「リプリー、あたしはもう我慢ならないんだよ」

「気持ちはわかるわ、ミセス・メイシー」ふたりは汚物にまみれたメイシー家の玄関前の階段に立って、寒風に背中を丸くしていた。

「あの犬ときたら――」グラディスが、洗濯紐の脇の木につながれて少しも反省の色なく座っているハウンド犬を指差す。「材木の切れっ端ほどの脳みそすらないんだから」

「その点も、まさにおっしゃるとおりよ」リプリーは舌をだらりと垂らしたまぬけ面の犬を見やった。「でも、ほら、あの子だって人なつこいところはあるし」

グラディスは頬をぷうっとふくらませて、ひと息に吐きだした。「どうしてあたしのことをあんなに気に入ってくれてるんだか、さっぱりわからないけどね。とにかく、あの犬は家から逃げだすたんびにうちへ来ちゃあ、庭で粗相をしたり、汚い骨をあたしの大切な花壇に埋めたりするんだ。そのあげくにこれさ」両手を腰のあたりにあてて、階段を振りかえる。「このひどいありさまを、誰が片づけてくれるんだい?」

「少しだけ待ってもらえるなら、ピートに言って片づけさせるわ。そろそろお昼休みの時間でしょうから、すぐにでも彼を捜しだして、ただちにここへ来てきちんと掃除するように命じておきます」

グラディスが鼻をふんと鳴らし、勢いよくうなずいた。正義は正義だ、とリプリーは思った。トッド家の人間であれば、正義を貫く方法くらい見つけられるはずだ。

「できるだけ早く、きちんと処理してもらわないとね」

「わたしが責任を持ってやらせます。ピートには罰金も払ってもらうわ」

グラディスが口をすぼめて言う。「罰金なんて、前にもくらってるだろ」

「ええ、それはそうだけど」いいこと、リプリー、ザックならこういうときどうするかを考えるのよ。あの犬は子犬のように無邪気で人なつこく、頭がカブでできているかのように愚鈍だ。最大の欠点は死んだ魚がなにより好きなことで、魚の山のなかで転げまわったり、むしゃむしゃと盗み食いしたりする。いずれの場合も、不快きわまりない結果を招くのが落ちだ。

そのときとっさにすばらしいアイディアを思いつき、リプリーはわざと表情を険しくした。

「実際問題、あの犬は公衆の迷惑になっているし、ピートは前にも警告を受けてるわけだから……」武器の銃床を指で軽く叩きながら言う。「今回はさすがに捕獲せざるを得ないでしょうね」

「ああ、あたしだっていい迷惑——」グラディスはそこで言葉をのみ、ぱちぱちとまばたきした。「捕獲って、あんたそれ、どういう意味だい？」

「どうぞご心配なく、ミセス・メイシー。あの犬のことはわたしたちのほうでちゃんと処理するわ。金輪際、こちらの庭で、いかなるいたずらもさせません」

グラディスが喉を引くつかせ、声を震わせながら言った。「ちょっと待っとくれ」リプリーの思惑どおり、グラディスが慌てた様子で腕をつかんでくる。「つまり、あの犬をどこかへ連れてって……永遠に黙らせるつもりなのかい？」

「だって、どうしても言うことを聞かないあの犬が悪いんだから……」リプリーはあえて最後まで言わず、含みを持たせた。当の犬もなぜか協力的で、哀れっぽくくーんと鳴いてみせる。

「リプリー・トッド、そんなひどいことを言いだすなんて、あたしゃあんたを見損なったよ。そんなこと、このあたしが断じて許さないからね」

「でも、ミセス・メイシー——」

「このあたしを言いくるめようったって、そうはいかないよ」グラディスは憤慨し、リプリーの顔の前で指を大きく振った。「そんな心ない話、聞いたことない！　いくらあの犬がばかだからって、あんな無邪気な子を殺しちまうなんて」

「だってあなたは——」

「あたしはただ、あの子がうちの庭に粗相をしたって言っただけじゃないか！」グラディスはショッキングピンクのセーターに包まれている腕を振りまわした。「なのにあんたは、あの子をどっかへ引きずっていって、両耳のあいだに拳銃の弾をぶちこもうっていうのかい？」

「いえ、その――」

「ああもうたくさんだ、これ以上話したくないね。さっさと帰っとくれ、ただし、犬は置いていくんだよ。あたしはね、この階段さえきれいに掃除してもらえれば、それでいいんだから」

「わかりました」リプリーはうなだれ、がっくりと肩を落として、メイシー家をあとにした。去り際に、こっそり犬にウインクした。

たぶん、さすがのザックでも、ここまでうまくは処理できなかっただろう。


リプリーはピートを捜しだし、騒乱罪についてひとしきり講釈を垂れた。彼はランチをとらずにメイシー家へ駆けつけ、階段をぴかぴかに磨きあげると約束した。犬はただちにおしゃれで真っ赤な小屋と電気毛布を与えられ、シュタール家が無人になるときも勝手に敷地から出ないよう、頑丈な鎖につながれることとなった。

これで一件落着してくれれば、スリー・シスターズ島には普段どおりの平和な一日が訪れるだろう。

保安官事務所へ戻る道すがら、リプリーは板張りのソルトボックス・ハウス「前面が二階建てで後ろが一階建ての家。ニューイングランド地方に多い民家の形」の前を通りかかり、一階の窓によじのぼろうとしている小柄な人影を見つけた。

あらあら、島に平和をとり戻すにはもう少し仕事をしなきゃならないようね、と両手をヒップに押しあてて考える。

眉をあげてよく見てみたのち、彼女は眉間にしわを寄せた。そこは彼女の親戚の家で、人目につく真っ青なジャケットを着て家宅侵入を試みている少年には、はっきりと見覚えがあったからだ。

「デニス・アンドリュー・リプリー、そんなところで、いったい全体なにをしているの？」

少年がびくっとして窓に頭を打ちつけ、痛そうに声をあげたが、同情する気は起こらなかった。彼はもう十二歳なのだから、丈夫でかたい頭になるように少しくらい鍛えたほうがいい、というのが彼女の持論だ。

少年は傷だらけのハイトップのスニーカーを片足だけ窓からぶらさげた格好で、その場に凍りついていた。しばらくしてからおずおずと動きはじめ、地面におりる。淡いブロンドの髪がスキー帽の縁からはみだしていた。その顔は今や真っ赤に染まり、全体に振りかけたようなそばかすがくっきりと浮いて見える。

「えっと……こんにちは……リプリーおばさん」少年がいかにも純真そうな顔つきで挨拶した。

なかなかの役者ね、とリプリーは感心した。「こういうときは、ちゃんとトッド保安官代理と呼びなさい、おちびさん。で、いったいどうして窓から家に忍びこもうとしてたの？」

「その……鍵を持ってなかったから、ってだけじゃだめ？」

「デニス」

「だって、ほんとに持ってないんだ。ママは友達と集まって、本土へ買い物かなんかに出かけちゃっててさ。それでドアには鍵がかかってるから……」

「じゃあ、こう訊けばいいかしら。学校で勉強してなきゃいけない時間に、こんなところであなたはいったいなにをしてるのか、って訊いてるのよ」

「具合が悪いから？」期待のこもった声でデニスが答える。

「そうなの？　じゃあ、わたしについてらっしゃい、今すぐ病院へ連れてってあげるから。お母さん、携帯電話は持ってるわよね？　かわいい息子が体調を崩してるって、わたしから連絡しておいてあげるわ。きっと、次のフェリーで飛んで帰ってきてくれるわよ」

少年の顔から血の気が引くのを見て、リプリーはほくそ笑んだ。

「やめてよ。お願いだからさ。いいでしょ？　もうだいぶ気分はよくなったんだ。なんかちょっと変なものを食べちゃっただけだと思うから」

「あらそう。さあ、いいかげん、すべて吐いたらどうなの？　ここまで言ってもまだわたしをだまそうとするなら、無理やり病院へ引きずっていって、いちばん太い針でぶすっと注射してもらうわよ」

「歴史のテストがあるんだよ」デニスは観念したのか、ものすごい早口でしゃべりはじめた。「歴史なんてクソだろ、リップおばさん。死んだ人間のことばっかでさ。そんなの、どうだっていいじゃないか。ヨーロッパの歴史とか、余計わけわかんないよ。ぼくたち、そこに住んでもいないのに。ちょっと訊くけどさ、リヒテンシュタインの首都はどこか、リップおばさん知ってる？」

「勉強してなかったのね」

デニスは落ちつきなく足から足へと体重を移し替えていた——ピエロみたいにばかでかい足をしてるくせに、まつげの下から哀れっぽく見つめてみせるだけで、同情を引けるとでも思ってるのかしら？　まったくあきれるしかないわ。

「まあ、あんまりね」

「つまり、テストを受けるのがいやで、学校から逃げだしてきたってわけ？」

「今日だけだよ。テストはあとからでも受けられるんだ。今日は森へ行って、勉強するつもりだったんだ」少年がとっさに思いついたことを言い添える。「でも、外は寒すぎるから……」

「じゃあ、家のなかに入って勉強するのね？」

「うん。そうだよ！　そうそう、これから本を読んで勉強するからさ。だから、今のは見なかったことにしてくれない？」

「だめよ」

「そんなあ、リップおばさん」デニスはため息をつき、彼女の顔に浮かんだ表情を見て言いなおした。「トッド保安官代理」

リプリーは少年の耳をつまみあげた。「保安官の護衛つきで学校まで送ってあげるわ」

「ママに殺されちゃうよ」

「かもしれないわね」

「テストだってどうせ落ちるし」

「勉強しなかったあなたが悪いんでしょ」

「校内停学になっちゃうかもしれない」

「かわいそうね、わたしも胸が痛むわ」

デニスが〝ちぇっ〟と小さく舌打ちしたとたん、リプリーは少年の後頭部をぱんとはたいた。

「口の利き方に気をつけるのね、坊や。一緒に教頭先生のところまで行ってあげるから、自分のやったことを正直に告白して、罰を受けなさい」

「なんだよ、自分は一度も学校をサボったことないの？」

「わたしには、サボっても見つからないだけの脳みそがあったもの。理力《フォース》のパワーはそのなかにこそあるのだぞ、若きスカイウォーカーよ」

デニスがこらえきれずにぷっと吹きだした。それに免じて、さらには仲間意識から、リプリーは少年の肩に友達っぽく腕をまわし、裁きの場までつき添って歩いた。


朝の運動と、ふたつのトラブルをいかに手際よく処理したかについてザックに自慢できたおかげで、リプリーの気分はだいぶ上向きになった。彼女は昼食をとりにカフェ・ブックへぶらりと入っていくと、ルルに軽く手を振った。

「食べるのはちょっとあとまわしにして、こっちへ来て」

「一分くらいならいいけど、それ以上はおなかが待ってくれないわよ」そう言いつつも、リプリーは向きを変えてカウンターに近づいた。「どうかしたの？」

「ジェーンから手紙が来たのよ」

「ほんと？」リプリーはすぐに、以前カフェでコックをしていたジェーンの顔を思い浮かべた。オフ・ブロードウェイで芝居をやりたいという夢を持ったボーイフレンドと一緒にニューヨークへ行ってしまった女性だ。「ふたりとも、どうしてるって？」

「そこそこうまくやってるらしいわ。まだ当分は帰らないつもりみたい」ルルが階段のほうをちらりと見やってから、声をひそめた。「そんなことよりね、ジェーンの働いてるパン屋に、ある日突然、いったい誰が現れたと思う？」

「ハリソン・フォード？」すかさずルルに厳しい目つきでたしなめられ、リプリーは小さく肩をすくめた。「近ごろわたし、彼のことが頭から離れなくって。降参よ、誰なの？」

「サム・ローガンよ」

「嘘でしょう？」リプリーも声をひそめて訊きかえした。「それでそれで、ジェーンはなんて言ってきたの？　彼、どんなふうだって？　今はなにをしてるの？」

「五秒間その口を閉じててくれたら、教えてあげるのに。外見はね、ジェーンが言うには、前よりもっとすてきになってるそうよ。背はすらりと高く、肌は浅黒くて、危険な香りが漂ってて。ジェーンがそう書いてきたんですからね。彼が覚えててくれたってだけで、あの子はすっかり舞いあがっちゃったらしいわ。彼女ってほら、おつむのほうはあんまり回転が速くないでしょ。今なにをしているのかは、彼が言おうとしなかったか、彼女が訊きそびれたんでしょうね。さもなきゃ、きっと書いてきたはずだもの。でもね、彼のほうからミアについて尋ねてきたんですって」

「どういうふうに？」

「まあ、けっこうさりげない感じだったみたいよ、ジェーンによれば。〝ミアはどうしてる？〟って」

「それで？」

「それで終わり。それだけよ。彼はペストリーをひと箱買って、ジェーンに幸運を祈って、店を出ていったの」

リプリーは考えこむように唇をきゅっと結んで、さまざまな角度から今の話を検討した。「偶然にしてはできすぎてるわよね。ニューヨークじゅうに何軒あるかわからないパン屋のなかで、たまたまそこに入ってみたら、以前ミアの店にいたコックが働いてたなんて」

「偶然じゃないと思うわ。彼は好奇心に駆られて、わざわざ訪ねてきたんじゃないかしら」

「わたしもそう思う。ミアにこのことを伝えるつもり？」

「いいえ」ルルは鼻から息を吸いこんだ。「どうしようか迷いに迷って、あれこれ考えてはみたんだけれど、そうしたほうがいいっていう結論には達しなかったのよ」

「このわたしに意見を求めてるの？」

「まさかあなた、わたしがこうして話をしてるのは舌の運動をさせるためだなんて思ってるわけじゃないでしょ？」

「わかったわ、それならあなたの考えに賛成よ。わざわざ教える必要はないんじゃない？　彼女の心はまだ癒えていないんだし」リプリーはため息をもらした。ミアが苦しんでいると思うと、いまだに胸がちくりと痛むからだ。「それに、彼がどうしてるかミアが本気で知りたがってたら、とうの昔に情報をつかんでると思う」

ルルはうなずいた。「わたしの意見に賛同してくれる人がひとりでもいると、なにかと心強いわ。さあ、もういいから食べに行ってらっしゃい。今日は黒インゲンのスープよ」

「申し分ないわ。あ、そうそう、ルゥ？」階段へと向かう途中で、リプリーは振りかえった。「ジェーンに返事を出すなら、この件は他言しないように、って釘を刺しておいたほうがいいわよ。わかってるとは思うけど」

「とっくにそうしたわ」

またひとつ、ことがうまく運んだ、とリプリーは自画自賛した。今日はなんと一日三善だ。こんなについていていいのかしら？　二階へあがってカウンターに歩み寄り、ベルを慣らした。そのついでに、開いたドアの隙間から厨房をのぞくと、ネルからスープとサンドイッチを受けとるマックの姿が見えた。

彼は、ミアやネルの親しい友人用にあえて厨房に置いてあるテーブルに着いていた。リプリーはたったの二歩でカウンターの端までたどり着いたが、そこで立ちどまって考えなおした。

こんなやり方じゃだめよ。いきなり入っていって銃を突きつけるのは——もちろんそれは比喩だけれど——彼に、この状況に、あるいは自分自身の不快感に対処する方法としては間違っている。

しばらく待って冷静さをとり戻してから、リプリーはようやくカウンターをまわりこんで、厨房に入った。

「ハーイ、ネル。マック」愛想よくふるまおうと精いっぱいの努力をしつつ、くんくんと鼻を利かせる。「わあ、おいしそうな匂いね。わたしにも彼と同じものをちょうだい。こっちで食べていってもいいでしょ?」

「もちろんよ。コーヒーはどうする?」ネルが尋ねた。

「今日は贅沢してラッテにするわ」リプリーはコートを脱いで椅子の背にかけた。そしてマックに、ゆったりしたあたたかい笑顔を向ける。「ご一緒させていただいてもかまわないかしら、教授?」

「どうぞどうぞ。今日はとてもきれいだね」

「ありがとう」リプリーは彼の向かいの席に座った。「で、あなたは厨房でなにを嗅ぎまわってるの？」

「わたしのほうから頼んで、こちらへ移っていただいたのよ、リプリー」ネルがリプリーの肩をぎゅぎゅっとつかんでから、スープのボウルを置く。「お話ししたかったから」

いらだちが喉に引っかかっていたが、リプリーはどうにかそれをのみこんだ。「あなたがいいなら、わたしは別にかまわないんだけど」

「かまうどころか、マックにはさっきからずいぶん楽しませてもらってるの、旅行や仕事の話をたくさん聞かせてもらって。とってもおもしろい話ばかりなんだから。あなたが勧めてくれた本、さっそく注文するわ」ネルはそう言って彼に視線を投げかけてから、リプリーのサンドイッチを仕上げにかかった。

「読み終わったら、ぜひ感想を聞かせてほしいな」

「もちろん」ネルがサンドイッチを出しながら言う。「あとは、ラッテよね」

こちらの声の届かない位置までネルが遠ざかるやいなや、マックは前に身を乗りだした。「こっちから無理やり頼みこんだりしてはいないよ」

リプリーはてのひらを前に向けて突きだした。「休戦ね。ネルが人生をどう生きようと、どういう選択をしようと、それは彼女の責任だもの」この人ったら、いったいどんな卑怯な手を使ったのかしら。

「わかった。でも、これだけは言わせてほしい。ぼくは彼女が人としてあるまじき仕打ちをさんざん受けて苦しんできたことを、よく理解しているつもりだ。だから絶対にこちらからプレッシャーをかけたりしない、どんな状況であれね」

その言葉に嘘はないと思えたからといって、なにも変わりはしなかった。

リプリーはマックとともにランチを食べ、彼の笑い声に耳を傾けながら、犬や少年の話をした。そして、彼と話したり笑い声を聞いたりすることを楽しんでいる自分に気づき、少し腹が立った。

彼が一緒にいて楽しい相手であることは間違いない、たとえ、男としては最低であろうとも。

今とは状況が違っていたら、彼と過ごす時間をもっともっと楽しめたかもしれない。彼をもっとよく知って。高速で回転する頭脳のなかではどんな思考がめぐっているのか、少しずつ解き明かしていくのは。

これだけの頭の持ち主はちょっとやそっとじゃ見つからない。その点はリプリーにもとっくにわかっていた。そのうえ彼は、きらめくブラウンの瞳に、のんびりゆったりした笑顔、見事としか言いようのない肉体を兼ね備えている。さらに、口説きのテクニックは……言うまでもなく超一流だ。

そこまで考えてきてリプリーは、マックが彼女の胸を躍らせてから数時間後、わずか数時間後には、ミアにも言葉巧みに誘いをかけていたことを思いだした。

この貸しを返させる方法はたったひとつ。彼に絶滅してもらうしかない。

「ところで」リプリーは言った。「あなたも相当忙しくしてるようね。お化けや幽霊を追いかけたり、エネルギーの——なんて呼ぶのか知らないけど——〝渦〟みたいなものを探しまわったり」

「まあまあってところかな。それなりに成果をあげつつ、島をよく知ろうとしてる段階だ」

「島の住人のことも、でしょ」彼女は言った。甘ったるい声で。

「もちろんさ。ほら、ぼくの一日って、時間はなんとでもなるからね」マックが説明する。「ジムにだって、いつでも好きなときに行ける。できれば、誰かが一緒にワークアウトしてくれたら楽しいんだけどな」

本気でそう思うのなら〝一緒にいい汗を流そう〟とかなんとか言って、ミアを誘えばいいじゃない。「朝はだいたい何時ごろに行くことが多いの?」わざわざ尋ねなくても、答えはわかっていた。自分の鼻先でなにが起ころうとしているのか、リプリーにはすべてわかっていた。

「七時半ぐらいかな」

「だったら、わたしも合わせられるわ」

そうね、まさにおあつらえ向きよ、と彼女は思った。

リプリーは七時四十五分にジムへ入っていった。先に来ていたマックはステッパーを踏んで、汗をしぼりだしていた。今日もひげはそられていない。彼がにこっと笑いかけてくると、この人を虫けらのようにひねりつぶしてやらなきゃならないなんて残念だわ、と思えた。

今朝のマックはテレビの代わりに音楽をかけて運動していた。こんな形で好意を示そうとするなんて、いかにも彼らしいんじゃない？

彼女はレッグ・マシーンの負荷を調節してからベンチに寝そべり、膝の後ろの腱を鍛えはじめた。この姿勢なら、お尻を彼に見せつけてやるという付加効果も期待できる。

思う存分眺めて、あらぬ妄想でも抱けばいいわ、マック。

「また雪が降りそうなんだってね」

何回やったか数えながら、リプリーは反復運動を続けた。「たしかに雲行きはあやしいわね。そういえば、薪はちゃんと買えた？」

「いや、まだだ。名前を忘れてしまって」

「コートのポケットにメモが入ってるでしょ」

「そうだっけ？」

こんなふうに焦る彼はかわいく見える。「わたしがメモを書いてあげたあと、たしかそこに突っこんでたわよ。黒いロングコートの右のポケット」

「そうか」

「今朝はわたしたちのほかに、健康増進と体力づくりを考えてる人がいないようね」

リプリーは言った。

「さっきまで、男の人がひとりいたんだよ。でも、きみが来るちょっと前に帰ってしまった。それにしても見事な脚だね、トッド保安官代理」

「そう思う？」媚びるような笑みを張りつかせて、彼に流し目を送る。「そういうあなたこそすばらしいじゃない、ドクター・ブック」

「十八歳のときのぼくを見たら、きっと驚くよ。いや、二十歳かな」彼はそう言いなおした。「そのころまでは、ビーチで顔に砂を投げつけられても言いかえせないような、なまっちろい男の子の典型だったんだ」

「やせてたの？」

「楊枝みたいにがりがりで、背中に〝ぼくをいじめて〟って貼り紙して歩いてるようなものだったね」

やせっぽちで見るからに情けない少年に対する同情がわいてきて、リプリーの心は揺れた。だが、ここへ来た目的を思いだして、それは無視することにする。「それで、筋肉むきむきの体をつくろうと思ったわけ?」次に彼女はふくらはぎの筋肉を鍛えはじめた。

「ぼくみたいな体質の男はすべてをなげうって鍛えることに専念しないと、ああはならないんだ。ぼくはシェイプアップしたいだけだったからね。ボディービルの本は何冊も読んで研究したけど」

彼女は笑わずにいられなかった。「本を読んで研究?」

「それがぼくのやり方だからさ」彼が肩をすくめながら言った。「その後いろいろなプログラムを試してみて、自分に合う方法を見つけた」自分でもおかしくなったのか、にやにや笑いながら彼女を見つめかえす。「表だってちゃんとつくるよ」

「冗談でしょ?」

「冗談でもなんでもない」マックは認めた。「表やグラフをつくって、コンピューターで分析もする、運動の前後のデータをね。知力と体力の統合ってわけさ。ぼくにはそういうのが合ってるんだ」

「でしょうね」

彼が心持ち、顔を赤らめる。「まあ、いずれ自分が野山をトレッキングしたり、洞窟を這いのぼったり、ときにはジャングルの奥深くに分け入ったりすることになるだろうと、早くからわかってたからね。仕事をまっとうするためにも、とにかく体力だけはつけておくべきだと思って。湿度百パーセントのなか、重くて壊れやすい機械類をたくさん背負って、何マイルも歩かなきゃならないんだ。それを考えたら、ジムで週に何時間か汗を流すくらいのことはしておいたほうがいいと気づいたのさ」

「理由はどうであれ、結果はすばらしいわ」

リプリーは立ちあがって次のマシーンへ移動しがてら、マックのお尻の肉を軽くつねった。彼がぎょっとした顔で見かえしてくると、彼女は笑った。

「このお返しがしたかったら、いつでもどうぞ、坊や」

彼のリズムを完全に崩せたことに満足して、リプリーは四肢の運動にかかった。

「ねえ、島はもう、ひととおりめぐってみたの?」

「まだ全部は見てないよ」反復運動を何回こなしたかわからなくなったマックは、必死でペースをとり戻そうとした。「仕事しながらだからね。といっても、ちょっとずつしか進んでないが」

「ふたりの空き時間が合うときがあったら、わたしが案内してあげてもいいわよ」

彼の体がほてりはじめたのは運動しているせいだけではなかった。「ぼくのほうは、いつでも空けられるよ」

「そういうこと、女に向かって言うのは危険よ。わたしは好きだけど」喉をごろごろ鳴らすような声でリプリーが言う。「危険を冒す覚悟のある男性って好きなの」彼女は唇をなめた。「わたしのこと、思い浮かべたりしてくれてた?」

「一日にせいぜい十回か十二回ぐらいは」

「あら」彼がフリー・ウエイトを始めたので、リプリーはベンチからおりた。「またしても危険な発言ね。わたしだってそれに負けないくらい、しょっちゅうあなたのこと考えてたけれど」

彼女もフリー・ウエイトのコーナーに歩み寄ったが、ダンベルを拾いあげる代わりに、マックの腕に指を走らせた。

「まあ、肌もすべすべなのね。わたしもよ」いっそう彼に近づいて、体を軽くふれあわせる。「せっかくだから、ふたりとも今ここで着ているものを全部脱いでみるっていうのはどう?」

もしかしたら、頭の血がすっかり引いて空っぽになってさえいなければ、にこやかに微笑むリプリーの瞳が鋭くきらめいたのを見逃さずにすんだかもしれない。だが、女性のほうからあだっぽいしぐさで体をこすりつけてこられたりしたら、普段はいかに切れる男でも思考が停止してしまうだろう。

「とりあえずこれを置かせてくれ」マックはどうにか声をしぼりだした。「ぼくかきみの足の上に落としてしまう前に」

「男の人の引きしまった筋肉って、たまらないわ」リプリーは彼の二頭筋をぎゅっとつまんだ。「無駄のない……引きしまった……しなやかな筋肉」

がちゃんと派手な音を立ててダンベルがスタンドにおさまる。マックはリプリーの髪に片手を差し入れ、彼女を引き寄せて、唇を重ねようとした。

その瞬間、彼女の肘鉄がもろにみぞおちに命中した。

「さがって！」

彼は激しく咳きこんだ。そうでもしなければ息が吸いこめない。「なんだ？　どうしたんだい？」あまりのショックに腹を立てる暇さえなく、なんとか普通に呼吸しようと必死になっていたことも手伝って、怒りの形相に豹変した彼女をただただ見つめかえすことしかできなかった。

「わたしが本気でふれてほしがってるとでも思ったの？」

やっとの思いで息をつきながら、マックはみぞおちのあたりをおそるおそる撫でた。

「ああ」

「じゃあ、もっとよく考えてみるのね。ほかの女とふた股かけるような男は、こっちからお断りよ」

「きみがなにを言いたいのか、さっぱりわからないんだが」

「なにも知りません、って顔をしても無駄よ。彼女に言い寄ろうと決めたときには、わたしに言い寄ったことなんか都合よく忘れてたのかもしれないし、その逆かもしれないけど、うっかり者の学者の演技もそこまで行けばやりすぎよ」

「誰のことだい？　なにを言ってるんだ？」

リプリーは両の拳を握りしめ、もう少しで彼にパンチを見舞いそうになった。だが、ぎりぎりのところで思いとどまる。「あなたなんか、殴るだけの価値もないわ」くるりと背を向けると、両手を大きく振って大股で女性用ロッカールームへ入っていった。

壁を思いっきり蹴ってむしゃくしゃした気分を晴らし、片足でケンケンしながら自分のロッカーへと向かう。スポーツ・ブラを外そうとしたちょうどそのとき、マックが勢いよくドアを開けて入ってきた。

「まわれ右して、とっととここから出ていって」彼女は命じた。「さもないと、猥褻罪容疑で逮捕するわよ」

マックはまわれ右をせず、しっぽを巻いて逃げだしもしなかった。驚いたことに、爪先がふれあう位置まで歩いてきて、彼女の目の前に立ちはだかる。

「今のはいったいどういうことだったのか、ちゃんと説明してもらう権利がぼくにはあると思うんだがね」

「わたしからなにかをしてもらう権利なんて、あなたにはひとつもないわ。さあ、早く出ていってよ」

「これ見よがしにお尻を振って歩き、ぼくを死ぬほどからかったあげく、みぞおちにパンチをくらわすなんて――」

「肘でちょっと小突いただけじゃない。それにわたしは、お尻を振って歩いたことなんか、生まれてこの方一度もないわ」

「きみはああやって仕返しをするために、わざとぼくをその気にさせたんだろ？　その理由を教えてくれ」

「だまされたり、裏でこそこそされたりするのが、大っ嫌いだからよ。同時に何人の女と寝られるか試してみるような男もね。とくに、わたしがそのリストに入ってるときは」

「ぼくは誰とも寝てなんかいない。この島へ来てから、デートだって一度もしてないくらいなんだから」

「そうそう、〝嘘つきも嫌い〟っていうのもつけ加えとかなきゃ」

マックがリプリーの両肘をがしっとつかんで、爪先立ちにさせた。「ぼくは嘘などつかない。だから、ぼくに魔法をかけようなんて、考えるだけ無駄だぞ」

彼女は口を開き、すぐに閉じた。次に口を開いたときには、恐ろしいまでに冷静な声が出た。「その手を離してちょうだい」

彼はようやくリプリーを床におろし、大きく一歩さがった。「ぼくがきみに個人的なレベルで興味を抱いてることは、はっきり態度で示したじゃないか。今現在、それと同じレベルで興味を引かれてる女性なんて、ほかにいないよ。誰ともふた股なんかかけていない。それほど器用なほうじゃないんでね」

「高級なワインを買っていって、ミアの胸に抱かれてひと晩過ごしたんでしょ」

「どこでそんなでたらめを聞いてきたんだ？」ひどくとり乱し、髪を両手でかきむしる。「本当ならきみにはいっさい関係ないことのはずだが、たしかにぼくはディナーに招かれてミアの家へ行ったよ。彼女に会うことは、ぼくがこの島へ来た最大の目的なんだから。もちろんそれは職業上の興味にすぎない。まあ、彼女のことは、人として大変気に入ってはいるけどね。でも、ぼくは彼女と寝てなどいないし、これからもそのつもりはない」

「もういいわ」彼が手を離してくれる前から、なんだか自分がばかみたいに思えてきたので、リプリーはぷいとロッカーのほうを向いた。「たしかにわたしには関係ない話よね、あなたの言うとおり」

「嫉妬してるのか？」マックが言葉を切り、しばし考えこむ。気を静めるべきか、怒りをかきたてるべきか、悩んでいるかのように。「もしかすると、この腹の虫がおさまったときには、光栄だと思えるかもしれないな」

リプリーは彼に向きなおった。「嫉妬なんかしてないわよ」

「じゃあ、今の場面を最初から思いかえしてみるといい」彼はそう言って、ジムのほうへ親指を向けた。「そしたら、なにか思いあたる節があるだろう。さて、ぼくは頭を水につけて冷やしてくる。きみもそうしたほうがいいんじゃないか?」

マックは大股でロッカールームを横切り、プールへ通じるスウィング・ドアを大きく揺らして出ていった。

8

リプリーには、罪の意識にさいなまれるより嫌いなことがひとつだけある。それは、己を恥じなければいけないと感じることだ。ただし、一度かっとなってしまうとすぐには冷静になれないタイプなので、その状態になるまでには多少時間がかかる。

彼女は怒りに身をゆだね、自分のなかで煮えたぎる感情に溺れることを楽しみ、筋の通った理性的な思考は頭の片隅に追いやっていた。

その日はほぼ一日じゅう、ぷりぷりと腹を立てたまま過ごした。それはそれでけっこう気持ちがよかった。自分は正しいと思えたからだ。怒りがエネルギーをかきたててくれたおかげで、ずっとたまっていた書類仕事を一気に片づけられたうえに、ザックが当番だった保安官事務所の掃除を買って出ることまでした。歩いてパトロールをすませたあとも、まだお尻がむずむずして落ちつかない気分だったので、これも兄がやるはずだったパトカーでの巡回まで代わりに引き受けた。

島じゅうをめぐって、どこかにトラブルはないかと探しまわった。あってほしいと願いながら。

しかし、あいにくトラブルは非協力的だったので、帰宅してから一時間ほど、パンチバッグをこれでもかと叩きのめして鬱憤を晴らした。

そこまでやるとようやく理性が戻ってきて、少しずつ良心がうずきはじめる。この状態が、彼女は大嫌いだった。うずきはやがて心にひび割れをつくり、その隙間から自分の行動をいやでもはっきりと見とおせるようになるからだ。

わたしはばかだった――その事実を認めるのはたいそう難しかった。わたしは間違っていた――こちらのほうは、さらに受け入れがたかった。自分がどうしようもない愚か者になった気がしてひどく落ちこみ、誰もいない時間を見計らってこそこそとキッチンへ入っていって、ネルの焼いたブラウニーを三つばかり食べた。

そもそも、自分が男性に対してあんなに感情的になったこと自体が信じられない気分だった。嫉妬したわけじゃないけれど、と四つめのブラウニーにかじりつきながら考える。あの件に関しては、悪いのは完全に彼のほうだ。だとしても、あそこまで大げさに騒ぎ立てる必要はなかったかもしれない。

それに、あんなひどい扱いをしなくてもよかったはずだ。ばかげたことをしたという思いが、心にべっとり張りつくような罪悪感へと変わっていくにつれて、反省の気持ちがこみあげてきた。

わたしは彼をからかった。これまでわたしは、セックスを武器にしたり、賄賂代わりに利用したりする女性を、心から軽蔑してきたはずだ。セックスをなにかのごほうびとして扱うのも、同じことだろう。それなのに、わたしはそれを彼をこらしめるための餌として使ってしまった。

その点を彼女は深く恥じ入った。

ジムでの自分の言動を頭のなかで再現するうちに、知らず知らず五つめのブラウニーに手がのびていた。

たとえマックがミアに個人的な興味を抱いていたとしても——今になってみれば、おそらくそれは違うだろうと思えるけれど——今の彼はいわば、フリー・エージェントだ。ほんの一、二回唇をふれあわせただけで、彼がわたしの恋人になったわけでもなければ、わたしに対して貞節を守る義務が生じたわけでもない。

だけど、いったん一枚のクッキーにかじりついたら、それをちゃんと食べ終えてから次の一枚に手を出すのが筋ってものだわ。

あっちもこっちも食べたいなんて、虫がよすぎる。

いささか気持ち悪くなりはじめた胃のあたりをさすりながら、リプリーは思った。

わたしがとれる最善の策は、なにもしないことだ。できるだけ彼を避け、個人的な関係へと発展しそうな芽は早いうちに摘んでしまう。もっとも、そうするにはすでに手遅れなのかもしれないけれど。

とりあえず、なにも起こらなかったかのようにふるまうしかない――だってあれは、あってはならないことだったんだもの。

彼女は足音を忍ばせてベッドルームへ戻ると、ドアに鍵をかけ、これから八時間はいかなる人間ともいっさい接触しないのが賢明だ、と自分に言い聞かせた。

すぐには寝つけなかったが、それはチョコレートを食べすぎたせいであり、自分の犯した罪に見合う罰だと思うことにした。

だが、眠りのなかで訪れた夢は、罪の重さに比べ、はるかにつらいものだった。

人っ子ひとりいない冬のビーチ。重苦しい孤独感で、彼女の心はがんじがらめになっていた。夜空には満月が白く輝き、岸辺や海に光を投げかけていた。月光を浴びてきらめく砂のひと粒ひと粒さえ数えられそうだった。

波の音が耳のなかで低くこだまし、今ここには自分ひとりしかいないことを気づかせる。これからもずっとひとりであることを。

彼女は両手を天高く突きあげ、痛みと怒りを呼びこんだ。すぐに風が応え、きらきらと光る砂を巻きあげはじめた。速く。勢いよく。

力の刃が彼女を切り裂いた。あまりの冷たさに、かえって熱く焼けるように感じられた。彼女が呼び起こした嵐はうなりをあげ、真白き月の光をさえぎった。

「どうしてこんなことをするの？」

土砂降りの雨のなかで振りかえると、失ったはずの妹がいた。金色の髪はつややかに輝き、青い瞳は暗い悲しみに彩られていた。

「正義のため」そう信じなければやっていられなかった。「あなたのためよ」

「いいえ」かつてエアーと呼ばれた妹は手をのばそうとはせず、両手を腰の前で組んでその場にじっと立ちつくしていた。「報復のためでしょ。憎しみを晴らすため。わたしたちに与えられた力は、血を流すために使うものではないはずよ」

「彼のほうが先にあなたの血を飛び散らせたのよ」

「わたしの弱さ、わたしの恐怖が、あなたの行為を正当化するとでも？」

「弱さですって？」彼女のなかで、暗黒の魔法が煮えたぎった。「わたしは前よりずっとずっと強くなったのよ。恐怖なんか感じないわ」

そして彼女は、夢のなかで夢を見るように、彼女の心を奪った男性の姿を見た。彼女は彼を見つめ、彼女の起こした行動によって打ちのめされて彼女と子供たちの前から永遠に姿を消す彼を見守った。

こみあげてきた涙は酸のように熱く感じられた。

「だから、追ってきてほしくなかったのに」

「彼はあなたを愛していたのよ」

「わたしはもう、愛を超越してしまったの」

エアーは月光のように白くまぶしく輝くてのひらを上に向けた。「愛のない人生なんてないし、希望も生まれないわ。最初に絆を断ち切ったわたしには、ふたたび愛を紡ぐ勇気がなかった。そしてあなたは、たった今ふたつめの絆を断ち切ってしまったのよ。哀れみの心を見つけて、絆を修復して。そうしないと、鎖はどんどん弱くなっていってしまう」

「わたしは態度を改める気などないわよ」

「わたしたちの姉が試練にさらされるわ」せっぱつまった様子で、エアーがこちらへ近づいてきた。「わたしたちがいなければ、彼女は試練に打ち勝てない。そうしたら、わたしたちのつくった環《サークル》は破られてしまい、二度と元には戻らなくなるのよ。わたしたちの子供たちのそのまた子供たちが報いを受けるはめになるの。わたしは見たんだから」

「すでに味わってしまったものを、今さらあきらめろと言うの？　ただ〝頭に思い浮かべる〟だけで実現できることを？」彼女が片手を振りあげると、広大な海がにわかに荒れ狂い、そそり立った砂の壁にぶつかって砕け散った――幾千もの悲鳴や絶叫とともに。「やめるつもりはないわ。わたしたちを呪い、害虫かなにかのように忌み嫌ったすべての男、女、子供に、断末魔の苦しみを味わわせてやるまでは」

「わたしたち自身も破滅に追いやられるわ」エアーが静かに言った。「わたしたちの血を引くすべての者も。ほら見て。この先になにが待ち受けているかを」

砂の壁が消えた。波がうねりながら引いていき、激しく荒れていた海が一瞬にして凍りついた。どこまでも白く清い月がまっぷたつに割れ、そこから冷たい血が垂れた。稲妻が黒い空を縦横無尽に走り、地面に突き刺さったかと思うと、もうもうと煙をあげながら表面を焼きつくしていった。

吹きやまぬ強烈な風にあおられて火柱が高く立ちのぼり、闇をかき消すほど明るくあたりを照らしだした。

恐怖の叫びが果てしなく続く夜、島は海にのみこまれた。


目覚めは最悪だったものの、リプリーは相変わらず、あんな夢を見たのは罪悪感とチョコレートのせいだと決めつけていた。陽の光を浴びさえすれば、悪夢がかきたてた不安など払い落とせるし、夜のあいだに降り積もった雪をかく作業にエネルギーを注ぎこめる。

ザックが手伝いに出てきてくれたときには、階段の雪かきはすでに終わっており、歩道の半分ほどまできれいになっていた。「あとはぼくがやるよ。なかに戻って、コーヒーと朝食をとってこい」

「食べたくないの。ゆうべブラウニーを山ほど食べちゃったから、これくらいの運動をしてちょうどいいのよ」

「おい」ザックが彼女の顎をつまみ、上を向かせて、顔をまじまじと見つめた。「疲れた顔をしてるぞ」

「あんまりよく眠れなかったから」

「悩みごとでもあるのか？」

「別に。甘いものを食べすぎたせいで、あんまりよく眠れなかった。今そのつけを払わされてるってだけよ」

「ベイビー、おまえのことくらい、なんでもお見通しなんだぞ。おまえはなにか心配ごとがあると、仕事にいっそう精を出すじゃないか。トンネルを突き抜けるまで、肉体を酷使したり単純な頭脳労働に没頭したりして。さっさと話したらどうだ？」

「話すことなんかないってば」リプリーはしばらく足をもぞもぞ動かしていたが、ついに観念してため息をついた。この兄のことだから、まともな答えが得られるまでは、何億年でもずっと突っ立って待つ覚悟でいるに違いない。「あのね、人に打ち明けるだけの心の準備はまだできてないの。自分なりに整理をつけてるところだから」

「まあ、いいだろう。雪かきすることで気持ちに整理がつくっていうなら、ここはおまえに任せるとするか」

家のなかへ戻りかけて、ザックは立ちどまった。リプリーは単に疲れているだけでなく、落ちこんでいるように見える。兄としては、せめてひとときだけでも、気分を明るくしてやりたい。彼は手近な雪をすくいとり、小さな玉をこしらえた。兄というのは、こういうときのためにいるんだからな。そう思いながら、つくった玉をえいっと投げる。

ぼふっという音とともに、雪玉は彼女の頭に見事命中した。ザックが島のソフトボール・チームで先発ピッチャーを務めているのは伊達ではない。

リプリーはおもむろに振り向いて、にやにや笑っているザックを見かえした。「なによ……遊んでほしいわけ？」

横に飛びのきながら、雪をつかむ。ザックが次の玉をつくろうとして身をかがめた瞬間、リプリーの放ったストレートが眉間に炸裂した。彼女が続けて三球めを見舞う。あとはもう、無謀なホーム・スチールを試みる、勇敢なのか愚かなのかわからない走者ザックと、強肩を誇る野手リプリーとの、一対一の戦いになった。

ふたりはまだ半分雪が残っている歩道の上で雪玉を投げあい、笑い転げながら野次を飛ばしあった。

ネルが戸口に現れたときには、先ほどまで一面まっさらの雪で覆われていた庭が汚れた足跡でまだらになり、ふたりが体ごと雪の上に倒れこんだりしたせいで、あちこちにくぼみができていた。

ルーシーがうれしそうに吠えながら、弾丸のようなスピードでドアから飛びだしてきて、仲間に加わる。

その光景を楽しみつつ、ネルは両腕を抱えるようにして寒さをこらえ、ポーチへと出た。「さあみんな、そろそろおうちのなかに戻って、お着替えしなさい」彼女は大きな声で言った。「早くしないと学校に遅れちゃうわよ」

兄と妹が同時にピボット・ターンをしたのは、わざわざ息を合わせたわけではなく、本能による動きだった。次の瞬間、ふたつの雪玉がネルのおなかのど真ん中に命中する。それを見たリプリーがけたけたと大笑いして膝からくずおれると、すかさずルーシーが上に飛び乗った。

「おっと」妻の目があやしく光ったのを見てとり、ザックはかろうじて笑みをこらえた。「すまない、ハニー。今のは、その、反射的行動だったんだ」

「反射的行動が聞いてあきれるわ。島の保安官が揃いも揃って、丸腰の一般市民に容赦なく攻撃を仕掛けてくるなんて、まったく心強いこと」ネルは鼻をふんと鳴らし、顎を突きだした。「浮かれ騒ぐのもけっこうですけど、歩道の雪かきをすませたら、わたしの車もちゃんと掘り起こしてきれいにしておいてちょうだいね」

それだけ言ってネルはなかに引っこみ、ドアをばたんと閉めた。

「あいたっ！」リプリーがまたしてもけらけらと笑いはじめる。「兄さん、今夜はソファーで寝なくちゃいけないんじゃないの？」

「彼女は恨みを引きずるような女性じゃないさ」そうは言ったものの、ザックは苦虫を噛みつぶしたような顔になり、背中を丸めた。「さてと、それじゃぼくは車を掘り起こしに行ってくるよ」

「兄さんたら、彼女にはまったく頭があがらないみたいね」

ザックは燃えるようなまなざしを妹に向けた。「覚えてろよ、あとで殺してやるからな」

まだくすくすと笑いながら、リプリーは勢いをつけて地面から立ちあがった。兄とルーシーは雪をかき分けかき分け、家の後ろのほうへ進んでいく。こういう愉快な雪合戦くらい、心を落ちつかせて平常心をとり戻させてくれるものはないわ、と彼女は思った。とにかく歩道の雪かきを一刻も早くすませ、家に戻って、ネルのご機嫌をとらなくちゃ。

それにしても、ネルにはもう少しユーモアのセンスがあるはずだと思っていたのに。友達がふざけてちょっと雪をぶつけたくらいで、あんなに怒らなくてもいいんじゃない？　そんなことを考えながらリプリーは服についた雪をはたき落とし、シャベルを握った。そのとき家の裏のほうから、すさまじい絶叫とけたたましい吠え声が聞こえてきた。

とっさにシャベルをバットのように両手で握りしめ、一目散に家の横へと駆けていく。角を曲がったところで、いきなり顔に雪を投げつけられた。驚きのあまりはっと息をのんだついでに雪までのみこんでしまい、激しくむせる。口のなかの雪を吐きだし、顔についた分をぬぐい落としてみると、肩のあたりまで雪に埋もれたザックが見えた。

その向こうに、空のバケツをふたつ持ったネルが得意げな笑みを浮かべて立っていた。彼女はバケツ同士を打ちあわせ、なかに残っていた雪を落とした。「これこそが……」ネルがうなずきながら言う。「反射的行動よ」

「お見事」リプリーは襟首から服のなかへしたたる、溶けかけた冷たい雪を指で払った。「やっぱり彼女はすばらしいわ」

それからあとはほぼ一日じゅう、穏やかないい気分のまま過ごせた。デニス・リプリーがしょんぼりした足どりで保安官事務所までやってこなければ、その気分はずっと続いたかもしれなかった。

「あらまあ、わたしのお気に入りの不良少年じゃない」少年はいつも決まって彼女を笑わせてくれるので、リプリーは椅子に座ったまま両足をデスクに載せ、ショウを楽しむ準備を整えた。「どうかしたの？」

「迷惑かけてごめんなさい、学校へ連れ帰ってくれてありがとう、って言いに来たんだ」

「まあ、デン」リプリーは涙をぬぐうまねをした。「感動したわ」

少年の口の端がわずかに持ちあがる。「ママがどうしてもそうしろって言うからさ。結局あのあと、二日間の校内停学と、三週間の外出禁止になって、おまけに〝責任〟と〝誠意〟って題で、ふたつも作文を書かなきゃならなくなったんだ」

「作文？　それだけですんだの？」

「うん」デニスは彼女の向かい側の椅子にどすんと座り、ふうっとため息を吐きだした。「なんかばかなことしちゃったなって、自分でも思うよ」

「でしょうね」

「冬に学校サボったって、しょうがないのにさ」少年がつけ加える。

「ノー・コメントよ。歴史のテストはどうだった？」

「合格したよ」

「ほんと？　すごいじゃない、デン」

「思ってたほど難しくなかったから。それに、ママにもそんなにひどいお仕置きはされなかったし。パパにもね。さんざんお説教はされたけど」

「うへぇ」リプリーは体を揺すってみせ、少年から笑みを引きだした。「お説教なんた。「お説教なんて、サイテー！」

「作文に使えそうな話ばっかりだったから、まあいいよ。でもぼく、今度のことでひとつ大事なことを学んだんだ」

「言ってごらんなさい」

「学校を抜けだして森のなかで遊ぶとき耳が凍らないようにするにはどうしたらいいか、なんてことを考えるより、言われたことをおとなしくやってるほうが――たいていの場合――ずっと楽だってこと」

「たいていの場合はね」リプリーはうなずいた。愛する少年のためにインスタントのホット・チョコレートでもつくってあげようと、立ちあがる。

「それに、おばさんがすぐにぼくを先生のとこへ連れてってくれて、自分のしたことを正直に告白させてくれたから、びくびくしながら過ごさずにすんだんだって。パパはこう言ったんだ、なにかへまをしたら、そこから逃げないで立ち向かって、過ちを正せばいいって。そしたらみんなが偉いと思ってくれるし、それになにより、自分で自分のことを偉いと思えるんだって」

リプリーは胸がちくりと痛むのを感じながら、マグにホット・チョコレートの粉を入れた。「そうね」彼女はつぶやいた。

「誰もが過ちを犯すけど、それを隠そうとするのは臆病者だけなんだ。ねえ、この文句、なかなかいいと思わない、リップおばさん？　作文に使えるよね」

「ええ」リプリーは心のなかで、ののしりの言葉を吐き捨てた。「その文句はなかなかいいわね」

わずか十二歳の少年が勇気を奮って自分の過ちを正せるのなら、三十歳の大人の女に同じことができないはずがない、とリプリーは思った。

いっそのこと外出禁止にでもなるか、恐怖の作文を書かされるほうが、マックの家のドアをノックするよりははるかにましかもしれない。でも、彼女にはほかの選択肢などなかった。もともと、罪悪感と、己を恥じる気持ちにさいなまれていたところへ、十二歳の少年に立派なお手本まで示されてしまっては。

もしかしたらマックはわたしの鼻先にドアを叩きつけるかもしれない。たとえそうされても文句は言えないだろう。もちろん、もしも向こうがそういう態度しか見せてくれなかったら、謝罪のメモを書いて、ドアの下から家のなかへすべりこませるしかない。それなら、作文を書くのとたいして変わりはない。

でも、まずは面と向かって話す努力をしないと。彼女は黄昏どきに彼のコテージを訪ね、玄関の前に立って、カラスを丸飲みするくらいいやなことにも耐える覚悟を決めた。

マックがドアを開けてくれた。彼は眼鏡をかけ、〝ホワッツァマッタ・U［TVアニメ《ロッキー&ブルウィンクル》に登場する架空の大学］〟のロゴにブルウィンクル［ムササビのロッキーの親友のヘラジカ］の絵があしらわれたスウエットシャツを着ていた。こういう状況でさえなかったら、その姿を見て、思わずぷっと吹きだしていたかもしれない。

「やあ、トッド保安官代理」彼が言った。とても冷ややかな声で。

「ちょっとだけなかに入らせてもらってもいい？」彼女は筋張った一羽めのカラスをのみこんだ。「お願い」

彼が後ろへさがって、手振りで招き入れてくれる。

仕事の最中のようだった。二台のモニターがついていて、ひとつの画面にはジグザグに走る線が数本映しだされている。病院で見かける機械みたいだ。

暖炉には火が入っており、ちょっとよどんだコーヒーの匂いが漂っていた。

「やっぱりお邪魔だったわね」彼女は口を開いた。

「かまわないさ。コートを預かるよ」

「いいの」身を守るかのように、コートの前をしっかり合わせる。「話はそんなに長くかからないし、すぐおいとまするから。このあいだのこと、謝りたかったの。わたしが間違ってた。完全に間違ってた。全然筋の通らないこと言ったりして。どれをとっても弁解の余地はないわ。わたしのしたこと、言ったこと、ふるまい方」

「それでほぼすべてじゃないか」マックは彼女にずっと腹を立てていたかった。その状態はかなり快適だったからだ。「謝罪を受け入れよう」

リプリーは両手をポケットに突っこんだ。あまりにもことが簡単に進みすぎて気に入らない。「過剰反応だったわ」彼女は言った。

「その点については、異論を唱えるつもりはないね」

「最後まで言わせて」声が凍りつきそうだった。

「どうぞご自由に」

「どうしてなのかは自分でもわからないけど、とにかくわたしは過剰反応してしまった。たとえあなたがミアと……親しいおつきあいをしてたとしても、わたしには関係ないのにね。わたしは、自分の行動、自分の決断、自分の選択に責任がある、いつもそうでありたいと願ってるの」

「リプリー」彼はやさしく言葉を挟んだ。「やっぱりコートを脱いだらどうだい?」

「いいえ、もうそろそろ帰るから。わたしったら、なんの権限もない部分のことまで、詮索しようとしてたのよね。それが自分でも情けなくて。じっくり考えているうちに、もしかたら、あなたが最初にわたしに近づき、そのあとミアに近づいたのは、ふたりともうまく懐柔して研究に協力させるためだったのかもしれない、とさえ思えてきたし……」

「おいおい」マックが眼鏡を外し、つるを指でつまんでぶらぶらさせる。「そいつはひどい侮辱だな」

「わかってる」彼女はにこりともせずに言った。「すまないと思ってるわ。それに、あんなふうにふるまうことで、あなたをこらしめるためにセックスを利用した自分を──わざとあなたをその気にさせてからかった自分を──正当化しようとしたっていう事実が、恥ずかしくてたまらない。そういうことをする女は、セックスを貶めるだけなのに。さて……」

リプリーはそこで息をつき、自分の心に問いかけてみた。だめだ、気はちっとも晴れていない。屈辱感がつのっただけだ。

「話はこれで終わりよ。そろそろおいとまして、あなたを仕事に戻らせてあげないとね」

彼女がドアのほうを向くと、マックも戸口に近づいた。そして片手でドアを押さえつけた。「表面をほじくりかえすのが好きなぼくとしては、きみが過剰反応を示してくれたことに、ちょっとばかり満足を覚える部分がないでもないんだけどね。いかにも表層的で自分勝手な解釈によれば、だけど」

リプリーは彼を見なかった。見たくなかった。声に皮肉っぽい響きが含まれているように感じたからだ。「そんなふうに言われると、余計に自分がばかだと思えるわ」「だとしても、反論はしないよ」マックは長いしっぽのような彼女の髪を手ですうっと撫でた。「ほら、コートを脱いで」肩のあたりを引っぱって脱がせる。「ビールでも飲むかい?」

「いいえ」われながら意外なことに、リプリーは彼に抱きしめてほしいと感じていた。素早く、ぎゅっと、抱きしめてくれるだけでいい。でも、彼女は男性が思わず抱きしめたくなるようなタイプではない。「けっこうよ、また仕事に戻らなきゃいけないかもしれないから」

マックはふたたび彼女の髪に指を絡ませ、つーっと下まですべらせて、やわらかく流れるような感触を楽しんだ。「じゃあ、キスして仲直りするかい?」

「キスはしばらくお預けにしておいたほうがいいんじゃないかしら」リプリーは彼からコートをとりかえすと、一歩横へ動いて、玄関の脇の床に落とした。それから、顎をしゃくって、彼のスウェットシャツを指し示す。「それ、あなたの母校なの?」

「ええ?」彼は胸もとを見おろし、目の焦点を合わせた。「ああ。ここの大学院に籍を置いてたからね。きみも死ぬ前に一度くらいは、春のフロストバイト・フォールズ［ロッキー君たちが暮らす架空の町］を訪れてみるといい」

彼女は微笑み、気分がほぐれてきたのを感じた。「あなたって人は、まるで正体がつかめないわ、マック」

「ぼくもだよ。それじゃ――」そのとき急にベルが鳴りだし、彼はぽかんとした表情で部屋のなかを見まわした。

「電話が鳴ってるみたいだけど？」リプリーが助け船を出す。

「ああ。どこの電話が？　ベッドルームだな」そう決めつけるなり、彼は飛び跳ねるように駆けだしていった。

リプリーはコートを拾いあげようと手をのばした。彼が電話で話しているうちに、こっそり帰ってしまうのがいちばんいい。だがそのとき、スペイン語と思しき会話が耳に届いた。

ああ、いったい外国の言葉のなにが、こんなに胸をときめかせるのかしら？　結局コートはそのままにしておき、なにげないふりを装って、ベッドルームへ近づいていった。

マックは眼鏡をジーンズの前ポケットに引っかけて、ベッドの横に立っていた。ベッドはきちんと整えられている。基本的に整理整頓好きの男性というのは、リプリーのなかではかなり好感度が高い。ただし本は整然と並べられたものばかりでなく、山積みにしてあったり、あちこちに広げて置いてあったりする。彼は話をしながら、部屋のなかをうろうろしはじめた。足もとよく見ると、靴を履いていない。分厚い靴下に包まれているだけだ——片方が黒で、片方が紺色。なんてキュートなんだろう。

彼は相当な早口でまくしたてているようだった。もっとも、彼女の耳には外国語はいつだって、おもしろいアクセントの理解不能な単語が猛烈な勢いで洪水のようにあふれてくるように聞こえるのだけれど。

リプリーは小首を傾げ、マックの様子をしげしげと観察した。会話に集中しているが、スペイン語で話すことに苦労している感じはない。第二の母国語としか考えられない流暢さだ。

突然彼が片手でシャツの胸もとをさぐりながら、部屋じゅうを見渡してなにやら捜しものはじめた。

「右の前ポケットよ」リプリーがそう言うと、彼がくるりと振り向いて、目をぱちぱちさせる。「眼鏡を捜してるんでしょ?」

「いや、そうじゃなくて。えっと。なんだ?《ケ》 いや《ノ》、いや《ノ》、ちょっと待ってくれ《ウノ・モメント》。ペンが見つからないんだ」

彼女は部屋に入っていき、ナイトスタンドに転がっていた三本のうち一本をとって差しだした。彼がまだ困った顔をしているので、メモ・パッドも手渡す。

「ありがとう。必要なときに限って、いつも——ええ?《コモ》 そう《シ》、そう《シ》」

マックはベッドの縁に腰かけ、メモを書きつけはじめた。どうせここまで鼻を突っこんでしまったのだから、今さら遠慮しても仕方がない。リプリーはそう思って頭の角度を変え、メモを読みとろうとしたが、またしてもそれは速記で書かれていた。しかも、たぶんスペイン語だ。彼女は心のなかでそう決めつけると、あらためて彼のベッドルームを眺めまわした。

脱ぎ捨てた服などはどこにも見あたらない。これだけ本や雑誌や新聞がひしめいていれば、脱ぎ散らかしたくてもそんな隙間はないだろう。ちょっぴり期待外れだったのは、家族や友人の写真が一枚も飾られていなかったことだ。

ドレッサーの上にじゃらっと置かれた小銭にまじって、カリブ海に浮かぶ小国、セントクリストファーの硬貨もある。車のグローブボックスにはグリ・グリが入っていたのを思いだし、彼が研究の拠点としている場所はいったいあといくつくらいあるのかしら、といぶかった。

ほかには、レザーマンの多機能ナイフに、小型のスクリュードライバー一式、なにかのヒューズではないかと思われるプラスチックと金属でできた部品のようなもの、ガラスのようなつやのある黒い岩石などが並んでいる。

その石にふれてみたところ、ほんのかすかながら振動が伝わってきたので、二度とさわらないようにしよう、と彼女は心に決めた。

振りかえると、マックはまだベッドに座っていた。電話はすでに切ったようだが、心かき乱されたようでもあり、夢見るようでもある顔つきで、ぼんやり宙を見つめている。

軽く咳払いをして、彼の注意を引いた。「あなた、スペイン語がしゃべれたのね」

「ああ」

「悪い知らせ?」

「えっ? ああ。いや、興味深い話だった。今のはコスタリカの研究仲間からだったんだが。彼が、もしかするとEBEの痕跡を発見したかもしれないって」

「なんなの、それ?」

「ええと、EBEっていうのは、エクストラテレストリアル・バイオロジカル・エンティティー、地球外生命体のことだよ」

「緑色のちっちゃな宇宙人?」

「もちろん」マックはメモ・パッドを脇に置いた。「ぼくの調べたところでは、ほうきにまたがる魔女もあてはまるようだけどね」

「まさか」

「ともあれ、興味深いことはたしかだ。どういう結果が出るか楽しみだな。さて、この部屋のなかで、なにかきみの興味を引いたものはあったかい?」

「見かけほど、頭に靄がかかってるわけじゃないのね」

「まあ、時間にして半分ぐらいはね」彼が自分の隣をぽんぽんと叩いて、ベッドに座るように促す。

「わくわくするようなお誘いだけど、やめておくわ。そろそろ家に帰らないと」

「その前に軽くディナーでもどうだい？」マックは眼鏡をとって、ベッドの上にぽんと放り投げた。「外で、だよ。どこかの店へ行ってさ。もう夕食どきだろう？」

「そうとも言えるわ。ねえ、その眼鏡、そんなところに置いておかないほうがいいわよ。忘れてて、うっかり座っちゃったりしたら困るでしょ」

「そうだね」彼が素直に従って、ナイトスタンドの上に置きなおす。「ぼくがそういう男だって、どうしてわかったんだい？」

「さあ、どうしてでしょう？　電話を借りてもいい？　今夜は食事はいらないって伝えておかないと、心配するから」

「どうぞどうぞ」

リプリーが電話に近づくと、マックが彼女の手首をつかんで自分のほうを向かせ、両脚のあいだに立たせた。「さっききみの言った〝キスはしばらくお預け〟っていう件について、じっくり話しあいたいんだ。謝りに来たのはきみのほうなんだから、キスもきみのほうからしてくれるのが筋だと思うんだけどね」

「それは今考え中よ」彼女はマックから視線を反らさず、受話器をとりあげて電話をかけ、ザックに用件だけを伝えて受話器を置いた。「じゃあ、こうしてくれたらいいわ。両手はベッドにつけて。ずっとそのままよ。わたしの体にふれたり、どこかつかんだりしないこと」

「ずいぶん厳しいんだね。でも、いいよ」彼はてのひらを下に向けてベッドの縁に置いた。

口説き上手なのは彼だけじゃないってこと、そろそろわからせてあげないとね。リプリーは身をかがめ、両手でゆっくりと彼の髪を梳き、そのまま肩に載せた。そして、あと一インチというところまで唇を近づけ、にこやかに微笑んだ。

「手はおろしておいてよ」そう釘を刺す。

唇をかすめ、歯の表面をすっとなめて、舌をちょんとつつく。彼の口の端を甘噛みし、もう一方の端にも吸いついてから、長いため息をもらした。

いったんマックに吐息がかかるくらいまで顔を離し——じらすようにしばらくその距離を保つ。そしていきなり彼の髪に指を差し入れ、ぐっとつかんだかと思うと、唇を強く押しつけた。

その瞬間、男の体を内側から焼きつくせるほどの熱が、マックの唇に伝わってきた。思わず力がこもった両手は万力のようにベッドの縁をわしづかみにし、心臓が一気に喉もとまでせりあがった。

情け容赦ない欲望に、むさぼられている気がした。この体を彼女に完全に支配されてしまい、即効性のドラッグを注入されたかのようだ。麻痺させるのではなく、逆に研ぎ澄ますタイプのドラッグを。どんどん感覚が鋭くなっていき……刺激があまりにも強すぎて、今にも体が内から崩壊してしまいそうだった。

リプリーはもう少しでマックの体を押し戻すところだった。体のなかで渦巻く欲望に負けて、彼をベッドに押し倒してしまいそうだった。彼のそばに近づくたびに、決まってなにかが起こり、脳みそを揺さぶられ、体に衝撃が走り、心臓を握りつぶされそうになる。今も、この場を支配しているのは明らかに自分のほうだというのに、彼女は負けそうだった。

キスを終わらせ、唇を離すには、ありったけの意志の力をかき集めなければならなかった。

マックの口から荒い息がもれる。首筋に浮きあがった血管がどくどくと脈打っているのが見えた。それでも、彼はいっさい手をふれてこなかった。そこまでの自制心には正直頭がさがる。立派だと思うし、負けてはいられないとも感じた。

リプリーは指先で自分の口もとを軽く叩いた。「さあ、食べに行きましょ」それだけ言って、さっさと部屋を出た。

これで同点ね。コートをすくいあげながら、彼女は思った。勝負はまだまだこれからだわ。

9

ジョナサン・Q・ハーディングは、人々に話をさせる方法を心得ていた。なにより大切なのは、お上品ぶったり、警戒したり、あるいは躊躇したりといった仮面の下で、その実みんな話をしたくてうずうずしているのだと理解することだろう。話題がどこか薄気味悪かったり奇っ怪だったりすればするほど、誰もが余計にしゃべりたがる。粘り腰で辛抱強く相手に迫り、ときに二十ドル札を細かく折りたたんでてのひらに隠し、こっそり渡してやればいいだけだ。

そうやって話にくらいついていけば、話のほうからもこっちにくらいついてくる。

彼はまず、やけになった彼女が崖から車ごと海へ落ちたように見せかけて偽りの死をでっちあげた高速一号線の事故現場から取材にとりかかった。それは、絵に描いたように美しい場所だった——海、空、岩場。鮮烈な白黒写真を頭に思い浮かべ、劇的なシーンを再現してみる。

ハーディングにはもはや、一冊の雑誌の特集記事だけで終わらせる気などなかった。目標はあくまで高く、大ベストセラー本を世に送りだして、うまい汁をたっぷり吸いつくすつもりでいる。

そうした野望が芽生えたのは、初めてレミントンを訪ねたときだった。今にして思えば奇妙なことだが、なぜかそれまではそんな食指は動かなかった。自分がどれほど富と名声に飢えていたか、そこで初めて気づかされたわけだ。

専門知識や趣味を活かし、光沢のある表紙のハードカバーを売りまくっている連中など、いくらでもいる。自分がやってやれないはずがない。

雑誌に署名記事を書くだけで、貴重な時間とあたら優れたこの才能を無駄にしてはもったいない。インタビューの約束をとりつけるためにトーク・ショウの名司会者ラリー・キングの尻を追いかけまわすのではなく、今度はラリー・キングのほうからやってこさせる番だ。

自分でも知らなかったなにかが自分のなかで目覚め、以来ずっとささやきつづけていた。〝これまでのツケをとりかえせ〟

むろん、彼はそうするつもりだった。

憶測の域を出ないものも含めて細かな情報をかき集め、警察の報告書で事実関係をしっかりと把握したうえで、今ではネル・チャニング・トッドとなったヘレン・レミントンの足どりを一からたどってみることにした。

彼女が最初の交通手段として入手した中古のバイクを売ったという男から、おもしろい話を聞きだすことができた。その後、カーメルのバス・ターミナルでさまざまな質問をぶつけてみたところ、男の話してくれたバイクの特徴と合致する目撃情報も得られた。

ヘレン・レミントンはおんぼろの青いバイクに乗って、その先延々と続くことになる旅に出発した。

バイクで坂をのぼりおりするヘレンの姿を想像してみる。彼女はかつらをかぶっていた――赤かったという報告もあれば、茶色だったという報告もあった。しかしハーディングは、おそらく黒っぽかったのではないかと推測した。逃走中の彼女がわざわざ目立つ色のものを選んだとは考えにくい。

ときにはでたらめな情報に惑わされて壁にぶつかり、二週間以上も行きつ戻りつしながら彼女の足跡をたどったのち、ついにハーディングはダラスで大あたりを引きあてた。ネル・チャニングが借りたミニ・キッチンつきの安モーテルと、臨時のコックの仕事にありついたという油で汚れた安食堂に行き着いたのだ。

女の名前はライダメイ――キャンディーピンクのユニフォームの胸もとについた名札にそう書かれていた。ウエイトレスひと筋三十年で、これまでカップに注ぎつづけてきたコーヒーをすべて合わせればメキシコ湾がいっぱいになるほどだという。結婚は二度したが、いずれも自分から宿六亭主に見切りをつけ、尻を蹴っ飛ばして家から追いだしてやった、とのことだった。

スノーボールという名の猫を一匹飼っており、教育を受けたのは十年生まで。そして、ダイヤモンドでも削れそうなほど鋭くきついテキサスなまりがある。

彼女はあまり体面をとりつくろうことなく、簡単な取材に応じてくれた。時間と手間をとらせることへの謝礼として彼が差しだした二十ドルは、なんのためらいもなく受けとった。ライダメイは渡された紙幣を、誰もが想像するとおりの場所へたくしこんだ。もちろん、巨大なブラのカップのなかだ。

滝のように流れる脱色されすぎた髪、みだらな感じのする体つき、眉の生え際からまつげの際までべっとりと塗られたブルーのアイシャドウ——これ以上ない完璧なとりあわせだ。自分の書いた本が原作となって映画化されるときは、いったい誰が彼女の役をやるのだろう、とハーディングは思った。

「あたし、タイダスに言ってやったの——タイダスってのが、厨房で店を仕切ってるんだけどさ——あの女の子、どうもなんかおかしいよ、って。なんか〝あやしげ〟だってさ」

「〝あやしげ〟っていうのはどういう意味で？」

「目の感じがね。兎みたいにびくびくしてて。自分の影に怯えてるっていうか。それに彼女、いつもドアのほうを気にしてた。もちろん、あたしはひと目で、この子は誰かから逃げてるんだな、って見抜いたよ」満足そうにうなずくと、ライダメイはエプロンのポケットからキャメルの箱をとりだし、煙草に火をつけた。「女にはさ、女同士だからこそぴんとくる、ってことがあるんだよ。あたしの二番めの亭主も、何度かあたしを蹴り倒そうとしてきたからね」そう言って、煙を深々と吸いこむ。「ま、代わりにこっちが蹴飛ばしてやったけど。このあたしに手をあげようなんて男は、いい保険にちゃんと入っとくのが身のためさ、うんと長いあいだ病院で過ごすはめになるんだから」

「その件について、彼女に直接尋ねてはみたんですか?」

「訊いたとしたって、うんともすんと答えやしなかっただろうさ」ライダメイがふんと鼻を鳴らすと、ふたつの穴からドラゴンの吐くような煙が二本、しゅーっと吹きだした。「ずうっと押し黙ってるんだもの。仕事はできたよ、その辺はちゃんとしてたし、いつも礼儀正しかった。レディーってこと。タイダスにもそう言ったんだけどね、ネルはレディーだって。全身に〝上物〟って書いてあったよ。すんごくやせてて、髪はつんつんに短くて、雑種の犬みたいな茶色に染めてた。でも、そんな格好しててもさ、育ちのよさみたいなものはにじみでちまうんだよね」

もう一服、胸に吸いこんでから、ライダメイは煙草の灰を落とした。

「だからあたし、ニュースであの子の写真を見たときも、ちっとも驚きゃしなかったよ。すぐにわかったね、写真の彼女はきれいに着飾ってて、髪もブロンドだったけどさ。それでスザーンに言ったんだ——そのときはちょうど、スザーンとあたしがランチのシフトに入ってたから——〝スザーン、ちょっとちょっと、テレビを見てごらんよ〟って。ほら、あそこの、カウンターに載ってるテレビだよ」ハーディングにわかりやすいようにつけ加える。「それであたし、〝今映ってるの、去年ここで何週間か働いてた、あのネルだよ〟って教えてやったのさ。スザーンは羽根でちょんとつかれただけで倒れるくらいびっくり仰天してたけどね、あたしは驚かなかった」

「こちらではどれくらい働いていたんですか？」

「そうね、三週間、ってところかしら。ある日突然、交代の時間になっても現れなかった。あとはいっさい行方がわからなくてさ、テレビでニュースで見るまではね。勝手にやめられて、タイダスはものすごく怒ってた。彼女、ほんとに腕のいいコックだったから」

「彼女を捜しに来た人とかはいませんでしたか？　不自然なくらい彼女をじろじろ眺めてた人とか？」

「いないね。だいたい彼女、めったに厨房から顔を出さなかったし」

「タイダスは彼女の雇用記録を見せてくれるでしょうかね？」

ライダメイは最後の一服をふうっと吐きだし、紫煙のカーテン越しにハーディングを値踏みするような目で見た。「まあ、頼んでみて損はないんじゃない？」

書類を見せてもらうのにさらなる二十ドルの出費を余儀なくされたが、おかげでネルがダラスを出発した正確な日付がわかった。有力情報をつかんだハーディングは次に、当時の彼女の経済状況から推測して、バス・ターミナルへ赴いた。

その後エルパソへ行ったところで危うく足どりを見失いかけたが、どうにかこうにか、彼女に車を売った男を突きとめることができた。

レミントンの逮捕後、各メディアに報じられたあらゆるニュース記事、インタビュー、声明、コメントなどを何度も何度も読みかえしては、彼女の足跡を一日単位で追いかけた。

逃亡中の最初の半年、彼女は安食堂、ホテルのレストラン、コーヒー屋などで働きながら、長くても三週間以内には、また次の街へと移り住んでいた。彼女がたどったルートに、なにか特別な意図が隠されていたとは感じられなかった。

それこそが、まさに彼女の狙いだったに違いない。南へ行ったかと思えば、次は東、さらに今度は元いた方面へ逆戻りして北へ向かう。だが、長い目で振りかえってみると、結局は東へ東へと進んでいる。

初めのうちハーディングはライダメイの人を見る目をさほど信用してはいなかったが、ネルが行く先々で働いていた店の雇用主や同僚への取材を重ねるにつれ、ひとつだけ、誰もが口を揃えて語る意見があることに気づいた。

ネル・チャニングはレディーだった。

それ以外にどんな秘密があるのかは、自分の目で見て判断するしかない。彼女に会える日が待ち遠しかった。だがその前に、会って話を聞いておきたい人物がいた。それが、エヴァン・レミントンだった。


今この瞬間にもあらぬところで自分の人生を事細かに詮索されているとはつゆ知らず、ネルは週に一度の休日を楽しもうとしていた。うれしいことに、今日は冬の寒さもだいぶゆるんでいる。雪解け間近の二月の風が、かすかな春の息吹とともに、軽いジャケットを着ていれば充分なほどのあたたかさを運んできてくれたおかげだ。

ルーシーを連れてビーチを散歩しながら、このまま村へ行って、なんの役にも立ちそうにないおもしろグッズでも買おうかしら、と考える。そんなばかげたことを考えられるようになっただけで、ネルにとっては奇跡だった。

目の前にビーチと海があり、大きな黒い犬がいるだけで、幸せを感じる。カモメを追いかけて遊ぶルーシーのかたわらで、ネルは砂の上に座り、ぼんやり波を眺めていた。

「わたしの機嫌がよくて助かったわね。そうじゃなかったら、犬を引き綱から放した罪で書類送検されてるところよ」

隣へ来て腰をおろしたリプリーを見やって、ネルは言った。「あら、だったら自分のことも送検しなきゃ。今朝あなたがあの子と一緒に走りに行ったときも、綱をつないでたようには見えなかったけど？」

「今朝は目に見えない綱を使ったの」リプリーは膝を立てて両腕で抱えこんだ。「ああ、ほんとに気持ちいい日ね。こんな日が百日くらい続いてくれたって、文句は言わないのに」

「わかるわ。わたしも家にこもっていられなくて、つい出てきちゃった。やらなきゃいけないことのリストはあなたの腕くらい長いんだけど、逃避してるの」

「なんとかなるわよ」

「なってくれなきゃね」

ネルが視線を外そうとしないので、リプリーはサングラスを少し下にずらし、縁の上から見つめかえした。「なあに？」

「なんでもないわ。ただ……今日はやけに機嫌がよさそうね」ネルが決めつけるように言う。「ここ二週間くらいは、こうしてしげしげと顔を見る機会もあんまりなかったけれど、たいていむっつりしていたのに」

「そうだった？　そうね、たしかに今は気分がいいわ」

「ふうん。もしかして、このところマカリスター・ブックと過ごす時間が増えたおかげかしら？」

リプリーは砂の上に指でのの字を書いていた。「それって、わたしたちがもうやったかどうか、遠まわしに訊いてるわけ？」

「まさか」ネルは息をのみ、一拍置いてから吐きだした。「で、どうなの？」

「いいえ、まだよ」満足げに答えてから、リプリーは上半身を後ろへ倒し、砂に両肘を突いた。「今のところ、セックス前の余興を楽しんでいる感じ、自分で思ってた以上にね。これまではずっと、ダンスがしたいならさっさと立ちあがって踊ればいいじゃない、って思ってたんだけど。でも……」

「ロマンスもまた、ダンスのようなものよね」

そのとたん、リプリーの顔つきが変わった。「別に、ロマンスを楽しんでるなんて言ってないでしょ。ハート・マークだの、花だの、濡れたような瞳だのは関係ないの。ただ、一緒にいておもしろい人だってだけよ――彼が例のあやしげなパトロールをしてないときはね。あの人ね、いろんなところに行ってるのよ。わたしにしてみたら、そんな場所があることすら知らなかったようなところへも」

なにしろマックは、リヒテンシュタインの首都も知っていた。そんなの、想像できる？

「それに彼、大学はたったの十六歳で卒業したんですって」リプリーは続けた。「そりゃあ頭がいいはずよね。なのに、普通のこともよく知ってるのよ。映画とか、野球のこととか。そういう、なんて言うのかしら、大衆文化みたいなものも、決してばかにはしてないの」

「インテリ気どりではないってことね」ネルはひとりでにやにやしながら言った。

「そうそう、それよ。《ロッキー＆ブルウィンクル》のファンだし、流行りの音楽とかも聞くみたい。脳の容量がものすごく大きいから、〝Eイコール MCの二乗〟とかいうくだらない知識がたくさんつまってても、まだほかに〝ベアネイキッド・レイディーズ［カナダ出身のポップ・ロック・バンド］〟の入る余地があるってわけ。おまけに、体はたくましくて格好いいし、泳ぐフォームときたらもう、すばらしいのひとこと。なのに、ときどき自分の足につまずいたりするの。そういうのって、なんかキュートでしょ」

ネルは口を挟もうとしたが、リプリーの話はもはや、とどまるところを知らなかった。

「たしかに彼は完全なおたくだけど、それはそれでけっこう便利なのよ。わたしが捨てようとしてたヘッドセットを直してくれたし。このあいだは……」そこでようやくネルのにやにや笑いに気づき、リプリーは眉をひそめた。「今度はなに？」

「彼にお熱なのね」

「ちょっと、やめてよ。いったいなんなの、その言葉？」憤慨しながら、両脚を足首のところで交差させる。「お熱だなんて。冗談じゃないわ」

「わたしに言わせればごく普通の言葉よ。だいいち、すてきなことじゃないの」

「ロマンスの船に乗って大海原を駆けめぐるのはやめてくれない、ネル？　わたしたち、今のところ一緒に過ごす時間がちょっと多いってだけよ。まあ、そのうちセックスもするでしょうけど。向こうが、魔女がどうしたこうしたって話をわたしの喉もとに突きつけてこない限りは、まあまあ仲よくしていられるから。いずれ彼はニューヨークに戻って、本だか論文だかを書くつもりでいるらしいけど。ふたりのつきあいもそれまで、ってことね」

「なんとでも言えばいいわ。でもわたし、シスターズ島へ来て何カ月も経つけれど、これほど多くの時間を誰かと共有するあなたは見たことがなかったし、そんなに幸せそうな顔を見るのも初めてよ」

「要するに、ほかの人よりは気に入ってるってことよ」リプリーはふたたび体を起こし、肩をすくめた。「たいていの人よりは惹かれてるし」

「やっぱりお熱じゃない」ネルはささやくように言った。

「うるさいわね」

「彼をディナーに誘ったら？」

「ええ？」

「今夜、うちへ連れてらっしゃいよ」

「どうして？」

「ザックの大好物をつくる予定だから、お料理はどうせたっぷりあるもの」

「今夜はヤンキー・ポット・ローストなの？」リプリーの口には、もうすでによだれがたまってきた。

「マックだって、レストランで食事したり、わたしがデリバリーしたものをあたためたりするばっかりじゃあきるでしょ。たまには家庭料理も喜ぶんじゃない？」ネルは立ちあがって、服についた砂を払った。

「そうね、彼、食べるの大好きだから。ねえ、ネル、あなたまさか、わたしたちの仲人役を買って出ようなんてたくらんでるんじゃないでしょうね？」

ネルはブルーの瞳を無邪気そうに大きくしてみせた。「もちろん違うわ。それじゃ、六時半に来て、って彼に伝えておいてね。もし都合が悪いようだったら、教えてちょうだい」

ネルは両手をぱんと叩いてルーシーを呼び寄せ、家に向かって歩きはじめた。

さて、短い時間でやるべきことがたくさんあるわ。

「別にね、魔法をかけたいわけじゃないのよ」ジャガイモの皮をむく手もとをじっと見つめているネルに向かって、ミアは心持ち頭を傾けて甘く微笑みかけた。「だったら、今夜のディナーの件で相談があるから来てほしいって言ったのは、どうしてなの?」

「あなたのセンスがすばらしいから」

「もう一度」

「わたしよりリプリーのことをよく知ってるから」

「その調子、その調子」

「もう、わかったわよ」不満そうに顔をしかめて、ネルは次のジャガイモを手にとった。「魔法はいいの。そういうのって、間違ってると思うから……そうでしょう?」

横目でちらりとミアを見ながらつけ加える。

「ええ、間違ってるわね。当事者のどちらからも許可は得ていないんだもの。それになにより、他人の私生活に干渉するのは越権行為よ」

「そうよね」ネルはがっくりと肩を落としたが、すぐに気をとりなおした。「たとえ、そのふたりにとって最善のことを願うのだとしても、だめよね？」いちおう質問の形になってはいるものの、答えは聞くまでもない。「彼女、本当に幸せそうなのよ。あなたもあの顔、見たでしょう？　さっきの彼女のおしゃべり、聞かせてあげたかったわ。彼のことを話しだしたら、夢中になっちゃってとまらないんだから」

「あの保安官代理が、夢中でおしゃべり？」ミアがくすくすと笑う。「お金を払ってでも見たかったわ」

「本当よ、とってもかわいかったわ。だからね、わたしはほんのちょっと彼女の肩を押してあげたいだけなの。魔法で、じゃなくてよ」ミアから言いかえされる前に、素早くつけ足した。「和気あいあいと家族で食事を楽しんで。そこにわたしが、これをちょっぴり、あれをちょっぴり、っていう具合にスパイスを利かせてあげたら、ものがはっきり見えるようになるんじゃないかと思って。障害となっている壁をほんの一インチか二インチさげるための、ちょっとしたお手伝いというか」

「つまり、ふたりが今、見るべきものをちゃんと見ているか、感じるべきことを感じているかを、ふたりに確かめさせるってこと？　でも、あなたが押してやりたいと思っている方向は間違っていないって……確信が持てるの？」

「現実的なときのあなたって、融通が利かなくていらいらしちゃうわ。あなたの言うことが正しいときは、なおさらよ。でも、なにがしかの人助けができそうな機会が目の前にぶらさがっているのに、なにもしないでいるなんてつらすぎるのよ」

「力というのは使い方がやっかいなのよ。そうでなかったら、なんの意味もなくなってしまうけれど。今のあなたは愛に包まれているでしょ」ミアが言った。「いまだに愛の力に押し流されているせいで、まわりの人すべてが仲のいい幸せなカップルに見えてしまうのかもしれない。でもね、あなたとザックが手に入れたような愛は、誰にでも与えられるものではないのよ」

「はっとわれに返るまで、延々彼のことをしゃべりつづけてたあのリプリーを見たら、あなたの考えもきっと違ってたはずよ」ネルは頭を振りながら、皮のむけた野菜を洗った。「もう半分恋に落ちてるのに、自分では全然気づいてないんだから」

ミアは子供時代の友人が男性に心を奪われていくさまを想像して、しばし喜びと憧れに浸った。「もし彼女が気づいたとしても、もし彼女があなたの助けを借りて自分のなかで起こっていることを理解したとしても、そのとたんにきびすを返して逃げだそうとするかもしれないわよ。彼女ならそれくらいやりかねないわ」

「またしてもあなたの言うとおりね。まったくいやになるわ。それより、あなた自身は彼のこと、どう思ってるの？　わたしよりたくさん話もしてるでしょ？」

「とっても賢い人よ、頭脳明晰で、集中力もあって。リプリーから無理やり話を聞きだそうとはしないのも、そんなことしたら彼女は引くだけだとわかっているからだわ。

だから、まわりから攻めているのよ」ミアはクッキーの入っている密閉瓶のほうへ、ゆったりした足どりで近づいていった。「チョコレート・チャンクね。ああ、こんなもの見せつけられたら、つまずにいられないじゃない」

「わたしの狙いどおりだわ」無意識のうちにネルはガス台に歩み寄って、ミアのためにクッキーに合う紅茶を淹れてあげようと、湯をわかしはじめた。「もしも彼がリプリーを利用しているなら――」

「待って」ミアは指を一本だけ突きだして、口のなかのクッキーをのみこんだ。「もちろん彼は彼女を利用してるわ。ただし、いつもいつもそれが間違っているとは限らない。彼女のほうが、そっち方面へ話を振られることを避けているから、彼は別方面から攻めているだけ。彼女があういう態度をとるからって、彼女の正体そのものまで忘れなきゃいけないわけではないでしょう?」

「彼女と一緒に過ごしたり、心をもてあそんだり。そういうのは間違ってるわ」

「そうは言ってないし、彼が実際にそんなことをしてるとも思わないわ。とてもお行儀のいい人だもの。頭がいいだけじゃなくて、人間としてできた人なのよ」

ネルはため息をついた。「ええ。わたしもそう思う」

「彼が彼女に惹かれているのはたしかだと思うのよ、つんけんしてて、嫌味で、頑固な女だけれどね」

ネルはうなずいた。「ふうん、なんとなくわかったわ。やっぱりあなたは彼女のこと大切に思ってるのね、それだけいやなところがあるにもかかわらず」

「昔はそう思っていたわ」ミアがそっけなく答える。「お湯がわいたみたいよ」

「彼女のことが気になって仕方ないんでしょ。お互いそうなのよ、ふたりのあいだになにがあったか知らないけど」急いで紅茶を淹れはじめたネルは、ミアの顔に浮かんだ悲しげな表情を見逃した。

「いつかは彼女もわたしときちんと対峙しなきゃならないときが来るわ、それはお互いさまだけど。彼女自身が、自分は誰か、何者か、なんのために存在しているのかを受け入れるまで、彼女はあなたが手に入れたものに心を開けないでしょうね。以前のあなたは恐怖を抱いていた。彼女はいまだにそう。わたしたちみんなね」

「あなたの恐怖ってなんなの？」そう尋ねてしまってから、ネルはミアを振りかえった。「ごめんなさい。でもわたし、あなたは自信に満ちているようにしか見えないから。信じられないくらいの確信があるようにしか」

「ふたたび恋に破れることが怖くてたまらないの、そうなったらもう生きていられない気がして。あれほどの痛みを覚えるリスクを背負うくらいなら、ひとりで暮らしていくほうがずっとましよ」

その言葉が、その静かな真実が、ネルの心をもうずかせた。「それだけ彼を愛していたのね」

「ええ」そう口にするだけで胸が痛い、とミアは思った。昔からずっとそうだったように。「こと彼のこととなると、見境がなくなってしまうほどにね。だからこそ、リプリーをけしかけるのは危険じゃないかと心配になるの。マカリスター・ブックは彼女にとって、運命を変えかねない人だから」

「そんなことまでわかるの？」

「ええ。見るだけなら干渉することにはならないもの。あのふたりは互いに結びつく運命にあるわ。でも、それをどうするかっていう選択は、当のふたりに任せるしかないの」

ミアの論理に異論を差し挟む隙はない。けれど……テーブルをセットする際にピンクのキャンドルを選んではいけない理由もなかった。だからといって別に、呪文を唱えて願をかけたり、名前を刻んだりはしていない。ピンクのキャンドルが愛の魔法に使われるものだというのは、ただの偶然だ。

窓辺にローズマリーの鉢植えを置いたのも、もちろん料理に使うためだった。負のエネルギーを吸いとってくれる効果もあるけれど。さまざまなハーブのなかでもとくにこれが愛の魔法に使われるという事実とは、なんの関係もなかった。

薔薇石英《ローズ・クオーツ》のかけらをボウルに入れて飾ったことも、直感を鋭くするというアメジストの玉をそれとなく置いておいたことも。

わざわざ魔法のお守りをつくるのとはわけが違うもの。

ネルはザックとリプリーの祖母が大切にしていたという食器を並べ、何週間も前に骨董品屋で手に入れた銀の燭台をぴかぴかに磨きあげ、結婚のお祝いとしてもらったアンティーク・レースのテーブルクロスをかけ、冬の物憂い雰囲気を吹き飛ばしてくれる鈴蘭を中央に飾った。

ワイングラスも結婚祝いにもらったもので、深紅の脚が、ピンクのキャンドルや食器に描かれている薔薇のつぼみの色とよく似合っていた。

出来栄えに満足してうっとり見とれていたので、後ろから忍び寄ってきたザックがウエストに腕をまわしてきたとき、驚いて跳びあがった。

「ずいぶん華やかに仕上がったじゃないか」ザックが彼女の頭に唇を押しつけながら言う。「このテーブルがこんなに美しく飾られたのは久しぶり……いや、よくよく考えてみたら、初めてかもしれないな」

「完璧にしたかったの」

「これ以上すばらしくはなりようがないよ。匂いも負けてないしね。さっきキッチンの前を通りかかって、思わずその場にひざまずいて感謝の祈りを捧げたくなったほどだ。それにしても、リプリーのやつ、どうして手伝ってないんだ？　今日は彼女のデートなんだろう？」

「一時間前にわたしが追いだしたの。邪魔だったから。あなたも……」ネルは体をひねって彼を見あげ、さっとキスをした。「邪魔よ」

「味見役が必要なんじゃないかと思ってさ、キッチンにあったカナッペとか」

「いいえ」

「遅かったね」ザックはにんまり笑った。「すごくおいしかったよ」

「ザックったら。せっかくきれいに並べておいたのに」

「ちゃんと並べなおしておいたって」キッチンへ駆けていくネルを追って、彼は言った。「隙間がないようにさ」

「これ以上お料理に指一本でもふれたら、残り物でビーフ・シチューと肉団子をつくってあげませんからね」

「ネル、ハニー、そんな殺生な」

「ふくれてもだめ。さあ、ちょっとその格好、点検させて」ネルは一歩後ろへ引いて、彼の全身を眺めまわした。「まあ、なんてハンサムなのかしら、トッド保安官」

彼はスラックスのベルトに指を引っかけた。「もっとそばに来て言ってほしいな」

ネルが素直に従って、彼の口もとへ唇を寄せようとしたとき、ドアにノックの音がした。「来たわ」ぱっと体を離し、慌ててエプロンを外す。

「なあ、きみが行くことないよ。リプリーに出迎えさせればいいじゃないか」

「だめよ。彼女にはあとから部屋に入ってきてもらうんだから。あっ、お願い――」ネルは片手を振りながら、急いでキッチンを出ていった。「音楽かなにか、かけておいてね」

マックはワインと花を持って現れ、ネルに好印象を抱かせた。三回ね。リビングルームで食前酒を楽しむあいだこっそり観察していたところ、彼はリプリーにさりげなく三度ふれた。

ふたりはネルの望みどおりにゆったりした雰囲気に包まれ、ネルの計画どおりに打ちとけた会話を交わしていた。一緒にいるふたりを見ているだけで、こちらまで気持ちがほかほかしてくるようだった。ダイニングルームに移るころには、ネルはすでに自分を褒めてやりたい気分になっていた。

「いろんなところへ行ったなかで――」彼女はマックに尋ねた。「どこがいちばん好きだった？」

「いつだって、そのときいるところがいちばん好きかな。スリー・シスターズ島は世界の縮図みたいな感じがして、理想的だけど」

「ここの住民はみんな親切だしな」ザックが言った。

「ああ、そのとおり」マックはリプリーに笑みを投げかけながら、ロースト肉を口に運んだ。「たいていはね」

「口をもぐもぐさせながらしゃべるなんて、はしたないわよ」リプリーはフォークでポテトを突き刺した。「たいていはね」

「ぼくは幸運だな。おもしろいインタビューもいくつかとれたし。ルルとか、メイシー家のご夫妻とかから――」

「ルルと話したの？」リプリーが話をさえぎる。

「ああ。もともと彼女は、リストのトップだったからね。長年この島で暮らしてはいるけれど、出身は違う。にもかかわらず、ミアとはずっと親しい関係だ。ルルが形而上学的なものを、いともたやすく、ごくあたりまえのように受け入れている点に、ぼくは興味があるんだ。彼女はミアに与えられた特別な力を、子供の髪の色を受け入れるのと同じようなスタンスで受け入れているだろう？　きみの場合はまた、感じ方が違うのかもしれないけど」マックはネルに向かって言った。「大人になってから、才能に目覚めたわけだから」

「そうかもしれないわ」ネルはこの件について話すのはやぶさかではなかった。それどころか、知的で科学的な側面からあれこれ論じてみるのも楽しいかもしれないとさえ思っていた。だがそのとき、リプリーが警告するように肩をこわばらせていることに気づく。「お肉をもっといかが？」ネルは明るく尋ねた。

「ありがとう。本当においしいよ。それと、ザック、もしできたら、いつかきみもスケジュールを少しだけ空けてもらえないか？　この島に生まれ育った人間として、また、すばらしい才能に恵まれた女性と結婚した男性としての立場から、話を聞かせてくれるとうれしいんだが」

「かまわないよ。時間は都合つけられるから」妹がどういう反応を示したかを忘れていたわけではないが、それは彼女自身の問題だとザックは考えていた。「ただ、あらかじめ言っておくけど、われわれは島の歴史に日々思いを馳せながら生きてるわけじゃない。その手のことは観光客のためにとってあるんだ。島民のほとんどは、単にここで暮らしてるだけだよ」

「だからこそ話を聞かせてほしいんだ。きみたちはこんな珍しい歴史を持つ島に住みながらも、それぞれが好きなことをやって生き、普通の生活を維持している」

「わたしたち、普通の人間だもの」リプリーがやわらかい口調で言った。

「まさにね」マックはワイングラスを掲げ、涼しげな目でリプリーを見つめた。「人間としての基本的な欲求――すなわち、家、家族、愛情、経済的安定などを求める気持ち――は、力によって変わるものでもなければ、変わらなければならないものでもない。たとえば、ルルとミアが家族同士のように緊密な絆で結ばれているのは、ミアが力を持っているからではなく、ミアがミアであるからだ」

マックはザックに視線を向けた。

「きみがネルと結婚したのだって、彼女が魔女かどうかってことは関係なく、ネルがネルだから、だろう？」

「たしかに。それと、彼女のつくるポット・ローストのおかげかな」

「その点も見過ごしにはできないね。強い感情は力を増幅させるからな。実を言うとぼくも、初めてネルのスープを口にしたときから、彼女の料理にはかなりほれこんでいるんだ」

ザックはみんなのグラスにワインを注ぎ足しながら笑った。「ぼくのほうが先に出会えてよかったよ」

「そうそう、タイミングも鍵を握っている。もしもルルがあのタイミングでこの島へやってこなかったら、ミアの養育にあれほど大きな役割を果たせたかどうかわからない。ネルだって、ぼくの得た情報が正しければ、たまたま前のコックが店をやめたときにカフェ・ブックを訪れていなかったら、ミアと出会えたかどうか――少なくとも、今のような関係を築けたかどうかは、定かではないよね。でも、ちょうどあのときミアと出会ったおかげで、ネルはザックやリプリーと出会い、さらにそれがめぐりめぐって、こうしてぼくとも出会ったわけだ」

「わたしは関係ないわ」リプリーの声は相変わらず穏やかだったが、かすかにとげのようなものが感じられた。

「それもきみの選択だ」マックはあっさりと受け流した。「なにを選ぶかってことも重要な鍵のひとつなんだ。ま、いずれにしろきみはぼくがあれこれ調べまわってるあいだは島の案内をしてくれる気にならないみたいだから、ひとつだけ教えてほしいんだけどね。島の南端にある屋敷って、誰の家なんだい？　ほら、古めかしくて立派なお屋敷があるだろう？　装飾が派手で、広いポーチのついてる家だよ。まわりにはなにもなくて。砂利で覆われたビーチのある入江の、ちょっと上あたりにさ。そばには神秘的な洞窟もあったな」

「ローガン家の屋敷よ」リプリーがぶっきらぼうに答えた。「ホテルのオーナーの一族」

「人がいるようには見えなかったけど？」

「あそこにはもう誰も住んでいないの。夏のあいだだけは、ときどき人に貸したりしてるけど。どうしてそんなことが気になるの？」

「なぜって、あのあたりは景色がすばらしいし、家自体も古風で趣があるからね。しかもあの付近で、とくに強いエネルギーを探知したんだ」リプリーの視線が兄のほうへさまよい、しばらくそこでとどまっていたのを、マックは見逃さなかった。「ローガン家については、まだあまり詳しく知らないな。もちろん、事前の調査で名前だけは見て知ってるけど、村ではあまり噂らしい噂も聞かないし。あの屋敷はいつから空き家になってるんだい？」

「十年以上前からだよ」押し黙っているリプリーの代わりに、ザックが答えた。「ミスター・ローガンやその代理人が仕事の関係でときどき帰ってはくるんだが、いつもホテルに泊まるからね」

「あんなに美しい屋敷を空っぽにしておくなんて、もったいない。幽霊でも出るのかい？」

妹が声をひそめて悪態をついたので、ザックは口の端を引くつかせた。「ぼくの知る限りじゃ、そんなことはないはずだが」

「そいつは残念だ」それはマックの本音だった。「洞窟のほうはどうなんだい？　あそこでも、これまでで最高の数値が出たんだけど」

「あれはただの洞窟よ」リプリーは間髪を入れずに答えた。洞窟の話題になると今も心がわずかによじれる気がして、そのことにいらだちを感じた。

「子供のころは、よくあそこで遊んだものだよ」ザックが話しはじめる。「海賊ごっこや宝探しをしてね。十代の若者たちは、恋人とのデート・スポットとして利用していたし――」彼はそこではっとあることに思いあたり、唐突に言葉を切った。

サム・ローガンとミア。ふたりが十代だったころ、あの洞窟は彼らの逢瀬の場所でもあったに違いない。妹の顔をひと目見るや、ザックにはわかった。リプリーはその事実を昔から知っていて、子供時代の友人のプライバシーを守るために必死で話をそらそうとしていたのだ。

「だからまあ、そういう若者たちのホルモンに機械が反応したとしても、不思議はないんじゃないかな」ザックはわざと陽気な声で言った。「さて、デザートはなんだい、ハニー？」

話についていけないまま、ネルは立ちあがった。「今持ってくるわ。リプリー、ちょっと手伝ってくれるかしら？」

「ええ、いいわよ。もちろん」リプリーはいらだち紛れに勢いよく椅子を引いて立ちあがり、憤然とした足どりでキッチンへ入っていった。

「いったいいなんなの？」ネルがリプリーを問いつめた。「あなたがあそこまでローガン家の話題を避けたがるのはどうして？」

「だって、あんなのただの古い家じゃない」

「リプリー、わたしだけなにも知らされていなかったら、助けようがないのよ」

両手をポケットに突っこんで、リプリーはキッチンのなかを歩きまわった。「サムとミアは——ふたりは以前つきあってたの」

「そこまではわたしも知ってるわ。彼は島を出ていって、一度も戻ってきてないんでしょう？　彼女の心は今も傷ついたままなのね」

「ええ、まあね。もう乗り越えるべきだと思うんだけど」ため息をつきながらしゃがみこんで、ディエゴを撫でる。「ふたりは恋人だったの。ミアとわたしもまだ……友達だった。お互いのことはなんでも知ってる仲だったわ。彼女が初めてサムと結ばれたのは、初めて愛を交わしたのは、あの洞窟のなかだったのよ。あそこはふたりの待ちあわせ場所だったから」

「そう」

「彼女にとってはまだ生々しい思い出が残ってる場所だから、無粋な男にずかずか踏み入られて残存エネルギーの計測なんかされたら、彼女はきっといやがると思う」

「ねえ、リプリー、マックにそのことをあらかじめちゃんと教えてあげていたら、彼はその場所をそっとしておいてくれたかもしれない、とは考えられない？」

「あの人って、なにを考えてるんだか今いちわからないのよ」リプリーはうんざりした顔つきで立ちあがった。「さっきまでとても愛想がよかったかと思うと、次の瞬間にはあなたのつくったポット・ローストに舌鼓を打ちながら、あなたのデータを聞きだそうとしたりして。客として招かれたくせに、あなたやザックに妙なプレッシャーをかけたりするなんて、おかしいわ」

「わたしはプレッシャーなんか感じなかったわよ」ネルは冷蔵庫からボストン・クリーム・パイをとりだした。「あなたは気に入らないと思うけど、リプリー、わたしはマックに話をしてみることに決めたわ。彼の研究には興味を引かれるから、なるべく力になってあげたいの」

「実験台の鼠にされたいわけ?」

「そういうふうには受けとってないの。わたしは自分が魔女であることを恥じてはいないし、与えられた力を恐れてもいないから。今はもう」

「それってつまり、わたしが怖がってるってこと?」リプリーの怒りがぱあっと燃えあがった。「冗談じゃないわ。彼のばかげたプロジェクトとおんなじくらい、くだらないわよ。とにかくわたしはいっさいかかわりたくないの。これ以上、こんなところにいたくないわ」

そう宣言するやいなや、リプリーはくるりと背を向けて裏口から出ていった。

あんまりむしゃくしゃして、考えることすらままならない。それでも、後悔しそうなことをやったり言ったりしてしまう前に、しばらく外の空気にふれて怒りを静めるべきだとわかってはいた。ネルがなにをしようとネルの勝手なのよ、と真珠色の月光が降り注ぐビーチをジョギングしながら自分に言い聞かせる。もしもネルが自ら望んですべてをさらけだし、ゴシップやからかいの対象になる危険を冒してもかまわないというのなら、ネルにはそうする権利があるのだから。

「それはそうだけど」ビーチの砂を蹴りながら、大きな声を出す。

ネルの言ったこと、やったことは、リプリーにも直接かかわりがあった。それはどうしても避けようがない。ふたりは単なる義理の姉妹というだけでなく、魂の絆で結ばれた関係だからだ。

その事実を、あの忌々しいマカリスター・ブックは知っていた。

彼はネルに近づくためにリプリーを利用し、リプリーの心を開かせるためにネルを利用しようとした。この何週間か、すっかり油断してガードをさげていたのが悔やまれる。ああ、なんてばかだったのだろう。彼女にとって、自分がばかだと気づかされること以上に腹の立つことはほとんどなかった。

後ろのほうで犬が吠えたので振り向くと、闇のなかから黒い大きな固まりが飛びだしてきた。大喜びで突進してきたルーシーに倒され、リプリーは尻もちをついた。

「こらっ、ルーシー！」

「大丈夫か？　けがはしてないかい？」犬の後ろからマックが駆け寄ってきて、リプリーの足をつかんで調べはじめた。

「さわらないでよ」

「凍えてるじゃないか。コートも着ないで外へ飛びだすなんて、いったいなにを考えてたんだ？　ほら」差しだした手をぱちんとはたかれながらも、彼はネルから預かってきたコートでリプリーの体を包んだ。

「着ればいいんでしょ。さあ、いい行いをしてさぞ満足できたでしょうから、さっさと消えてちょうだい」

「お兄さんとネルは、きみのこういう突拍子もない無礼なふるまいに慣れているのかもしれないけどね」子供を叱りつけるような口調になってしまったが、ぷうっと頬をふくらませている頑固そうなリプリーの顔を見たら、叱ってやって当然だと思えた。

「ぼくにはきちんと説明してほしい」

「無礼ですって？」リプリーが両手で思いっきり突き放したので、彼は大きく二歩後退した。「食事の席で尋問まがいのことをしたあなたが、わたしに向かってよくも無礼だなんて言えるわね！」

「会話はしたが、尋問などした覚えはない。ちょっと待てよ」マックは彼女の腕をつかんだ。遊んでほしくてたまらない様子のルーシーがふたりにじゃれつく。「研究の話はしたくないと言われたから、ぼくはきみからは無理やり話を聞きだそうとはしなかった。だからって、ほかの人にまで話を聞いちゃいけないってことにはならないだろう？」

「うまいこと言って、ネルをその気にさせたじゃない。ネルから話を聞く以上はわたしも巻きこむことになるって、わかってたくせに。ルルと話をしたときだって、どうせわたしのことまであれこれ訊いたんでしょ？」

「リプリー」辛抱しろよ、とマックは自分に警告した。彼女は怒っているだけじゃない、恐れているんだ。「ぼくは誰にも質問しないなんて、ひとことも言っていない。きみには訊かないだけだ。もしもきみが自分にかかわる情報をコントロールしたいのなら、きみ自身が話をしてくれればいい。それがだめなら、ぼくとしては、又聞きの情報でも集めるしかないじゃないか」

「すべてはわたしを追いつめるためだったのね」

マックは生まれつきかなり我慢強いほうだったが、我慢にも限界はあった。「そういう言い方をしたらぼくらふたりともを侮辱することになるって、きみにもわかるだろう？　わかるなら、いいかげん黙ってくれ」

「だって――」

「ぼくはきみを大切に思いはじめている。それがことをややこしくしているのは事実だが、ぼくはなんとか対処しているつもりだ。そういうことを抜きにしてもね、リプリー、すべてがきみを中心にまわってるわけじゃない。きみは一部にすぎないんだ。きみが協力してくれようとくれなかろうと、ぼくは研究を進める。あとはきみの選択次第だ」

「わたしは利用されるなんてまっぴら」

「ぼくだって、きみの感情の嵐に巻きこまれて、やつあたりされるのはまっぴらだ」

彼の言い分は正しい、ものすごく正しい。そう思うと、リプリーの心はぐらついた。

「だけどわたし、サーカスの余興みたいに扱われるのは絶対にいや」

「リプリー」彼の声がやさしくなった。「きみは奇人変人なんかじゃない。奇跡なんだよ」

「どっちにもなりたくないのよ。わたしの言いたいこと、わからない？」

「わかるとも。そんなふうに異端視されたり、逆に崇め奉られたりしたら、いったいどんな気持ちになるか、ぼくにはよくわかってるよ。だからって、どうすることもできないだろう？　結局人は、自分以外の者にはなれやしないんだから」

怒りがすうっと消えていった。もはや、かけらも残っていない。マックの言葉がしみ入ってきたおかげだろう。彼はなにかを手に入れるためではなく、すでに持っている者として語りかけてきた。彼もリプリーと似たような苦しみを抱えていたのだ、その胸の奥深くに。

「もしかするとわたし、あなたにわかるはずなんかないと思いこんでいたのかもしれない。でも、考えたらわかることよね。あなたくらいずば抜けて優秀な頭脳を持った人って、ある意味、魔法のようなものだもの。そのせいでつらい目に遭うことだってあるんでしょうね。あなたはどうやってるの？」彼女は問いかけた。「それほどの頭脳を持ちながら、どうやってバランスを保っているの？」

「ぼくは……こら、ルーシー、少し黙っててくれ」彼はなおもリプリーの腕をつかんだまま、ふたりのあいだで吠えたりうなったりしながら体をぶるぶる震わせている犬をにらみつけた。そのとき初めて、ルーシーがなにに向かって吠え立てていたかに気がついた。

前に見たときと同じように、彼女がビーチにたたずんでいた。そして彼らを見つめていた。顔は月明かりに照らされて白く浮きあがり、黒い髪は風になびいていた。その目は闇のなかで光っていた。深い悲しみをたたえた、深いグリーンの瞳。

白い波が打ち寄せて足首のあたりまでしぶきをかけていったが、彼女は足が濡れて冷たいそぶりなどみじんも見せなかった。ただ、そこに立ち、彼らを見つめ、涙を流していた。

「きみにも見えるんだね」マックはささやいた。

「生まれてこの方、わたしにはずっと見えていたわ」疲れていたが、リプリーはマックのそばからすっと離れた。そのままでいたら彼に寄り添ってしまいそうだったから。いとも簡単に。怖いくらい簡単に。「どうしたいか心が決まったら、そのとき教えるわね。それから、あなたに失礼な態度をとったこと、けんか腰で突っかかったこと、せっかくのディナーを台なしにしたことは、どうか謝らせて。でも今だけは……ひとりにしておいてほしいの」

「家まで送るよ」

「ううん。気持ちはありがたいけど、けっこうよ。さあ、おいで、ルーシー」

マックはその場に立ちつくした。ふたりの女性のあいだで。どちらにも惹かれるものを感じながら。

10

かつて住んでいた家のドアをノックするのは、なんとも不思議な気分だった。心のどこかでは、いまだにこの黄色いコテージを自分の家のように思っているからだ。カリフォルニアで白亜の豪邸に暮らしていた期間のほうがずっと長かったが、あそこが自分の家だという気がしたことはなかった。強いて言うなら監獄に近かったあの屋敷から、ネルは文字どおり命懸けで逃げだしてきた。

一方、森のそばに立つこの小さなコテージでは、たったの数カ月だったけれど、人生のなかでもっとも幸福な時間を過ごした。

初めてのわが家。ここなら安全だとほっとでき、少しずつ強さをとり戻せたところ。ザックと恋に落ちた思い出の場所。

ここでくり広げられた惨劇の記憶、おびただしい血が飛び散ったときの恐怖さえ、人形の家のように狭い部屋しかないこの黄色いコテージが与えてくれる安堵感を消し去るまでには至らなかった。

それでもネルはドアをノックし、マックがドアを開けてくれるまで、礼儀正しく表の階段に立って待った。

彼はなんだかぼうっとしているように見えた。ひげもそられていないし、髪は乱れてあちこちつんつんとんがっている。

「ごめんなさい。起こしてしまったかしら?」

「えっ?　あ、いや。とっくに起きてたよ。うん」マックは髪に手をやり、さらにくしゃくしゃっとかきむしった。どうして彼女がこんなところに?　なにか約束してたっけ?　ああ、くそっ、いったい今何時なんだ?　「すまない。頭がよくまわらなくて……とにかく、どうぞ」

彼の体越しにちらりとのぞいてみたところ、部屋のなかは機械類で埋めつくされていた。表示灯が光っていて、なかには規則的に警告音を発しているものもある。「お仕事中だったのね。あなたは食べ損ねちゃったでしょう?　ゆうべのデザートを持ってきただけだから。長くお邪魔するつもりはないの」

「デザート?　ああ、そうだったね。ありがとう。さあ、どうぞ入って」

「でもわたし、これから仕事に行くところだから……じゃあ、ちょっとだけ」彼が背を向けて奥へ引っこんでしまったので、ネルは軽く肩をすくめて家のなかに入り、後ろ手にドアを閉めた。「これ、キッチンのほうに置いておけばいいかしら？」

「え、ああ。それより、こいつはすごいぞ。ちょっと、ちょっとそこでじっとしててくれるかい？」マックが片手を突きだしてネルを立ちどまらせ、たった今機械が吐きだした用紙に目を走らせながら、もう一方の手で数値をノートに書き写しはじめた。

その機械は、ネルの目には地震計のように映った。

しばらくすると、彼が顔を輝かせてネルを見あげた。

「きみはまるで花火みたいだね」

「どういうこと？」

「きみが家のなかに足を踏み入れたとたん、数値が跳ねあがった」

「本当？」大いに好奇心をそそられて、ネルはその機械に顔を近づけた。そして、どれだけ顔を近づけて見ても、自分にはなにがどうなっているのかさっぱりわからないのだと気がついた。

「リプリーのときとは全然違う」マックが続ける。「彼女の場合、針が振り切れて計測不可能なくらい、めちゃくちゃな反応が出たんだ。でも、きみの数値はもっと安定してる」

ネルは唇をとがらせて、少しすねたように言った。「それって、わたしがつまらない人間みたいに聞こえるわね」

「その逆だよ」マックは彼女から皿を受けとり、ラップをはがしてパイをひとかけら指でちぎった。盛大にくずを撒き散らしながら。「きみは人をほっとさせる力を持っているんだ。自分の居場所を見つけ、そこに幸せを見いだしているからだろうね。それより、ゆうべはせっかくのディナーをめちゃくちゃにして申し訳なかった」

「あなたのせいじゃないわ。ねえそれ、今すぐ食べるつもりなら、フォークをとってきてあげましょうか」

勝手知ったるキッチンへとすたすた入っていくネルのあとから、マックも続いた。彼女はナイフ類のしまわれている引きだしへまっすぐに近づき、フォークを一本とりだした。

「きみは……気にならないのかい？」

「この場所に入っても、ってこと？」ネルは彼に代わって言葉をつなぎ、フォークを手渡した。「ええ。ここはきれいだもの。わたしが隅々まで洗浄したのよ。自分でやらないと気がすまなかったから」

「それを聞いてほっとしたよ。トッド保安官は本当にラッキーな男だね」

「ええ、そうよ。座って、マック。わたし、十分くらいなら時間があるから。それと一緒にコーヒーでもどう？」

「そうだな……」彼は手もとのパイを見おろした。考えてみたら、起きてからまだなにも食べていなかった気がする。パイはすでにここにあるのだから、これを朝食にするのは悪くない。「じゃあ、お願いするよ」

「さっき、リプリーとわたしは違うって言ったわよね？」ネルはコーヒーの粉を量りながら尋ねた。ポットに残っていたコーヒーは見た目も香りも最悪だったので、迷わずシンクに捨てる。「そのとおりよ。理由はわからないけれど、彼女はそのことを口にしないの。わたしのほうも、この件に関しては口にしないわ。それでも彼女はわたしの大切なシスターだから、ひとつだけはっきりさせておきたいことがあるんだけど。あなたが彼女に抱いているのは、研究上の興味でしかないの？」

「いいや」マックはぎこちなく身じろぎして気を落ちつかせようとした。質問をするのは得意だが、されることにはあまり慣れていない。「実際、彼女が研究対象に含まれていなければ、ぼくにとって、ことはもっと簡単だったと思う。もちろん彼女にとってもね。でも、事実はそうなんだから仕方がないさ。あのあと、家に戻ってきたときの彼女の様子はどうだった？」

「もう怒りは消えていたみたい。まだ動揺してはいたけれど、怒ってはいなかったわ。正直言うとね、ゆうべはわたしもちょっとやりすぎてしまったのよ。わたしなりにたくらんでたことがあったから」

「そういや、ピンクのキャンドル、薔薇石英《ローズ・クォーツ》のかけら、ローズマリーの小枝なんかがさりげなく置いてあったね」ふたたびリラックスして、マックはパイをもうひと口かじった。「気づいてたよ」

「あなたの洞察力がすばらしいことはわかったわ」ネルは降参するかのように言い、マグをとりだした。「ただし、魔法はかけなかったわよ」

「心づかい、感謝するよ」口をもぐもぐ動かしながらマックが言う。「魔法をかけようかどうしようかと、いったんは悩んでくれたことに対してもね。ぼくみたいな男をリプリーにふさわしい相手として真剣に考えてくれたってことだろう？」

「わたしをからかっているの？」

「そんなことないよ。ゆうべ彼女を怒らせてしまったのは悪かったと思ってる。でもあれは、ぼくらがいずれ折りあいをつけなきゃならない問題なんだ。彼女が魔女であることも、ぼくがこういう研究をしてることも、変えられない事実だからね」

小首を傾げて、ネルは彼を見つめた。「あなたが御しやすい相手だったら、彼女も惹かれたりしないと思うわ――少なくとも、あんまり長くはね」

「そう言ってくれてうれしいよ。今度はきちんと録音できる状態で話を聞かせてもらってもかまわないかい？」

「ええ」

「そんなに簡単に？　なんの条件もなし？」

ネルは彼のコーヒーをテーブルに置いた。「知られたくないことはしゃべらないわ。わたしはまだいろんなことを学んでる途中なのよ、マック。だから、話をすることによって、あなたがわたしから学ぶのと同じくらい、わたし自身もいろいろ学べるかもしれないと思うの。でも、今はもう仕事に行かなきゃ」

「ひとつだけ教えてほしい。力はきみを幸せにしてくれたかい？」

「ええ。幸せで、芯の通った、強い人間になれたわ。でも本当は、魔法の力なんかなくても、そうなれたでしょうけれど」ネルの頬にえくぼができた。「ただ、ザックがいなくてもこんなに幸せになれたかって訊かれたら……」

「訊く必要はなさそうだ」

ネルを見送ったのち、マックはしばらくじっと座って、彼女のことを考えていた。島のリズム、力のリズムにうまく調子を合わせ、心地よさげにふるまっているネルのことを。

恐怖に彩られた生活から抜けだして新たな人生を始めるのは、そうたやすいことではなかったはずだ。にもかかわらず、ネルはそれを世の中でもっとも自然なことのように感じさせる。

過去のつらい出来事も、彼女の心に癒えない傷を負わせはしなかった。彼女はふたたび人を信頼し、愛せるようになった。自分の存在を認められるようになった。そのおかげで彼女は、ぼくの知りあいのなかでも最高にすばらしい女性になれたに違いない。

今となれば、どうしてリプリーがあれほど必死にネルを守ろうとしていたかも理解できる。それはともかく、ぼくの接触によってネルが危険な目に遭うことはないのだと、頭のかたいあの保安官代理になんとしてもわかってもらわなければ。

マックは、これから出かける野外調査に必要な機材をひととおり揃え、荷物につめた。その後、眼鏡を探しまわって十分ほど時間を無駄にしたあげく、着ているシャツのポケットに引っかけてあったことにやっと気づいた。

バスルームのキャビネットに置いてあった鍵束と、予備の鉛筆をさらに数本つかんで、彼は島の南端に向かって出発した。

ローガン家の屋敷がぼくを引きつける。それ以外に、物理的に引っぱられるようなこの感覚を表しようがなかった。砂利で覆われた細い道の端に立って、屋敷をじっくり観察する。大きくて、やたらとあちこちに出っぱりのある家だ。巨大というほどでもなければ、贅の限りをつくした造りでもない。

なのに、なぜか心を引きつける。彼はそう思いながら、声で記録をとっておくためにテープ・レコーダーをとりだした。

「島の南端に位置するローガン家の屋敷は、頁岩のかけらが敷きつめられた細い道の先にある。近くにも数軒の家があるが、これがもっとも高台にあり、なおかつもっとも海のそばにある」

そこでいったんしゃべるのをやめ、風に吹かれて、ほのかな潮気を味わった。今日の海は紺碧で、こうして見ていると、自らが立てる波で海面が切り裂かれてしまわないのが不思議に思えてくる。

彼はその場でゆっくりとひとまわりし、ほかの家々も眺めてみた。ほとんどがレンタル用のようだ。すべてが静寂に包まれていて、人の気配も感じられない。聞こえるのは海と風の音、すーっと舞いおりてくるカモメの鳴き声だけだった。

ミアの崖は——奇妙なことに、それはここから見て島のほぼ真裏に位置しているのだが——ここよりずっと美しい。絵のように見応えがあり、はるかに壮観で、あらゆる点でここの景色をしのいでいる。にもかかわらず、この場所のほうが……しっくりきた。自分にぴったりの場所だと思えた。

「屋敷は三階建て」彼は目に映るものをそのままテープに吹きこんでいった。「何か増築されているらしい。木の部分は——おそらく杉材だろう——色が褪せて銀色になっている。ただし、窓枠や鎧戸に塗られた灰色がかった青のペンキはまだ新しく見えるから、誰かがきちんと維持管理しているのだろう。前と後ろのポーチはいずれも奥行きがあって幅も広く、後ろの一部は防虫網《スクリーン》で囲われている。二階と三階にはポーチより細いバルコニーがあり、出窓にはカーテンが……いや、あれは上飾り《ヴァランス》と言うんだったか——あとで調べよう——かかっている。いかにも寂しげな場所に立っているのに、寂しさはさほど感じられない。どちらかというと、なにかを待っている風情だ。なぜか、もしかするとぼくを待っていたのかもしれない、という気さえする」

芝生の上にのびた砂敷きの小道を通って、屋敷の横から裏へまわりこむと、ビーチと静かな入江を真下に見おろせる場所に出た。これもよく管理の行き届いた桟橋があるが、ボートは一艘も停泊していない。

あそこに帆船があったら絵になるのにな、とマックは思った。モーターボートも悪くない。

それに、厳めしい造りの家のまわりには花でも植えれば、雰囲気もだいぶやわらぐだろう。このタイプの土壌にはどの植物がいちばん適しているか、調べてみなければ。何本かある煙突は、今も使えるようになっているのだろうか？　冬の寒い日、燃えさかる暖炉にあたりながら海を眺めたら、さぞいい気分になれるに違いない。

ふくらむばかりの夢を頭から振り払うと、乗ってきたランド・ローバーまで歩いて戻り、機材をおろした。例の洞窟までは歩いてもたいした距離ではない。土地が幾分盛りあがっているためか、洞窟の入口は影に閉ざされ、屋敷からは見えなくなっていた。おかげで、いっそう秘密めいた、神秘的な雰囲気が漂っている。冒険好きの子供や若い恋人たちには、まさにおあつらえ向きの場所だ。

ただし、ここが今もそのような目的で使われていることを示す痕跡はなかった。あたりにごみは落ちていないし、足跡や人がつけた印なども見あたらない。

マックは砂利に覆われた浜辺を往復して、機材を運び入れた。洞窟のなかはひんやりしていて湿気もあるが、歩いたせいであたたかくなったのでジャケットを脱ぐ。寄せては返す波の音が洞窟内に反響して紡ぎだす美しい調べに耳を傾けながら、機材を設置していった。

なかの空間はさほど広くない。長さにして十一フィート余り、幅は八フィート足らずといったところだろうか。中央部分の高さが七フィート以上あったのは、実にありがたかった。これまでに入った洞窟のなかには、背中を丸めたり、しゃがんだりするしかないところもあれば、腹這いになって進むしかないところもあった。

設置した機材を作動させておき、彼はハロゲン球の懐中電灯で——最初は車に置き忘れていて、とりに戻ったもののひとつだ——洞窟の壁を照らし、隅々まで調べた。

「なにかあるぞ」彼はつぶやいた。「機械に頼るまでもなく、ここにはなにかあると肌で感じる。エネルギーの層みたいなものだ。古いものの上に新しいものが重なっている。科学的根拠はないが、明らかになにかある。腹に直接働きかけてくるものを感じる。もしもここが資料に書かれていた洞窟であれば――。これはなんだ？」

マックはそこで言葉をのみこみ、明かりを岩壁に向けて照らした。よく見るために、
結局は地面にしゃがんで顔を近づける。

「ゲール語のようだな」壁面に彫られた文字を読みとり、つぶやいた。「家に戻ったら翻訳してみなければ」

とりあえず、壁の文字とその下に描かれている模様を、ノートに丁寧に書き写しておく。

「ケルトの組紐文様、三位一体《トリニティー》の渦巻き。この彫刻はそれほど古くない。十年か、古くても二十年以内に彫られたものだろう。これも推測にすぎないが。あとで詳しく分析してみないとな」

彼はそれらの彫刻を指でなぞった。すると、壁に刻まれたぎざぎざの細い溝から光がもれてきて、模様がくっきりと浮かびあがった。指先に熱も伝わってくる。

「おお！　すごいぞ！」

洞窟の天井が丸くなっていることなどすっかり忘れ、測定機とビデオ・カメラをとりに行こうと、ぱっと立ちあがった。そして、目の前にちかちかと星が飛ぶほど、したたかに頭を打ちつけた。

「くそっ！　なにをやってるんだ！　ちくしょう！」片手で頭を押さえ、激しく悪態

をつきながら、鋭い痛みがずきずきする程度にまでおさまるのを待つ。

しばらくして、てのひらに血がべっとりついていることに気づくと、痛みに代わって自己嫌悪が襲ってきた。ついに観念してハンカチを引っぱりだし、こぶになりつつある傷口にそっと押しあてる。その格好のまま、空いているほうの手でカメラと測定機を荷物からとりだした。

ただし、今度はちゃんと地面に座って。

機械の電源を入れ、数値の変化を見逃さないよう準備を整えてから、壁の彫刻にふたたびふれてみる。だが、なにも起こらない。

「どうしてだ？　さっきはたしかに光ったのに。この頭に受けた衝撃がなによりの証拠じゃないか」

もう一度やってみたが、壁の模様はいっこうに光らず、岩肌も冷たく湿ったままだった。

それでもくじけることなくその場にとどまり、心を無にしてやりなおす。すっかり大きなこぶとなった頭の激しい痛みも無視した。ふたたび手をあげようとしたとき、モニターがビービーと鳴りはじめた。

「いったいなにをしてるの？　降霊術かなにか？」

洞窟の入口に、後光を背負うような形でリプリーが立っていた。さまざまな考えがいっぺんに頭へ流れこんでくる。仕方なく、彫刻に意識を集中させることをあきらめ、彼女に見とれた。

「今日は洞窟のパトロールかい?」

「あなたの車が見えたのよ」彼の持ちこんだ機械類を眺めまわしながら、リプリーがなかへ入ってきた。モニターは今なお狂ったように鳴りつづけている。「どうしてそんなところに座ってるの?」

「これも仕事さ」マックは彼女に近づこうとして立ちあがりかけたが、すぐにお尻をかかとに載せて座りこんでしまった。「鎮痛剤かなにか持ってないかい?」

「いいえ」リプリーは懐中電灯を彼のほうに向けたかと思うと、急いで駆け寄ってきた。「あっ、血が出てるじゃない! いったいどうしたの、マック?」

「少しだけだよ。頭をぶつけてしまってね」

「黙って。よく見せてちょうだい」声をあげて抵抗しようとする彼の頭をぐっと手前に引き寄せ、髪をかき分けて傷の様子を確かめる。

「痛いよ、ラチェッド婦長〔映画《カッコーの巣の上で》に登場する婦長〕、お願いだからそっとやってくれ」

「それほどひどくはないわね。縫わなくてもすみそうよ。そのぼんやりした頭を包みこんでる髪がクッション代わりになってくれてなかったら、話は違ったんでしょうけれど」

「またぼくと口を利く気になってくれたのかい？」

彼女は小さくため息をつくと、低い天井に注意を払いながら、彼と同じようにお尻をかかとに載せて地面に座った。「あれから少し考えてみたの。それで、あなたの仕事を邪魔する権利はわたしにはないって悟ったわ。あんなふうに腹を立てる権利もね。あなたは最初からなにひとつ隠し立てはしていなかったし、ゆうべ言ったこともあってた。たしかに、わたしに無理強いしたことはないわよね」

今日のリプリーはイヤリングをつけていた。普段からいつも身につけているわけではない。銀と金の小さな飾りが耳もとで揺れていた。彼はふと、そのイヤリングときれいな曲線を描く彼女の耳を指でもてあそびたくなった。「かなりたくさん考えたみたいだね」

「まあね。もっと考えるべきなのかもしれないけど。でも、今のところは、以前のような感じに戻れたらいいなと思ってるの」

「ぼくも同感だけど、その前に了承しておいてほしいことがある。ネルから正式に話を聞かせてもらえることになったんだ。記録をとるのを前提としてね」

リプリーは口を引き結んだ。「ネルがいいなら、わたしは別にかまわないわ。ただ、彼女は……」

「彼女には慎重に接するつもりでいるから」

リプリーはマックの目を見据えた。「ええ」しばらくしてから言う。「あなたならそうしてくれるわよね」

「きみに対してもだ」

「わたしに対しては、そんな気をつかってもらわなくても平気だけど」

「もしかすると、そのほうがぼくも楽しめるかもしれない」マックは彼女のウエストに腕をまわし、膝立ちになった。そして彼女を胸に引き寄せる。

そのときまたしてもモニターがけたたましく鳴りはじめたが、彼は頭の奥のほうで聞き流した。そんなことはどうでもいい。今自分が本当にやりたいことは、たったひとつ。この唇を彼女の唇に重ねることだ。

唇がふれあうと、リプリーのほうからも彼に腕を巻きつけてきた。ふたりの体がぴったりと合わさる。複雑でおもしろいパズルの最後のピースが、かちっとはまったかのように。

その瞬間、ふたりはやわらかくあたたかい空気に包まれた。ほかにはなにもいらなかった。

小刻みに震えながら、リプリーは身を引いた。体のなかでなにかがわなないている。

「マック」

「このことについて話しあうのはやめておこう」マックは彼女の頬やこめかみにキス

を植えつけ、首筋にも唇を這わせた。「言葉にして分析していくと、やがてすべてが味気なくなってしまう。ぼくは心で知りたいんだ」

「それもそうね」

「早いほうがいいな」ふたたび唇を重ねながら言う。「早く。さもないと、ぼくの頭はどうにかなってしまう」

「わたしはもう少し考える時間が欲しいわ」

荒い息をひとつ吐いて、マックは腕の力をゆるめた。「なるべく早く結論を出してくれよ、いいね?」

リプリーは彼の頬にてのひらを添えた。「わたしたち、もうそろそろ次の段階へ進んでもいいんじゃないかと思うんだけど——」

「まあ、珍しい」洞窟へ入ってきたミアがふたりに声をかけた。「意外なとりあわせね」ぱっと離れたリプリーとマックを見ながら、髪をさっと後ろへ払う。「お邪魔するつもりはなかったんだけれど」

その声に重なるようにして、マックの機材が甲高い音を立てはじめた。探知機の針も激しく振れている。一台のセンサーから煙があがるのを見るや、彼は慌ててそちらへ駆け寄った。

ミアはなにも言わず、ふたりに背を向け、日向へと戻っていった。

「すごい、焼け焦げてるぞ。今ので焼けてしまったんだ」

嘆くというより興奮している様子だったので、リプリーは機械をいじくりまわしているマックを残し、ミアを追って外に出た。

「待ってよ」

その声が聞こえなかったかのように、ミアは浜辺を歩きつづけた。穏やかな波が寄せては返し、海の生き物を育む小さな潮だまりまで行って、ようやく立ちどまる。

「ミア、待って。わたし、あなたがこのあたりへ来ることなんて、もう二度とないと思ってたから」

「あら、わたしは気の向くままにどこへだって足をのばすわよ」でも、ここへ来たのは久しぶりだ。水面をぼんやりと見つめながらミアは思った。ここまで足をのばしたことはなかった……今日までは。「あなたが彼をここへ連れてきたの?」髪をふわりと翻し、瞳に深い悲しみをたたえて、ミアは振り向いた。「ここがわたしにとってどういうところか、あなたが彼に話したの?」

その一瞬、長い歳月は消え去って、ふたりは昔のふたりに戻っていた。「ああ、ミア、どうしてそんなふうに思えるの?」

「ごめんなさい」ひと粒の涙がミアの頬を伝った。もう二度と彼のことで泣くまいと、あれだけかたく誓ったのに、ひと粒だけ涙がこぼれてしまった。「今のは言いすぎたわ。あなたがそんなことをするわけないって、わかっていたのに」ミアは手で涙をぬぐい、ふたたび水のほうを向いた。「ただちょっと、あなたたちがあそこで抱きあっているのを見たら……あの特別な場所で……」

「なんですって――ああ、そんな、ミア」そこで初めて、あの洞窟の壁に文字と模様が彫りつけられていたことを思いだし、リプリーは額を押さえた。「わたし、気づいてなかったの。本当よ、なにも考えてなかったの」

「気づかなくて当然よね。どうせたいした問題じゃないし」ミアは両腕を胸の前にまわし、肘をぎゅっと抱えこんだ。なぜなら、本当はたいしたことだからだ、昔も今も変わらず。「彼があれを彫ったのはもうずいぶん前のことよ。はるか昔、わたしが愚かにも彼の言葉を信じていたころ。彼は本気だと思いこんでいたころ」

「あんなやつ、あなたにはふさわしくなかったのよ。あなたにふさわしい男なんていないんだから」

「あなたの言うとおりなんでしょうね、もちろん。でもわたしは、残念ながら、すべての人にそれぞれたったひとりだけ、ほかにはなにもいらないと思えるほどの伴侶がいると信じているの」

返す言葉が見つからなくて、リプリーはミアの肩にそっと片手を置いた。すると、ミアの手がのびてきて、その手をぎゅっと握りしめた。

「こうやって話すの、久しぶりよね。あなたがそばにいてくれなくなって寂しいわ、リプリー」つらかった思いが涙のようにこみあげてきて、ミアの声を震わせた。「ふたりのせいで、胸にぽっかりと穴が空いたままになっていたの。こんなことを言うと、明日にはお互い後悔するはめになるでしょうから、この辺でやめておくけれど」唐突にリプリーの手を放し、数歩離れる。「気の毒なマック。わたし、彼に謝ってこなくちゃ」

「あなたのせいで、大切なおもちゃが煙をあげてしまったものね。だけど彼、がっかりしてるっていうよりは、胸を躍らせてる感じだったわよ」

「でも、力を制御しようと思えばできたわけだから」ミアは言いかえした。「あなたもよく知っているとおりね」

「わたしにけんかを売ってるの？」

「よかった、これでまたいつものふたりに戻れたようね。それじゃ、わたしは彼にどうお詫びすればいいか、訊いてくるわ」洞窟のほうへ行きかけて、肩越しに振りかえる。「あなたは来ないの？」

「ええ。ひとりで行ってくれれば」ミアの姿が暗い洞窟のなかへと消えるまで待ってから、リプリーは長いため息をもらした。「わたしだって寂しいんだから」リプリーは潮だまりのそばにしゃがみこみ、平常心をとり戻そうとした。昔からミアは、揺れる心をうまく静めるのが得意だった。あれだけの自制心がわたしにもあったら……。

そんなことを思いながら、水のなかの小さな世界を観察した。この潮だまりは島のようなものだ、とふと思う。誰もが他者に頼り頼られて生きている。

ミアもわたしに頼っている部分があるのだろう。そんなふうに考えたくはなかったし、彼女との絆を受け入れる用意も、そのことがもたらす責任を背負う覚悟も、わたしにはなかった。そういう関係をまっこうから否定してきたおかげで、この十年を平穏無事に過ごせたのだ。その代償として、大切な友人を失いはしたけれど。

でもそこへネルがやってきて、ふたたび環《サークル》が形づくられた。その力はあまりにすさまじく、あまりに強烈だった。それまでずっと封じられていたのが嘘のように。力を封じていた錠にふたたび鍵を差しこんでまわすのは、つらかった。本当につらかった。

そして今度はマックがやってきた。こうなった以上、彼はわたしを破滅へ引きずりこむ鎖の環《わ》のひとつなのか、それとも次の封印を解く鍵なのかを、見極めなければならない。

ただの男であってくれたらどんなにいいか、と心の底から願った。

洞窟のなかからミアの笑い声がもれてくると、リプリーは背筋をのばした。どうしたらあんなまねができるのだろう？　これほどの短時間で、完全に気持ちを切り替えられるなんて。

リプリーが洞窟へ向かおうとしたちょうどそのとき、ミアとマックが外へ出てきた。その瞬間、燃えるように鮮やかな色の髪を持つ女性が、暗い入口からすうっと姿を現したように見えた。両腕に黒い毛皮を抱えて。

雨のなかに打ち捨てられた水彩画のごとく、女性の像はゆらゆらっと揺れたかと思うと、輪郭がにじんで、やがて消え失せた。リプリーは軽い頭痛に見舞われた。こういうイメージが浮かんだあとは、いつも決まってそうなる。

十年か、とあらためて思う。この十年間、こうしたイメージをずっと遮断してきたのに。それが今、ガラスのひび割れから液体がしみこんでくるように、じわじわと戻りはじめている。早いうちにひびをふさいでおかないと、いずれは本格的な亀裂が入って、決壊するに違いない。そうなったらもう元には戻せない。

膝ががくがくしていたが、リプリーはなんとか足を前に進めた。「で、なにがそんなにおかしかったの？」

「わたしたち、楽しくおしゃべりしてただけよ」ミアがマックに腕を絡ませ、まつげをひらめかせて、ゆったりと流し目を送る。

リプリーはやれやれと頭を振った。「そうやってだらしなく頬をゆるめるのはやめたほうがいいわよ、ブック。彼女はわざとやってるんだから。まったく、なにがどうなってるの、ミア？　あなたが二フィート以内に近づくだけで、あらゆる男性のＩＱは軒並みベルトの下までさがっちゃうなんて」

「これも数ある才能のひとつよ。あら、そんなに気まずそうな顔をしないで、ハンサムさん」ミアは爪先立ちになってマックの頬にキスをした。「わたしが他人の恋人を横どりするような女じゃないってことは、彼女も知ってるから」

「だったら、彼をからかうのはやめなさいよ。ほら、かわいそうに、汗までかきはじめたじゃないの」

「わたし、彼が気に入ったわ」ミアはわざとらしくマックに身をすり寄せた。「だって、こんなにキュートなんですもの」

「えっと、ぼくもうまく会話に加わる方法はあるかな？」マックが訊いた。「それでいて、あんまりまぬけっぽく聞こえないように」

「ないわ。でも、どっちみち、嫌味の言いあいはそろそろやめるから」リプリーはジャケットのポケットに親指を引っかけた。「頭の具合はどう？」

「アスピリンでものんでおけば、そのうち治るよ」彼がおそるおそるこぶに手をやると、ミアが尋ねた。

「あら、頭をけがしてたの？　ちょっと見せて」リプリーに比べてはるかにやさしい手つきだったが、有無を言わさぬ口調は似たようなものだ。しばらく傷口を調べたあと、ミアは非難がましく息を吐いた。「ねえ、あなたには哀れみの心ってものがないの？」リプリーに向かって責めるように言う。

「ほんのかすり傷でしょ」

「血がにじんでるし、こぶになってて、見るからに痛々しいじゃない。こんな痛みをいつまでも感じさせておく必要はどこにもないわ。座って」ミアは近くの岩を指し、マックに向かって言った。

「ぼくなら平気だよ、これくらいなんともないさ。そんなに心配してくれなくていいって。どうせ、しょっちゅうどこかに頭をぶつけてるんだから」

「座って」ミアは無理やり彼を座らせ、ポケットから小さな袋をとりだした。「わたしはね……この洞窟に特別なつながりを持っているの」そのなかからカイエンヌを少しだけとりだす。「これにもね。さあ、じっとしてて」

ミアは彼の傷口を指先でそっと撫ではじめた。そのとたん、傷口に熱と痛みが集まってくる。マックが口も開けずにいるうちに、彼女は呪文を唱えはじめた。

「薬草と祈りの力をもちて、わがてのひらの下の傷をふさぎたまえ。病と苦痛から彼を解き放ちたまえ。われ望む、かくあれかし。さあ、これでどう？」すっかり元どおりになった彼の頭にさっとキスをしながら尋ねる。「よくなったでしょう？」

「ああ」彼はひゅーっと息を吐きだした。痛みもうずきも、彼女が呪文を唱え終える前に消えていた。「小さなすり傷なんかにカイエンヌが効果的なのは見て知っていたが、これほどの傷まで治せるなんて。しかも、一瞬で」

「薬草は補助的なものよ。これからは、ハンサムな顔や頭を傷つけないように、もっと注意してね。それじゃ、金曜の夜でいいかしら？」

「ああ、楽しみにしてるよ」

「待ってよ」リプリーは片手でふたりの会話を制した。「なんの話？」

「機械を壊してしまったせめてものお詫びに、わたしがマックを招待したのよ。金曜の夜、儀式を見に来ないかって」

リプリーはしばらく唖然としていたが、はっとわれに返るなり、ミアの腕をつかんだ。「ちょっと、ふたりだけで話したいんだけど」

「いいわよ。じゃあ、わたしの車まで一緒に歩かない？」ミアはマックに自然な笑みを投げた。「金曜日、陽が暮れたころに待っているわ。道はもうわかるわよね」

「あなた、明らかに正気を失ってるわ」ミアと並んで浜辺を歩きはじめるやいなや、リプリーは突っかかった。「いったいいつから観客の前で儀式をやってみせるようになったの？」

「彼は科学者よ」

「なおさら悪いわ。ねえ……」道路に向かって坂をのぼりはじめたところで、ふと言葉をのみこむ。「わたしの言うこと、ちゃんと聞いてよ」そう前置きして、リプリーはふたたび話しはじめた。「今のあなたはちょっと動揺してて、まともに考えられない状態なんだと思うの」

「そんなことないわよ。心配してくれるのはうれしいけれど」

「そう、だったらいいわ」リプリーはひとりだけ大きく三歩前へ進み、また三歩戻って、両手を派手に振りまわした。「いっそのこと、見せ物としてチケットでも売ったらどう？」

「彼は興味本位の野次馬とは違うのよ、リプリー、あなただってわかってるくせに。妙な偏見のない、知的な人だわ。わたしは彼を信頼してるの」ミアは魔女の煙を思わせる色合いの瞳に微笑みととまどいを浮かべ、頭を少し傾げた。「てっきり、あなたもそうだとばかり思っていたのに」

「信頼してるかどうかなんて関係ないのよ」急に痛みでも覚えたかのように、リプリーは肩をぐるぐるまわした。「とにかく、もう少しゆっくり考えたほうがいいわ。とりかえしのつかないことをしてしまう前に」

「彼もまた、物語の一部なのよ」ミアは静かに言った。「あなたはとっくに気づいてるんでしょう？　わたし、彼にはなにかを感じるの。セクシーな意味じゃなくて」そうつけ加える。「でも、親しい感覚であることは間違いないわ。熱を含まないぬくもり、とでも言えばいいかしら。もしも熱が感じられたら、わたしはすぐに行動を起こしていたはずよ。あいにく、彼はわたしの相手ではなかったけれどね」

ミアは最後の言葉を強調した。

「あなたが彼に対して抱いているのは、もっと別の感情よね？　そのせいで心が落ちつかないんでしょう？　もしも性的に惹かれているだけなら、あなたはさっさとセックスしてるはずだもの」

「まだしてないって、どうしてわかるの？」ミアににっこりと微笑みかえされて、リプリーは悪態をついた。「そんなの、どうだっていいじゃない。なんの関係もない話でしょ」

「それどころか、すべてに関係することだわ。まあでも、あなたはあなたの好きなときに、あなたなりの選択をすればいいのよ。金曜日の晩は、ネルも誘おうと思ってるの。彼女が来たければ、だけど」ミアは頭から湯気を立てているリプリーを後目に、車のドアを開けた。「もちろん、あなたも歓迎するわよ」

「サーカスに参加したい気持ちがあったら、今ごろとっくにジャグリングくらいできるようになってるわ」

「さっきも言ったけれど、それもあなたの選択よ」ミアは車に乗りこみ、窓ガラスをさげた。「あれほど優秀な男性なんてめったにお目にかかれないわよ、リプリー。あなたがうらやましいわ」

その言葉に口をあんぐり開けたリプリーを残して、ミアは走り去った。

マックはリプリーが戻るのを待たずに荷物をまとめはじめていた。今日はいちおう期待どおりの成果が得られたが、このあたりの気がもっと落ちついた状態のときに、もう一度来てみよう。

いずれにしろ、壊れてしまった機械を修理して、自分自身も冷静さをとり戻してからの話だ。

リプリーの影が入口に見えたとき、彼は小型のビデオ・カメラを専用の袋にしまったところだった。「ぼくと会うなって、彼女を説得してたのかい？」

「そうよ」

「ぼくの仕事の邪魔はしないって言ってくれたんじゃなかったっけ？」

「それとこれとは話が違うの」

「じゃあ、どういうのが邪魔しないってことなのか、きみなりの定義を教えてくれないか？」

「やっぱり、怒ってるのね。でも悪いけど、わたしの大切な……いえ、わたしの知りあいが心理的な駆け引きに負けて、したくもない決断をさせられたと感じたら、口を挟まずにはいられないのよ」

「それじゃきみは、ぼくって男が、なんらかの理由で落ちこんでいる女性の心の隙につけこむようなやつだと思ってるのか？」

「そうじゃないの？」

マックは押し黙り、しばらくしてから肩をすくめた。「さあ、どうなんだろうね。まあ、約束までにはまだ何日かあるから、気が変わったら彼女のほうからそう言ってくるだろう」

「いったん約束したら、彼女は絶対に守るわ。そういう人なの」

「きみもそうだよね。きみたちふたりは、同じパズルのピースみたいにそっくりだ。それなのに、どうして仲たがいしてしまったんだい？」

「もう大昔の話よ」

「いや、違うな。きみは彼女に傷つけられて、血を流した。ずっときみを見てたからわかるよ。でも今きみは、できるものなら彼女を守りたいと思っている」マックはバッグをふたつ手に持って、立ちあがった。「ネルに対しても同じだ。きみは、自分にとってかけがえのない人たちの盾になろうとしている。だったら、誰がきみの盾になってくれるんだい、リプリー？」

「自分の身は自分で守れるもの」

「それはそうだろうが、大事なのはそこじゃない。彼女たちも、いざとなったらきみのために立ちあがってくれるはずだ。でもきみは、それをどう受けとめていいかわからずにいるんじゃないのかい？」

「わたしになにができてなにができないか判断できるほど、あなたはわたしのこと、まだよく知らないでしょ」

「ぼくはずっと前からきみのことを知っていたよ」

リプリーは腕をのばし、外へ出ていこうとする彼を押しとどめた。「それって、どういう意味？」

「前に一度、きみに夢の話を訊いたことがあったよね。いつかそのうち、ぼくの見る夢の話もしてあげるよ」

これは彼が見せている夢だ。夢のなかへと吸いこまれながら、彼女は自分にそう言い聞かせた。夢だとわかってはいても、とめられなかった。

暴走列車のような勢いで嵐が迫ってくるビーチに、彼女はたたずんでいた。その嵐は彼女の怒りだった。彼女のなかには、ほかにもさまざまなものが渦巻いていた。光と影。愛、そして愛の裏返しのとげのある罠。

稲妻が銀色の刃となって空を引き裂き、大地をまっぷたつに割った。彼女をとり巻く世界は狂気に満ち、とてつもなく魅力的な味がした。

〝選択するのはあなた、今も昔もこれからも〟

力がはじけ、突き刺さった。

永遠の選択。精いっぱいこの腕をのばして、光へ続く橋をつかめと招いている手を握りしめるか。それとも闇のなかにとどまって、むさぼりつくすか。

彼女は飢えていた。

リプリーは涙を流しながら目を覚ました。破壊のイメージがいつまでも頭のなかでぐるぐるとまわっていた。

11

誰かに相談したくなるなんて、めったにない。これまでの経験上、他人からのアドバイスはたいていが、受け入れがたいものばかりだからだ。だがあの夢は、ひとりで背負いこむには重すぎた。

日中は何度か、ザックに洗いざらいぶちまけてしまおうかと思った。兄ならいつだって真剣に話を聞いてくれるし、ふたりのあいだには血のつながりと同じくらい堅固で誠実な友情が存在する。しかし、本音を言えば、リプリーは女性の肩を求めていた。ただし、ミアやネルのところへ行くわけにはいかない。あのふたりは、相談したい内容に関係が深すぎる。

三人それぞれに強い絆を持っていて、いつでも率直に意見を述べてくれる女性がひとりだけいた。耳を傾けたくなる意見ばかりとは限らないけれど。

リプリーはルルのところへ行くことにした。

ルルが仕事を終えて自宅に戻り、なおかつまだ完全にくつろいではいないころあいを見計らって、家を訪ねる。芝生の上にところ狭しと並んでいる置物の隙を縫うようにして進み、目の毒としか思えないルル好みの派手なペンキに充分目を慣らしてから、裏口のドアをノックした。タイミングはちょうどよかったようだ。

ルルはすでに仕事用の服から、胸もとに〝コーヒー、チョコレート、男……世の中にはリッチなほうがいいものもある〟と書かれたスウェットスーツに着替えていた。いささかくたびれた赤いスリッパを履き、手にはまだ封を切っていないワインのボトルを持っていて、顔にはほんのかすかながら、いいところを邪魔されて不機嫌そうな表情が浮かんでいる。

「あら、なんの用かしら？」ルルが問いただした。

あたたかい歓迎とは言えないけれど、これがルルだ。「ちょっとだけいい？」

「かまわないけど」ルルはさっさと玄関を離れ、コルクスクリューをとりに、すたすたとカウンターへ歩いていった。「あなたも一杯飲む？」

「じゃあ、少しだけ」

「マリファナに火をつける前でよかったわ」

リプリーは顔をしかめた。「ちょっと、ルゥ」

ルルがけたけたと笑いながら、コルクをぽんと抜いた。「冗談よ。あなた、いつもこの手に引っかかるわね。わたしが最後に一服したのは……懐かしそうにため息をつく。「かれこれ二十六年も前になるわ。あなたのお父さんにつかまったときが、最初で最後。大切に育ててた苗と隠しておいた葉っぱを押収されちゃってね。それで、こんなものはきみがその気になればいくらでも手に入れられることはわかっているが、これから先もミアのおばあさんのもとで働きつづけたいなら──つまり、ミアの世話を続けたいなら、きっぱりやめたほうがいいぞ、ってお説教されたの。自分にとってどっちが得か、賢いきみなら判断できるだろう、って。わたし、あなたのお父さん、大好きだったわ」

「心あたたまる話ね、ルゥ。胸がいっぱいになっちゃいそう」

ルルはふたつのグラスにワインを注ぎ、キッチンチェアに座って両足を別の椅子に載せた。「で、わざわざここへ来た用件っていうのはなんなの、保安官代理？」

「その、できればもう少し軽い会話から始めてもいい？　いきなりずばっとは切りだしにくいから」

「わかったわ」ルルはグラスに口をつけて、仕事を終えたあとの最初のひと口を味わった。「近ごろ、あなたのセックス・ライフはどう？」

「それも、相談したいことに関係あると言えばあるんだけれど」

「おやまあ、あの〝おてんばリップ〟が、セックスの話をしにうちへ訪ねてくる日が来るなんて」

リプリーは思わず身をくねらせた。「やめてったら、ルゥ、今じゃ誰もわたしのこと、そんなふうに呼ばないんだから」

ルルがにんまりする。「わたしは呼ぶの。なにごとにも前向きに立ち向かっていくあなたはすばらしいって、前からずっと思ってたのよ。で、男の人のことで悩みがあるわけ？」

「ええ、まあ。だけど――」

「彼、かなりイケてる感じよね。しかも博士さまだなんて、すてきじゃない」ルルがわざと舌なめずりする。「あなたがこれまでにつきあってきたタイプとはだいぶ違うけれどね。思慮深いのに、ちょっとぼうっとしたところもあって、どちらかと言うと甘い感じ。といっても、歯が溶けるほど甘いわけじゃなくて。ちょうどいいくらいの甘さね。もしわたしが三十歳若かったら――」

「ええ、ええ、ぜひとも味見してみたかったわ、でしょ」リプリーは頬をわずかにふくらませて、握った拳の上に顎を載せた。

「知ったふうな口を利かないでちょうだい。ともあれ、あなたがああいう学者タイプの男をセクシーだと思えるようになったのは、喜ばしいことだわ。で、ベッドのなかではどんな感じなの？」

「まだそこまで行ってないのよ」

ルルはその答えに驚くというより、むしろ自分の目は正しかったと思った。グラスを置き、口をへの字に曲げてから言う。「やっぱりね。でも、これでひとつ明らかになったわ。あなた、彼に怯えてるんでしょ」

「わたしは別に怯えてなんかいないわ」こういうふうに非難されると、リプリーは反射的に言いかえしてしまう。図星の場合はなおさらだ。「ただ、慎重に時間をかけてるだけよ。いろいろと……ややこしいから」

ルルは両手の指先を合わせ、祈りを捧げるようなしぐさをした。「古くから伝わる知恵を教えてあげましょうか。そういうときはマリファナに限るわ」

リプリーはついうっかりと笑ってしまった。「知ったふうな口を利いてるのは、いったいどっちかしら？」

「いいから黙って聞きなさい。知恵というのはね、セックスはややこしいときのほうが燃える、ってこと」

「どうして？」

「とにかくそうなの。ま、わたしの手から小石を奪えるくらいまで成長すれば、あなたにも答えがわかるはずよ」

「わたし、彼のことは本当に好きなの。大好きなのよ」

「それのどこがいけないの？」

「いけなくはないわ。ただ、どうせならさっさと先へ進んでしまえばよかったと思うだけ。こうやって妙にそわそわしたり、期待をふくらませたり、あれこれ想像したりして、セックスがこれほど……」

「大事なものだと思えてくる前に？」

リプリーは肺の奥から勢いよく息を吐きだした。「そうね、ええ。大事なもの。というか、彼がそれを大事なものだとわかってるってことが問題なのよ。彼がそう思ってるなら、いざことに及ぼうっていうとき、わたしのほうが……なんて言えばいいのかしら……リードするわけにいかないじゃない」

ルルは無言のままワインを飲んだ。そして待った。

「こんな話、ものすごくばかばかしく聞こえるでしょう？　そうよね」リプリーはなぜか心がとても落ちついた気がして、ひとりでうなずいた。「この件に関しては、答えが出た気がするわ」

「まだほかにもあるんでしょ？」

「ええ。金曜日にね、ミアがマックに儀式を見せてあげることになったの」リプリーはとうとう口を割った。「ミアがやるとなったら、当然ネルも巻きこまれることになるわ。ミアがそんな約束をしたのは、昨日彼の前でちょっととり乱してしまったからなのよ。洞窟で……あの、例の洞窟でね。ほんのわずかな時間ではあったけれど、平静を失ったことが自分で許せないんでしょうね。だから、自分はどんなことにでも対処できると証明したくて、そんな約束をしたんじゃないかしら」

「あの子ならきっとできるわ」ルルが静かに言う。「もしもずっと友達づきあいを続けていたら、彼女にはなにができるか、あなたにもわかったはずだけど」

「それはどうしても無理だったの」

「ま、過ぎたことはどうでもいいわね。これからどうするかのほうが大事よ」

「どうすればいいかわからない。だから悩んでるのよ」

「わたしに答えを教えてほしいわけ?」

リプリーはグラスを手にとった。「たぶん、あなたがどう言うか、どう思うか、訊いてみたかったんだと思う。わたしはもうぐちゃぐちゃなのよ、ルゥ。あれがね、戻ってくるの、わたしのなかに。ああ、もう、どう説明すればいいのかわからない。消えてなくなってほしいと願ってたのに。きれいさっぱり消し去ることができたと思ってたのに。今になってあちこちにほころびができたみたいで、すべての穴をふさぐのは不可能になってしまったのよ」

「昔からあなたは苦しんでいたものね。心地よいとばかりは限らないんだけれど」

「心地よくなりすぎるのを恐れていたのかもしれないわ。わたしには、ミアのような抑制力もなければ、ネルのような哀れみ深さもないんだもの」

　堂々めぐりね、とルルは思った。結局いつも話は振りだしに戻ってしまう。「でもね、あなたには情熱があるし、なにが正しくてなにが間違ってるかを嗅ぎ分ける生まれつきの能力や、正義が行われるように見守りたいっていう気持ちが備わってるわ。だからこそ、あなたたち三人が環《サークル》をつくるんでしょ、リプリー、それぞれのいちばんいいところを持ち寄って」

「いちばん悪いところかもしれないわよ」それがリプリーの恐れていることだった。恐怖、と言ってもいい。「三百年前には結果的にそうだったでしょ、伝説を信じるとすれば」

「過去は変えられないけど、これから起こることは変えられるわ。ただし、どちらからも逃げ隠れはできないのよ。わたしには、あなたはもう長すぎるぐらい長いあいだ隠れつづけてきたように思えるんだけど」

「逃げ隠れしてたつもりはないわ。わたし、そんなに臆病じゃない。レミントンと対決したあとだって、どうにかこうにかそれまでの状態を維持できてたのよ。でもマックが現れてからは、指の隙間から勝手にどんどんこぼれていくみたいになって」

「つまり、彼と一緒にいたら自制が利かなくなるんじゃないかと恐れてるのね。あなたの持ってる力だけでなく、あなた自身の感情についても」

「そんなようなところね」

「だから、忍び足で通り過ぎてしまおうってわけ？」ルルはふんと息を吐きだし、首を振った。「この先起こるかもしれないことを心配して悩んで、実際にやってみもしないうちからあきらめようっていうの？」

「わたしにとって大切な人たちを傷つけたくないのよ」

「なにもしないほうが余計に傷つけるってこともあるわよ。人生にはなんの保証もないんだから。まあ、保証なんてたいていはあてにならないから、そのほうがましとも考えられるけど」

「たしかに、そう言ってしまえばそうかもしれない」さすがはルルだ。もやもやした頭をすっきりさせたいときは、やっぱり彼女と話すに限る。「わたしって、ぎりぎりの線でずっとなにかをやりつづけてきたから、なにもしないでいると頭がどうにかなりそうな気がするんだわ。そんなの、ばかげてるわよね」リプリーはつけ加えた。ほかならぬルルが相手だから、素直にそう認められたのだろう。

「これで、最後のステップへ踏みこんでみる決心がついた？」

リプリーはテーブルを指で打ち鳴らし、ため息をもらした。「そうね、ステップをひとつあがってみて結果を見てみる気にはなれた、とだけ言っておくわ。ねえ、電話を借りてもいい？」

「あら、なんで？」

「ピザを注文したいから」

マックはあれからほぼ丸一日費やして、壊れたセンサーを直した。といっても、応急処置ができたにすぎない。明日か明後日でないと届かない修理用の部品を待っていては、金曜日に間に合わなくなりそうだった。

金曜日はいったいどういうことになるのか、皆目見当がつかない。だが、そのほうがいいだろう。特定の結果を予測して儀式に臨むのは間違っている。さまざまな可能性を見逃すことになりかねない。現時点でぼくは、ローガンの洞窟で起こった一連の出来事に関して、ひとつの仮説を立てている。壁面に刻まれていたゲール語の訳文は、〝わたしの心は、あなたの心。いつも、そしてこれからも〟だった。あれがいつ刻まれたものかを特定するにはさらなる調査が必要（拓本と削りとった岩石片を早急に研究室へ送ること）だが、私見ではおそらくここ二十年以内の新しいものだと思われる。その推測と、洞窟の位置、及び、ぼくとリプリーがあそこにいたことに対してミア・デヴリンが見せた反応などから、あの洞窟はミアにとって個人的に重要な意味を持つものだという仮定が論理的に導きだされる。あれらの文字もおそらく、彼女自身が彫ったか、あるいは彼女のために誰かが彫ったものだろう。

ローガン家にはサミュエルという息子がおり、この島で育っている。今では彼をミアと結びつけて語る者はひとりもいない。なんらかの配慮によってあえて誰も彼の名を口にしなくなったような不自然さがうかがえるので、島を出ていく前の彼がミア・デヴリンと恋人同士だったことは間違いないと察せられる。

もしかするとこれは、島の始祖である三姉妹の末裔によって鏡のように忠実にくりかえされるとされる伝説の、最後のステップの始まりなのかもしれない。

最初はネルとザックが結ばれ、仮説に基づけば、最後にミアとサミュエル・ローガンが結ばれる。

となると、二番めはリプリーのはずだ。リプリーと……。

指が震えてきたので、マックはそこでいったん書くのをやめ、椅子に深く座りなおして眼鏡の下の目をこすった。なんの気なしにコーヒーのマグに手をのばし、うっかりしてテーブルに引っくりかえした。その片づけを余儀なくされたおかげで、多少は気を落ちつけることができた。彼は続きを書きはじめた。

ぼくもまたその図式につながっている。ここへ来る前からそのことは感じていて、まだ誰にも見せていない資料をもとに、とある仮説を立ててもいる。だが、仮説と現実は次元の違う話であり、この件にかかわる人々やぼく自身にも、違う影響を及ぼす。客観性を維持するのは想像していたより難しく、観察者、記録者の立場を守ることもまた……。

彼女のことが頭から離れない。個人的な感情と職業上の判断を分けようとするだけでも大変だが、今となっては、それらの感情が職業的興味から派生したものではないと確信を持つことさえ不可能なのではないだろうか？

〝あるいは、ホルモンに影響されたものではない、と〟そうつぶやきはしたものの、その言葉までは記さなかった。

リプリー・トッド保安官代理がぼくを魅了するのは、三百年前もの古《いにしえ》から脈々と伝わる超自然的な力を与えられているからなのか？　それとも、彼女が女性としてあらゆる面でぼくを惹きつけるからなのだろうか？

今ではその両方だという気がしはじめている。それに、彼女への思いが強くなりすぎて、この感情がどこから生まれたものかなど、すでにどうでもよくなってしまっている。

ふたたび椅子の背にもたれたマックは、そこで集中がとぎれたせいもあって、リビングルームの計器類がビービーと警告音を発していることにようやく気がついた。小さなデスクから勢いよく立ちあがった拍子に、膝を思いっきり天板の裏にぶつけてしまい、悪態をつきつつ片足でぴょんぴょん跳ねながら部屋を出る。

リビングルームへ行ってみると、勝手に入ってきたらしいリプリーが顔をしかめて計器類を見つめていた。

「こういう機械って、たまには消したりしないの？」

「ああ」みぞおちのあたりを撫でさすりたくなったが、必死で我慢した。こうして彼女を見るだけで、なぜか胸がうずいてしまう。

「ノックはしたのよ」

「オフィスのほうで仕事をしてたんでね。聞こえなかった」

「わたしが辛抱強い性格でラッキーだったわね」リプリーが持ってきた箱を掲げてみせた。「ピザの出前よ。ご注文どおり、ラージ・サイズで具がたっぷり載ったやつにしたわ。お気に召した？」

たちまちよだれがわいてきて、胃がきゅーんとしめつけられる。「実を言うと、何週間も前からピザが食べたくて食べたくてたまらなかったんだ」

「わたしも」リプリーはピザの箱を数十万ドルはする高価な機械の上に無造作に置いた。肩を揺すってコートを脱ぎ、そのまますとんと床に落とす。帽子も脱いでコートがあるあたりに適当に投げ捨て、まっすぐマックに歩み寄ってきた。「おなかは空いてる？」

「ああ、ぺこぺこだ」

「よかった。わたしもなの」リプリーが彼にぴょんと飛びついて両脚を腰に巻きつけ、唇を押しつけてくる。

マックはよろめいて大きく二歩さがった。理性的な考えは脳からすっかり抜け落ちて、耳から流れでてしまった。

「まずはセックス」彼女は彼の顔じゅうに唇を這わせ、首筋をやさしく噛みながら、息も絶え絶えに言った。「ピザはあと。それでいい？」

「すばらしい」マックはリプリーを抱えたままベッドルームへ向かおうとして、戸口の脇まで行ったところでたまらなくなって、彼女を壁に押しつけた。「大丈夫……ぼくに任せて……」頭の角度を変えて舌を奥深くまですべりこませる。ふたりの吐息がまじりあった。「ずっとこんなふうにきみを味わいたいと思ってた」彼女の喉に歯を立てながら言う。「もうずっとね。気が変になりそうだったよ」

「わたしも。早く裸になって」リプリーは彼のスウェットシャツを引っぱった。

「おっと。そんなに焦らないでくれ」

「どうして？」笑いながら、彼女はマックの耳を舌でもてあそび、心をかき乱した。

「だって……おお。ずっと前から、この日のことを想像していたからさ」マックは指をくいこませるようにしてリプリーのお尻に手を添え、ベッドへ連れていった。「何世紀も経ってる気がするほどね。だから、急ぎたくない」彼女の髪をやさしくつかんでそっと後ろへ引き、ふたりの目が合うまで上を向かせた。「このひとときを堪能したい。心ゆくまできみを味わいたいんだ。ぼくは……」少し前かがみになって、彼女の口もとに吸いつく。「何年もかけてきみと愛しあいたい。きみにふれたい……」マックはリプリーをベッドに横たえながら言った。「きみを味わいたい」そして、あくまでもやさしく、彼女の両腕を頭の上へあげさせる。

リプリーは彼の下で身を震わせた。「あなたって……気持ちをかきたてるのがうまいのね」とぎれとぎれに言う。「おたくにしては……」

「ここからもっとよくなるはずだよ」マックは、めくれあがったセーターの裾からのぞいている彼女のおなかを指でなぞった。「ふたりで力を合わせれば」

唇をゆっくりと彼女の口もとへ近づけていき、最後の瞬間にさっと顔の角度を変えて、唇で軽く顎をかすめる。

体の下ではリプリーが身をこわばらせ、目に見えそうなほど強いエネルギーの波を四方八方へ放出しはじめた。彼はこれを求めていた、すべてが欲しかった。だが、まずは彼女に歓びを与え、くたくたになるほど弱らせて陶然とさせてやりたい。

リプリーの両手に力がこもったが、もがき苦しんでいる様子はなかった。心臓の鼓動はマックにもはっきり伝わってくるほど激しくなっていき、その唇は彼の求めに応じて開かれる。彼女がすべてを自分にゆだねてくれているのだと思うと、それだけで彼は興奮をかきたてられた。

彼女は強い女性であり、なおかつ強い気持ちに支えられている。だからこそ、主導権というプレゼントを男に与えても安心していられるのだろう。今度は、そのプレゼントをどれほどありがたく感じているかこちらから示してやる番だ、とマックは思った。

リプリーは、唇だけでここまでたくさんの火をつけてくれる男性を知らなかった。彼の手にふれてほしくて身もだえしながら、全身の骨や筋肉が熱に溶かされていくのを感じる。彼女はため息をもらし、抗うのをやめた。

脈がどんどん速くなり、頭がぼうっとしてくる。

マックがそれまで押さえつけていた両手を放してくれた。リプリーは心地よい重みを感じる腕をのばし、彼の眼鏡を外して脇に放り投げた。両手で彼の顔を包みこんで引き寄せ、ふたたび唇を重ねるために。

今度こそマックは彼女にふれ、指先をセーターの縁からなかへとすべらせて、少しずつ上へとめくりはじめた。わざとゆっくり時間をかけて胸もとまで引きあげ、ブラをちらりとのぞかせてから、じらすようにフロントホックをいじくる。

お返しにリプリーは彼のスウェットシャツを引っぱって脱がせ、体じゅうにてのひらを這わせはじめた。

いきなり彼の口で唇をふさがれて、リプリーは静かな歓びの声をもらした。重力が消えてしまったかのように、ふわふわとキスにたゆたう。彼女は猫のように鼻をすりつけ、体を撫でまわし、身をしならせた。彼の唇が首筋から肩へと小さなキスを植えつけていく。首の横を舌先ですうっとなぞられると、彼女はぞくぞくっと快感に打ち震えた。それがコットンの下へもぐりこんでいって胸の頂にたどり着くと、あえぎ声が口からもれた。

そして、彼の熱く飢えた口が胸に吸いついてきたとたん、たまらずに悲鳴をあげて背中をのけぞらせた。

息を整えよう、落ちつきをとり戻そう、と必死になる。それまでリプリーを包んでいた幸福感に突然焦燥感が加わって、いつのまにか彼女の指はベッドカバーをまさぐっていた。

燃えさかる炉の扉を開いてしまったかのようだ、とマックは思った。これほどの熱にさらされたら、男など簡単に熔けてしまう。それでも、もっと欲しくてたまらなかった。ブラのホックを外し、なめらかな肌をあらわにする。自分の下で、彼女が必死にあえいでいるのがわかった——嵐の雲が集まってきて、電気を帯びた巨大な固まりと化し——クライマックスに達した彼女の苦しげな叫びとともに震えた。

彼女の体から力が抜けると、マックはふたたび舌を這わせはじめ、鍛えあげられて引きしまっていながら女らしい体を隅々まで慈しんだ。とがった部分、丸みを帯びた部分、くぼみ、愛らしくいとおしい曲線のすべてをなぞるように。彼女のなかで溺れ、そのすべてを味わい、吸いつくしたかった。こちらに、あちらに、と愛撫を加えるたびに、彼女の脈が跳ねあがるのを感じ、彼の脈も跳ねあがった。彼女の味はますますあたたかく、強くなっていく。これなしで今までどうやって生きてこられたのか、われながら不思議になるほどに。

リプリーにはもうなすすべがなかった。こんなにも自分ではどうしようもない感覚にとらわれたのは初めてだ。ここまで忍耐強く、それでいて容赦なく攻め立てられたのも。彼に支配されている——そのことにぞくぞくするような快感を覚えた。彼にならばこの身を任せられる。彼の望むままに。その先には歓びが待っているはずだとわかっていた。

肌がしっとりと湿り、熱くなってくる。どの神経を刺激すればどこにどういう震えが走るか、マックにはすべてわかっているようだった。リプリーは彼に手を差しのべ、身も心も開き、自ら進んで彼に与えた。ほかの誰が相手でも、これほど自由な気持ちになれたことはなかった。

あらゆる動きが信じられないほど遅く、ふたりとも水のなかで泳いでいるかのようだった。マックの体は彼女を求めて小刻みに震え、心臓も早鐘のように打っていた。リプリーはそのすべてを感じながら、彼の肌を撫でさすった。てのひらの下で筋肉が緊張するのがわかった。

彼女の香り、味、肌ざわりに感覚を極限まで刺激されて、マックはとうとう彼女に覆いかぶさった。歓びに煙った瞳が開かれるまで、じっと、じっと待つ。

そしてついに彼は彼女のなかへとすべりこんだ。深く、さらに深く。

初めはゆっくりと、やがて少しずつ勢いを増していき、リプリーがすすり泣くような声をあげ、自分の血がわきたつまで体を突き動かしつづける。彼は、ふたたび絶頂にのぼりつめた彼女の美しい喉のラインがぴくぴくとわななくのを見た。

彼の体に巻きついていた腕がだらりと落ちる。「もうだめ……」

「大丈夫、ぼくに任せて」マックはもう一度キスをしながらささやいた。「ぼくに任せて」

魔法をかけられたかのごとく、リプリーは素直に身を預け、彼とともにまたしても高みへと舞いあがると、さらなる欲望が内からわきあがってくるのを感じた。

「お願い、一緒に行って」もう一度大波にさらわれそうになりながら、彼のヒップをつかんでうめくように言う。

その瞬間、マックはすでに達していた。ふたりをとり巻く世界が揺れる。ふわりと広がった彼女の髪に顔を埋め、彼はついに果てた。

気分は……完璧。自分の肌がまるで、金粉を振りかけたベルベットのように感じられる。緊張がすべてほぐれ、一滴残らず体から流れだしてしまったみたい。不安や心配なんて、これからはもう二度と感じなくてすむ気さえした。

すばらしいセックスは、この世に存在するありとあらゆるドラッグのなかでも最高のものだわ、とリプリーは思った。

これまでの彼女は、ことを終えたあといつまでも抱きあっていたいと思うタイプではなかったし、ピロー・トークもあまり好きではなかった。なのに、今もまだこうしてマックにぴったりと寄り添っているのは、それがなにより気持ちいいからだった。脚を絡ませ、頭はちょうど彼の肩のくぼみにおさめ、腕を彼の首に巻きつけて。

さらにすてきなのは、マックもまた、この先二年でも三年でもこうしていられれば満足だという顔つきで彼女を抱きしめてくれていることだった。

「もしかして、あなたが今見せてくれたテクニックのうちいくつかは、原始的な社会の性習慣を観察していて覚えたの？」

マックは彼女の髪に頬をこすりつけた。「まあ、そこにはぼくなりの工夫が加わっているると思いたいけどね」

「本当によかったわ」

「その言葉、そっくりお返しするよ」

「さっき、眼鏡をとって床に投げ捨てちゃったから、踏まないように気をつけてね」

「わかった。そうそう、言い忘れてたことがあったんだ」

「なあに？」

「きれいだよ」

「やめてよ。セックスのせいで、頭がまだぼけてるんじゃないの？」

「この黒い髪も豊かでつややかだし。上唇なんか、ついついかじりたくなるくらいおいしそうだ。おまけにボディーにはめりはりがあって、これだけ揃ってたら、まさに文句のつけようがないよ」

リプリーが頭を起こして彼を見おろすと、マックは目をぱちくりさせて焦点を合わせようとした。

「なんだい？」彼は訊いた。

「〝めりはり〟って言葉がそんなふうにつかわれたのを聞いたの、いつ以来だったかしら、って考えてたの。あなたってほんとに変わってるわ、マック。キュートだけど、やっぱり変わってる」さらにもう少し頭をあげてから、彼の顎に噛みつく。「燃料が切れちゃったみたい」彼女はささやいた。「ピザが食べたいわ」

「わかった。とってくるよ」

「ううん、わたしがお届けにあがったんだから、わたしがとってくる。あなたはここにいて。裸のままでよ」リプリーはそうつけ加え、彼の上を転がるようにしてベッドからおりた。「そうそう、あなたの体も、とってもめりはりがあってすてきよ」

リプリーはなまめかしくのびをしながら部屋をあとにした。一糸まとわぬ姿のまましなやかにキッチンへ入っていき、ピザと一緒に飲もうと、瓶ビールを二本冷蔵庫からとりだす。それから紙ナプキンを数枚つかんで、くるっとその場で一回転した。

これ以上いい気分なんてあるかしら？

セックスがすばらしかったからだけじゃない。彼女はそこで、これほど舞いあがっていなかったら恥ずかしくてたまらなくなっていたはずの、夢見心地のため息をついた。マックのおかげだ。彼はとにかくやさしくて頭が切れ、冷静沈着な部分はあるのに退屈さを感じさせず、鬱陶しくもない。

リプリーは、彼の話に耳を傾け、笑うと左端が右端よりも心なしか持ちあがる口もとを見つめるのが、大好きだった。考えごとをしているときの、焦点の合わないうつろな目も。いつもちょっと乱れている、ダークブロンドの豊かな髪も。

それに、軽いユーモアによって適度なバランスが保たれている、心を惹きつけてやまない熱き思いも。

マックは彼女が生まれて初めて本気でかかわってもいいと思えた男性だった。彼にはいくつもの顔がある。彼は単純で薄っぺらな男性ではなく、彼女のこともそういう女性だとは思っていない。

それって、すてきなことじゃない？

手にさげたボトルをかちかち言わせながら、リプリーはピザをとりにリビングルームへ行った。幸せが体の奥からこみあげてきて、気づいたときには、心がゆったりしたテンポでワルツを踊りはじめていた。と思ったのもつかのま、心臓がとまりそうになる。

彼女は両目を見開いた。「ああ、なんてこと！」

突然恋に落ちてしまった自分を認めるのはちょっと怖いわ、などと考えているうち

に、コテージじゅうの機械がいっせいに反応しはじめたのだ。

頭のなかに騒音が鳴り響いた。ビービー、キーキー、ブーブー、ジジジジ……。計

器の針が激しく振れ、ライトが光る。その中央で、彼女はショックのあまり凍りつい

た。

マックは大声をあげてベッドから飛びおりた。とるものもとりあえずリビングルー

ムに駆けこみ、床に脱ぎ捨ててあったスニーカーにつまずいて、派手に転んだ。彼は

悪態をつきながら起きあがり、裸のまま部屋じゅうを走りまわった。

「どうしたんだ？　いったいどこにさわった？」

「なにも。なんにもしてないのよ」リプリーは命綱にすがるようにビールのボトルを

握りしめた。あとで――ずっとあとになって――このことを思いかえしたら、あまり

のばかばかしさに笑いがとまらなくなって肋骨にひびが入ってしまうだろう。

でも今は、目を丸くしてマックを見つめることしかできない。機械から機械へと走

って数字や目盛りを読みとり、あるはずのないポケットから鉛筆をとりだそうと、裸

の胸を必死でまさぐっている彼を。

「すごい！　すごいぞ！　これを見たかい？」彼はプリントアウトの束を引き抜くや、ほとんど鼻をこすりつけるようにして、数字や波形に目を走らせた。「ものすごい反応が出てる。最初の山は一時間くらい前だ。たぶん。時間が読みとれないからわからないが。グラフなんか、全然見えないぞ。ああくそっ、眼鏡はどこだっけ？　おっと、こっちのセンサーも焼け焦げてるじゃないか。こいつはたまげたな！」

「マック」

「ああ、うん」うるさくまつわりつく蠅を追い払うかのように、片手をひらひら振ってみせる。「ビデオを巻き戻して見てみるとするか、なにか目に見える徴候が映ってるかもしれないからな」

「その前に服を着たら？　今のままじゃ……大切な体にけがでもしかねないわよ」

「ええ？　なんだって？」マックはうわのそらで訊きかえした。

「ふたりとも服を着ましょう、ね？　わたしはそろそろ失礼して、あなたに仕事をさせてあげるから」

おもちゃで遊ぶのに夢中になって、目の前にいる裸の女性を突き放すなんて、ばかのすることだ。その女性がリプリー・トッド保安官代理であるなら、なおのこと。

ドクター・マカリスター・ブックはばかではなかった。

「いや。ピザを食べよう」ピザの箱を手にとると、その匂いと彼女の香りに、ふたたび食欲をかきたてられた。「データを見るのなんか明日でもかまわないんだ。どこにも逃げやしないんだからね」マックは彼女に歩み寄って、その頬に手の甲をすべらせた。

それならそれでいいかもしれない、とリプリーも思った。わたしも、心のなかのデータを分析するのは明日にしよう。「今度こそ足もとに気をつけてよ。また転んで箱を落として、ディナーを台なしにしてほしくないから」

あれこれ考えても仕方ないわ、と自分に言い聞かせながら、彼と並んでベッドルームへ戻る。

「ねえ、そのお尻の傷はどうしたの？」

「ああ、ちょっと崖から落ちてね」

「もう、マックったら」ピザを挟んでベッドに腰をおろすと、リプリーは彼にビールを手渡した。「そんなことさらっと言うの、あなただけよ」

泊まっていくつもりはなかった。リプリーの考えによれば、男性とベッドをともにするのとそのベッドで朝まで眠るのとでは、実に大きな違いがある。一緒に眠ることによってまた違う親密さが生まれると、往々にして関係が濃くなりすぎるからだ。

でもなぜか――彼がなにをどうしたせいでそういうことになったのかはわからないけれど――翌朝リプリーは狭いバスルームに彼と一緒に体を押しこめ、シャワーを浴びていた。

そしてマックは、窮屈な場所に割りこむのも実に得意であることを証明してみせた。結局リプリーはとてもゆったりした気分になり、まだなんとなく熱に浮かされたような状態で、ほんのかすかな後ろめたさとともに自宅へ戻った。こっそり二階へあがってスウェットスーツに着替え、なにごともなかったような顔をして、ビーチを走りに出かけられたら、と願っていた。だが彼女の甘い期待は、ネルがキッチンから声をかけてきた瞬間、もろくも崩れ去った。

「あなたなの、リプリー？　コーヒーが入ったところよ」

「あーあ、見つかっちゃった」リプリーは小声でつぶやき、しぶしぶ足の向きを変えた。女同士の内緒話とやらが待ち受けているかと思うとぞっとする。こういうとき、なにをどう話せばいいのか、まるでわからない。

オーブンから立ちのぼる香ばしい匂いでいっぱいのキッチンへ入っていくと、ネルが忙しく立ち働いていた。タンポポのようにみずみずしい顔をして、マフィンの型に種を落としている。

その姿をひと目見るなり、リプリーは自分が薄汚れていて、ぶざまで、浅ましい人間になったような気がした。

「朝ごはんはどうする?」ネルがさわやかな声で尋ねてきた。

「えっと、そうね……いらないわ」とっさに答える。「食べる前に走りたいから。その……ゆうべは帰らないって連絡もしないで、ごめんなさい」

「あら、気にしないで。マックから連絡があったもの」

「本当はそんなつもりじゃ――」冷蔵庫を開けて水のボトルをとりだそうとして、リプリーは固まった。「マックが電話してきたの?」

「ええ。わたしたちが心配するといけないからって、気をつかってくれて」

「そう、気をつかってね」リプリーはくりかえした。「じゃあ、このわたしはいったいどうなるの? 分別のない愚か者? 「彼、なんて言ってた?」

「これからふたりでワイルドな熱いセックスをするから心配しないでくれ、って」ネルはマフィンから顔をあげると、恐怖に打ちのめされた表情を浮かべているリプリーを見て、頬に深いえくぼを刻んで大声で笑いはじめた。「冗談よ。彼はただ、あなたは彼のところにいるって言っただけ。ワイルドな熱いセックスっていう部分は、わたしがつけ足したの」

「朝イチのジョークにしては、いささかやりすぎじゃない?」リプリーは文句を言いつつ、水のボトルのキャップをひねった。「でも、彼が連絡を入れてくれてたなんて、知らなかった。わたしが電話するべきだったのに」

「どっちでもいいじゃない。それで……ゆうべは楽しく過ごせたの?」

「わたしがここへ戻ってきたのは、朝の……七時四十五分?……なのよ。その事実から、おおよそ察しはつくでしょう?」

「それはそうだけど、あなたがちょっといらいらしてるように見えるから」

「そんなことないってば」リプリーは顔をしかめ、ごくごくと水を飲んだ。「わかったわ、つまりこういうことなのよ。電話するならするで、マックもせめてわたしに断ってからにしてくれたらよかったのにって思うの。でなきゃ、わたしから連絡するようにしてくれるとか。でもそれって、どっちにしろわたしが泊まることが前提じゃなきゃあり得ない話だけど、わたしにはそんな気は全然なかったのに、彼が勝手に判断して電話をかけたわけで、そういうのって、ちょっと厚かましいんじゃないかと思うのよ、だって彼、そもそもわたしには、泊まっていってほしいなんて頼んでもこなかったのに」

ネルは一拍置いてから訊いた。「ええ?」

「自分でもなにが言いたいんだか、さっぱりわからなくなっちゃった。ああ、もう」

そんな自分に腹を立てて、リプリーは冷たいボトルを額に押しつけた。「頭のなかがぐちゃぐちゃ」

「彼のせいで？」

「ええ。わからないけど。たぶん。気持ちだけはどんどん高ぶっていくのに、心の準備が追いつかない、みたいな感じ。やっぱり、走らないとだめね」

「わたしもずいぶん走ったわ」ネルが穏やかな声で言った。

「わたしが言ってるのは、ビーチを、って意味よ」共感したようにうなずくネルを見て、リプリーはため息をついた。「ああ、そうか、そういうことね。でも、こんな朝早くから難しい比喩なんか持ちだされちゃ、頭がついていかないわ」

「じゃあ、もっと単純な質問をするわ。彼といるのは幸せ？」

「ええ」リプリーはそこはかとない不安を覚え、胃のあたりがきゅっと引きしまるのを感じた。「まあ、そうね」

「だったら、しばらくこのまま様子を見てみるのも悪くはないんじゃない？」

「かもしれない。そんな気がしないでもないわ。だけどね、気がつくと彼はいつも一歩先を行ってるのよ。そういうのって、癪にさわるでしょ？」そしてとうとう彼女は認めた。「わたし、彼が好きになっちゃったみたい」

「ああ、リプリー」ネルは身をかがめてリプリーの顔を両手で包んだ。「そうじゃないかと思ってたわ」

「好きになんかなりたくないのに」

「わかってる」

リプリーはふうっと息を吐きだした。「どうしてそんなになんでもかんでもわかるの？」

「わたしもほんの少し前まで、あなたと同じような立場にいたからよ。怖いけれど、胸がどきどきして、すべてが変わってしまうの」

「本当はなにも変わってほしくないのよ。このこと、ザックには言わないでよ」そう口にしたとたんに後悔した。「わたしったら、なにを言ってるのかしら？　もちろんあなたはザックに報告するわよね。そういう決まりになってるみたいだもの。だったらせめて、二、三日だけでいいから待って。そのころには、わたしの気持ちも冷めてるかもしれないから」

「いいわよ」ネルはトレイを入れ替えるためにオーブンへと近づいていった。

「もしかしたら、今は彼に欲情してるせいで頭が働いてないだけかもしれないし」

「そうね」

「それに、ゆうべのあれを目安として考えるなら、二週間くらいで燃えつきちゃうかもしれないわ、最高に長く持ったとしてもね」

「そういうこともあるわね」

リプリーはテーブルを指でとんとん叩いた。「あなたがそうやって愚か者をあやすようなロぶりで適当に相づちを打つだけなら、わたしはもう着替えに行くわよ。走りに行ってくるわ」

ネルはとりだしたマフィンを冷ますために網に載せ、心から満足そうな笑みを浮かべて、キッチンから飛びだしていくリプリーを見送った。「好きなだけ走ってくるといいわ」彼女はそっとつぶやいた。「それでもきっと彼につかまっちゃうから」

12

犯罪性精神異常者であることを思えば、エヴァン・レミントンには比較的まともな日々もあった。頭のなかでどんな絵が渦巻いているかによって、かなり正気に見えることもあれば、一瞬チャーミングに映ることさえあるようだ。

ハーディングが取材した看護婦のひとりは、かつてハリウッドで最高の権勢を誇ったエージェントらしい鋭敏で狡猾な顔がのぞく瞬間もある、と話してくれた。

だがそれ以外のときは、じっと座ってよだれを流しているのだという。

ハーディングにとって、今やレミントンは単なる興味深い取材相手から、妄執の対象へと変わりつつあった。全盛期のレミントンは誰がどう見ても、エンターテインメント業界を裏で操る凄腕のエージェントであり、富も栄誉も手中におさめていた。それが、すべて水泡に帰したのだ。ひとりの女のせいで。

女のほうもまた、実に興味のつきない取材対象だった。レミントンと結婚していたころの知人の多くが証言してくれた話を信じるならば、いつも静かで従順な小鼠のごとき存在だったようだ。その一方で彼女は、フェミニスト流の解釈によると、勇気ある行動によって悪夢から逃げだしたサバイバーでもある。

どちらの人物像も部分的にはあたっているのだろう、とハーディングは考えていた。ただ、どうしても彼女にはそれ以上のなにかがある気がしてならない。

事件を語る切り口はいくつもあった。美女と野獣、愛ゆえの破滅、仮面の裏にひそむ怪物。

これまでに集めた資料は膨大な量にのぼっていた――山ほど書きためた取材メモ、大量のテープに写真、警察や医療施設の報告書。彼はすでに、いつの日か大金と名声をもたらしてくれるであろう本の序章部分の草稿も書き終えていた。

だが、それでもまだ足りないものがある。鍵となる人物たちへのきちんとしたインタビューだ。

それを実現するためなら、金も努力も惜しむ気はなかった。ネルの足跡を追って国を横断し、データを収集して、ばらばらだった印象を頭のなかでひとつにまとめる作業にかかりながらも、ハーディングは定期的にレミントンのもとへ足を運び、話を聞いた。

そのたびに新たな燃料を加えられ、目的意識が強くなって野望がふくれあがり、それとともに潜在的な怒りをかきたてられた。その怒りは時間が経つにつれて薄れていくのだが、レミントンに会うごとにいっそう激しい憤怒となって戻ってきた。たまには雑誌に記事を掲載してもらえることがあるものの、取材の旅費などはほとんど自腹を切っていた。だがそれも、いつかまとめてとりかえせる日が来るはずだと信じている。すでに私財をたっぷり注ぎこんでいるせいで、もはや自分でもとめられなくなっていた。

以前は雑誌の仕事を誇りに思い、締め切りに追われることを生き甲斐と感じるほど楽しんでもいたが、近ごろはそうした義理の仕事にとられる時間がもったいなくて仕方がない。

彼はまさに、レミントン／トッド事件という熱に浮かされている状態だった。ヴァレンタイン・デーに――なんとすばらしい皮肉だろうか――ハーディングは初めてエヴァン・レミントンと真の意味でかかわりを持った。

「やつら、この俺が狂ってると思っているんだ」

それは、レミントンが初めて誰にも促されることなくしゃべった言葉だった。静かで分別さえ感じられる声が耳に飛びこんできたとき、ハーディングはわきたつ興奮を決して表に出すまいと、必死で自分を抑えた。テープ・レコーダーがちゃんとまわっているかどうかを目で確認する。

「やつらというのは？」

「ここの連中。裏切り者の姉。浮気者の妻。妻にはもう会ったのかね、ミスター・ハーディング？」

名前で呼ばれた瞬間、ハーディングの胸に氷のようなものが突き刺さった。会いに来るたびに名乗ってはいたものの、まさかレミントンが聞いているとは、そして理解しているとは、露ほども信じていなかった。

「いえ、まだお会いしていませんよ。まずあなたのお話をうかがってから、と思っていましたので」

「ヘレンの話が聞きたいのか？」ひそかな笑いを含んだため息がもれる。「あいつは俺をだました。あいつは売女で、浮気者で、嘘つきだ。それでも、あいつは俺の女なんだ。俺はなんでも与えてやった。俺の手で美しくしてやったんだ。あいつは俺のものだ。あいつはおまえにも誘いをかけやがったのか？」

ハーディングの口のなかはからからに渇いた。ばかげたことだが、どういうわけかレミントンに心のなかを見透かされている気がした。「わたしはまだ……奥さんにはお会いしていません、ミスター・レミントン。近いうちにお会いできれば、と願ってはいますが。もしもなにかご伝言があるようなら、喜んでお伝えしますよ」

「ああ、ヘレンに言ってやりたいことならたくさんある。だが、どれもプライベートな話だからな」後半部分をささやくように言って、唇ににんまりと笑みを浮かべてみせる。「男とその妻の関係はプライベートなものだ、そうは思わないか？　ふたりの聖域である家のなかで起こることに他人がくちばしを挟むなんて、筋違いだ」

ハーディングは同情を示すようにうなずいた。「人々の注目を浴びている男性の場合、そうしたプライバシーを保つのは難しいですよね」

氷のようなレミントンの目に霧がかかって曇り、視線が部屋のなかをうつろにさまよいはじめる。知的で巧みなユーモアは消え失せた。「電話をかけなければ。さっきから電話が見つからなくてな。コンシェルジェはどこへ行った？」

「きっとすぐに戻ってきますよ。それより、あなたがミセス・レミントンに最初に惹かれたのはどうしてだったのか、教えていただけませんか？」

「彼女は純粋で、飾り気がなく、形づくられるのを待っている粘土のようだった。会ってすぐ、こいつは俺のものになるべき女だとわかったよ。俺が一から彼女を彫りあげたんだ」拘束具のはめられた両手を動かしながら言う。「あんなに深い傷があるとは知らなかったし、どれほど手がかかるかもわからなかったがね。俺は自分のすべてをあいつのために捧げた」

前かがみになると体がしめつけられるせいか、レミントンは小刻みに震えていた。

「どうしてあいつが逃げだしたか、わかるか？」

「なぜなんです?」

「あいつは弱くて、愚かだからさ。弱くて愚か。弱くて愚か」レミントンはその言葉を呪文のように何度もくりかえし、拳を握って突きあげた。「だが、そうじゃない俺はあいつを見つけだした」そこにはないロレックスで時間を確かめるように、手首を見おろす。「わたしはもうそろそろ行かなければ。ヘレンを家に連れ戻しに行かないといけないからな。彼女がどんな言い訳をするのか、じっくり聞いてやらないと。さあ、ベルマンを呼んで、荷物を運ばせてくれ」

「今……こちらに向かってますから。あの夜、スリー・シスターズ島でなにがあったのか話してください」

「覚えていないな。いずれにしろ、重要なことではないさ。それじゃ、申し訳ないがわたしは飛行機に乗らなければならないので」

「まだまだ時間はたっぷりありますよ」ハーディングは、椅子の上でもぞもぞと尻を動かしはじめたレミントンに向かって、低い声でなだめるように言った。「あなたはヘレンを捜しに行った。彼女はあの島で暮らしていたんです。生きている彼女を発見できたときは、さぞうれしかったでしょう?」

「道具小屋かと見まごうほどのあばら屋にな。忌々しい女だ。ポーチにカボチャ、家のなかには猫だ。そういえば、あの家にはおかしなところがあった」レミントンは舌なめずりした。「俺をなかに入らせまいとするような……」

「家が、あなたの進入を拒んでいたんですか？」

「あいつは髪を切っていた。俺の許しも得ずに。勝手にあんな商売女のようになりやがって。ちゃんとこらしめて、しつけをしてやらんとな。偉いのは誰か、覚えこませてやらないと。俺があいつを傷つけるのは、あいつがそう仕向けるからだ」レミントンは頭を振った。「あいつがすがって頼むからなんだ」

「わたしを傷つけて、と彼女のほうから頼んでくるんですか？」ハーディングは慎重に訊きかえした。なぜかひどく胸騒ぎがする。醜くて正体不明のなにかが胸のなかで渦巻きはじめる。今の言葉によって、深い眠りを覚まされたように。

彼はショックを覚えて空恐ろしくなり、ふたたびしっぽを巻いて逃げだしたくなった。だが、レミントンはまだしゃべりつづけていた。

「あいつは物覚えが悪くてな。頭が鈍いせいだと思うか？　とんでもない。罰を受けるのが楽しいからだよ。俺があいつの浮気相手を殺すと、彼女は逃げた。だが、死んだはずの男がよみがえってきたんだ」レミントンは続けた。「俺には、俺のものを奪おうとした男を殺す権利があった。ふたりとも殺してやる権利がな。あいつらは何者なんだ？」

「あいつら？」

「森にいるじゃないか」レミントンがいらだたしげに言う。「森にいる女たちだ。どこからわいてきやがった？　なんであいつらがしゃしゃりでてくるんだ？　それにあの男！　俺が殺したとき、なぜあいつは死ななかった？　いったいこの世はどうなっているんだ？」

「森のなかでなにがあったんです？」

「森には……」息づかいが荒くなり、唇がぶるぶる震えはじめた。「森には怪物がいるんだ。俺の顔の後ろに隠れていた野獣が、俺のなかへ入りこんでくる。環《サークル》のなかに、光、炎。大勢の声が……。叫び？　叫んでるのは誰だ？　魔女を吊せ。〝魔女を生かしておくなかれ〟皆殺しにしろ、手遅れになる前に！」

レミントンは狂人のごとくわめき散らし、大声で叫びはじめた。すぐさま係員が入ってきて、ハーディングに退室を命じた。ハーディングは震える手でテープ・レコーダーをつかんだ。

その際、レミントンの瞳に浮かんだ悪辣なきらめきを見逃した。

リプリーは書類仕事にとり組んでいた。ザックとのコイン・トスに負けたせいで、まだむしゃくしゃしていた。うたかたの春がやってきて、午後には気温も華氏六十度ぐらいまであがる見込みなのに、自分はこうしてデスクにへばりついていなければならない。

唯一いいのは、ザックがそばにいないことだ。好きなだけふてくされ、小声でいくらでも兄をののしってやれる。保安官事務所のドアが開いたとき、彼女は兄にいよいよ面と向かって文句をぶつけてやろうと身構えた。だが、入ってきたのはマックで、背中にはなんとホランドの店にあったチューリップをほとんど買い占めてきたと思しき大きな花束を抱えていた。

「いったいどうしたの？　花屋でも始めるつもり？」

「いいや」マックは彼女に近づくと、色とりどりの春の花を差しだした。「今日はヴァレンタイン・デーだからさ」

「えっ、そんな。わあ」リプリーの心はとろけそうになり、みぞおちのあたりが浮き立った。「えっと……」

「ひとことありがとうと言って、お返しにキスしてくれればいいんだよ」マックが助け船を出す。

「ありがとう」

巨大な花束を受けとって脇に抱えなおしてから、リプリーはキスをした。儀礼的な軽いキスですませようと思っていたのに、彼はすかさず腕を腰にまわして彼女を抱き寄せ、甘くうっとりするような世界へと誘った。

「花はこんなにたくさんあるんだよ」唇をそっと寄せて、ふたりの気持ちを熱くかきたてるように言う。「もう一度お礼を言ってほしいな」

「ありが——」最後まで言い終わらないうちにマックのキスはディープなものへと変わり、彼女は肌にさざ波が走るのを感じながら、爪先立ちになった。

「これくらいしてもらえれば充分かな」マックは彼女の体の両脇にてのひらをあてがい、上下にすべらせた。

「そうね」リプリーは咳払いをした。「本当にきれい」こんなに花を抱えているだけでばかみたいな気がするのに、そこに鼻を埋めて子犬のようにくんくん匂いを嗅ぎたくなると、いっそう自分がばかばかしく思えた。「でも、お花なんか、わざわざ持ってきてくれなくてよかったのに。わたし、ヴァレンタインそのものにあんまり興味がないから」

「ああ、くだらない商戦に踊らされるのがいや、とかなんとか言うんだろう？　だから、なんなんだ？」

彼が笑わせてくれたおかげで、自分をばかみたいと思う気持ちは消えた。「それにしても、ものすごい量ね——花屋を出るとき、店長が喜びのあまり床に泣き崩れながら見送ってくれたんじゃない？　えっと、これだけのお花を飾れるような容器って、ここにあったかしら……」

結局バケツで我慢するしかなかった——が、洗面所で水を満たしながら、いい香りをくんくん嗅いで、ため息をつくことはできた。

「家に帰ったら、もうちょっとましな花瓶に飾るわ」バケツに活けた花を部屋に運びながら、リプリーは約束した。「チューリップにもこれほどいろんな色があるなんて、ちっとも知らなかった。注意深く見たことなかったから」

「ぼくの母がチューリップ好きでね。毎年冬になると、球根をガラスの小さな瓶に浮かべて——そういうの、なんて言うんだったかな——促成栽培するほどなんだ」

リプリーは間に合わせの花瓶をデスクに載せた。「じゃあ、今日はお母さまにもお花を贈ったの？」

「もちろんだとも」

彼女はマックを見つめて、頭を振った。「あなたって本当に愛すべき人ね、ドクター・ブック」

「そう思ってくれるかい？」彼はポケットをまさぐって、眉をひそめ、もうひとつのポケットに手を突っこんだ。そして小さなハート形の棒つきキャンディーをとりだし、リプリーのてのひらに落とした。

〝ぼくのものになって〟と書かれているキャンディーを見たとたん、リプリーはまたもやおなかのあたりがぞくぞくっとするのを感じた。

「で、きみの返事は?」マックが手をのばして彼女のポニーテイルを引っぱる。「ぼくの恋人《ヴァレンタイン》になってくれるかい?」

「あなたのほうは、ヴァレンタインをものすごく真剣にとらえてたのね。たしかにぐっときたわ。こうなったら、わたしのほうからも甘ったるい文句の書かれたカードの一枚くらいは贈らないといけないじゃない」

「せめてそれくらいはね」マックはなおも彼女のつややかなポニーテイルをもてあそびつづけた。「それはそうと、今夜のことなんだが。ミアと約束したとき、今日がヴァレンタイン・デーだってことをすっかり忘れてたんだよ。もしきみがディナーかなにかに出かけたいんなら、彼女にそう言って日を変えてもらうけど?」

「ああ」今日が例の金曜日だったのね、とリプリーは思いだした。これまで極力そのことは考えないようにしてきた。でも今、彼は、それを延期してもかまわないと言ってくれている。彼にとっては仕事上の大切な約束を。

リプリーは内心ため息をつきながら、この男性はまさに愛すべき人だわ、とあらためて思った。

「いいの、気にしないで。あっちのほうが先約なんだし」

「よかったら、きみも一緒に来ないか?」

顔を背けようとすると、彼が彼女の頭に手を添えて引きとめた。やさしいしぐさに指先のちょっとした動きが加わるだけで、急に真剣みを帯びる。

「まだどうするかわからないわ。わたしのことはあてにしないで」

「まあ、好きにするといいさ」マックはリプリーが悩み苦しむ顔など見たくなかったが、どうすれば気分を明るくしてやれるのかわからなかった。「ほかにもきみと話しあっておきたいことがあるんだ。ミアのところへ来ないのなら、そのあとコテージのほうへ来てくれないか？」

「話すって、なにを？」

「まあ、いろいろとね」最後にもう一度ポニーテイルを引っぱってから、彼は戸口へ向かった。「リプリー」ドアノブに手をかけて、今一度振りかえって彼女を見つめる。腰にさがった銃と、バケツいっぱいのチューリップも。「ある分野では、ぼくらが線を挟んで正反対の立場に立っているのは承知している。でも、ふたりがともにその理由を理解して受け入れ、互いを認めようと努力すれば、きっとうまくいくよ」

「あなたの考えって本当に健全で、気持ちが安定してるのね」

「そうなるように、うちの両親がいったいいくらかけてくれたと思う？」

「精神科医の話ね」彼女はそう言って、皮肉っぽく笑ってみせた。

「そのとおり。じゃあ、あとで会おう」

「それじゃね」リプリーがつぶやくと同時に、彼が出ていってドアが閉まった。

問題は、自分の心が不安定なことだ。そう、リプリーの心はぐらぐらと揺れていた。それくらい彼に夢中になっていた。

バケツからあふれるほどのチューリップを抱えていては、強面で通っている女性保安官代理の威厳もなにもあったものではない。おまけに、残り少ないヴァレンタイン用のロマンティックなカードを丁寧に見比べて選んでいるところを見つかったのだから、評判を落とさずにすませるのは事実上不可能だった。

「あたしはこれが好きだね」グラディス・メイシーが脇から腕をのばし、巨大なピンクのハートが描かれたジャンボ・カードを指差した。リプリーは思わず顔をしかめそうになったが、なんとかこらえた。

「あら、そう？」

「先週のうちに、カールのために買っておいたんだ。今朝渡したら、とっても喜んでくれたよ。男ってのは、大きなカードが好きだからね。こういうのをもらうと、男の器まで大きくなった気がするんだろうさ」

この手のことに関しては自分よりはグラディスのほうがはるかにものをよく知っていると考え、リプリーは素直にラックからそのカードをとった。

「最後の一枚だったみたい」さりげなく言葉を返す。「わたし、ラッキーね」

「あんたはラッキーだよ、本当にさ」グラディスが身をかがめて、ほれぼれとチューリップに見とれた。「四ダース分はあるんじゃないのかい？」

「五ダースよ」リプリーは訂正し、心のなかでつけ加えた。そうよ、わざわざ数えたのよ。だって、我慢できなかったんだもの。

「五ダースねえ。すごいじゃないか。今の季節じゃ、とっても高かったはずだよ。ほんと、絵みたいにきれいだこと。おや、キャンディーまでもらったのかい？」

言われてみれば、ハートのキャンディーは胸のポケットに差してあった。「ええ、まあ」

「そうかい、キャンディーもね」グラディスが訳知り顔でうなずく。「それをくれた人は、よっぽどあんたにお熱なんだね」

リプリーはバケツをとり落としかけた。「えっ、今、なんて？」

「その人はあんたにお熱なんだね、って言ったのさ」

「お熱、って……」なにかが喉もとへこみあげてきたが、うろたえているのか笑いだしたいのか、自分でも判断がつかなかった。「その言いまわし、ひょっとして近ごろ流行ってるのかしら。どうしてそんなふうに思うの？」

「ちょっと、しっかりしとくれよ、リプリー。ヴァレンタイン・デーに男が女に花束やキャンディーやプレゼントを贈るのは、トランプのパートナーになってほしいからじゃないんだからね。まったく、近ごろの若いもんは、どうしてそんなこともわからないうすのろになっちまったのかねえ」

「彼はホールマーク社に拍手喝采してもらえるような人だってことが、ついさっき判明したところなの」

「男が好意を態度で示すのは、そうしろって言われたときか、なにか困ってることがあるか、やましいところがあるか、さもなきゃ熱をあげてるときだけさ」グラディスが指を折って数えあげる。その爪にはまだ新しいヴァレンタイン・レッドのマニキュアが施されていた。「あたしの経験によるとね。あんた、今日がなんの日か、彼に教えたかい？」

「とんでもない、わたし自身が忘れてたくらいなのに」

「じゃあ、けんかでもしたとか？」

「いいえ」リプリーはきっぱりと否定した。

「だったら、彼にはなんか後ろめたいことがありそうかい？」

「別に、わたしに対してそんなふうに思うようなことはないと思うわ」

「とすると、最後に残るのは……」

「あなたのお説に従えば、お熱、ってわけね」だとしたら、もっとよく考えてみるべきなのかもしれない。リプリーは手に持ったカードをまじまじと見た。「で、男はみ

と。

理は本土から来た男に熱をあげていて、男のほうも彼女にべたぼれしているようだ、

話し相手が見つかり次第、グラディスは噂を広めるに違いない。わが島の保安官代

をぽんぽんと叩いて、離れていった。

もそんな古いバケツに入れといたんじゃ、かわいそうだ」グラディスはリプリーの肩

「もちろんさ。さあ、早く帰って、その花をきれいな花瓶に活けておやり。いつまで

んな、大きなカードが好きなのね？」

本土から来た男は仕事に戻っていた。リプリーと過ごした夜にとれた数々のデータを、観測し、分析し、記録に残す。さまざまな仮説や推論を立てては、論理的結論を導きだそうとしていた。

リプリーと結ばれたときには、時間など気にしていなかった。もっと大切なことに意識が行っていたからだ。もちろん、どれくらい長いあいだ愛しあっていたか、時計を見て確かめたりもしなかった。だが、エネルギーの分散に関する持論が正しいと仮定するならば、これらのプリントアウトが正確に教えてくれるはずだ。

どの機械も、次々に現れる極端で鋭い反応、長くてゆるやかな上昇、不安定な波形などをとらえていた。これだけの機械が動いていたのに、自分にはなんの音も聞こえ

なかったことも興味深い。それだけ彼女に夢中になっていたのだろう。

これだけの記録を目にすると、ふたりが互いにどれほどのものを与えたかがはっきりとわかる。それがまた、妙に刺激的だった。

波形の山と山の間隔を測り、エネルギーを放出してから次のピークに達するまでの谷間の時間を計算する。

だがどうしても裸のリプリーが思い浮かんでしまうため、あたりをうろうろ歩きまわって、科学に意識を集中しようとした。

「このあたりは、長く持続的なパターンが現れてるな。エネルギーのレベルは低い」彼は林檎をかじりながら、眼鏡をあげた。「余韻に浸っていたんだろう。ふたりともベッドに横たわって、けだるいピロー・トークをしていたころだ。ここまではわかる。でも、なぜここからまたエネルギー・レベルが上昇してるんだ？」

波形は階段状になっていた。上昇しては、平らになり、また上昇しては、平らになっている。

マックはあのときのことを思いだそうとした。たしかこのあたりでリプリーがピザを食べたいと言って起きあがり、ビールをとりにキッチンへ向かった。もしかするとそのとき、もう一度愛を交わしたいと思っていたのかもしれない。マックとしては、そう考えるにやぶさかではなかった。男のプライドをくすぐられる。

だがそれでは、ここで突然激しいエネルギーの放出があったことが説明できない。徐々に上昇していったわけではなく、まるでロケットが打ちあがるように、急にレベルがあがっている。家の外になんらかのエネルギー源があったとか、地中にエネルギーだまりのようなものが存在することを示す証拠は、今のところ見つかっていない。

必死に記憶の糸をたぐっても、あのときの自分はほの暗い眠りのなかにたゆたいながら、リプリーが戻ってくるのを心待ちにしていたこと、彼女と一緒にベッドで裸のままピザを食べたいと願っていたことしか思いだせなかった。たしかに心地よいイメージではあったが、それが原因ではないはずだ。

となると、エネルギーを放出したのはリプリーだ。わからないのは、いかに、そして、なぜ、ということだった。

もしかするとこれは、余震のようなものなのだろうか？　そう考えられなくもない。だが、余震はたいてい最初の震動に比べてパワーが落ちるものだ。にもかかわらず、ここでは一気に天井を突き抜けるほどの強いエネルギーが記録されている。

もしもこの現象を再現できたら……。それもひとつの考えだろう。もちろん、彼女の協力を仰ぐには、心を傷つけたり怒らせたりしないように、細心の注意が必要だ。

これでまた、話すことが増えた。

ふたたび林檎にかじりついたマックは、巨大な花束を持って訪ねていったときにリプリーが見せた驚きの表情を思いだし、幸せな気分になった。ああいうふうに不意を突き、彼女がどう対処するかを見守るのは、実に楽しい。

いや、とにかく彼女を見ているだけで楽しい。

リプリーを旅行に誘いだすのは大変だろうか？　できれば春ごろ。入手したデータと仮説を検証して結論を本にまとめる作業にとりかかる前に。ニューヨークにちょっと立ち寄ってもいい。彼女を家族に会わせたい。

そのあと何日か、ふたりだけで彼女の好きなところへ行く。場所はどこでもかまわない。

しばらくのあいだ仕事を忘れ、ふたりっきりで時を過ごす。そうすれば、今現在研究中のもうひとつの仮説にも、なんらかの判断が下せるに違いない。つまり、ぼくは彼女に恋をしている、という仮説にも。

リプリーはその夜ミアの家でなにが起ころうとも、自分はいっさい近づくまいと心に決めた。ザックはネルと一緒に出かけてしまったので、久しぶりにわが家を独占できることになった。この機会にうんと羽をのばし、テレビの音量をうるさすぎるほどあげたり、ジャンク・フードをたらふく食べたり、ケーブル・テレビでくだらないアクション映画を見たりしてもいい。

このところ空き時間はほとんどマックと過ごしていたのが、いささか問題だったのかもしれない。たまにはこうして空間をひとり占めし、好きなことをして過ごす時間が必要なのだろう。

ウエイト・リフティングをしてエネルギーを少し発散させたのち、ゆっくりと熱いシャワーを浴び、塩とバターのたっぷりかかったポップコーンを抱えて、ルーシー、ディエゴとともにテレビを見た。

そのあと、ワークアウト用に使っているスペア・ルームへ行って、耳をつんざくようなボリュームで音楽をかけてから、服を着替えるために自分の部屋へ入った。するると、ドレッサーの上で魅力を振り撒いているチューリップに迎えられる。室内には甘い香りが広がっていた。

「ヴァレンタイン・デーなんてただのお祭り騒ぎよ」彼女は声に出して言った。「でも、こういうのってほんとに効くのね」

マックのために買ってきたカードを手にとる。コテージまで走って、ドアの下からカードをすべりこませるだけなら、さほど時間はかからないだろう。こういう気恥ずかしいものを面と向かって手渡すより、そのほうがずっといい気がした。

それに、この方法なら〝会うのは明日にしましょう〟とメモをつけておき、今夜は会わずにすませることもできる。話というのがなんであれ、考えれば考えるほど、今夜マックに会うのは得策ではないと思えて仕方がなかった。魔女の儀式をまのあたりにして気持ちが高ぶっている彼に会うのは。

どんなに不公平で、非現実的で、ばかげてさえいようとも、気にしてはいられない。今はただ、あとほんのしばらくだけは、ふたりが互いに感じているものを、彼の研究や彼女の……天与の力とは切り離しておきたかった。

こんなふうに人を愛するのは初めてなのだから。もう少しだけ、ほかのすべてを忘れてこの心地よさに浸っていたいと思うことの、いったいどこが間違っているの？

「じゃあ、十分で戻ってくるからね」リプリーはルーシーとディエゴに告げた。「わたしがいないあいだに、煙草を吸ったり、お酒を飲んだり、長距離電話をかけたりしちゃだめよ」

カードを持って、裏のデッキへ通じるドアへと向かう。

彼女はそこからビーチへおり、嵐の真っ只中へと踏みだした。氷の鞭がしなうように、みぞれまじりの強風が吹きつけてくる。空は稲妻で青白く光っている。彼女は風に巻きあげられてくるくると旋回し、激しく脈動する自分の肌から送りだされる力の流れに乗って飛んだ。

砂の上に白い炎の環《サークル》があった。彼女はそのなかに、その上に、その外にいた。三つの人影がそのなかでさらに丸い環をつくっていた。自分ではない自分が姉妹たちと手をつないでいる。やがて、詠唱《チャント》の声が大きくなり、彼女のなかで共鳴しはじめた。

明るいサークルのなかに、自分ではない自分がひとりで立っていた。空っぽの両手を、天高く突きあげて。そして、孤独な心から放たれた深い悲しみが、彼女の心に突き刺さった。

彼女は自分を見つめた。今の自分と同じように嵐のなかでたたずむ自分を。サークルのなかではふたりの姉妹が待っていた。激しい怒りと力が、彼女のなかでうねっていた。

ひとりの男が彼女の足もとで身をすくめており、荒れ狂う闇のなかから現れたもうひとりが彼女を目がけて走ってきた。しかし、どちらも彼女にふれることはできなかった。彼女は誰にもつかまらなかった。彼女はその手に銀色のまばゆい正義の剣を握りしめていた。叫び声とともに、彼女はそれを振りおろした。

そして、すべてを破壊した。

目を覚ましたとき、彼女はさわやかな夜風のなかで横たわり、なすすべもなく震えていた。肌はじっとりと汗ばみ、空気中には帯電したオゾンの匂いが満ちていた。両手両膝を突いて体を起こすと、胃が痙攣した。

立ちあがることもできず、そのままの姿勢でゆらゆらと体を揺り動かして、空っぽの肺に空気を送りこむためあえぐように呼吸した。頭のなかで鳴り響いていた轟音はいつしか消えて、とめどなくうねりつづける海の音に変わった。

これまでは一度たりとも、こんなふうに突然、これほどの物理的変化を伴って、幻覚が襲ってきたことなどなかった。あえて意識的に、自分から進んで、こうしたものを探し求めていたころでさえ。

這ってでもいいから自分の部屋へ戻り、暗がりに包まれラグの上で身を丸めて、赤ん坊のように泣きじゃくりたい。そのとき、喉の奥から小さく哀れな声がもれて、彼女を奮い立たせた。彼女は膝立ちになり、深呼吸して、どうにか息を整えた。

先ほどの光景が何度も何度もよみがえってくるなか、彼女は残った力を振りしぼって立ちあがり、その場から駆けだした。

13

「ねえ、本当にかまわないの？」ザックと手をつないで歩いていたネルは、そこでわざと歩調を落とした。

薄い雲が頭上をさーっとすべっていき、またたく星明かりをしばしさえぎる。わずかに欠けた丸い月は、やわらかな白い光を投げかけていた。日が落ちて暗くなっても、ミアの庭を抜け、切り立った崖を越え、冬の森へと続く道を見失うことはない。ネルはつないだ手から伝わってくるザックのぬくもりを感じながら、ミアとマックのあとについていった。

前方からミアの声がもれ聞こえてくる。木々や木陰のあいだを軽やかに流れる音楽のように。

「ぼくはどこかで待ってたほうがいいのかい？」

「そういうわけじゃないわ。ただ、一緒に来てくれたことなんて、今まで一度もなかったから」

「今まで一度も誘われなかったからね」

ネルはつないだ手の指に軽く力をこめた。この程度の暗さなら彼の顔は見える。いえ、ザックの顔ならネルにはいつだってはっきり見えた。「これまでだって別に、あなたを歓迎してないわけじゃなかったのよ」星明かりの下で彼の眉が吊りあがるのが見えると、ネルは微笑んだ。「そうじゃないんだけど」

ゆっくりした自然なしぐさで、ザックはつないだ手を口もとへ運んだ。「ぼくがそばにいたら、やりにくいかい？」

「そんなことないわよ。ちょっとどきどきしてはいるけど」ネルは緊張をほぐそうとして、指先でほんの少し撫でるように彼の腕にふれた。「あなたがどういう反応を示すかわからないから、わたしのなかにこういう部分があることを知ったらね」

「ネル」ザックは両手をネルの肩に置いて、軽く揺さぶった。「ぼくはダーリンとは違うよ」

「誰のこと？」

「知ってるだろ――《奥さまは魔女》のダーリンだよ。サマンサがぴくぴくっと鼻を動かすだけで、たちまち不機嫌になってしまう、あの旦那だ」

一瞬の間を置いてから、ネルはザックの腰に腕をまわした。緊張も疑念も不安もすべて消え去り、心は喜びで満たされた。「ああ、ザック、愛してるわ」

「わかってるよ。でも、せっかくだからひとつだけ頼みがある。本当は黙っていようと思ってたんだが……」ザックはミアとマックが消えた暗がりにちらりと目を向けて言った。「魔法や儀式に関する本を何冊か読んでみたんだけどね、そしたら、なかにはその……裸になって行う儀式なんかもあるって書いてあった。ばかばかしく聞こえることを承知で言うんだが、できれば……マックがそばにいるときは着てるものを脱がないでほしい」

ネルはぷっと吹きだしたいのをこらえて言った。「あら、でも、彼は科学者なのよ。お医者さまと似たようなものじゃない」

「そんなことはどうでもいい。この部分に関してだけは、ぼくはダーリンと同じだ」

「あのね、ダーリン、今の季節はまだ一糸まとわぬ姿になるには寒すぎるわ。それに、ここは正直に言うけれど、わたしはミアとふたりきりのときだって服を脱いだことなんかないの。そういう意味では、わたしはかなり貞淑な魔女だから」

「そいつはよかった」

ザックはネルに導かれるまま、ふたたび歩きはじめた。「で……ミアのほうは裸になったりするのかい？」

「一糸まとわぬ姿、よ」ネルは言いなおした。「どうしてあなたがそんなことを気にするのかわからないけど」

「純然たる学術的興味からだよ」

「あやしいものね」

ふたりはふざけあいながら小道をたどり、やがて森のなかの開けた場所へ出た。煙を思わせる灰色の陰がまわりを囲んでいる。まだ葉のついていない木々の枝には、ハーブの束や水晶のチェーンがいくつもぶらさがっていた。地面の中央には、三つの石が台座のように置かれている。マックはその前にしゃがみこみ、探知機を持ちだしてなにやら計測していた。

ビデオ・カメラやテープ・レコーダーを持ちこむことは、ミアによって厳しく禁じられていた。マックがどれほど必死に頼みこもうと、ミアは頑として首を縦に振らなかった。その埋めあわせというわけでもないだろうが、エネルギー探知機とノートだけは、持ってくることを許した。

そしてもちろん、マックの好奇心も。

ミアは自分の荷物をおろしてから、ザックが運んできたネルの荷物を受けとりに、ふたりのもとへ近づいてきた。「われらが科学者さんに、しばらく遊ぶ時間をあげることにしましょう」そう言って、手でマックのほうを示す。「彼、本当に楽しそうなんですもの」それからネルの肩に腕をまわした。「そんなにかたくなる必要はどこにもないのよ、リトル・シスター」

「ちょっとばかりあがってるだけよ。わたしにとっても、まだまだ新しいことだらけだから」

「愛する人がそばにいてくれるんだもの、心強いでしょ。初めてここへ来たときよりあなたはずっと力強くなっているし、自分のことがよくわかってるはずよ」ミアはザックに視線を移し、その顔をじっくりと眺めた。「ほらね、彼がどれほどあなたのことを誇りに思っているか、感じられるでしょう？　あなたのすべてを誇りに思ってくれているのよ。人は誰もがこれほどすばらしい魔法に恵まれるわけじゃないわ。それがなければ、光だって、最高の輝きを放てはしないんだから」

ミアは、ネルだけでなく自分をも励ますようにネルの肩をぎゅっと抱いてから、マックのもとへ近づいていった。

「彼女、孤独なのね」ネルはザックに耳打ちした。「自分では気づいていないみたいだし、自信に満ちあふれていてどこから見ても完璧な女性だから、まわりのみんなもそうは思っていないけれど。でも、ときどき彼女があまりにも孤独そうに見えて、こっちの胸まで痛くなることがあるわ」

「彼女には少なくとも、きみっていういい友達がいるじゃないか、ネル」

ミアはマックがなにやら言ったことを受けて笑い声をあげ、くるりと身を翻して彼から離れた。ダンスとは違うがどこかバレエ的な動きだ、とマックはのちに思いかえすだろう。グレーの長いドレスがふわっとふくらみ、ミアが両手を突きあげると、すうっと元に戻った。そして、音楽のように豊かでつやのある声が響きはじめた。

「ここはわれらの地、われら三人の地。欲求と知恵により、希望と絶望により、死と恐怖と無知を逃れし力によりて生まれしところ。ここはわれらの地」ミアがくりかえし唱える。「三人から三人へと受け継がれし地。今宵、われらはふたり」

マックはゆっくりと立ちあがった。彼の目の前で、ミアは変わりはじめた。髪の色が鮮やかさを増し、肌は大理石のような光沢を帯びる。薄衣が一枚とり払われたかのように、ただでさえ驚異的な美しさにいっそう磨きがかかった。

マックの胸に疑問が渦巻いた。ミアは今、もともと彼女に備わっている魅力を高めるために魔法を使っているのだろうか？　それとも、この魅力をあまり目立たせないように、普段はあえて魔法で抑えているのだろうか？　いずれにしても、記録用の機材がここにないことが惜しまれた。

「われらは先人に感謝を捧げ、その栄誉をたたえるとともに、記憶をよみがえらせるためにここへ来た。ここは聖なる地。あなたは歓迎されています、マカリスター・ブック、われわれが招いたときだけは。それ以外のときは決して近づかないと約束してほしい、などと無粋なことは言わないでおきましょう」

「どちらにしろ、約束しますよ」

ミアは堂々とした面持ちでわずかに頭をさげ、その言葉を受けとめた。

「ザック、あなたはネルの愛する者であり、この地はわたしのものであるのと同じくらい、ネルのものでもあるわ。つまり、あなたのものでもあるということ。知りたいことがあったら、遠慮なく訊いていいのよ」身をかがめてバッグの口を開けながら、ミアはそうつけ加えた。「たいていの質問にはドクター・ブックが答えてくれるでしょうから」

暗に説明役を求められたと悟り、マックはザックのもとへ歩み寄って、脇に立った。

「今、彼女たちがとりだしたキャンドルは儀式用のものでね。おそらく、事前に清められ、文言が彫りこまれているんじゃないかな。銀色のものを使うのは、女神を象徴してのことだろう。女性のパワーというか。ほら、あそこに紋章が……」

マックは少しだけキャンドルに近づき、目を細めた。

「ああ、なるほど。四つの元素《エレメント》だ。土、風、火、水。今夜どういう儀式を行うかについては、なにも聞かされてなかったんだけどね、たぶん四つのエレメントを召喚するんだと思う。崇敬の念を捧げるために」マックは話しつづけた。「もしかすると、夢の解釈か、あるいは透視を祈願するためかもしれない。銀のキャンドルはそれらの象徴でもあるんだよ。なんにしろ、すばらしい儀式だ」

「そうか、きみは前にもこの手の儀式を見たことがあるんだったね」ザックは妻がバッグから次々と道具をとりだす様子を見守っていた。柄に彫刻が施されたナイフ、杯、先端に水晶玉のついた木の杖。

「ああ。儀式によって充分な力が生じれば、きみも空気が震えるのを感じるかもしれない。そうならなくとも、ぼくの持ってきた探知機がエネルギーの増加をとらえてくれるけどね。彼女たちはこれから環《サークル》をつくり、木のマッチでキャンドルに炎を灯すはずだ」

「マッチで、かい?」なぜかザックは頬がゆるむのを感じた。「それじゃあ、しっかり見張ってたほうがいいぞ」楽しい気分で妻に見とれながら、ポケットに両手をすべりこませ、かかとと爪先に交互に体重を載せて体を前後に揺する。

マックはサークルをつくるふたりを見つめながら、ノートにメモをとった。手順としてはそう珍しいものではなく、詠唱《チャント》や動きのところどころが普通とは少し違う程度だ。

「今夜は曇ってて残念だ」探知機を読みとりながら、マックはつぶやいた。「もう少し明るいとよかったんだが」

彼がしゃべっているあいだに、地面に描かれた銀色の線が輝きはじめ、光の完全な円ができあがった。

「す、すごい」マックはショックと感動を同じくらい覚え、メモをとるのも忘れて前へ一歩踏みだした。

サークルの中央から、ミアとネルがキャンドルに火をつけた。腕をさっとひと振りしただけで。

「前にも見たことがあったんじゃないのか？」ザックが言う。

「こんなのは初めてだよ。生まれて初めてだ」前に身を乗りだしすぎていたことに気づき、マックは後ろへさがった。そしてまたメモをとりはじめた。

「われらはふたり」ミアが唱える。「さらにふたりをこの地へ誘いたり。ひとりは愛ゆえに、ひとりは知識ゆえに。愛は育まるるべきもの、知識は探求さるべきもの」彼女は自分用の杖を手にとった。「それらは道具であり……」ふいに口調が打ち解けた雰囲気に変わる。「道具は尊ばれるべきもの」彼女は小さな瓶の蓋を開け、花びらをひとつかみとりだした。「アイリスは叡知」

別の瓶から、ネルがローズマリーの小枝を一本とりだす。「そしてこれは愛」彼女は儀式用のナイフを持ち、その切っ先で地面に図形を描いた。「われらはこの地にてそれらをよりあわせ、それらを結ぶ、希望によりて聖別されし愛と叡知、この環のなかで外で、育まれ探求されし愛と叡知は、恐怖に打ち勝ち、疑念を打ち砕かん」

「心と頭、開きて解き放たん」ミアは広口のボウルにハーブや花をぱらぱらと振り入れながら続けた。「さすれば、われらの定めは示されよう。謹みて掲げしこれらのものをわれらはともに大切に思うがゆえに、ここにふたりの証人を許し、われらの行いを見せんとす。今宵、この地で、彼らにわれらの儀式を明さん。これはわれ自ら望みしこと」

「われも望む」ネルが応えた。

「さて、これまでのところでなにかご質問は、教授？」

「今みたいな儀式は見たことがなかった」

「ちょっとした予行演習よ。メインのパフォーマンスの前の準備運動、とでも考えてくれればいいわ。あなたには、物陰からこっそりのぞくだけにして、なんて言うつもりはないけれど、わたしたちがいったん儀式を始めたら、サークルのなかには絶対に入らないで。近づくのもだめよ。いいかしら？」

「ああ、もちろん」

「それじゃ……」

「ひとつだけ訊いていいかな？」マックは指を一本突き立てた。

「どうぞ」

「この場所はなんなんだい？」

ミアは片手を差しだし、てのひらを上に向け、なにか大切なものを載せるかのように指先を椀状に丸めた。すると——マックはたしかに感じた——空気がどくんと脈打った。

「ここは……」ミアが静かに言う。「中心よ」彼女は手をおろし、ネルに向かってうなずいた。「祝福あれ、リトル・シスター」

ネルは息を吸いこんでとめ、両腕を高くあげた。「われは呼ぶ、決してよどまぬ甘き風《エアー》を。彼女の胸にて、わが翼、羽ばたかん。立ちあがり、振り向きて、あたたかき吐息を吹きかけよ、風を巻き起こせ、されど何人《なんぴと》にも害をなすなかれ。われはエアー」彼女が声を張りあげると、吊された水晶玉が歌いはじめた。「そして、彼女はわれ。われ望む、かくあれかし」

風が巻き起こり、静かだった夜のなかで踊りはじめる。マックは潮の香りを嗅ぎ、ささやく風が顔や髪を撫でるのを感じた。

「すばらしい」彼はどうにかそれだけつぶやき、ミアがまるで鏡に映したようにネルと同じ動きを見せてチャントを吟じる様子を眺めていた。

「われは呼ぶ、熱く明るき火《ファイヤー》を。彼女の心に宿りし命は、強くまばゆく燃ゆ。太陽のごとき火柱、何人にも害をなすなかれ。われはファイヤー、そして彼女はわれ。われ望む、かくあれかし」

銀のキャンドルがたいまつのように太く燃えさかり、地表で揺らめいていたサークルがせりあがって炎の壁となった。

マックの探知機はさかんに警告音を発しつづけている。だが、長いキャリアのなかで初めて、彼はその音になんの反応も示さなかった。握っていた鉛筆は、いつのまにか指から転げ落ちていた。彼は熱を感じ、その奥に目を凝らした。分厚い火炎のカーテンの向こうに立つふたりの女性は、炎と同じくらい明るく輝いていた。

そして風は恋する女性のように歌っていた。

サークルのなかでネルとミアが向きあい、両手を合わせた。

そのとき、暗がりから突然リプリーが飛びだしてきた。マックには一瞬しか見えなかった——白い、白い顔に、暗い瞳をきらめかせた彼女が、炎の壁へと突っこんでいく。

「やめろ！」

またたくまに火に包まれる彼女に、マックは駆け寄ろうとした。

「さがってて！」ミアがリプリーの脇にしゃがみこみながら、彼に命ずる。

「なんでだ！　彼女、けがしてるじゃないか」マックは震えのとまらない片手を見えない壁に押しつけた。すると、音を立てて火花が散ったが、どうしてもその向こうへは手が届かなかった。魔法の壁に阻まれて愛する女性に近づけないという現象が起こりうるとはこれまで見たことも聞いたこともなかったため、まったく心の準備ができていないマックは、呆然と立ちつくすしかなかった。

「サークルを消してくれ」声を荒らげて要求する。「ぼくをなかに入れてくれ！」

「これはあなたには関係ないことなのよ」

「彼女は大ありだ」彼は炎の壁に手を突き、熱さにもかまわず拳を握りしめた。

「ネル」ザックも炎にぎりぎりのところまで近づいた。手をふれたら焼け焦げてしまいそうな力を感じ、そのとき初めて恐怖に襲われた。

「大丈夫。このなかにいれば彼女は無事よ。わたしが保証するわ」ネルは夫を見つめながら、彼の妹の頭をそっと抱きかかえた。「だから、さがってて」

「どうしてこんな無謀なまねをしたの？」ミアは冷静な声で言い、リプリーの髪をやさしくかきあげた。リプリーの澄んだ瞳を見据えながらも、心臓はいまだ激しく打っていた。「あなたが来るなんて、ましてやここに突っこんでくるなんて思っていなかったから、なんの準備もしていなかったのに」

「彼女を叱らないであげて。まだ震えてるじゃない。でも、いったいどうしたの、リプリー？」ネルが訊いた。「いったいなにがあったの？」

リプリーは頭を振りつつ、体を起こして膝立ちになった。「自分じゃコントロールできないのよ。とめられなかった。どうしていいかわからなくなっちゃって」

「ちゃんと話して」ミアはそう言って、心配そうに事態を見守っているふたりの男性を見やった。自分に残された意志の力だけで、いつまでも炎の壁を保ちつづけるのは難しい。「できるだけ手短にね」

「幻覚が。頭を殴りつけるみたいに襲ってきて。なにがあったか、これからなにが起こるか、はっきり見えたの。最悪よ。あれはわたしだった」リプリーはうめきながらその場にくずおれ、体を小さく丸めた。「わたし、もう苦しくて……」

「なにをなすべきか、わかっているんでしょう？」

「いいえ」

「わかっているはずよ」ミアはそうくりかえし、リプリーの体を容赦なく引きずり起こした。「こうしてここへ来た以上、今これにどう対処すればいいかはわかっているはず。残りはまた、なるようになるわ」

リプリーは胃がきゅうっと引きつるのを感じた。「でもわたし、こんなことやりたくない」

「それでもあなたはここへ来た。わたしたちを救うため？　それより、まずは自分を救わなくちゃ。さあ、やるのよ。早く」

あえぐように息をつきながら、リプリーはとても友好的とは言えない目でミアを見かえした。にもかかわらず、彼女は片手をぐっと突きだした。「わかったから、さっさと立たせてよ。座ったままじゃできない」

ネルがその手をとり、ミアがもう一方の手をとった。そしてリプリーが立ちあがると、ふたりとも手を放した。

「呪文を覚えてないんだけど」

「覚えてるくせに。ぐずぐず言ってないで、早く」

リプリーは腹立ち紛れに息を吐きだした。喉がしまっているようで痛い。胃も相変わらず引っくりかえりそうだった。「われは呼ぶ、豊饒で肥沃な大地《アース》を。彼女のなかでわれらは耕し、刈り入れ……」力が徐々にみなぎってきて、体が揺れだすのを感じる。「ミア──」

「最後まで続けて」

「実りをわれらに与え、何人にも害をなすなかれ。われはアース、そして彼女はわれ。われ願う、かくあれかし」

その瞬間、リプリーのなかへ力が猛烈な勢いで流れこんできてあふれ、痛みを押し流した。彼女が踏みしめている大地に花が咲き乱れる。

「じゃあ、行くわよ」ミアがリプリーの手をつかみ、ネルの手もしっかりと握った。三人は手をつなぎ、サークルのなかでもうひとつの環になった。「われらは三人。ここに揃いて水《ウオーター》を呼ぶ、流れよ、海よ」

「恵み深き彼女の懐に抱かれて……」ネルが続ける。「生まれし命」

「やわらかき雨よ、害をなすなかれ、痛みをもたらすなかれ」リプリーが顔をあげ、三姉妹は声を合わせて最後のチャントを唱えた。

「われらはウォーター、そして彼女はわれら。われら望む、かくあれかし」

絹のようにやさしく明るい銀色の雨が降りはじめる。

「われらは三人」ミアがネルとリプリーにしか聞こえない声で静かに言った。

ほかにどうしようもなかったので、マックは儀式が完結するまでじっと待っていた。やがてサークルが閉じられて、手をのばせるようになるやいなや、リプリーに駆け寄って腕をつかんだ。電撃がてのひらから体を走り抜けたが、つかんだ腕は決して放さなかった。

「大丈夫かい？」

「ええ。平気だから――」

「どうして腕を引っこめようとするんだ？」その声には鋼鉄のような響きがあった。

「あなたがそうやってぎゅっとつかんだりしなきゃ、わたしだって振りほどこうとしないわよ」

「そうか、すまなかった、許してくれ」マックは慌てて腕を放した。

「あのね、マック」リプリーは彼の腕をつつきながら言った。「今はまだわたしも動揺してるから、もうしばらく放っておいて」

「わかった。好きなだけ時間をかけていいよ。こっちだって、どうせやることは山ほどあるんだから」

マックはリプリーのもとを離れ、ノートを拾ってから、機材を確認しに行った。

「ずいぶんな仕打ちじゃないの」ミアがとがめるように言う。

「今、わたしを怒らせるようなこと、言わないで」

「はいはい、わかったわ。それじゃあ、わたしの家に戻りましょう。もちろんあなたも歓迎よ。それとも、悪魔のもとへ行くほうが、あなたの性には合ってるかしら？」

ミアは鼻をつんとあげ、マックのほうへ去っていった。

「おい」ザックがすかさず寄ってきて、髪を撫で、その手で頰を包む。「びっくりさせてくれるじゃないか」

「わたし自身、びっくりしたわ」

「それなら、彼の気持ちもわかるだろうに。ぼくは、きみたち三人が揃ったらどれほどの力を発揮できるか、前にも何度か見たことがある。でも、彼は初めてだったんだぞ、リップ」ザックは妹を胸に引き寄せた。「おまえが炎のなかへ突っこんでいくのを見て、彼がどれだけ度肝を抜かれたことか」

「ええ、そうよね」こういうとき、この兄ほどたくましくて頼りになるものはほかにないと、リプリーはつくづく思った。「彼と話してくる。兄さんはネルとミアを連れて、先にミアの家に帰ってて。わたしたちもすぐに追いかけるから」

「わかった」

気を落ちつけてから、リプリーはマックが先ほど放りだした鉛筆を拾いあげ、彼のもとへ持っていった。「さっきはきつい言い方してごめんなさい」

「別に気にしてないさ」

「お願いだから、そんなふうにすねないで。あなたにはわからないのよ――」

「ああ、そうとも」マックがぴしゃりと言いかえす。「だがそれを言うなら、きみにだってわからないはずだ、きみが無事かどうかもわからないまま、ただじっと、なすすべもなく立ってなきゃいけなかったこっちの気持ちなんか」

「だから謝ってるじゃない、ごめんなさい。わたし……」声がとぎれ、視界が涙で曇る。恐れていた最悪の事態だ。「ああもう、だからさっき、動揺してるって言ったのに」

「わかった、わかった」マックは彼女を腕のなかへ抱き寄せ、髪をやさしく撫ではじめた。「落ちつくまで、しばらくこうしてるといい」

「涙を見せるのって、大っ嫌いなのよ」

「だろうね。しばらくこうしてたら、じきにおさまるよ」

リプリーはついにあきらめ、彼の首に腕をまわして抱きすがった。「一分で泣きやむから」

「そんなに急がなくていいよ。ぼくのほうも、もうしばらくこうしていたいから。さっきはきみが……」そのときマックは、金色の炎の壁に飛びこんでいった彼女の、骨のように真っ白な顔を、まざまざと思いだした。「自分でもなにを思ったのかわからないくらいだ。こういうことには慣れていると思ってたんだが。魔法なら何度も目にしてきたし、信じてもいる。それでも、きみたち三人が見せてくれたようなものは、想像だにしてなかった」

「わたし、こんなところへ来たくなかったのよ」

「だったらどうして？　来たくもないところへわざわざ足を運ばなきゃならないほど、恐ろしいことでもあったのかい？」

彼女は頭を振った。「二度しか言いたくないの。ミアの家に戻ってから話すわ」

マックは機材を入れたバッグを肩に担いだ。「きみはひどく苦しそうな顔をしていた。さっき、はっきりと見えたんだ」

「サークルはわたしを迎えるようになってなかったし、わたしのほうも準備ができてなかったから」

「いや、その前だよ。きみが死をも辞さぬ覚悟で炎に突っこんでいく前だ」

「ずいぶん目がいいのね、しょっちゅう眼鏡をなくして困ってる人にしては」「眼鏡は本を読んだり手もとで作業したりするときにかけるだけだからね」できるものならマックは、子供をあやすように彼女の頭や体を撫で、ぎゅっと抱きしめて、なだめてやりたかった。だが、そうしたらふたりともこの場で泣き崩れてしまいそうで怖かった。「今もまだ痛みを感じてるのかい?」

「いいえ」リプリーはため息をついた。「ちっとも。力を受け入れて、自分のエレメントを呼び、三人でサークルをつくったんだもの。今はもう痛みはないわ」

「でも、きみはあんまり幸せそうに見えないね」

ネルと同じく、リプリーも暗い森のなかで迷うことなどなかった。ふたりはすでに、ミアの家の窓からもれる明かりが見えるところまで来ていた。「魔法はネルに喜びを、ミアには、なんというかその、よりどころのようなものを与えてくれるんだと思うの。ネルにとっては未知なるものを探索していく感じで、ミアにとっては呼吸するのと変わらない感じなのよ」

「きみにとっては?」

「錯乱した動物がどどっと逃げだすみたいな感じ」

「それできみは、柵で囲ってしまうことを選んだわけだ」

「でも結局、打ちつけた釘が弱すぎたというわけ」リプリーはどことなく苦々しげにしめくくり、質問はこれで終わりよ、というように頭を振った。

　ここに並んでいる料理やワインにもなにがしかの儀礼的な意味があって、幻想の世界と現実を結ぶ架け橋のようなものなのだろう、とマックは思った。今宵の出来事はどんなささいなことであれ忘れる気はしなかったが、いちおうメモだけはとっておくことにする。

「質問をしてもかまわないかい？」

　女主人役のミアがにっこりと微笑みかえした。「ええ、どうぞ」椅子にゆったりと座りながら答える。「質問の内容によっては、答えられないものもあるかもしれないけれど」

「今夜きみたちが見せてくれた儀式って、あれほどすさまじい結果を引き起こしたにしては、道具や衣装なんかはかなり素朴なものだったよね」

「ごてごてした衣装や七面倒くさい儀典は往々にして、力不足をごまかすためか、自己満足のため、あるいは、観客に対するこけおどしの意味しかないのよ」

「きみにはそういうものは必要ないってことかい？」

「なんておもしろい質問かしら、マック。あなたはどう思うの？」

「いらないと思う」今夜この目で見るまでは、とてもそんなことは信じられなかっただろう。「きみたち三人に与えられた力は、典礼だの祭式だのを超えたところにあるものなんじゃないかな。たとえばきみなら、その椅子から立ちあがることなく、大がかりな儀式を行ってサークルをつくるまでもなく、暖炉に火を熾せるはずだ」

　ミアは椅子の背に深くもたれ、あらためてマックをじっくり眺めた。この男性のなにが、こうも心を引きつけるのだろう？　彼のなにが、これまで一度もよそ者には打ち明けたことのない話を打ち明けてもかまわないと思わせるのだろう？「古くから伝わってきたものにはそれなりの理由があるものよ、迷信にさえね。儀典だってそう。力を集中させるのに役立つだけでなく、その源への敬意を表すためでもあるの。でも、もちろん……」彼女の背後で、暖炉の炎が一瞬にして赤々と燃え立つ。「あなたの考えはだいたい合ってるわ」

「またそうやって見せびらかして」リプリーがつぶやく。

　ミアが笑うとたちまち炎が小さくなり、穏やかで心地よい火に変わった。「あなたの言うことも正しいわ」彼女はワインに口をつけ、グラスの縁越しにリプリーと目を合わせた。「昔のあなたはもっとユーモアのセンスがあったのに」

「そういうあなたは、もっと責任感を持ちなさいって、しょっちゅうわたしに説教してたくせに」

「そんなこともあったわね。いくら口を酸っぱくして言ってもきりがなかったけど」

「お願いだから、こんなところで嫌味の言いあいを始めるのはやめて」ネルがふたりをたしなめる。「こっちの神経がもたないわ」

「何年も前に、仲裁役のネルがいてくれたらよかったのに」ミアはふたたびワインに口をつけた。「わたしたちは三人でひとつなの。その事実は変えられないし、避けることもできなければ、無視もできないわ。例の伝説は、あなたも知っているんでしょう?」そう言ってマックに目を向ける。

「よく知ってるよ。エアーと呼ばれた魔女は聖域だったこの島を出ていった。そして結婚したが、相手の男はありのままの彼女を受け入れず、慈しむこともせず、最後には彼女を破滅に追いやった」

「彼女は自分で自分を破滅に導いたのよ」ネルが反論した。「自分というものを信じなかったせいで、信じる勇気が持てなかったせいで」

「かもしれないね」マックはうなずいた。「アースと呼ばれた魔女は、エアーの身に起こったことをどうしても受け入れられなかった。彼女は苦しみに苦しんで、とうとうその力を使って妹のかたきをとるところまで行ってしまった」

「彼女は正義を求めたのよ」リプリーは立ちあがってテーブルのまわりを歩きはじめた。「彼女にとっては、そうすることが必要だったから」

「そのせいで彼女は信頼を打ち砕いてしまった」ミアは肘掛けから一インチほど手を

浮かせたが、すぐにおろした。今は手を差しのべるときではない。「自分というものに背を向けて、恵まれた力を破壊のために使って」

「彼女にはコントロールできなかったのよ」リプリーは震える声で言った。「どうしてもとめられなかったの」

「彼女はコントロールしようとせず、とめようともしなかった。そして、自分自身と愛する者たちに悲運をもたらしたんだわ」

「三人めのファイヤーは……」リプリーがくるりと向きなおる。「入江のそばのあの洞窟で、人の姿をしたアザラシを見つけたのよね。そして彼を自分のものにしておくために、その毛皮を盗んで隠した」

「それは別に、魔法の掟に反する行為ではないわ」ミアは苦労してさりげないそぶりを装って、トレイから角切りのチーズをひとつ、つまみあげた。「彼女は彼を恋人として、夫として迎え、彼とのあいだにできた子供たちを産み育て、亡くなった妹の子供たちをも育てたんだもの」まるでチョークをかじっているような味しかしなかったが、それでも表情は崩さなかった。「妹を亡くし、愛しい夫を亡くした彼女は、深く嘆き悲しみ、やがて絶望した。自分に愛をもたらしたうえでそれを奪い去った魔法の力を呪うようになった。そして未練を断ち切るために、恋しい夫が消えた海を目がけて崖から身を投げたのよ」

「わたしにはわかる」「死は答えにならないわ」ネルが言い添える。

「わたしにはわかる」

「でもそのときは、それが彼女の出した答えだった」ミアは淡々と述べた。「そのせいで三百年後の今日、三姉妹の末裔である三人が償いをしなければならなくなった、過ちをすべて元に戻さなければならなくなったのよ。三人で力を合わせてね。さもないと、この島は永遠に海に没してしまうの」

「本気でそんなことを信じてるなら、どうしてここに暮らしてるの？」リプリーが強い口調で尋ねる。「どうしてこの家にいるの？　なんで本屋なんかやってるの？　どうして？」

「ここはわたしの居場所だから、今はわたしの時代だからよ。あなたやネルにとってもそうなようにね。あなたのほうこそ、もし信じていないなら、どうして今夜ここへ来たの？」

相手が必死で癇癪を抑えこもうとしているのが、ミアにはわかった。リプリーの顔にはみじめな表情も浮かんでいる。何年もの歳月が過ぎ去ってしまった今、こちらから手を差しのべるのはたやすいことではなかった。それでもミアは立ちあがり、リプリーに向かって片手を差しだした。

「全部話して。あなたの助けになりたい」

「わたし、見たの――ものすごく痛かった、頭からおなかまで切り裂かれたみたいな痛みが走ったわ。一瞬の出来事だったから、反応する暇さえなかったけど」

「幻覚は必ずしも痛みを伴うものではないって、あなたは知っているはずよね。痛みを与えたり害をなそうとしたりするものではないって」

「三倍相の法則よ」ひと粒の涙が、知らず知らず目からこぼれた。「呪いをかけたら、三倍になって戻ってくる。彼女は彼らを破壊したんだもの」

「ひとりでじゃないわ。それぞれが責任を負っていたのよ。続けて」ミアはリプリーの頬を伝う涙をぬぐってやった。「ほかになにを見たの?」

「ほかには……」あのときの光景が脳裏によみがえってくると、声が割れた。「彼が誰なのか、誰を象徴しているのかはわからないんだけど、そいつがやってくるの。あなたたちの誰もわたしをとめられない、わたし自身がとめられないのと同じように。あれはわたしの剣だったわ、ミア。わたしの儀式用の剣。それで彼を殺したの――わたしたちすべてを殺したの」

「あなたがそんなことするはずないわ。絶対にしない」ミアはリプリーが言いかえす前に続けた。「あなたはもっと強いもの」

「わたし、彼を傷つけたくてたまらなかった。とてつもない怒りに駆られてたわ。あいうふうに感情が高ぶってしまったら、力をコントロールできなくなるのよ。そんなわたしが、途中で自分をとめられたはずないでしょう?」

「それくらい怖かったとしたら？」ミアがそう言うと、リプリーの怒りがふたたび沸騰した。十年分の激しい怒りだ。「わたしに背を向け、自分の正体も見て見ぬふりをしてきたのは、自分がなにをしでかすかわからなくて怖かったからじゃないの？　だとしたら、あなたってただのばかね！」

くるりと身を翻してその場を離れたミアは、リプリーに髪をわしづかみにされてぐいっと引っぱられ、甲高い悲鳴をあげた。

「誰がばかですって？　けちで、しみったれの、鼻持ちならない女はどっちよ？」リプリーは、拳を構えてみせたミアに向かって目を細め、突然笑いだした。「それでこのわたしがひるむとでも思ってるわけ？　そんなふうに親指をなかに入れて握ってたら、けがするのはわたしじゃなくてあなたのほうよ。ほんと、あなたってどうしようもない女よね、ミア」

「まあ、おもしろい見解だこと。人の髪を引っぱってるのはどっちかしら？」

リプリーは肩をすくめ、手を離した。「さあ、これでおあいこよ」リプリーはふうっと息を吐きだし、そこでようやく部屋にいる全員が立ちあがっているのに気づいて、目をしばたたいた。自分たちがどこにいるか、すっかり忘れていた。「あら、失礼」

ミアは髪を手で撫でつけてから、ふたたび自分の席に着いた。「わたしがばかと言ったのが、ずいぶん気にさわったようね」

「そのとおりよ。だから、気をつけたほうがいいわ」

「その割には、わたしが背中を向けていたときでさえ、力で攻撃しようとはしてこなかったじゃないの」ミアはグラスを掲げた。「そんなこと、考えもしなかったでしょう?」

まったく油断も隙もない魔女なんだから、とリプリーはしぶしぶながらも感心した。ミアはいつだって抜け目がない。「そこまで怒ってはいなかったからよ」

「いや、怒ってたぞ」ザックが横槍を入れ、椅子に腰をおろす。「臆病者とか、ばかとか呼ばれるの、おまえは大っ嫌いじゃないか。ミアは今、その両方を口にした。にもかかわらず、おまえがやったのは彼女の髪を引っぱることだけだ」

「それとこれとは話が別でしょ」

「似たようなものだよ」ザックは妻の手をとり、妹をまじまじと見た。「でもな、リップ、これだけははっきり言えると思う。おまえは臆病者でもなければ、ばかでもない。それから、ここにいるみんなは、自分で自分の面倒くらい見られるはずだ。もちろんぼくには、魔法に関してはきみたちほどの知識はないが、おまえのことなら知っている。おまえはもうそろそろ、すべての人の運命が自分次第で決まると思うのをやめるべきだ。ここには、孤独な者などいやしないんだから」

「みんなを傷つけるなんて耐えられない、そのことに責任なんて持てないのよ。それじゃあ生きていけないの。母さん、父さん、ネル……。お願い、これだけ答えて」リプリーはミアに向きなおり、問いつめた。「本気で答えてよ。もしもわたしが島を出ていったら、荷物をまとめてフェリーに乗って、二度と戻ってこなかったら、そうしたら鎖は断ち切れるの？」

「答えはとっくにわかってるんでしょ。でもせっかくだから、マックに意見を訊いてみたらどう？　こういうのはまさに彼の専門分野ですもの。学者として、観測者として、また、相当量の調査を重ねてきた研究者としての、あなたの客観的なご意見は、ドクター・ブック？」

「この島は、島自体が力を持っている。ただしそれは、なにかのかげんで均衡が破れるか、なんらかの力が加わるまでは、眠っている状態なんだ」

「だったら、わたしが島を去るというのは、いわば、力の鉱脈へ通ずる導管をとり去るようなものよね？　それって、可能なの？」

「可能ではあるが、それでは単にきみに内在するエネルギーのレベルをさげることにしかならない。島にとってはなにも変わらないよ。残念ながらね。きみがどこにいるかは問題じゃない。問題なのは、きみがなにをするかなんだ」

リプリーがまだ納得していないようだったので、マックは身振り手振りもまじえて彼なりの仮説を説明した。

「じゃあ、こうしよう。議論を進めるうえで、とりあえず伝説が真であることを前提とすると、きみはひとつの選択を迫られる。なにをして、なにをしないか、だ。きみは今ここにいる」

彼はナプキンを島に見立て、その上にオリーブの実を三つ置いた。そののち、そこからひとつだけオリーブをつまんで、トレイの上に置いた。

「きみがここから出ていくとする。それで変わるのは、きみが選択をし、行動を起こす、もしくは抑制する場所だけだ。きみがどこへ行こうと、四つのエレメントは存在する。基本的な自然法則に逆らうことはできないからね。つまり、きみの本質は変わらないうえに、きみのすることは必ず返ってくる——土、風、火、水の力によって」指先でナプキンの一点を突きながら言う。「すべての源へね。それはどうしても避けられない。となると、きみにとってはここに残るのが論理的には最善の選択だろう。ここにいるほうが強いわけだし、きみたち三人が揃ったらさらに強くなれる」

「彼の言うとおりだわ」ネルがそう言ってリプリーの注意を引いた。「わたしたちはすでに一度、パターンを変えてしまっているのよ。今は三人揃ってるけれど、前はふたりしかいなかった。あなたとミアがいなければ、そしてあなたがいなければ……」ザックに向かって言う。「今ここにはふたりしかいなかったはず。三姉妹のつくったサークルは、現時点ではもう破られているわ。でも、わたしたちのサークルはまだ破られていない」

「ただし、錆びついているわ」ミアがそう言いながら、チーズをもうひとかけつまみあげた。「あなたにはせいぜい昔の勘をとり戻してもらわないと、保安官代理」

リプリーはオリーブの実をさっとつかみ、口にぽんと放りこんだ。「やればいいんでしょ、やれば」

14

「ねえ、今夜くらいは機械をとめておいてくれない？」

リプリーは黄色いコテージの戸口で立ちどまった。あれだけのことがあったあと、さらにここで忌々しい機械にさまざまなデータを読みとられるかと思ったら、足を踏み入れる気になれなかった。

「ああ、いいよ」マックは脇をすり抜けて先になかへ入り、荷物をおろしてから、機械の電源を次々と落としていった。

リプリーがここへ来てくれるとは、正直期待していなかった。表情からはうかがえないものの、きっとへとへとに疲れているだろう。少なくとも、他人と一緒にいたい気分ではないはずだ。もしかすると、なかでもとくに彼とは。

彼女が普段の彼女に戻っているのは間違いない。さっきはミアと皮肉まじりの舌戦をくり広げていたし、今はもう、森のなかでの出来事などたいしたことではなかったかのようにふるまってもいる。

信じがたいほど堅固な盾だ、とマックは感じた。環《サークル》で彼の侵入を拒んだ壁と同じくらい。もしもその盾が手からするりと落ちてしまったら、彼女はいかに心細く感じるのだろうか？

「ひとまずこの辺に座るかい？」ようやくなかに入ってドアを閉めた彼女に向かって、マックは尋ねた。「それとも、ベッドへ直行するほうがいいかな？」

「えっ、いきなり？」

彼の顔が赤く染まった。「セックスしようって意味じゃないよ。きみが眠りたいんじゃないかと思ってさ」

そう言われて初めて、リプリーはマックになんの下心もなかったことに気づいた。あたりまえじゃない、彼はどこまでもいい人なんだもの。そう思いながら、わずかな足の踏み場を見つけて部屋のなかを歩きはじめる。「横になるにはまだちょっと早すぎるわね。それより、なにかわたしに話があるって言ってなかった？」

「ああ。でも、今夜は話を聞く気分じゃないだろう？」

「平気よ、疲れてはいないから。そういうふうにはならないの」

「だったら……。ともかく、ジャケットくらい脱いだらどうだい？」

リプリーは彼が手をのばしてくるより早くあとずさり、肩を揺すってジャケットを脱いだ。「訊きたいことがあるなら、さっさと訊けば？　だったらどういうふうになるか、知りたいんでしょ？　今の気分は、そうね、タンカー一隻分のカフェインを摂取したみたいな感じかしら。精力があり余ってて……」マックに近づき、その体をぐっと押しやる。「落ちつかないの」そしてもう一回。「だから、そう、ベッドへは行きたいわ」最後のひと押しで、彼をベッドルームの戸口まで追いやった。「だからって、眠るわけじゃないのよ」

「わかった、わかった。それならまず――」

リプリーはふたたび彼を押しやり、部屋の明かりをつけた。「話はしたくないの。それから、電気を消すのもいや」

「いいよ」なぜかマックは、ひどく飢えた雌の狼の巣にうっかり踏みこんでしまった気がした。彼女の瞳の色がいつもと違って見える。普段より濃く、鋭い。狙った獲物は絶対に逃さない目だ。いつのまにか彼は欲望をかきたてられ、心臓が妙にどきどきしはじめた。「じゃあせめて……カーテンだけでも――」

「開けといていいわ」

「リプリー」彼は苦しげに笑った。「たしかにこのコテージはちょっと奥へ引っこんではいるけど、いくらなんでも明かりをつけたままじゃ――」

「いいから、開けておいて」リプリーは素早い動きでセーターを脱ぎ捨てた。「そのシャツ、お気に入りのものなら、さっさと脱いだほうがいいわよ。さもないと、びりびりになってしまうかも……」

「えっと、その……」マックは息をつき、なごやかな笑みを浮かべようとした。「なんだかきみのことが恐ろしくなってきたよ」

「それでいいのよ。もっともっと怖がって」

リプリーはマックに飛びかかり、ベッドに押し倒した。しなやかな猫のように、彼の上で体を弓なりに反らす。喉の奥から悩ましい声を出し、歯をむきだしにしてみせた。そして、すかさず彼の首筋にかじりつく。

「お、おい！」

「もう待てないわ」マックが岩のごとく身をこわばらせた。

熱い吐息をもらしながら、彼のシャツを裂かんばかりの勢いではだけさせる。「めちゃくちゃにして。今すぐ」

マックは手をのばしたが、リプリーが彼の髪をつかんで頭を自分のほうに引き寄せ、乱暴にキスを奪った。唇から伝わってくる熱がまたたくまに体の隅々にまで行き渡り、彼の息をつまらせ、血をたぎらせた。

抗いがたい苦痛と快楽が同じくらい入りまじった闇の底へ、螺旋を描いて落ちていく。と同時に、彼のなかで眠っていた野獣がついに目覚め、解き放たれた。

リプリーの下で体をのけぞらしつつ、無我夢中で彼女の服を引きはがしていく。さらに髪をわしづかみにして後ろへ引っぱり、喉もとをあらわにした。今度はこちらからくらいつくために。

彼を満たしているのはただの欲望ではなく、彼女をむさぼりつくしたいという思いだった。

ふたりはベッドの上で転げまわり、互いの肉体を、熱を、求めあった。

リプリーは生々しい欲求に突き動かされた。野蛮なほどのエネルギーが泉のようにわきだしてくる。マックの肌に爪をくいこませ、歯を立てた。彼の指がなかへとすべりこんでくると、激しく狂おしい勝利の叫びが思わず口からもれた。

もっと高く、もっと速く。それしか考えられなかった。荒々しい絶頂に次ぐ絶頂を求めた。目もくらむような銀色の光が、頭のなかでシャワーのように降り注ぐ。嵐がふたりを燃え立たせ、彼女の欲望をあおった。

蛇のごとく身をくねらせて、マックの上にまたがる。そしておもむろに腰を深く沈めていった。

すると、体の内側からむさぼられていくような、すべてをくいつくされるような感覚に見舞われた。熱くしっとりと濡れた部分で彼をすっぽりと包みこみ、そのまま高みへと駆けあがっていく。快感に貫かれて体がのけぞり、汗ばんだ肌が真珠のように輝きはじめ、やがて小刻みに震えだすさまを、マックは驚きとともに見守っていた。

しばらくすると、リプリーはまた体を動かしはじめた。猛烈な勢いで。黒い髪を振り乱し、前かがみになって、彼の下唇をせわしなく噛みはじめる。マックは彼女のヒップを両手でがっしりとつかんで、強く、速く、下から何度も突きあげた。

リプリーは馬乗りになったまま大きく上半身をのけぞらせ、至高の瞬間へ向かって激しく腰を振りつづけた。

「まだよ、まだ……」あえぎながら言う。

視界がぼやけ、極限に達した欲望をマックが放出しようとした瞬間、リプリーは森で力を呼んだときと同じく、両腕を広げて頭よりも高く掲げた。彼は、めくるめく歓びの霞の向こうから赤い矢尻が飛んできたかのようなショックを感じた。圧倒的な威力を伴う強烈で鋭利な衝撃が、彼女を貫いて彼に突き刺さった。

マックは死んだように横たわっていた。このまま死ぬのだとしても、いっこうにかまわない気分だった。これだけの経験ができたのだから、死は決して高い代償ではない。今この瞬間はそう思えた。

自分を覆っていた殻をそっくりむかれてしまったかのような気分だ。あらゆる不安、懸念、憂慮がすべて削ぎ落とされ、代わりに純粋で甘美な感覚に満たされていた。

もう二度と、歩いたり、しゃべったり、考えたりできないかもしれない。だとしても、それくらいの不都合はとるに足らないとしか思えなかった。とてつもない幸福感に包まれたまま、この世を去ってゆけるなら。

リプリーが小さく鳴くような声をもらした。ああ、耳はまだ聞こえるみたいだな、とぼんやり思う。これはうれしいおまけだ。やがて彼女が唇を重ねてきた。体もまだ、新たな快感を知覚できるようだ。なおのことすばらしい。

「マック？」

彼は口を開いた。かすかな音がもれる。言葉にはならなかったが、会話によるコミュニケーションにはさまざまな形があるものだ。それでも気持ちは伝わるだろう。

「マック？」リプリーがふたたび呼びかけ、てのひらを彼の下腹部へと這わせ、そっと握りしめてきた。

ああ、このくらくらするような感覚は、やはりはっきりと感じられる。

「うん？」軽く咳払いをしてから、片目を開けてみた。どうやら失明してはいないようだ。これもまた喜ぶべきことだ。「ああ。眠ってはいないさ」錆びついた感じではあったが、今度は声になった。しかし、喉がからからに渇いている。「臨死体験をしてたんだ。それも悪くはなかったよ」

「死の淵から生きかえったなら……」体をこすりつけるようにして這いあがってきた

リプリーの瞳がつやっぽくきらめくのを見て、マックは息をのんだ。「もう一度」「いや、その……」彼女の唇が胸を伝って下のほうへおりていくと、呼吸が苦しくなる。「回復するのに……少し時間が必要なようだ。たぶん……一カ月ぐらい」リプリーが笑った。いたずらっぽく悩ましげな声が彼の肌を波立たせる。「じゃあ、そうやって横になったまま、黙って受け入れてもらうしかないわね」彼女の口がさらに下へと肌を伝っていく。マックの体はとろけ、ベッドに溶けこんだ。「あ、ああ……そうしなきゃならないなら、そうするしかないね」

困ったことになったわ、とリプリーは思っていた。これまでは力を男性と分けあった経験などない。そうしたいという欲求や欲望に突き動かされたことすらなかった。なのにマックといると、どうにも抑えがたい衝動に襲われ、自分の一部を彼の一部とつなげたいという、深くて溺れてしまいそうな激しい欲求に駆られる。彼に恋していることはもはや疑いようがなく、熱い気持ちを理性で切り捨てることもできそうになかった。

トッド家の人間は、恋に落ちるまでは時間がかかるものの、ひとたび落ちたら熱く激しく永遠に愛しつづけるのが伝統だ。それを考えると、リプリーは立派に家名を受け継いでいると言えるだろう。

でも、これからどうすればいいのか、まったくわからない。

今この瞬間は、そんなことにかまっていられなかった。

一方のマックは酒にでも酔ったような高揚感に包まれ、心地よすぎる感覚に抗う理由を見いだせなくなっていた。外ではいつしか風が吹きはじめていた。窓をがたがたと震わせるその音が、コテージをいっそう居心地のよい場所に感じさせる。この島にたったふたりしかいないかのように。彼に言わせれば、このままであっても少しも困らなかった。

「わたしに話したかったことって、なんなの？」

「ああ……」リプリーの髪を指先でもてあそびながら、彼女と一緒ならこのまま一生シーツにくるまって過ごすことになってもかまわない、とさえ思う。「その話はあとでいいさ」

「どうして？　せっかく、わたしもあなたもここにいるのに。わたし、喉が渇いちゃった」リプリーは起きあがり、髪を彼の手からしゅっと引き抜いた。「ワインがあるとか言ってなかった？」

「かもしれない。本当に本気で、ワインを飲みながら話をしたいのかい？」

彼女は小首を傾げた。「あなたさえその気なら、もっと別のことをしたっていいんだけど」

認めたくはないが、もしまたここで彼女に飛びかかってこられたら、おそらく途中で息絶えてしまう、とマックは思った。「ワインをとってくるよ」

リプリーに笑われながら、ベッドから転がるようにしておりる。「ほら」引きだしを開け、スウェットスーツをとりだして彼女に投げた。「どうせなら、楽な格好がいいからね」

「ありがとう。なにか食べるものはある？」

「どういうものを指しているかによるな」

「口に入ればなんでもいいの。ものすごーく飢えてるから」

「そのようだね。たしか、ポテトチップスがあったと思うが」

「それで充分」リプリーはスウェットパンツをはき、ずり落ちない程度に腰の紐を結んだ。

「じゃあ、掘りだしておくよ」

彼が部屋を出ていったあと、リプリーはスウェットシャツを着て、彼の服を身につける喜びに浸りながら袖の匂いをうっとりと嗅いだ。あまりに女っぽくてばかばかしい行為だとわかってはいるけれど、黙っていれば誰にも知られる心配はない。

キッチンへ入っていくと、ワインの栓が開いていて、グラスもふたつ並んでいた。カウンターにはポテトチップスの大きな袋も置いてある。彼女はその袋をがさっとつかみ、椅子にどすんと腰をおろして、臨戦態勢を整えた。

「ここじゃなくて……あっちへ行かないか？」マックは言った。妙な期待感に胸がどきどきしはじめる。これから打ち明けるつもりの話にリプリーがどんな反応を見せるか、まったく見当がつかないからだ。それもまた、彼女に心惹かれてやまない理由のひとつだった——彼女の言動は予想がつかない。

「どうして？」

それにもうひとつ。リプリーはぼくと同じくらいの頻度で、疑問を投げかけてくる。

「あっちの部屋のほうが居心地がいいだろう」

「リビングルームのこと？　あなたの大切な機械の上に座って話すの？」

「ははっ。そうじゃなくて、ソファーがあるだろ、たしかまだあったはずだ。それに、あっちなら暖炉に火も入れられるし。足は冷たくないかい？　靴下も貸そうか？」

「ううん、わたしは平気」でも、マックは違うようだ、とリプリーは気づいた。やけにそわそわしている。彼のあとについてリビングルームへと移りながら、その理由をあれこれ考えてみた。ふたりとも体を縮こまらせるようにして進まなければソファーまでたどり着けなかった。彼がコテージを借りて以来、このソファーが本来の使用目的どおりの使われ方をしたことがあるかどうか、疑わしい。

マックはワインを床に置き、積み重ねてあった本やクッションを脇にどけた。リプリーは、だからわざわざそんな面倒なことしなくていいのに、と言いかけたが、思いなおして口を閉じた。

ワイン、会話、心地のよい暖炉。ロマンティック。男性が女性に愛を告白するときには、せめてこれくらいロマンティックな道具立てをしたいものなのかもしれない。

そう考えたとたん、心臓がどくんどくんと打ちはじめる。

「これって、なにか大事な話なの?」かすかに震えるやわらかい唇の隙間から、そう尋ねた。

「まあね」マックは暖炉の前にしゃがんだ。「いざ話すとなると、ちょっとどきどきするな。こんなふうになるとは思ってもいなかったんだが。どこから話しだせばいいのかわからなくて」

「焦らないで、じっくり考えて」急に脚ががくがくしはじめたので、リプリーは座った。

彼は炉床に薪と焚きつけを並べてから、ようやく振りかえった。深く考えこむようなその顔を見て、一瞬とまどいを覚える。それはまさに科学者の顔だった。

「わたしのほうから話を切りだしてあげてもいいんだけど……」リプリーは言った。

「やっぱり遠慮しておくわ」

「すまない、考えをまとめようとしてたんだ。その……火を熾すという基本的な魔法は、たいていの場合いちばん最初に覚えて最後まで忘れないものだって聞いたことがあるけど、それは正しいのかい？」

「そうね、実体のある魔法、意識を集中させてコントロールすることが必要な魔法について言ってるなら、正しいんじゃないかしら」体がほてってむずむずしてきたので、ぎこちなく身じろぎする。「こういうことを説明するのは、わたしよりミアのほうが得意よ。わたしはあんまり考えない――というか、もう長いこと考えないようにしてきたから。彼女は考えてばかりいるみたいだけど」

「彼女のほうが自由自在に魔法を操れるのは、たぶんそのせいなんだろうね」マックは軸の長い木のマッチをすり、焚きつけに火を移した。「きみの場合は――うまい言い方が見つからないけど――爆発的って感じがするのに対して、彼女の魔法はもっと一点に集中してるというか……」

炎がめらめらとあがって薪が燃えはじめると、彼は立ちあがり、ジーンズのお尻で両手をふいた。

「どうやってきみに言いたいことを伝えようか、さっきからずっと迷ってるんだ」

その言葉を聞いたとたん、リプリーは雀が群れをなしてみぞおちのあたりに突っこんできたような衝撃を感じた。「ずばっと言えばいいじゃない」

「いや、順序立てて話すほうが話しやすいから」マックは身をかがめてワインを注いだ。「今日の夜を迎えるまでは、頭のなかは整理できてると思ってたんだけどね。でも、ああいう形できみを見つめ、きみが体験してきたこと、感じていることをわずかながらも理解し、こうしてふたりきりで過ごしてるうちに……。リプリー」彼女の横に座り、グラスを手渡してから、彼女の手の甲にそっとふれた。「これだけはわかっておいてほしいんだ、これまでぼくはここまで熱く燃えたことはない、きみ以外の誰ともね」

リプリーは涙にくぐもった声で答えた。「わたしの場合、人とは違うから……」涙がこんなにも甘く切なく感じられたのは、生まれて初めてだった。

マックはうなずいた。リプリーの言葉が〝わたしは魔女だから、親密な関係を結ぶときも他人とは違う〟という意味だったのだと気づき、心臓がどきっとする。「とにかく、だ。ぼくが言いたいのはだね、きみを大切に思っているから――」彼は片手で髪をかきあげた。「ふたりのあいだにあるものを大切に思っているからこそ、それ以外の問題が余計にややこしくなってるってことなんだよ。なにより不安なのは、ぼくがきみのことを大切に思うのはこういう仕事をしてるからにすぎないんじゃないかと、きみ自身に誤解されることだ。それは違うよ、リプリー。魔女であろうとなかろうと、ぼくはきみが愛しくてたまらないんだ」

シルクが肌にふれるように愛のこもった手で撫でられた気がして、リプリーの心はすうっと落ちついた。「そんなふうには思ってないわ。もしそうだったら、今ごろとっくに帰ってるわよ。いつまでもぐずぐずしてるはずないじゃない。でも、わたしはまだここにいるわけだから……」

マックが彼女の手をとって、てのひらにキスをした。すると、爪先から喉のあたりまで、さざ波がゆっくりと押し寄せてきた。

「マック……」

「もともとは、ミアに最初に話そうと考えていたんだ。でも今は、まずきみに話したい」

「えっ……あの……どうしてミアが出てくるの？」

「理論的には、彼女がもっとも強い絆を有してるからね。でも、どのみち、すべてが絡みあっている。それに、ぼく自身が本当はいちばん先にきみに打ち明けたいと思ってたことに気づいたんだ」彼はふたたびリプリーの手にキスをしたが、今度はどことなくうわのそらだった。そののち、これから講義を始める人のように、ワインをひと口飲んで喉を湿らせる。

それまでのわくわくそわそわした気分が急にそがれた。「そんなにもったいぶらないで、もうそろそろ話してくれてもいいんじゃない、マック？」

「わかったよ。例の三姉妹にはそれぞれ、何人かずつ子供がいた。何人かは島に残り、何人かは出ていったきり戻らなかった。そしてなかには、いったん島をあとにして旅先で結婚し、家庭を築くためにここへ戻ってきた者たちもいた。まあ、こんな話はぼくがあらためてするまでもなく知ってると思うけどね。ともあれ、彼らの子供たちやそのまた子供たちは、何世代にもわたって同じことをくりかえしてきたんだ。その結果、ここスリー・シスターズには、三姉妹の血がとぎれることなく連綿と受け継がれてきた。と同時に、その血は世界じゅうにも散らばっていったわけだ」

「この話がどこへつながるのか、ちっとも読めないんだけど」

「実際に見てもらったほうが話が早いかもしれないな。ちょっと待っててくれ」

マックが立ちあがり、機械類をよけながら、慌てて部屋から飛びだしていく。途中でなにかに爪先をぶつけたらしく、ののしりの声が聞こえてくると、リプリーはひそかにほくそ笑んだ。

いいきみだわ、とクッションに拳を打ちつけながら思う。てっきり、つのる思いを告白し、永遠の愛を誓って、結婚を申しこんでくるんだとばかり思ってたのに。瞳に星をきらめかせてうっとりしていたわたしに向かって、あんなふうに持ってまわった言い方で、結局はくだらない研究の話を始めるなんて。

でもそれって誰のせいなの？　と自分で自分をいさめる。話を勝手にねじ曲げようとしていたのは、いったい誰？　なんの防御もせず、だらしなく顎を突きだしていたのは、ほかならぬこのわたしでしょう？　そうよ、わたしがばかだったのよ。愛だの恋だのに浮かれて、まともに考えることをやめてしまったわたしがいけないんだわ。これからは、そういう点は改めなくちゃ。

愛することはやめられないけれど。リプリーはトッド家の一員として、マックを愛していることは素直に認め、永遠にその愛を貫くつもりでいた。だとしても、せめてもう少し正気に戻って、理性的にものごとを考えるようにしていかないと。

わたしにとって彼が運命の人であることは間違いないのだから、彼にはそれを受け入れてもらうしかない。ドクター・マカリスター・ブックは魔女を研究対象とするだけではない。魔女のひとりと結婚する運命にあるのだ。わたしが彼をその気にさせる方法さえ見つけだせたら……。

「待たせてすまなかった」マックがさっきよりも慎重な足どりで、機械をよけながら戻ってきた。「置いたと思ったところに見あたらなくてさ。まあ、すぐに見つかるものなんて、この家にはひとつもないけど」リプリーが濡れたようなまなざしを向けると、彼の表情が変わった。「えっと……どうかしたのかい？」

「いいえ、なんでもないわよ」おどけたように答え、自分の隣のクッションをぽんぽんと叩く。「わたしひとりが暖炉の前でぬくぬくしてるだけじゃ、なんかもったいないなと思って」彼が座ると、リプリーはわざとらしく片脚を彼の膝に載せた。「ああ、このほうがずっといいわ」

「ええと」彼女が身をすり寄せてきて顎のあたりに軽くキスをすると、たちまちマックの血圧はあがりはじめた。「ほらこれ、きみが読みたいんじゃないかと思って持ってきたんだが」

「ううん。あなたが読んで聞かせて」リプリーは彼の耳たぶをそっと噛んだ。「あなたって、とってもセクシーな声をしてるんだもの」そして、彼のポケットから眼鏡をとりだす。「それにわたし、これをかけてるあなたを見ると、体が熱くなってきちゃうのよ、知ってるでしょう?」

マックはもごもごとつぶやきながら、ぎくしゃくした手つきで眼鏡をかけた。「この日記は、えっと、コピーなんだけどね。本物は倉庫に保管してある、古くてぼろぼろになってるから。これはぼくの、何世代も前の先祖が書いたものなんだよ。母方の。最初の日付は一七五八年九月十二日、ここシスターズ島で記されている」

リプリーは驚いてぱっと体を離した。「今なんて言ったの?」

「まあともかく、しばらく黙って聞いてくれ。〝今日……〟」マックは日記を読みはじめた。「〝わたしの末の娘に赤ん坊が生まれた。セバスチャンと命名された、丈夫で健康そうな男の子だ。娘のヘスターとその若くてすばらしい旦那さまが、この島にとどまって家庭を築き赤ん坊を育てていく決意をしてくれたこと、本当にありがたく思う。

ほかの子供たちは今や遠くに行ってしまった。ときおり水晶玉をのぞいて様子をうかがってみたりはするけれど、この手で子供たちや孫たちの顔にふれることができないのは、とてもつらい。

わたしはもう二度と島を出ていかないだろう。

これもまた、水晶玉のなかで見たことだ。わたしにはまだこの地上で過ごす時間が残されているし、死が終わりを意味するものではないことも知っている。それでも、自分の愛する子供が生んだ美しい赤ん坊の顔を見ると、この子の成長を見届けられないことは悲しく感じる〟」

そこでちらりとリプリーの顔を盗み見ると、彼女はまるで一面識もない人物を見つめるような目で彼を見かえしていた。とりあえず、最後まで一気に読んでしまったほうがいいだろう。話を一度ですませるために。

「〝それに、母がこの世で長く生きる道を選ばず……〟」彼は日記の続きを読みはじめた。「〝自分の子がさらに子供を産んでくれたこの日の喜びを知らずに亡くなったことも、とても悲しい。

時はあっというまに過ぎていく。わたしたちの子孫が過去を忘れず、賢い選択を続けてくれれば、この子の血を受け継ぐ者がいつの日か必ず、傾いた天秤を元に戻してくれるだろう〟」

グラスの脚をつかんでいることも忘れ、リプリーは関節が白く浮きあがるほど拳を強く握りしめていた。「それ、どこで手に入れたの?」

「去年の夏、両親の家の屋根裏部屋にあった箱を整理していたときに、この日記を見つけたんだ。それ以前にも箱の中身を見たことはあったんだけどね。そうやって古いものを引っくりかえしてばかりいたから、しょっちゅう母に怒られてたよ。前に箱をのぞいたときどうしてこれに気づかなかったのかは、ぼくにもわからない。まあ、去年の六月になるまでは、ぼくがこれを見つける準備が整っていなかった、ってことなんだろうけど」

「六月……」体に震えが走り、リプリーは思わず立ちあがった。ネルがこの島へやってきたのは六月――そのとき、三人が初めてひとつにつながった。マックがふたたび口を開こうとしたのを感じ、リプリーは片手を突きだして黙らせた。意識を集中させる必要があったからだ。「あなたは、その日記はあなたの先祖が書いたものだと推測してるわけね?」

「推測じゃない。家系だってちゃんと調べたんだ。彼女の名前はコンスタンスで、そのいちばん下の娘がヘスター。そしてヘスターは一七五七年の五月十五日に、ジェイムズ・マカリスターと結婚している。彼らの長男、セバスチャン・エドワード・マカリスターは、スリー・シスターズ島で生まれているんだよ。彼は独立戦争で戦ったのち、結婚して子供をつくり、ニューヨークに住み着いた。その血筋が、母からこのぼくまでつながっている」

「ってことは、あなたもわたしたちの……」

「証拠となる書類はすべて揃っている。婚姻記録とか出生証明書とか。つまり、ぼくたちは遠い親戚ってことになるね」

リプリーは目を丸くして彼を見つめたあと、暖炉の炎に目を向けた。「どうして最初からそのことを教えてくれなかったの？」

「うん、その理由を説明するのは、ちょっと難しいんだが……」叶うものならリプリーにもう一度座ってもらい、体をすり寄せてもらいたかった。だが、この話を終えるまでは、いくら望んでも仕方がないとわかっていた。「つまりその、交渉を有利に運ぶ切り札として、とっておくべきかもしれないと思ったんだ」

「手札のエースってわけね」リプリーが言った。

「ああ。もしもミアがぼくの研究を邪魔立てするような態度に出てきたら、そのときこそこの情報が役に立つと思って。結局そんなことはなくて、ぼくは次第に隠しているのがつらくなってきた。だから今夜打ち明けようと考えていたんだが、それより先にきみに話しておきたくてね」

「どうして？」

「きみのことが大切だからだよ。こう言うときみは腹を立てるかもしれないが――」

リプリーは首を振った。「そんなことないわ」動揺はしているけれど、怒ってはいない。「わたしだって、欲しいものを手に入れるために似たようなことをした覚えはあるもの」

「きみがここへ来てくれるとは思ってなかった。ぼくの言いたいこと、わかるよね？ まさかぼくらがこんな関係になれるなんて。ぼくは、たいていの人から見れば非論理的としか思えない分野にどっぷりとつかっている男だ。でも、ひと皮むいた個人的なレベルでは、いつもこの地に引かれつづけてきたんだと思う、それがどこなのかもわからないうちからね。去年の夏、ついにそれがわかったんだ」

「でも、すぐには来なかったじゃない」

「その前に、データを集め、下調べをし、分析して、事実と照合してみなきゃいけなかったからだよ」

「おたくはどこまでもおたくなのね」

リプリーがソファーの肘掛けに腰をおろした。一歩前進だ、と彼は思った。「まあな。この島は何度も夢に見ていた。どこにあるのか――現実に存在する場所なのかどうかも――わからなかったけど、夢に見ていたんだ。きみのことも。その夢があまりにも鮮烈で、紛れもなく人生の一部と化していたから、どうしても接近せずにはいられなかったんだよ。ぼくなりのやり方で、だけど。つまり、観察者、記録者として」

「観察の結果、どんなことがわかったのかしら、ドクター・ブック？」

「データならそれこそ腐るほど集めてあるけど、きみはたぶん、そんなもの読む気が起こらないだろ？」マックが目で問いかけると、リプリーは首を振った。「やっぱりな。ともかく、ひとつだけはっきり感じられることがある。ようやく自分のいるべき場所にたどり着いた、って感覚だよ。ぼくは間違いなくこの件にかかわっている。ただ、どういうふうにかかわっているのか、正確にはまだわかっていないんだけど」

リプリーはふたたび立ちあがった。「この件って？」

「天秤を元に戻すことだよ」

「もしかしてあなた、脳みそにそれだけの知識がつまってるくせに、この島がいつか海へ沈んでしまうなんて、本気で信じてるの？　何百年も前の呪いが今も生きてるなんて？　島っていうのは、泥沼にはまった船みたいにぶくぶく沈んだりしないものでしょ」

「その意見には、名のある学者や歴史家の多くが反論すると思うよ、アトランティスを例にとってね」

「あなたもそのひとりってわけね」リプリーが苦々しげに言う。

「ああ、でも、その点について持論をまくしたててきみを死ぬほど退屈させてしまう前に、これだけ言わせてくれ。字義どおりとは言えない解釈も成り立つってことさ。最大級のハリケーンとか、地震とかで――」

「地震?」その瞬間リプリーは、たしかに足もとの揺れを感じた。いや、彼女が地面を揺らしたのだ。そうは考えたくなかったけれど。「やめてよ、マック!」

「地殻プレートの変動や地圧について、講義を始めてほしいのかい?」

彼女は開きかけた口をすぐにまた閉じて、代わりに首を振った。

「だと思ったよ。ぼくは地質学と気象学の学士号を持ってるから、いったんそういう話を始めたらとまらないぞ。まあ、簡単に言うと、自然というのはとうていわれわれの手に負えるものではなく、めったに情けをかけてくれないものだってことだよ」

リプリーは彼を品定めするように、とくと観察した。まじめで、セクシーで、物静か。そしてなぜか揺らぎない自信にあふれている。わたしがこの人に恋してしまったのも無理はない。

「ねえ、知ってる? 蘊蓄を傾けてるときのあなたって、自分で考えてるほど退屈じゃないと思うわよ」

「そいつはどうかな」今ならリプリーも素直に受けとめてくれそうだと感じて、マックは彼女の手をとった。「お願いだ、リプリー、どうかぼくらを天と地の狭間に押しこめないでくれ。このままだと、いずれぼくらは報いを受けるはめになる」

「となると、どこまでやるかを決めないといけないわね」

「手っとり早く言えばそうなるかな」

リプリーは頬をぷうっとふくらましてから、息を吐きだした。「伝説なんてくだらないとばかりも言ってられなくなってきたわ。最初はネル、次があなた、そして今度はこれだもの」日記のコピーを見おろしながら、そうつけ加える。「なんだかわたし、誰かに追いつめられて、どんどん逃げ場がなくなってるような気がするわ」

そのときふとある考えが頭をよぎり、リプリーは眉をひそめてページをぱらぱらとめくった。

「あなたは三姉妹の誰かの血を引いてるのよね?」そこで顔をあげ、彼の瞳をまっすぐに見据える。「ってことは、あなたにも魔力があるの?」

「いや。ぼくはどうやら外れのようだ」彼は言った。「魔法に対する興味や関心は受け継いでるのかもしれないけど、実際の役に立つ魔力は備わっていないんだよ」

リプリーはようやくリラックスして、彼の隣へとお尻をすべらせた。「それだけでも、なにがしかの価値はあるわ」

15

ミアはオフィスのデスクで、一冊めの日記の目次に目を通していた。外では、風に運ばれてきた雲が凍てつくように冷たい雨を降らしはじめ、激しい音を立てて窓ガラスを叩いている。

陰鬱な気分を振り払うため、今日の彼女は目の覚めるような青の服に身を包み、前の誕生日にネルからもらった、小さな星と月のイヤリングをつけていた。目次に目を落としたまま指先でそれをもてあそび、耳もとでゆらゆらと星と月を揺らす。

目次を最後までざっと読み終えて椅子の背にもたれ、ミアはにやにやしながらマックを見つめた。「あらためて挨拶しなおさないといけないわね、いとこのマック」

「きみがこのことをどう受けとめてくれるか、正直、よくわからなくて」

「わたしはなにごとも、来るがままに受け入れるわ。これ、しばらく借りておいていいかしら？　できたら最後まで全部読みたいんだけれど」

「もちろん」

ミアは日記のコピーを脇に置き、ラッテのカップを手にとった。「それにしても、実にすばらしいめぐりあわせだわ」

「ああ、たしかにすごい偶然だと思う」

「偶然というのは、起こるべくして起こることも多いのよ。うちの家系は、確実にあの三姉妹までさかのぼれるの。島に残った者もいれば、出ていって戻らなかった人たちもいるわ。そのなかに、今にして思えば、マカリスターという分家もいたのよね。娘が三人、息子がひとり。息子は島を離れて、戦争を生きのび、のちに一代で財をなしたと聞いていたわ。なのに、今の今まで気づかなかったなんて、不思議だと思わない？　たぶん、まだ気づくべきではなかった、ってことなんでしょうけれど。それでも、あなたにはなにかを感じていたの。親しみのようなものを。これでようやく腑に落ちたわ。ほっとした気分よ」

「ぼくのほうは〝ほっとした〟どころじゃなかったな、真実が見えてきたとき」

「というと？」

「とても興奮した。なにしろ、ぼく自身が伝説の魔女とアザラシの子孫だったわけだからね。こんなすごい話ってあるか、って感じで」マックはミアが勧めてくれたアップルソース・マフィンをとって、ひとかけ割った。「でもそのあと、せっかく血を引いているのに、どうしてぼくは力に恵まれなかったんだろうと思って、すごく悔しくなったよ」

「その考え方は間違ってるわ」

慈愛と敬慕にあふれたその声に、マックは赤くなりかけた。

「あなたの頭脳こそがあなたの力なの。精神の強靭さや偏見のなさは、とても強力な魔法たりうるのよ。心を閉ざすことがないから、なおさらね。わたしたちにはどちらも必要だもの」ミアがひと呼吸置いてから続けた。「彼女にはあなたが必要だわ」

マックは動揺した。「お願いだから、そのせりふ、リプリーには言わないでおいてくれるかい？　彼女はかっとなるに決まってるから」

「彼女のこと、よく理解していて、いろんな欠点や数々の短所、癪にさわるくせもちゃんとわかっているのね。それでも彼女を愛しているんでしょう？」

「ああ、ぼくは……」言葉につまり、彼はマフィンを置いた。「危うく引っかかるところだったな」

「ごめんなさい、でも悪気はなかったのよ」ミアは、あたたかくてやわらかく、まるで邪気の感じられない声で笑った。「あなたが彼女を愛していることは間違いないと思ったんだけれど、あなたの口から言ってほしかったの。あなた、この島で幸せに暮らしていける？」

しばしためらってからマックは答えた。「きみも彼女のこと、よくわかってるじゃないか。リプリーはほかの土地では決して幸せになれない。だからもちろん、今の質問の答えはイエスだよ。いずれにしろ、ぼくは生まれてからずっと、この島を目指して歩んできたんだしね」

「わたしやっぱり、あなたが大好きだわ。わたしがあなたの運命の相手だったらよかったのに、とちょっぴり思うくらい」いささか動揺している様子の彼に向かって、ミアはつけ加えた。「あなたがわたしの相手だったら、って。あいにくそうではなかったけれど、おかげでいい友達になれるわ。あなたなら、リプリーとふたりで助けあって、互いに最善の関係を築いていけると思う」

「きみは本当にリプリーのことを大事に思っているんだね」

ほんの一瞬、ミアの穏やかな心に波が立った。珍しいことに、頬がかーっと赤くなる。彼女は肩をすくめた。「ええ、そうよ、腹が立つと同じくらい。このことはあなたの胸だけにとどめておいてくれるわよね、わたしもあなたの気持ちを誰にもしゃべったりしないから」

「取引成立だ」

「じゃあ、その証として――」ミアは立ちあがり、背後の棚に近づいた。そこから木彫りの箱をとって蓋を開け、日長石《サンストーン》のはめこまれた銀製の星形のペンダントをとりだす。「これはね、このシスターズ島ができたときから、代々うちの家系に――」そこまで言って、言いなおした。「いえ、わたしたち一族の家系に伝わるものなの。わたしの祖先にあたる魔女が、空から落ちた星と太陽の光でできた星を合わせてペンダントにこしらえたものだと言い伝えられているわ。あなたのために、ずっととっておいたのよ」

「ミア――」

彼女はマックの頬に軽くキスをして、その首にチェーンをかけてやった。「ご加護がありますように、いとこのマック」


ハーディングは最後にもう一度、エヴァン・レミントンを訪ねた。

計画を練り、大まかな予定も立てた。だが、いよいよ島へと向かう前にどうしてももう一度レミントンに会っておかなければ、と感じたからだ。

自分はあの男に奇妙な親近感を抱きはじめている。そのことに気づいたとき、ぞっとすると同時に、うっとりするような感覚に襲われた。レミントンはいわば、ある種の怪物だ。だがしかし……。

すべての男はああいう野獣を内に秘めているものではないか？　普段は理性と教養が――ハーディング自身はそれらを兼ね備えていると自負しているが――欲望を抑え

こみ、コントロールしているだけで。

しかし、欲望の赴くままに生きる男のほうが、はるかにおもしろい人生を送れるに違いない。

レミントンを定期的に訪ねるのは取材のためだ、とハーディングは自分に言い聞かせた。仕事のため。だが実を言うと彼は、こうして頻繁に悪の化身とふれあうことにぞくぞくするような快感を覚えるようになっていた。

一歩間違えば、誰もが穴に落ちてしまう。ハーディングは頭のなかで取材メモをとりつつ、面会の許可がおりるのを待った。われわれは、穴に落ちてしまった者を観察し、そこから学ぶことによってのみ、一線を越えたあちらの世界になにが待っているかを知りうるのだ。

ハーディングが面会室に足を踏み入れると同時に、金属的な音が鳴り響いた。今の音を最後に人は地獄へ落ちていくのだろうか？　かんぬき錠の閉まる、カシーンという無情な音とともに？

今日のレミントンは拘束衣を着ていなかった。治療とリハビリの一環として徐々に拘束をゆるくしていくのだと、ハーディングはあらかじめ聞かされていた。最近の面会時にレミントンが暴れて他人や自分に危害を及ぼしたことはなく、質問にもよく答え、協力的だった。

部屋は狭く、ほぼがらんとしていた。その中央に、テーブルがひとつと椅子が二脚置かれている。レミントンは拘束衣こそ身につけていないものの、右手首につながれた鎖がじゃらじゃらと音を立てていた。部屋の隅にもうひとつだけ椅子があり、肩幅が広くて青白い顔をした警備員が座っている。

数台の監視カメラが、室内のあらゆる音や動きを記録しているはずだった。

この穴には——たとえどんなに体裁のいい名前が与えられていようとも——プライバシーはいっさいなく、快適さもなきに等しかった。

「ミスター・レミントン」

「エヴァンだ」今日のレミントンにはまったくと言っていいほど、狂気が感じられない。「これだけ何度も顔を合わせているのだから、もっと打ち解けてもいいころだろう。わたしもきみをジョナサンと呼ばせてもらうよ。ところで、ジョナサン、わたしに会いに来てくれるのはきみひとりだと、知っていたかね？　姉が訪ねてきたと聞いてはいるが、覚えていないんだ。きみのことは覚えているが」

実に穏やかで澄みきった声だ。ハーディングは初めて面会したときのレミントンの表情や声を思いだし、ひそかに身震いした。

今もレミントンはそのときと同じようにやつれており、顔色は悪く、髪も腰がなくへたっている。だが、デザイナーズ・ブランドのスーツを着せてロサンゼルスに送りかえせば、同僚や取引相手は彼をちらりと見て、働きすぎで疲れているようだ、としか思わないだろう。

「お元気そうですね、エヴァン」

「最高の状態とは言えないが、こんな施設に閉じこめられていることを思えば、仕方がないさ」頬の筋肉が引きつった。「いつまでもこんなところにいるわけにはいかない。弁護士がへまをやりやがったんだ。だが、その点はわたしがちゃんと手を打ったよ。万事うまくな。まったく、なんの役にも立たない無能どもめ。やつらは全部首にしてやった。今週中にも新しい代理人が決まる。そうすれば、わたしが自由になれる日も遠くない」

「わかります」

「そのようだな」レミントンが前に身を乗りだし、それからちらりと監視カメラを見あげた。「きみはものごとがよく見えるようだ。わたしはね、自分で自分を弁護していたんだよ」そしてふたたびハーディングの目を見つめた。色のない瞳の奥に、なにやら暗いものが泳いでいるように見えた。「わたしは裏切られ、虐げられた。わたしをこんな目に遭わせたやつらのほうこそ、ここに入れられるべきなんだ。わたしではなく」

ハーディングは目をそらすことも、つながりを断ち切ることもできなかった。「元の奥さんのことですか？」

「元の、ではなく、今もわたしの妻だ」レミントンは訂正し、ささやきにしか聞こえない声で言った。「死がふたりを分かつまで。彼女に会ったら、わたしは今も彼女のことを思っていると伝えてくれないか？」

「えっ、今なんと？」

「彼女やほかの連中と対峙しない限り、きみは始めたことを終わらせられない、欲しいものも手に入れられないんだ。その点はわたしも考えた」レミントンはゆっくりとうなずいたが、水のように澄んだ瞳だけはハーディングの目をじっと見据えたままだった。「考える時間はたっぷりあるんでね。誰かに、わたしが彼女を忘れていないことを伝えてもらいたい。わたしを侮ったらどうなるか、あいつら全員に知らしめてやる人間が必要なんだ。いわば、秘密工作員のようなものだな」

「ミスター・レミントン、いえ、エヴァン、わたしは一介の記者にすぎません。ただのライターです」

「きみが何者かは承知している。きみがなにを欲しているかもな。名声、富、栄冠。尊敬。わたしは、きみがどうすればそれらを手に入れられるか、知っているんだ。クライアントにそういうものを手に入れさせることを、長年ビジネスとしてきたんだからな。きみはスターになりたいんだろう、ジョナサン？　わたしはスターをつくりあげるのが仕事だ」

レミントンの瞳の奥でなにかがふたたびうごめいた。深い水を泳ぐ鮫のような。ハーディングは身震いしたが、目を離すことはできなかった。肌に寒気が走ってもなお、レミントンの瞳に吸いこまれそうになっていた。胸苦しさを覚え、次第に息が荒くなった。

「わたしは本を書こうと思ってるんです」

「ああ、ああ。大事な本だ。世間に伝わってしかるべきことを存分に書くがいい。そしてこの件に終止符を打つのだ。やつらに報いを与えてやれ」自由なほうの手で、かじかんだハーディングの指先を握りしめる。「やつらの息の根をとめてやれ」

空気中でなにかがぱちんとはじけ、警備員がばっと立ちあがった。「面会者との接触は禁止だぞ」

「魔女を生かしておくなかれ……」ハーディングが弱々しい声でそうつぶやくと、レミントンの顔にまがまがしい笑みが浮かんだ。

「手をふれてはいかん」警備員が命じながらテーブルに近づいてきた。そのときにはすでにレミントンは手を放していた。

「すみません」レミントンは警備員と目を合わせようとせず、うつむいた。「ついうっかりして。握手をしたかっただけなんですよ。わざわざ訪ねてきてくれたのがうれしくて。わたしと話をしに来てくれるのは彼だけですから」

「今、別れの挨拶をしていたところなんです」その声は、ハーディング自身の耳にも遠くおぼろげに聞こえた。「わたしは旅に出ますので、しばらくはこちらへも来られません。では、そろそろ失礼します」ハーディングはよろよろしながら立ちあがった。

その瞬間、こめかみのあたりに激しい痛みが走った。

レミントンが最後にもう一度視線をあげた。「では、また会おう」

「ええ、もちろんですとも」

その会話を最後に、レミントンは部屋から連れだされた。頭をうなだれたまま、自らの意志で独房へとぼとぼと歩いていく。心のなかでは、強い臭気を放つ花がほころびるように、黒い喝采をあげていた。狂気のなかにも力があることを発見した喜びに浮かれて。


スリー・シスターズ島へ向かうフェリーに乗るころには、ハーディングはレミントンと最後に会ったときのことをほとんど思いだせなくなっていた。それが彼をいらだたせ、不安にさせた。自分の身になにかが起きている気がしてならなかった。ものごとのディテールを記憶するのは得意技のひとつだったはずだ。なのに、たった八時間前に見た光景が、曇りガラスの向こうに閉ざされてしまったかのごとく、ぼんやりとしか思いだせない。

自分がなにをしゃべったかも覚えていなかった。突然、強烈な頭痛に見舞われたこと以外は。あのあとひどく気分が悪くなったので、一刻も早く逃げだしたい気持ちとは裏腹に、しばらく車の運転席を倒して横になり、寒気と痛みとめまいがおさまってくれるのを待たなければならなかった。

思いだすだけで、今でも体が震えてくる。海が時化て氷の針のような雨が降っていることも、気を落ちつける助けにはならなかった。這うようにして車に戻ってうずくまり、船酔いどめの薬を水なしでのみこんだ。

激しい雨のなかへ飛びだしていって荒れ狂う海面に吐き戻すという事態だけは、どうしても避けたい。

もう一度、運転席のシートを倒して仰向けになり、ゆっくり静かに呼吸しようと努力する。頭のなかで、揺れない陸の上にふたたびしっかり立てるまでの時間を数えはじめた。

そうこうするうちに、いつしか眠りに落ちた。

皮膚の下を何匹もの蛇がのたくる、おぞましい夢を見た。氷のように冷たい感触が走る。

青い瞳に、ブロンドの髪を長くのばした女性が——痛みに耐えかね、慈悲を乞うように――悲鳴をあげていた。彼は何度も何度も棒切れを振りおろし、その女性を痛めつけていた。

〝やっとおとなしくなったな。それでいいんだ。悪魔の落とし子め〟

青い稲妻が矢のように天を駆け、彼の心臓に突き刺さった。

その夢は、恐怖と復讐と憎悪に彩られていた。

白いドレスをまとった麗しい女性が大理石の床の上で身を縮こまらせ、さめざめと泣いていた。

新月の晩の暗い森で、彼はナイフをなめらかな喉に突き立てていた。彼がその刃で喉を切り裂き、彼女の返り血を浴びた瞬間、今度は世界が崩壊した。天がまっぷたつに割れ、海が大きな口を開けて、彼に抗おうとする者どもを一気にのみこむ。

そこで彼は、自分のなかでのたうちまわる得体の知れないものをしめ殺そうとでもするかのように、喉の奥で壮絶な悲鳴をあげながら目を覚ました。おそるおそる、バックミラーをのぞいてみる。

すると、そこに映っていたのは彼自身の目ではなく、水のように淡いブルーの瞳がこちらを見かえしていた。

そのときフェリーが大きな音で警笛を鳴らし、スリー・シスターズ島の港に接岸する合図を送った。ハンカチをとりだして汗まみれの顔をぬぐうころには、ミラーから見かえす目はまわりが赤くはれ、なにかにとり憑かれたようにも見える、彼自身のものに戻っていた。

ちょっと気が動転しただけだ、と自分に言い聞かせる。このところ根をつめて仕事をしていたし、旅続きで疲れているからな。時差のある地域を行ったり来たりしすぎたんだ。一日か二日ゆっくり休めば、じきに体も慣れるだろう。

その考えに後押しされて、彼はシートベルトをしめ、エンジンをかけた。そしてフェリーから逃げだすような勢いで、スリー・シスターズ島へと下船した。

嵐は少しおさまり、強い風に変わった。二日めにはマックも没頭していた仕事の手を休め、まわりを見まわした。注文しておいた本が数箱と機械の部品が、やっと手もとに届いた。おかげで今、狭いキッチンのテーブルには、分解されたセンサーの部品が散らばっている。カウンターには、中身をそっくりとりだされたモニターの筐体が載っていた。

あたりにはまだ、今朝マックが焦がした卵焼きの匂いが漂っている――心ここにあらずの状態で、慣れない料理などしたせいだ。

グラスもひとつ割った。おかげで、かかとをざっくり切ってしまった。破片をきちんと片づける前に、ほかのことに気をとられたからだ。

このコテージ全体を研究室のようにしたこと自体は、そう悪くなかった。ただ、掃除や片づけをしてくれる助手がいないせいで、コテージは災厄の元凶と化してしまったとも言える。

災厄の元凶のなかで仕事をするのは別にかまわなかったが、この状態のまま長く住むのはたしかに不便だと思えた。

自分ひとりでさえ、仕事と生活を両立させるにはこのコテージでは狭すぎるとすると、住人がもうひとり増えたら……。

もしここにリプリーが越してきたら……。頭のなかだけであれ、〝妻〟という言葉をつかうにはまだためらいがあった。

彼女と結婚したくないわけでは、もちろんない。彼女が結婚を承諾してくれるかどうか自信がないわけでもなかった。ただ、この件に関しては向こうがその気になるまで、じっと待つつもりでいる。彼女のたぐいまれな頑固さには、こちらは辛抱強さで対抗するしかない。

ともあれ、やるべきことはやっておかなければ。

男が身を落ちつけたいと思ったら、まずは落ちつく場所を見つけなければならない。このコテージがどれだけ気に入っていようと、現実問題として、ここでは条件を満たさない。だいいち、ミアが売ってくれるかどうかも疑わしかった。

マックは立ちあがり、その拍子にうっかり部品のねじを踏みつけただけでなく、つい先ほど切り傷をつくった部分で踏みつけるという離れ業をやってのけた。それからしばらく、独創性に富んだ悪態をつきまくり、てっきり履いているとばかり思っていた靴を捜しに行った。

ベッドルームの戸口に一足転がっていた。彼をつまずかせてやろうとして、自らの意志でそこに転がり、待ち構えていたとしか考えられない。

その靴を拾いあげ、ベッドルームを見渡して、顔をしかめた。

自分はいつもこんなにだらしない生活を送っているわけではない。いや、ここは正直に認めよう、いつもこんなにだらしなく生活しようと意図しているわけではない。ただ、そうなってしまうだけだ。

靴を履くのはあとまわしにして、マックは腕まくりをした。体を動かして部屋を掃除すれば、頭のほうもすっきり片づいてくれるかもしれない。家の件について、もっとよく考えてみなければ。

まず、研究に使う機械類を並べても邪魔にならないように、かなりの広さがなければいけない。自分専用のオフィスも必要だ。

最後にシーツを交換したのはいつだったか思いだせないまま、替えないよりは替えたほうがまし、という理由でベッドから引きはがした。

トレーニング用の道具や機械がおさまるスペースがあれば、なおいい。それに、リプリーだって自分用の部屋を欲しがるだろう。脱ぎ捨ててあった靴下やシャツや下着をかき集めながら、そんなことを想像した。ぼくがなにかに夢中になって彼女の癇にさわりはじめたときなど、逃げこめる部屋があるほうがいい。

そういえば母さんは自分の部屋のことを〝緊急避難口〟と呼んでいたっけ、と思いだし、たまには家に電話をかけないとな、と自分に言い聞かせた。

またしても同じねじを踏みつけそうになりながら、洗濯物をキッチンの横についている小部屋へ運び、洗濯機の容量ぎりぎりの衣類を放りこむ。粉石鹸を振り入れたところで、家を探すうえでの基本的条件を書きだしたほうがいいと思い立ち、洗濯機のスイッチを入れ忘れたまま、メモ・パッドを探しに行った。

ベッドルームは最低でも三つ。四つあればそれに越したことはない。

できれば水に近いところがいい。島である以上、どこであっても海からそう遠くはないと言えるものの、リプリーはビーチのそばで暮らすことに慣れているから……。

「おい、ブック、おまえはばかか？　格好の物件が転がってるじゃないか！　ひと目見たとき、あれこそ理想の家だと思っただろう？」

マックは急いで電話に駆け寄り、長距離電話のオペレーターを呼びだした。

「ニューヨーク・シティーにつないでください。ローガン・エンタープライゼズの番号が知りたいんです」

一時間後、家持ちへの第一歩を踏みだしたことを祝うために、マックは悪天候をものともせずに出かけることにした。サディアス・ローガンはこちらの申し出に飛びつきこそしなかったが、即座に断りもしなかった。

彼と父が知りあいだったという事実も、妨げにはならなかった。コネというのは大事なものだと思いながら白い息を吐きだし、カフェ・ブックまでの凍りついた道をローバーで走るよりは歩くほうが賢明だと判断した。

先ほど話した限りではまんざらでもなさそうな感触が得られたから、サディアス・ローガンはおそらく交渉に応じてくれるだろう。これ以上話を進める前に、父に電話をかけてアドバイスをもらうべきかもしれない。ひとつだけはっきりわかっているのは、こちらがどうしてもそれを手に入れたがっていることを相手に見透かされてしまったら、足もとを見られて吹っかけられるのが落ち、ということだ。

この地域の不動産価格について調べておく必要がありそうだ。そのことを忘れないようメモに書きつけておきたいと思い、ポケットをぽんぽんと叩いて紙切れを探した。

別に金を出し渋っているわけではなく、どういう態度で交渉に臨むかが問題なのだ。相手の言い値で買ったことがばれでもしたら、リプリーはきっとかんかんになるだろう。最初からそんなことでは、先行きどうなるか知れたものではない。

とにかく明日、いずれふたりのものになるあの屋敷を、車でもう一度見に行こうと心に決めた。

その考えに気をよくしたマックは、一歩一歩踏みしめながら進みつづけた。耳もとでうなりをあげる風と、強く吹きつけてくる氷まじりの雪を避けるように、首をすくめて。

その姿を遠くから見ていたリプリーは内心あきれかえった。なんてざまなの。こんなひどい天気のとき、わざわざ出歩かなくてもいいでしょうに。しかも、ろくに前方も見ず、七月の晴れた日みたいにのんびり歩いているなんて。

やっぱりあの人には監視役が必要だわ。

こうなったら、わたしがその役を買って出なくちゃ。

いったんはマックのもとへ向かいかけたが、思いなおして、歩道の真ん中に立ちふさがることにした。案の定、うつむいていた彼がどしんとぶつかってくる。

「おっと」リプリーのほうは両脚を踏んばっていたが、そうでなかったマックはすべって転びそうになった。とっさに彼女の体にしがみつき、結局ふたりとも地面に倒れこんでしまった。「ごめんごめん」

リプリーはくすくす笑いながら、親しみをこめて肘で軽く彼を小突いた。「ねえ、一日に平均何回ぐらい壁に激突してるの？」

「数えてないよ。そのたびに自己嫌悪に陥るからね。ああ、きみはなんてきれいなんだ」マックはそう言って、今度はしっかりと彼女の腕をつかんだ。そして彼女を立たせ、その唇に長くあたたかいキスを植えつける。

リプリーの体はとろけそうになった。「わたしは濡れて寒いわ。鼻は真っ赤だし、足の爪先なんか氷みたい。ザックと一緒に、海岸沿いの道で一時間もみじめな思いをしながら働いてきたんだもの。電線が切れて、車が何台も道路に立ち往生して、おまけに、太い木の幹がエド・サターの工場の屋根を直撃してね」

「じゃあ、してやったりじゃないか」

「そんな冗談、おもしろくもなんともないわ。まあ、明日にはなんとか片づくはずだけど」この島で暮らす人々が何百年もそうしてきたように、彼女は海と空の彼方を見渡した。「でも、しばらくはほかにもいろいろと後始末に追われることになると思うわ。で、こんなところで、いったいなにをしてたの？　あなたのところも停電したとか？」

「ぼくが家を出たときは大丈夫だったよ。うまいコーヒーが飲みたくてさ」マックは彼女がどちらから来てどちらへ向かっていたかに気づいて、察しをつけた。「もしかして、ぼくの様子を見に来てくれたのかい？」

「この小さな岩の上で暮らす住民の安全を確認するのが、わたしの仕事だから」

「あたたかいお心づかい、痛み入りますよ、トッド保安官代理。よろしければ、コーヒーを一杯おごらせていただけませんか？」

「ありがたくちょうだいするわ。十分ぐらいなら、どこかあたたかくて乾いた場所で過ごしても罰はあたらないと思うし」

マックはリプリーの手を引いて、風の吹きすさぶハイ・ストリートへ向かって歩きはじめた。「スープとほかになにか食べるものをテイクアウトにするっていうのはどうだい？　そうすれば、あとでぼくの家で一緒に食べられる」

「あのコテージじゃ、いつ停電するかわからないわ。わが家には発電機があるから、どうせなら必要な荷物をまとめて、うちへ泊まりに来ない？」

「つまり、ネルの料理にありつけるってことかい？」

「それって、〝芝生は緑色？〟って訊くようなものよ」

「ぜひともそうさせてもらうよ」カフェ・ブックにたどり着き、マックはリプリーのためにドアを開けてやった。

まるで手品のように、ルルが書棚の後ろからすうっと顔を出した。「頭のイカレたお客がふたり、ね。まともな神経をしてる人は、こんな天気の日にわざわざ外出したりしないものよ」

「じゃあ、どうしてあなたはここにいるの？」リプリーが訊きかえす。

「この島にはイカレた連中がけっこういるから、店を開けておかなきゃならないのよ。そういう人がカフェに何人か集まってるわ」

「わたしたちもカフェへ行こうと思って来たのよ。ネルはもう帰った？」

「まだよ。ミアが今日は早めに帰っていいって言ったのに、まだぐずぐずしてるの。どうせネルが残るなら、無理してペグに来てもらう必要もなかったのに。今日はどっちみち、あと一時間もしたら早じまいするつもりなんだから」

「それを聞いといてよかった」

リプリーはずぶ濡れの帽子を脱ぎ、階段をのぼりはじめた。

「ねえ、ひとつお願いしていい？」マックに向かって言う。

「なんなりと」

「店が閉まるまでここに残って、ネルが無事に家にたどり着けるように、送っていってくれない？」

「お安いご用だ」

「ありがとう。これで肩の荷がひとつおりたわ。心配しないように、ザックにはわたしから知らせておくから」

「彼女にコテージまで一緒に来てもらって、荷物をまとめるのを手伝ってもらおうかな」

リプリーはにやりと笑った。「あなたって本当に抜け目がないわね」

「ああ、みんなからしょっちゅうそう言われてるよ」マックは彼女の手を握ったまま、カフェのカウンターに近づいた。

「たった今、ザックから電話があったところなのよ」ネルが言った。「今日は大変な一日だったみたいね」

「ま、それも仕事のうちだから。コーヒーのラージをふたつお願い。ザックに持ってってあげたいから、テイクアウトにして。お金はこの人が払ってくれるわ」リプリーはそう言って、親指でマックを示した。

「ぼくもラージをひとつ、ここで飲んでいくよ。あと……そこにあるのはアップル・パイかな?」

「そうよ。あたためてあげましょうか?」

「ああ、ぜひ」

リプリーはカウンターに寄りかかり、眺めるともなくカフェを眺めまわした。「先に言っておいたほうがいいと思うんだけど、おなかを空かせたマックをディナーに招待しちゃったの。今夜はそのままうちに泊まってもらうわ」

「今日のメニューはチキン・ポット・パイよ」

それを聞いたマックが、にわかに顔をほころばす。「ホームメイドのチキン・ポット・パイ?」

ネルはテイクアウト用のカップに蓋をしながら、くすくす笑った。「あなたって、簡単すぎるわ」

リプリーは身じろぎして、テーブル席から離れた。「ねえ、あそこにひとりで座ってる男の人、誰?」ネルに尋ねる。「ほら、茶色のセーターを着て、街履き用のブーツを履いてる人」

「知らないわ。初めて来たお客さんだもの。なんとなく、ホテルに泊まってるような印象を受けたけれど。三十分くらい前に来たのよ」

「おしゃべりはしてみた?」

ネルはマックのために気前よくパイを切り分けた。「ふたこと三言、愛想よく言葉を交わしはしたわよ。二日前にフェリーで来たんですって、あの強風のなかをね。そういう人だっているのよ、リプリー」

「でも、この季節にバカンスにやってくる街の人なんて、めったにいないわ。ホテルにはビジネス客のグループも泊まってないし。まあ、いいけど」リプリーはネルがカウンターに置いたカップを手にとった。「ありがとう。それじゃ、あとでね」マックに向かって言う。両手がふさがっていなかったら、キスを投げてあげたかった。

てくれた。

「気をつけて行くんだぞ」マックが彼女のポケットから帽子をとりだし、頭にかぶせ

ハーディングはホテルから持ちだしてきた新聞越しに、三人の様子をそれとなくうかがっていた。事前に調べをつけていたおかげで、リプリー・トッドの顔はすぐにわかった。もちろん、ネルの顔もだ。しかし、ふたりの存在に気づいたときの自分自身の反応は、われながら意外なものだった。

実物に会うまでは、いよいよ役者が舞台に揃ったら心地よい期待感がこみあげてくるのではないかと想像していた。だが、実際に会ってみると、急に気分が悪くなった。階段をのぼりきってネルの姿をカフェのカウンターの後ろに認めた瞬間、猛烈な怒りがわいてきて、あっというまに体の隅々にまで行き渡った。

しばらく書棚のあいだに隠れて、気を落ちつけなければならなかったほどに。そのあいだも全身から滝のような汗をかいていた。彼女の首をこの手でしめつける場面がありありと思い浮かんだ。

あまりに暴力的なその感触に、思わずきびすを返して逃げだしたくなった。だがそれは、襲ってきたときと同じように唐突に過ぎ去った。そして彼は自分の目的を思いだした。

取材して、本を書く。富と名声を手に入れるのだ。

ようやく平静をとり戻すと、カウンターへ近づいてランチを注文した。彼女やまわりの人間に直接インタビューを試みる前に、一日か二日は彼らの様子をじっくり観察するつもりだった。

彼はすでに、当初の予定より時間を無駄にしていた。島へ着いて最初の二十四時間は、具合が悪すぎて起きあがることすらできなかった。ベッドに横たわり、生々しくて不快な夢にうなされつづけるほかなかった。

しかし、今日の午後にはだいぶおさまってきた。おおよそ、いつもの自分に戻っている。

まだちょっと震えてはいるがな、とハーディングは自分に言い聞かせた。それは間違いない。だが、なにか少し食べて軽く体を動かせば、気分もよくなってくれるだろう。

スープを胃に送りこむと、案の定、気持ちが落ちついてきた。だがそれも、黒髪の女がカフェに姿を現すまでだった。

その瞬間、胸苦しさが舞い戻ってきた。激しい頭痛と、わけのわからない憤怒に襲われる。どういうわけか、彼女が彼に銃口を向けてなにやら怒鳴っている光景が脳裏に浮かんだ。彼はたちまち、拳を握りしめて彼女の顔をぶちのめしたい衝動に駆られた。

一発、そしてもう一発。目にもとまらぬ速さで拳をくりだしたかった。嵐のなかにぼうっと浮かびあがり、背後から光に照らされて髪をなびかせている彼女の手には、銀色にきらめく剣が握られていた。

彼女がカフェを去っていくのを見て、思わず神に感謝した。それとともに、先ほどの奇妙な胸苦しさも消え失せた。

それでも、手の震えはまだおさまらず、スプーンを握ることはできなかった。

リプリーはザックにカップをひとつ手渡し、自分もコーヒーをすすりながら事務所内をうろうろしつつ、兄の電話が終わるのを待った。ザックはじきに嵐もおさまるはずだと言って、緊急時の処置や救急医療について丁寧に説明している。

この島へやってきて間もない住民が、不安になってかけてきたのだろう。九月に引っ越してきたカーター家の誰かかもしれない。冬のこの時季、これくらいの雪嵐でパニックするような島民はほかにいない。

「ジャスティン・カーターだったよ」ザックが受話器を置いてから言った。「嵐のせいで怯えているみたいだ」

「そのうち慣れるわよ。さもなきゃ、次の冬までに本土へ引っ越していくかもね。それよりね、さっきマックに、今夜はうちへ来て泊まるように言っておいたんだけど、かまわなかった？　コテージの電気が持つかどうか心配だったから」

「ああ、そのほうがいいな」

「それから、ネルの仕事が終わるまでカフェに残って、彼女を無事に家まで連れて帰って、って頼んでおいたわ」

「なおさらすばらしい。ありがとう。ほかにはなにか？」

「わたしも、嵐のせいでちょっと心が落ちつかないみたい。カフェである男を見かけたとき、妙な胸騒ぎがしたの。なんだかよくわからないんだけど。都会の人で、真新しいブーツを履いてて、爪はきれいに手入れされてて、高級デパートで売ってるような服を着てたわ。年は四十代後半。体格はがっちりしてるけど、どことなく具合が悪そうに見えた。青白い顔をして、じっとりと汗を浮かべてたし」

「この季節はインフルエンザが流行ってるからな」

「ええ、まあね。ホテルに立ち寄って、その人のことなにかわかるか、訊いてこようかと考えてるんだけど」

リプリーの勘を信用しているザックは電話を指差した。「電話で訊いてみればいいじゃないか。こんな悪天候のときに、また出かけることないだろう」

「でも、直接話を聞くほうが、もっといろいろわかるでしょ。さっきわたし、彼をひと目見ただけで、なんかいやーな気分に襲われたのよ、ザック」リプリーは正直に打ち明けた。「その人、新聞を読みながらランチを食べてただけなのに、わたしは気味が悪くて仕方なかったの。だから、ちょっと調べてみるわ」

「わかったよ。なにかわかったら教えてくれ」

16

計算と仮説に基づいて念入りに計画された手順。研究の手段。本流からは外れていると見なされがちな科学。それらはみな、彼にとって、なじみ深いものだった。マックにとってはつねに、新たな発見へと至るための楽しい道筋だった。

その道をたどりはじめてからかなり経つが、今初めて彼はそこはかとない不安を覚えていた。

価値のあるものを手に入れるには多少のリスクがつきものだと承知しているので、これまでは危険を冒すことにさほど不安を感じたりしなかった。だが、今はこの一歩がとても目新しく、とても魅力的に感じられる。自分ひとりで進んでいるわけではないからだろう。

「本当にかまわないんだね？」

ネルは、彼女の頭上に身をかがめて作業しているマックの手もとを見あげた。「ええ、ちっとも」

「義務のように感じてほしくはないんだ」彼は次の電極をとりつけた。「頭のイカレた男にまで礼儀正しく接しなきゃならないって法はないんだからね。いやならそう言ってくれていいんだよ」

「マック。わたしはあなたのこと、頭がイカレてるなんて思ってないし、義理でつきあってるわけでもないわ。わたし自身が興味津々なの」

「それならよかった」ネルが横たわっているソファーをまわりこんで、正面から彼女の顔を見おろす。以前にも一度言ったことがあるが、ネルは花火のように輝いていた。しかも、心はとてもオープンな状態になっている。「できるだけ注意深くやるからね。ゆっくり進めていくつもりだ。でももし途中でやめてほしくなったら、そう言ってほしい。そこで終わりにするから」

「わかったわ」ネルの頰にえくぼができた。「さあ、わたしのことを心配するのはそれくらいにして」

「きみのことだけじゃないんだ」けげんそうに見あげるネルの髪をマックはそっと撫でた。「今はぼくのすることなすこと、ときにはぼくがしないことまでが、リプリーに影響を及ぼすからね。どうしてそんなふうに思うのか、ぼくにもわからないけど。論理的思考とは言えない。でも、そう思うんだ」

「あなたも深くつながっているからよ」ネルがやわらかい声で言う。「わたしもそうなように。わたしたち、彼女を傷つけることだけは絶対にしないわ」彼女はマックの手の甲にそっとふれた。「彼女の気にくわないことならしてしまうかもしれないけれど。その点はうまく対処するしかないわね」

「だろうな。オーケイ、それじゃ……」マックは両手にふたつの電極を持ち、手振りをまじえて説明を始めた。「今からこれをとりつけるよ。心拍数の変動も監視しておいたほうがいいんでね。だから、その……」

ネルは小さな白い接着パッドを見つめ、それから彼の顔に視線を移した。「ああ、なるほど」

「そんなの恥ずかしいとか照れくさいとか思うなら、これをつけるのはやめておいてもいいけど」

ネルはマックの顔をまじまじと見つめ、今現在、自分が夫以外に信頼できる男性は、目の前で気恥ずかしさを必死にこらえているこの人だけだ、と思った。「毒を食らわば皿まで、よ」そう答えて、ブラウスのボタンを外す。

彼は手際よく、それでいてやさしく、パッドをとりつけた。

「それじゃあ、リラックスして、楽にしててくれ。まず、安静時の心拍数を測定するからね」

マックはネルから離れると、コテージから運んできた機械をいじくりはじめた。本当ならこんなものを持ってくるつもりも、ネルを相手に実験などするつもりもなかった——今はまだ。だが、一緒にコテージまで来てくれたネルのほうから、あれこれと質問を投げかけてきたのだ。最初は遠慮がちだったが、やがてもっと大胆に、突っこんだことまで訊いてきた。

いつのまにかふたりは、魔法を使ったときの肉体的反応について話しあっていた。脳波のパターン、前頭葉の働き、脈拍、などなど。そうした話の流れから、気づいたときにはネルが実験に協力してくれることになっていた。

「料理はどこで習ったんだい？」

「母からよ。それで興味を覚えたの。父が亡くなったあと、母は自分でケイタリングの仕事を始めたの」

彼はダイヤルを調整し、グラフを見つめた。「いつかはレストランを開きたい、なんて考えたりもするのかい？」

「考えたことはあったけれど、自分で店を構えると、かえっていろいろ足かせができてしまう気がしてね。ケイタリングっていう形態は気に入ってるし、ミアのカフェで働くのも楽しいから。でもまあ、そういうアイディアを完全に捨てたわけでもないの。わたしたち——」ネルは言いなおした。「いえ、彼女は、あの店をもう少し大きくしてもいいと思うのよ。夏のシーズンになったら、屋外にも席をつくるとか。クッキング・クラブを主催するとかね。わたしのなかでもうちょっと考えが固まったら、彼女に提案してみるつもり」

「きみもビジネス向きの頭を持ってるんだね」

「ええ、実はそうなの」ネルは誇らしげに答えた。「母の会社ではそういう部分を任されていたし。企画をまとめあげるようなことって、好きだから」

「それにきみは創造するのも得意だ。料理で創造性を発揮している」

彼女は純粋な喜びを感じ、ふたたびえくぼを見せた。「そう言ってくれるとうれしいわ」

「それもすばらしい才能だよ、魔法の力と同じようにね」彼女のバイタル・サインは今のところ安定している。マックは心電図のデータを読みとり、ラップトップのコンピューターに素早く入力した。

「自分にそういう力があるって気づいたのは、いつごろなんだい？　ミアは生まれつき知ってたように見えるけど」

「彼女はそう。彼女から直接そう聞いてるから間違いないわ」

「それに、リプリーも」

「リプリーはそのことについてほとんど話をしないけれど、おそらく同じような感じだったんじゃないかしら。知っていたはずよ、生まれたときから」

そして、それは重荷だったのだろうか？　生まれたときから？　「きみはどうなんだい？」

「新たな発見ね、学んでいる最中だし。子供のころはよく夢を見ていたわ、この場所や、まだ会ったことのない人たちのことも。でも、そういう夢を——なんて言えばいいのかわからないけど——過去の記憶とか未来の予兆とかとらえたことはなかった。やがて、エヴァンと出会って……」一瞬、両手に力がこもったが、彼女は意識して力を抜いた。「そういう夢は忘れてしまった、というか、あえて思いださないようにしていたのよ。彼のもとを去ったときは、とにかく彼の手が届かないところへ逃げることしか考えられなかった。でもそのころ、また同じような夢を見はじめたの」

「怖かったかい？」

「いいえ、ちっとも。初めのうちは、夢が安らぎを与えてくれていただけなんだけど、そのうちにもっと強い欲求に変わった。ある日、一枚の絵を見たの——灯台、崖、ミアの家——そうしたらもう、矢も盾もたまらなくなって。そここそが……わたしの行くべき場所だって思えたから。ずっと探していた自分の目的地がようやく見つかったとき、いったいどんな気持ちになるか、わかるかしら？」

マックは洞窟のそばの屋敷を思い浮かべた。「ああ。よくわかるよ」

「じゃあ、ほっとすると同時に、やけに胸がわくわくするって感覚も、わかるわよね？　カー・フェリーに乗りこんだ六月のあの日、初めてこの目でシスターズ島を見た瞬間、わたしはこう思ったの――あそこだ。ついにたどり着いた。あそこにならこの身を埋めることができる、って」

「ひと目でぴんときたんだね」

「心の一部ではね。別の部分は、憧れを感じていただけなんだけど。でも、そこでミアに出会って、すべてが始まったの」

彼は私情に流されずに脳の一部を冷静に働かせて、さまざまな数値の上昇や下降をしっかりと監視していた。「彼女はいわば家庭教師のように、手とり足とり教えてくれたのかい？」

「ええ。でも、彼女はきっと、もともと力が備わっていることを思いださせただけよ、って言うでしょうけど」ネルは頭を動かしてマックを見つめた。彼は実にクールな顔をしている。クールで理性的だ。にもかかわらず、彼の声はあたたかくて親しげだった。「彼女の助けを借りて初めて魔法を使ったときね、わたし、風を起こしたのよ」

「どんな感じがした？」

「とっても驚いて、興奮したわ。でもなぜか、懐かしい感じもしたの」

「ここでやってみてもらってもいいかい？」

「今？」

「きみさえよければ。それほど大がかりじゃなくていい。竜巻なんか起こして、この部屋の家具がめちゃくちゃになっても困るからね。機械で読みとれる程度に、ほんの少しさざ波を立ててくれるだけでいいんだ」

「あなたってやっぱりおもしろい人ね、マック」

「なんだって？」

「機械で読みとれる程度に、ほんの少しさざ波を立てる、だなんて」ネルがくすくす笑いながら言う。「リプリーがあなたに夢中になるのも、無理ないわ」

「えっ？」

「じゃあ、行くわよ。空気よ、さざ波となりて、此方より彼方へ動きたまえ。静かなる風よ吹け、この男の望みどおりに」

空気が実際に動く前から、さまざまな数値がいっせいに跳ねあがった。まるで示しあわせたかのように、心拍数が上昇し、脳波のパターンが変わる。

そして、数値がまたしても大きく跳ねあがった。そう、空気中にさざ波が立ったからだ。

「すばらしい！　ほら、このパターンを見てくれよ！　単に脳の活動が活発になってるだけじゃない。右脳のほとんど全域に、爆発的な反応が出てるよ。創造性、想像力。

本当にすごいな」

ネルがまたしてもくすくす笑うと、さらに風が起こった。あらまあ、すっかりはしやいでいるようね、ドクター・ブック。「ご期待に添えたかしら？」

「ぼくの立てたいくつかの仮説を証明するのに、大いに役立つよ。ほかにもなにかできるかい？　もう少し複雑なやつをさ。といったって、今のがたいしたことないと思ってるわけじゃないんだが」慌ててそうつけ加える。「なにかもっと努力が必要な魔法とか？」

「もっと派手なやつってこと？」

「そうそう」

「ちょっと待って」ネルは口をへの字にして考えこんだ。彼を驚かせてやりたかったので、声は出さずに頭のなかで詠唱《チャント》を念ずる。するとやがて、うっとりするような甘い感覚が体を満たした。

今回は先ほどより早く、より強い反応が出た。心電図の針がいきなり激しく左右に振れはじめる。すると突然、部屋に音楽があふれた――ハープ、リコーダー、フルート。色とりどりの虹の架け橋、みずみずしい春の香り。

めまぐるしい変化に、マックはついていけなかった。記録をとり逃しては大変だと焦るあまり、踊るように心電図のまわりを飛びまわってカメラやモニターをチェックする。

「お気に召した？」ネルはいたずらっぽく訊いた。

「お気に召したどころの騒ぎじゃないよ！　すまない、ちょっと興奮してしまった。あと一分くらい、このままの状態を保っておけるかい？」彼はエネルギー探知機を確認しながらそう尋ねた。「言い忘れてたけど、本当にきれいだね」

「春が待ち遠しいわ」

「ぼくもだよ、この二日のあとではなおさらね。呼吸は多少速くなっているけど、それほどでもないな。脈拍は強く、安定している。肉体的活動は最小限に抑えられているようだ。ふむふむ、心拍数もすでに元に戻ってるな。魔法をかけること自体に鎮静作用があるのか、それとも結果がそうさせるのか……」

「結果のほうよ」ネルは答えた。

マックはぱちぱちとまばたきをして、彼女に焦点を合わせた。「えっ？」

「今、ひとりごとを言ってたわよ。疑問があるようだったから、答えてあげたの」部屋に忍び入ってきたディエゴがネルのつくりだした虹にじゃれつくのを見て、彼女は軽やかに笑った。「今のは安らぎをもたらす呪文だから。わたし自身もリラックスできるのよ」

「そうなのかい？」興味を示しながら、マックは彼女のそばの床に腰をおろし、ハープの音色に耳を傾けた。「それじゃ、肉体的反応は呪文や術の内容によって変わるってこと？」

「そのとおりよ」

「だったら、たとえばこの前の夜、森のなかで魔法をやってみせてくれたときなんかは、もっともっと強くて鋭い反応が出てたんだろうね。術の内容もすごかったし、三人が揃ってたわけだから」

「三人集まると、いつだって普段より力を発揮できるの。大きな山だって動かせる気がするくらい。しかも、そのあと何時間も、エネルギーが体じゅうに満ちあふれてる感じが持続するの」

リプリーのエネルギーもとめどなくあふれていたことを思いだし、彼は軽く咳払いをした。「わかった。それじゃ、ぼくが話しかけて邪魔したのに、魔法をかけた状態を維持できたのはどうしてなんだい？」

一瞬ネルは、完全に虚を突かれた顔をした。「そんなの、考えてみたこともなかったわ。頭がいいわね。あなたが邪魔しようとしてたなんて、ちっとも気づかなかった。ちょっと考えさせて……。とにかくできた、とか？」とりあえず思いついたことを口にしてみる。「ううん、その言い方はあんまり正確じゃないわ。つまりその、一度にふたつのことがこなせる感じなのよ」

「頭を叩きながらおなかを撫でる、みたいな?」

「そうじゃなくて……」彼女は答えた。「お肉をローストしながらテーブルのセッティングをするって感じ。お肉が焦げないように注意を払ってはいるんだけど、ほかのことも楽にできるのよ」

「九かける六は?」

「五十四。ああ、なるほど、左脳の働きを調べたのね。わたし、数字は得意なのよ」

「アルファベットを逆から順番に言ってみてくれ」

意識を集中して、ネルは口を開いた。二回つっかえて、言いなおしたりしたが、そのあいだも音楽と色が失せることはなかった。

「きみはくすぐったがり屋かい?」

警戒の色が彼女の顔に浮かぶ。「どうして?」

「肉体的刺激で気を散らしたらどうなるか、試してみたいんだ」マックはネルの膝頭をぎゅっとつかみ、ネルにきゃっと悲鳴をあげさせた。そこへ、リプリーとザックが帰宅した。

「いったいなにをやってるの?」

リプリーの声が聞こえたとたん、マックは苦々しげにののしりの言葉を吐き、時間に気をつけていなかったことを悔やんだ。そしてようやく、ネルの膝にまだ手を置いていたことに気づき――なにしろ彼女の夫は武器を携帯している――慌てて離した。

「あの……」

「状況から判断するに――」ザックがネルにウインクしながら言う。「この男はぼくの妻とお楽しみの最中だったようだな」一緒に家のなかに入ってきたルーシーが、しっぽを振り振り、あたりの匂いを嗅ぎまわる。彼は身をかがめ、犬の頭をさりげなく撫でてやった。「外へ引きずりだして、尻を蹴飛ばしてやらなきゃならんな」

「手を貸すわよ」リプリーが言うと、マックは彼女も武器を持っていることを思いだした。

「えっと、その……ちょっとした実験に協力してもいいって、ネルが同意してくれたもので……」マックは言い訳を始めた。

「正確に言うと違うわ」ネルが横から口を挟む。マックの顔から血の気がさあっと引いた。その驚いた顔を見て、彼女は大声で笑いはじめた。「わたしのほうから、ぜひやってみましょうって申しでたのよ」

「派手な趣向で楽しませるのもいいけど、もうそろそろ終わりにしてくれない？」リプリーは冷ややかに言った。

「わかったわ」ネルが呪文を解くと、ほんの一瞬、完璧な静寂が訪れた。

「で……」ザックはコートを脱ぎはじめた。「今夜のメニューはなんだい？」

「つくるの、手伝って」ネルは明るい声で言った。「あっちこっちにつながってる線を全部とり外してもらったら、すぐにね」

「あっ、ごめんごめん。今すぐ……」マックはネルの胸もとから心電図のコードを外そうとして、やけどでもしたかのように両手をぱっと離した。「誰もぼくを背中から撃とうとはしてないよね？」ネルに尋ねる。

「ザックなら大丈夫よ、保証するわ。わたしをからかってただけだから」

「ぼくが心配してるのは、彼じゃないほうの人なんだが……」細心の注意を払いながら電極をとり外したマックは、ブラウスのボタンをとめるネルのほうには二度と目を向けようとしなかった。

「ああ、おもしろかった」ネルがそう言って立ちあがる。「とってもためになったし。さて、ザック、一緒にキッチンへ来て、食事の準備を手伝ってくれるわよね？　今すぐによ」

「わかった、わかった。本当はここからがいいところなんだけどな」ザックは文句を言いつつも、ネルに引きずられて去っていった。

「それじゃ、ブック、わたしが拳を振るうべきでない理由があるなら、説明してもらいましょうか？」

「暴力は分別のある解決法じゃない、っていうのはどうだい？」

それに対するリプリーの答えは、低く危険なうなり声だった。マックは機械を片づける手をとめて、彼女に向きなおった。

「わかった、きみはふたつの点で怒ってるみたいだから、ひとつずつ解決していこう。ぼくとネルは、なにかあやしいことをしていたわけじゃない。あれは純粋に研究のためだったんだ」

「あたりまえでしょ。もしわたしがそうじゃないと思ってたら、今ごろあなたなんかぶちのめしてるわよ」

「もっともだ」マックは眼鏡を外した。そのほうがリプリーの顔がはっきり見えるし万が一彼女が殴りつけてきても割られずにすむ。「ぼくが機械をこの家に持ちこんで、ネルに実験をしていたことが気に入らないんだろう?」

「ビンゴ。あなたをわが家へ招待したのは、このわたしなのよ。ここは、ろくでもない研究室じゃないんですからね」

「でもここは、ネルの家でもある」マックは指摘した。「彼女がうんと言ってくれなかったら、もちろん機械なんか持ってこなかったさ」

「どうせ、あなたがうまいこと言ってその気にさせたんでしょ」

「もちろん、必要とあらばそう仕向けることだってできるよ」落ちつき払った口調で答える。「でも、その必要はなかった。だって、向こうから興味を示してきたんだから。ネルはまだ自分の正体を探っている最中で、ああいう実験もその一環なんだよ。きみの癇にさわったのは申し訳ないと思う、きっと気に入らないだろうな、とわかってはいたんだ。もっと時間に気を配っていれば、きみたちが帰ってくる前に片づけておけたんだが」

「そうすれば、わたしに内緒にしておけたってこと？　ずいぶんなやり方ね」

マックのほうも、次第にこめかみのあたりがぴくぴくしはじめた。「まったく、きみを言い負かすのは難しいな、保安官代理。だけどね、ぼくはこれまで一度だって、研究について隠し立てをした覚えはない。今さら秘密にしたって仕方がないだろう。ただし、きみの気持ちを尊重しようと努力はしてきたつもりだ、最初からね」

「だったらどうして――」

彼は指を一本突きだして彼女を黙らせた。「話は簡単さ、これがぼくの仕事なんだから、きみにはその事実を受け入れてもらうしかない。とはいえ、ここはきみの家なんだし、ぼくがいることできみがいやな思いをしてるのは確実なようだ。その点は謝るよ。十五分ほど猶予をくれたら、ぼくは荷物を片づけてとっとと帰る。ネルには、またの機会にしよう、って伝えておくさ」

「もう、どうしてそんなにわからず屋なの？」

「きみって人は、いつもそうやって人を追いつめてばかりいるから、結局どちらも勝ち目がなくなってしまうんだよ」

マックが背を向けて三脚からカメラをとり外そうとしたとき、痛いところを突かれたリプリーは頭に手をやり、髪をかきむしった。「ええ、ええ、そうかもしれないわ。でも、帰ってほしいなんて言ってないでしょ」

「じゃあ、どうしてほしいんだ？」

「わからないわよ！　今日は大変な一日だったから、すごく疲れてるし、気も立ってるの。それでやっとわが家に帰ってきてみたら、あなたがマッド・サイエンティストよろしくネルを相手に実験をやってたのよ、おまけにネルのほうも、単に協力的ってだけじゃなくて、明らかに楽しんでるふうだったし。わたしはね、熱いシャワーを浴びてビールが飲みたかったの、こんなけんかなんかしたくなかったわよ」

「なるほどね。でもぼくは、TPOを間違えたことしか謝れない。これがぼくの仕事だっていう事実は変えられないんだから」

「ええ、そうね」それに、だからこそ今こうして彼に噛みついているのだという事実も変えられない。そして、彼がそれを期待している節があることも。

つまり、わたしはただのいやな女じゃなくて、意外性に欠けるいやな女になりさがってたってことなのよ。そう思うと、気分が落ちこんだ。

「話はまだ終わってないわよ」

マックはカメラをしまい、ラップトップを閉じた。「というと？」

「どうしてわたしに訊いてくれなかったの？」

「ネルが実験に協力してもいいって言ってくれたとき、きみがそばにいなかったからだよ」

「そうじゃなくて、実験をやってみたかったのなら、どうしてまずわたしに頼まなかったのか、って訊いてるのよ」ケーブルを外す手をとめて振りかえった彼に向かって、リプリーは肩をすくめてみせた。「わたしに訊く前にネルに頼むなんて、すごく失礼だと思うわ」

マックがあと一歩で彼女を打ち負かせると思った瞬間、リプリーは戦術を変えてきた。「頼んだら、引き受けてくれたかい？」

「さあ、それはわからないわ」彼女はふんと息を吐きだした。「もしかしたらね。いずれにしても、いちおう考えてはみたと思う。でも、あなたは頼んでこなかった」

「本気で言ってるのか、ぼくをわからず屋に仕立てあげたいがために矛先を変えようとしてるだけなのか、どっちなんだ？」

ときおり彼のふるまいがいかにおたくっぽく見えようとも、その頭脳がメスのように鋭く問題の核心にずばっと切りこんでくることだけは間違いなかった。「わからず屋と言ったのは、ちょっと口がすべっただけよ。そんなふうに突っかかるべきじゃなかったわね。あなた自身やあなたのやってる仕事を侮辱するつもりはなかった。悪かったと思ってるわ」

「きみがそうやって下手に出るなら、こっちも座らなきゃならないな」

「笑わせようったってだめよ、ブック」そうは言ったものの、リプリーは自分からマックに歩み寄り、手を彼の腕に置いた。「ねえ、ビールをとってきてくれない？　あなたも一緒にバスルームへ来て、わたしが熱いシャワーを浴びてるあいだ横に座って、どういうことをやってたのか説明してくれるっていうのはどう？　その話に納得できたら、わたしも実験に協力する気になれるかもしれないでしょ」

「それはかまわないが……」マックは彼女が手を引っこめてしまう前に素早く握りしめた。「ひとつだけ答えてくれ。どうして今になって、協力してもいいかもしれないって気になったんだい？」

「あなたの言ったとおりだからよ。これがあなたの仕事、あなたの研究なんでしょ。わたしはあなたを尊敬してるわ、マック。だから、そろそろあなたの仕事のほうにも敬意を払うべきなんじゃないかと思えてきたの」

やっとのことで引きだしたそのそっけないひと言は、これまでに浴びてきた数々の専門的、学術的賞賛より、はるかに大きな喜びをマックに与えてくれた。彼はリプリーに一歩近づき、その顔を両手で包みこんだ。「ありがとう」

「どういたしまして。でも、あなたはまだ、わからず屋よ」

「ああ、わかったよ」リプリーの口もとが微笑みのカーブを描いたのを、マックは唇で感じた。

「超常科学というのは――」

「ちょっと待って、最初っからそれじゃ、全然ついていけないわ」リプリーは文句を言った。「わたしには、矛盾した言葉にしか聞こえない」

ふたりはリプリーの部屋にいて、彼女はベッドの上であぐらをかき、マックは機械を設置していた。

「その昔は、天文学だって異端と見なされていたんだ。もしも科学が、既成の枠にとらわれて新たな可能性を研究することをやめてしまったら、発展は望めないんだよ。ただじっと突っ立っているだけじゃ、ぼくらはなにも学べない」

「科学と教育が、もともとはみんなに広く受け入れられていた魔法を糾弾し、この世から抹殺しようとしてきたのよ」

「きみの言うことはもっともだが、ぼくはそこに、無知と狭量さと恐怖を加えるべきだと思う。長い目で見れば、もしかすると科学と教育こそが、潮流を引き戻すかもしれないんだよ」

「人々はわたしたちを狩り、無惨に殺したのよ。わたしたちだけじゃなく、数えきれないほど大勢の人たちを」

この声がすべてを物語っている、とマックは感じた。冷たい怒り、熱い恐怖。「彼らを許してやるわけにはいかないのかい？」

「あなたならできる？」リプリーは落ちつきなく肩を動かした。「ささいなことをくだくだ言うつもりはないけど、みんながこぞってわたしたちを非難しはじめたらどうなるか、覚えておいて損はないと思ってるわ」

「よそ者にあれこれ詮索されたら、いずれまたそういうことが起こるんじゃないかって、心配してるんだね？」

「自分のことなら自分で守れるわ。魔女たちがずっとそうしてきたようにね。ねえ、マック、セーラムの裁判で、実際に何人の魔女が殺されたか知ってる？　ゼロよ」リプリーは彼に口を開く隙を与えず、自分で答えた。「殺されたのは、なんの罪もない、非力な犠牲者ばかり」

「だからきみは保安官になったのか」マックが言う。「昔は守られなかった、罪のない非力な人々を守るために」

彼女はいったんしゃべりかけ、ふうっと息を吐きだしてから言った。「スーパーヒーローにならなくたって、スリー・シスターズ島の平和は維持できるもの」

「論点がずれてきたようだな。とにかく、きみは守り、ミアは――本を通じて――教え育み、ネルは慈しみ養う。きみたち三人はそれぞれ、古傷を癒す道を選んだんだ。過去の穴埋めをするために」

「話がちょっと深くなりすぎだわ」

マックはやさしく彼女の髪に手をすべらせてから、体をかがめてケーブル類を接続した。

そのしぐさ、そんな単純なやさしさが、彼女の身も心もほぐした。

「催眠術をかけられたことはあるかい？」

その質問で、たちまちリプリーの全身の筋肉はふたたび緊張した。「いいえ。どうして？」

彼はちらりと、なにげないそぶりで彼女を振りかえった。「試してみたいなと思ってさ。ちゃんとした資格だって持ってるし」

「そんなうさんくさいこと、ネルにはしなかったくせに」

「〝うさんくさい〟って言葉は聞かなかったことにしておくよ。たしかにぼくは、ネルには催眠術をかけなかった。あんまりずうずうしくあれこれ頼みたくなかったんでね。でも、きみとぼくとはもっと深い関係にあるわけだから、互いをより信頼できるはずだ。絶対に、きみを傷つけたりはしないから」

「それはわかってるわ。だけど、催眠術なんて、どうせわたしにはかからないと思うわよ」

「その点も確かめてみたい。これはリラクゼーションの技法に基づいた、シンプルで非常に安全なやり方だから、怖がらなくていいよ」

「なにも怖がってるわけじゃ――」

「ならよかった。じゃあ、横になってくれるかい？」

「ちょ、ちょっと待って」パニックが喉もとまでせりあがってきた。「どうして、さっき下で食事の前にネルにやったのと同じやり方じゃだめなの？」

「だめじゃないけど、ほかにもいくつかテストしてみたいことがあるんだ、きみさえよければね。まず最初に、きみの力が催眠術のかかりやすさにどう影響するかを見てみたい。そして、もしきみが催眠術にかかったとしたら、その状態で力を行使できるのかどうかも調べたい」

「そういう状態になったら、わたしは力をコントロールできなくなるかもしれないのよ。その点もよく考えてみたの？」

彼は曖昧にうなずき、ベッドに寝そべるようにと、頭を軽く動かして彼女に合図を送った。「それならそれでおもしろいじゃないか」

「おもしろい？　やめてよ。ミアがかっとなって、思わずあなたの探知機を焼き焦がしちゃったこと、もう忘れたの？」

「あれはすごかったね。でも、彼女はぼくには危害を及ぼさなかった」彼はリプリーに思いださせた。「きみだってきっとそうだ。今からコードをつなぐよ。これらの機械がどういうものかは、あらためて説明しなくてもわかってるよね？」

「ええ、ええ」

「じゃあ、セーターを脱いでくれ」

リプリーはビデオ・カメラを見つめ、にっこり笑った。「おたく仲間と秘密のパーティーを開いて、鑑賞会でもするつもり？」

「もちろんだとも。半裸の女性のビデオ鑑賞は、研究所で根のつまる仕事に追われてる連中のいい息抜きになるからな」マックは彼女の額にキスをしてから、最初の電極をとりつけにかかった。「でも、このテープはぼくだけの秘蔵コレクションにしておくよ」

そして彼は、ネルのときと同じ手順を踏んで実験を開始した。まずはなにげない会話でリプリーの気をほぐしつつ、安静時のバイタル・サインを監視し、記録する。簡単な呪文を唱えてみてほしいと頼むと、数値が若干上昇した。不安なのだろう。力の前に自分をさらけだすことに、まだまだためらいがあるようだ。

それでもリプリーは彼の頼みを聞き入れ、隣のバスルームの明かりをつけたり消したりしてみせた。

「子供のころ、ザックがシャワーを浴びてるときに、しょっちゅうこのいたずらをしたわ」彼女は言った。「彼を怒らせるのが楽しかったから」

「今度はもう少し難しい魔法をやってみてくれ」マックがそう言うと、彼女の心拍数はネルのときより大きく跳ねあがった。やはり、リプリーのほうが不安を感じているようだ。だが、脳波のパターンは驚くほど似ていた。

リプリーは両手を椀状にして、高く掲げた。そこに光のボールが現れ、やがて勢いよく天井にぶつかった。もうひとつ、さらにひとつと、次々ボールが生みだされていく。やがて天井に光の模様ができあがると、マックはにんまりした。

「野球場、か。内野、外野、九人の選手が揃ってるね」

「バッターもいるわよ」リプリーはそう言って、四角いバッターボックスにもうひとつ光のボールを送りこんだ。「これも子供のころによくやってたの」ずっと忘れていた記憶がよみがえり、懐かしさがこみあげてくる。「眠れないときや、眠りたくなかったときにね。それじゃ、速球を投げてみるわよ」

青い小さな光の球がピッチャー・マウンドから飛びだした。そしてパーンという音とともに光が跳ねかえり、筋を描きながらのびていった。

「やった！　ヒットよ！　ほら、ライトの深いところまで飛んだでしょ。次は三塁打を狙ってみるわね」

マックは機械を忘れ、ベッドの端に腰をおろして、すばらしいショウに見入った。

リプリーは結局、一イニングまるまるやってみせてくれた。

「そのまま続けて」彼は促した。「ところで、初めて自分に力が備わっていることに気づいたのは、いくつのときだった？　魔法を実際に使ってみたのは？」

「さあ、覚えてないわ。物心ついたときにはもう魔法を使ってたから。ダブル・プレイよ。うーん、絹のようになめらかな動き」

「きみ自身も野球をやるのかい？」

「もちろん。三塁《ホット・コーナー》を守ってるの――わたしのボールさばきは抜群なんだから。あなたは？」

「やらない。不器用だからね。八十四割る十二の答えは？」

「ストライクをとったわ！　これでスリー・アウトよ。なにを割るって？　今の、算数の問題でしょ？　算数は大っ嫌い」彼女は眉間にしわを寄せた。「こんなクイズがあるなんて、言ってなかったじゃない」

「とにかくやってみてくれ」マックは機械をチェックするため、ふたたび立ちあがった。

「十二っていうのが曲者なのよね。外角低めに落ちるカーブ。答えは、六？　違うわ、待って。ああもう、いらいらする。七でしょ、七かける二は十四で、十の桁がくりあがるから。答えは七。それで？」

興奮が体じゅうを駆けめぐったが、マックはそれを表情に出さないように努めた。それでも声には感動がにじんでいた。「左脳に多少の負荷がかかっても、脳波のパターンはほとんど変わらないんだな」

その後リプリーは、アルファベットを逆から順に言っていくという課題を、難なくやってのけた。その間、数値はずっと高いままで安定していた。それが彼女の精神状態や個性について正確になにを意味するのかは、まだわからなかった。「それじゃ、そろそろ呪文を解いていいよ」

「でもまだひとりアウトにしただけで、ちょうど次のバッターが出てきたところなんだけど」

「続きはあとだ」

「これじゃまるで学校にいるみたい」彼女はぶつぶつ言いながらも、ふたたび両手を開いて光のボールをてのひらのなかにとりこみ、跡形もなく消した。

「今度はまたリラックスしてほしい。鼻から息を吸いこんで、口から吐きだす。ゆっくり、深く静かにね」

ゲームを中断させられたことに文句を言おうとして、リプリーはマックを見あげた。

そして、ネルが見たのと同じものをまのあたりにした。クールで、冷静で、理性的な顔だ。「そんなことしなくても、充分リラックスしてるわ」

「いいから、リプリー。数を数えながら呼吸するんだ。ゆっくり、深く、静かに」彼はベッドの横に歩み寄って、指で彼女の脈を測った。「爪先の力を抜いて」

「えっ、なんの？」

「爪先だよ。まず足の先をリラックスさせて、そこから上に向かって、少しずつ全身の緊張を解いていくのさ」

「だから、緊張なんかしてないってば」だが、そのとたんに脈が跳ねあがったのを、マックはしっかり感じていた。「催眠状態へ導くためにこんなことをやってるなら、無駄よ。わたしには効かないわ」

「効かないなら効かないでかまわないからさ」彼はリプリーの顔を見つめ、脈を測っていた指先をゆっくりと肘の内側まですべらせ、そしてまた手首へとすうっとなぞった。「足の力を抜いて。一日じゅう走りまわってたんだから、疲れてるだろう？　足の先からゆっくりと緊張を解いていくんだ。そうしたら、今度は足首」

あくまでも静かで穏やかなその声が、徐々にリプリーの心を解きほぐしていった。肌を軽く撫でる指の感触も心地いい。

「そして、ふくらはぎ。あたたかいお湯が足先から体を満たしていき、疲労をすっかり洗い流してくれるみたいに感じるだろう？　ほら、気持ちもリラックスしてきたはずだ。心を空っぽにして。さあ、膝の力が抜けたら、腿からも力が抜けていくよ。真っ白でやわらかい空間を思い浮かべて。そこにはなにもない。目にやさしい空間だ。目の疲れもとれていく」

彼はシャツの下からペンダントをとりだし、チェーンをくるくると二回手に巻きつけた。

「ゆっくりと深呼吸して、すべての緊張を解き放つんだ。ここは安全だよ。きみはただ、ゆったりとたゆたっていればいい」

「ほんとはここで、だんだん眠くなるよ、とか言うんじゃないの？」

「しーっ。ゆっくり息をして。このペンダントを見つめるんだ」

マックがペンダントをリプリーの顔に近づけたとたん、またしても脈が跳ねあがった。「それ、ミアのでしょう？」

「リラックスして。ここに焦点を合わせて。安心していいよ。ぼくのことは信頼してくれてるんだろう？」

彼女は唇をなめた。「やっぱり、こんなの効かないわよ」

「ペンダントは白い壁の前にさがっている。きみにはそれしか見えない、それしか見なくていいんだよ。頭を空っぽにして。このペンダントだけを見つめて。ぼくの声に意識を集中して。それしか聞こえなくていいんだ」

　彼はリプリーのまぶたが重くなって閉じるまで、辛抱強く言葉をかけつづけた。そして、さらに深い催眠状態へと導いた。

「被験者は催眠術をかけられることにかなりの抵抗を見せた。バイタル・サインは安定しており、典型的なトランス状態を示している。さて、リプリー、ぼくの声が聞こえるかい？」

「ええ……」

「もう一度言っておくけれど、きみの身は安全だし、いやだと思うことはなにもしなくていいんだからね。ぼくの指示のなかで、きみがやりたくないと感じることがあったら、そう言ってくれればいい。わかるね？」

「ええ」

「風を起こすことはできるかい？」

「ええ」

「じゃあ、やってみてくれるかな？　やさしくだよ」

　リプリーがなにかを抱きかかえるように両腕を掲げると、空気が動き、やわらかい波のように彼の体を洗って流れていった。

「今、どんな気分だい？」彼は訊いた。

「うまく説明できない。幸せで、怖い感じ」

「なにが怖いんだい?」

「もっともっとやりたくなって、歯どめが利かなくなりそうな気がするの」

「この魔法は終わりにしよう」マックは一方的に言った。心のなかまで踏みこむような質問を投げかけるのは卑怯だぞ、と自分に言い聞かせる。催眠術をかける前に、彼女の同意を得てはいないのだから。「さっきの光を覚えてるかい? 光のボールで野球をやってくれただろう? 今、その続きをやってくれないかな?」

「ほんとは、寝る時間を過ぎたら遊んじゃいけないのよ」彼女の声音が少し変わった。幼くて、いたずらっぽく聞こえる。「でも、やっちゃおうっと」

マックはリプリーが次々と天井へ送りだす光のボールではなく、彼女自身を観察した。「こちらが直接指示をしていないのに、被験者は幼児退行した。子供時代の遊びが退行のきっかけとなったようだ」

科学者としてのマックはこのまま実験を続けたかったが、男の部分が、相手の弱みにつけこむようなまねを許さなかった。

「リプリー、きみは小さな女の子じゃない。子供に戻らないで、この時代、この場所にとどまってくれ」

「いっつもミアと遊んでたのよ。おっきくならなくてすんだら、あたしたち、きっと今でも友達でいられたのに」リプリーは光を操りながら、すねたようにそう言って口をとがらせた。

「この時代、この場所にとどまってくれなきゃだめだ」

彼女は長いため息をついた。「ええ、わたしはここにいるわ」

「光にふれてみてもいいかい？」

「ええ、別にやけどしたりはしないはずよ。わたし、あなたを傷つけたくないから」

彼女が光のボールをひとつおろし、彼の手の上に浮かせた。

マックは指先でボールにふれ、表面に円を描いた。「美しいね。きみの心が美しいからだろうな」

「暗い部分もあるわ」そう口にするやいなや、彼女の体は大きくのけぞり、輝く星のような光が部屋じゅうに飛び交いはじめた。

とっさにマックは首をすくめた。光はやがてしゅーしゅーと音を立てながら、血塗られたように赤く変色した。

「呪文を解いて」

「なにかがこの島へやってきたわ。わたしたちを狩るために。餌食にするために」みるみるうちに彼女の髪がうねり、大胆にカールしていく。「戻ってきたのよ。三倍になって」

「リプリー」彼女に駆け寄るマックの顔をかすめて、光が後ろへ飛んでいく。「呪文を解くんだ。呪文を解いて、現実の世界に戻ってこい。今からぼくが、十から逆に数えるからね」

「彼女はあなたの導きを必要としているわ」

「ぼくが彼女を連れ戻す」マックは、今やリプリーではないとわかっている女性の肩をがっしりとつかんだ。「きみには、彼女を乗っとる権利などない」

「彼女はわたし、わたしは彼女。彼女に道を示してあげて。彼女の進むべき道を。彼女がわたしの進んだ道をたどったら、ふたりとも迷ってしまうから」

「リプリー、ぼくの声に耳を傾けてくれ。ぼくの声だけに」マックは必死に自制心を働かせ、穏やかな口調を保った。大きくはっきりしてはいるものの、落ちついた口調を。「さあ、戻ってくるんだ。ぼくが一まで数え終わったら、きみはもう目が覚めている」

「彼が死をもたらすわ。彼はそれを渇望している」

「いくら望んだって、手に入らないさ」マックはぴしゃりと言った。「十、九、八。だんだん目が覚めてくるよ。七、六。すっかりリラックスして、とても気持ちよくなってるはずだ。五、四。今起きたこともすべて覚えている。きみは安全だ。さあ、目を覚まして、リプリー。三、二、一」

カウントが一に近づくに従って、リプリーの意識が戻ってくるだけでなく、肉体に現れていた変化も元に戻るのが見てとれた。そして彼女がまぶたを開けると、光は消え去り、部屋に静けさが戻った。

リプリーは息を吐きだし、ごくりとつばをのみこんだ。「ああ、なんてこと」弱々しくつぶやいてベッドから跳ね起き、彼の膝にすがりついて、その腕のなかに飛びこんだ。

17

リプリーに危険を冒させてしまった自分をひどく責めながら、マックはいつまでも彼女を抱きしめていた。これまでにもさまざまなものを見、経験し、理論づけをしてきたが、目の前であんなふうに豹変するリプリーを見ること以上に恐ろしい思いはしたことがなかった。

「大丈夫よ」リプリーは彼をなだめようとして背中をぽんぽんと叩いた。そしてふたりとも震えていることに気づくと、彼の首に腕をまわし、ぎゅっと抱きついた。「わたしは平気だから」

マックは首を振り、彼女の髪に顔を埋めた。「ぼくは撃ち殺されても仕方がない」

やさしく撫でるだけでは効きめがないと悟ったリプリーは、自分にとってもっと自然で慣れているやり方に作戦を切り替えた。「しっかりしなさい、ブック」そう命じ、彼の体をぐいと突き放す。「わたしは無事だったんだから、そんなにくよくよしなくてもいいでしょ」

「きみに催眠術をかけて無防備な状態に追いこんだのは、このぼくだ」彼が顔をあげると、そこには恐怖ではなく怒りの表情が浮かんでいた。「きみは苦しんでいた。ぼくにはそれが見えたんだ。そう思ったら、きみは消えてしまった」

「それは違う」考える暇もなく言葉が口から飛びだした。と同時に、みぞおちのあたりに震えが走る。

なにかが体のなかに入ってきた。いいえ、そうじゃないわ。なにかが襲いかかってきたのよ。

「わたしはここにいたもの」この感覚の正体はなんだろうといぶかりながら、彼女はゆっくりと説明した。「水のなかにいるみたいだった。でも、溺れそうとか沈んでいくっていう感じじゃなくて……ただふわふわと漂っている感じ。苦しくはなかったわ。最初にちょっと衝撃があって、あとは流れに乗っていただけ」

そのときのことを思いだそうとして、眉根を寄せる。

「気持ちよかった、とも言えないけれど。誰かに体を乗っとられたみたいで、自分の思いどおりに動けないのは好きじゃないから」

「今の気分は？」

「いいわ。というか、とてもいい気持ち。ねえ、脈をとるのはそろそろやめてくれてもいいんじゃない、ドクター？」

「あ、ああ、今外すよ」

電極を外しはじめたマックの手首を、リプリーはつかんだ。「待って。今の一連の出来事から、なにかわかったことはあったの？」

「教訓さ」彼が吐き捨てるように言う。「もっと注意深くふるまうべきだ、っていうね」

「そうじゃないでしょ。科学者らしく考えて。これを始めたときみたいに。あなたはもっと客観的にものごとをとらえなきゃいけないはずだわ」

「客観なんてくそくらえだ」

「落ちついてよ、マック。せっかく集めたデータを窓から放り捨てる気？　結果を教えて。わたしも知りたいから」眉間にしわを寄せている彼を見て、リプリーはため息をついた。「これはもう、あなただけの問題じゃないのよ。今ここでどういうことが起こったのかについては、わたし自身もかなり興味を覚えてるんだから」

彼女の言うとおりだ。そう思えたからこそ、マックはどうにか平静をとり戻した。

「きみはどれくらい覚えてるんだい？」

「全部よ、たぶん。一瞬、八歳のわたしになったこともね。あれはなかなか楽しかったわ」

「あのときさみはひとりでに退行しはじめた」マックはこめかみを指でぎゅっと押さえた。頭をはっきりさせるんだ、と自分にきつく命ずる。感情は脇に置いておけ。彼女の質問に答えろ。「たぶん、ゲームが引き金になったんだと思う。今分析できる範囲で答えるなら、おそらくきみは無意識のうちに、まだ心に葛藤を抱えていなかった時代までさかのぼったんだろう。ものごとがもっと単純で、自分に疑問を感じずにすんでいた時代に。昔のきみは、天から与えられたその力を楽しんでいた」

「ええ。生まれてからしばらくは、魔法そのものが楽しくて仕方なかった——覚えることも、訓練することもね」彼女は落ちつかなげに肩を動かした。「でも、少し大きくなってくると、ことの重大さを考えるようになるのよ。結果を」

マックは片手を彼女の頬に添えた。「これが、このすべてが、きみを悩ませつづけているんだね」

「だって、今はものごともそれほど単純じゃないでしょ？　少なくとも、わたしにとってのこの十年は、そうじゃなかった」

彼は無言のまま彼女を見つめつづけた。彼女の舌の上でもつれていた言葉は、やがて堰を切ったようにあふれだした。

「わたしね、夢に見るの、もしもあと一歩余計に踏みだしてしまったら、その先にどんな事態が待ち受けているか。力をちゃんと封じこめておかなければ、ちょっとでも油断したら、悲惨なことになるわ。なにより恐ろしいのはね、夢のなかでときどき、えも言われぬ快感がこみあげてくること。なんでも思いどおりに動かせて、欲しいものがなんでも手に入るのって、ものすごい快感なのよ。ルールなんかどうでもいい、って気になって」

「でも、現実のきみがそんなふうにふるまったことはない」彼は静かに言った。「そうする代わりに、力を使うこと自体をやめてしまったわけだから」

「サム・ローガンに捨てられたとき、ミアは自暴自棄になってた。わたしは、どうして彼女はなにもしようとしないんだろう、とばかり思ってたわ。あのろくでなしに復讐して、思い知らせてやればいいのに、って。彼女が苦しんでるのと同じくらい、彼のことも苦しめてやればいい、って。そして、わたしならどうするか、なにができるかって考えたの。誰もわたしをあんなふうに傷つけることはないでしょうけどね。だって、もしもそうなったら……」

リプリーは自分で言って身震いした。

「単に想像しただけで、気づいたときにはわたし、天に向かって稲妻を走らせていたの。暗黒の電光が矢のごとく飛んでいって、ザックのボートを沈めたわ」そこで弱々しく微笑む。「幸い、誰も乗ってはいなかったけど、もしかしたら乗っていたかもしれないでしょ。たとえ彼が乗ってたとしても、わたしはとめられなかったと思う。コントロールできないのよ、怒りが強すぎて」

彼は片手を彼女の腿に置いて、やさしくさすった。「そのときさみはいくつだったんだい？」

「まだ二十歳になってなかった。でも、そんなこと関係ないわ」リプリーが激しい口調で言う。「あなただって知ってるくせに。〝なにものをも傷つけるなかれ〟それは鉄の掟よ。だけどわたしは、誓いを守りとおす自信が持てなくなってしまったの。だって、ザックはわずか二十分前まで、そのボートに乗ってたのよ。あのときのわたしは彼のこともほかの人のことも、なにも考えてなかった。ただ怒り狂ってただけ」

「それできみは天から恵まれた力を拒絶し、友達をも拒絶したのかい？」

「そうするしかなかったのよ。そのふたつは密接に絡みあっているんだもの、どっちかだけを選ぶなんて不可能だわ。彼女は決して理解してくれなかったでしょうし、そういうわたしを受け入れるどころか、文句を言いつづけたに決まってるもの。それに、わたし、彼女に対してもものすごく腹を立てていたから……」

リプリーは握った拳で涙をぬぐい、これまで自分自身にさえ認めようとしなかった事実を声に出して言った。

「わたしはね、彼女の痛みを自分の痛みのように感じてたの、肉体的に。悲しみも、絶望も。彼に対する報われない愛もね。それがどうしても耐えられなかった。ミアとの関係があまりに近すぎたせいで、息もできないくらいだったのよ」

「彼女が苦しんでいたのと同じくらい、きみも苦しかったってことか。もしかすると、彼女以上に」

「たぶんね。この話は、今まで誰にも打ち明けたことないの。だから、あなたも内緒にしておいてくれると助かるんだけど」

マックはうなずき、あたたかい唇をそっと重ねた。「遅かれ早かれ、きみはミアとじっくり話しあわなきゃならないだろうね」

「遅いほうがいい」リプリーはすすりあげ、手で顔をささっとこすった。「さて、そろそろ話を先に進めない？　というより、話を元に戻すって言うべきかしら。いろんな機械でデータもとったし、テープに録画もしてあるんでしょ？」そう言って、機材のほうへ顎をしゃくる。「それにしても、まさか本当に催眠術をかけられてしまうなんて、思ってもいなかったわ。こうやってちょっとずつあなたのことを知っていくのね。術をかけられてたときは、リラックスできて、しかもけっこう快適だった」彼女は豊かな髪を後ろへ払った。「そしてそのあと……」

「そのあと？」マックは先を促した。機械の数値を確かめるまでもなく、彼女の心拍数が跳ねあがり、呼吸が速くなったのがわかる。

「なにかがつかまえようとしてるみたいな感じがしたわ。鉤爪を光らせて。なにかがうずくまって待ち構えているの。ああ、こんなふうに言うと、すごくドラマティックに聞こえるわね」自分の言ったことに笑いながらも、リプリーは身を守るように膝を抱えた。「彼女じゃないわ。あれは彼女じゃなかった。なにか……別の……」

「それがきみを傷つけたのか？」

「いいえ、でも傷つけたがってはいたわ。そのとき、わたしは水のなかにもぐっていて、彼女が表面にいた。うまく言い表せないんだけど」

「それで充分じゃないか」

「なにが充分なの？　わたしは力をコントロールできなかったのよ。ザックのボートを沈めたときと同じように。今夜、光を操りはじめたときだってそう。わたしのなかにいた彼女も、というか彼女の一部も、コントロールできずにいた。力がふたりのあいだの宙に浮いている感じで。早い者勝ち、っていうような……」肌が氷のように冷たくなった気がして、彼女はぶるぶるっと身を震わせた。「やっぱり、これ以上は無理みたい」

「わかった、もうやめよう」マックは彼女の手をとってやさしく撫でた。「今、全部外してあげるからね」

リプリーはうなずいたが、自分の言いたかったことがうまく彼に伝わらなかったのを感じていた。できるものなら、こんなことは金輪際やめにしたい。でも、心のなかでは、その奥底ではわかっていた。わたしに選択肢はないのだ、と。

確実になにかが近づいている。わたしをつかまえに。

マックは赤ん坊を寝かしつけるようにリプリーをベッドに横たわらせ、カバーを首まで引きあげてたくしこんだ。彼女はされるがままになっていた。闇のなかで彼が体を抱きしめてきたときは、もう眠っているふりをした。マックにやさしく頭を撫でられているうちに、いつのまにか涙が出てきた。

もしもわたしがまともだったら、もしもわたしが普通だったら、こんな人生もあったに違いない、と苦々しげに思う。暗がりのなかで、愛する男性にぎゅっと抱きしめてもらう。

ただそれだけのこと。それがすべて。

もしも彼に出会わなかったら、これまでどおりの人生で満足していただろう。気に入った男性、興味を引かれた男性と、ときおりベッドをともにするだけで。その場合、今のようにふたたび力をとり戻せたかどうかは、正直言ってわからない。でもそれなら、心は確実に自分だけのものでありつづけたはずだ。

ひとたび心を捧げてしまったら、自分以外のものまで危険に巻きこむことになる。心を捧げたその相手を、危険に巻きこむかもしれない。

そんなことがわたしにできるの？

不安な思いにさいなまれることに疲れはてた彼女は、彼の香りを胸いっぱいに吸いこんで、いつしか眠りに落ちた。

冷たく激しい嵐が戻ってきた。海は大荒れに荒れ、狂ったように怒りのうなりをあげていた。空では雷鳴が轟き、ガラスのごとく砕け散った。その破片が邪悪な風にあおられ、黒い雨となって、氷の矢のように降り注ぐ。凶暴な嵐。それを支配しているのは彼女だった。

筋肉や骨の隅々にまで、輝かしい威力を伴う力がみなぎっていく。これまでに体験したことのないレベルのエネルギーが、想像をはるかに超えたとてつもないエネルギーがわいてきた。

指先の力だけで復讐することが可能だった。

いや、違う。正義だ。過ちをこらしめんがための、やみくもな復讐ではない。これは正当な要求だ。冴えた頭で判断された、妥当な罰のはずだった。

だが、彼女の頭には靄がかかっていた。激しい飢えの苦しみにさいなまれながらも、彼女にはわかっていた。そのことを恐れていた。

彼女は自分自身を破滅へ追いやろうとしていた。

足もとの砂の上にうずくまっている男を見おろして考える。過ちを正すため、魔物を葬り去るため、邪悪なものを罰するために使えない力など、いったいなんの意味があるだろう？

「あなたがここで力を使ってしまったら、その先には暴力が待っているだけよ。絶望が待ち受けているのよ」

ビーチにつくられたサークルのなかに、悲嘆に暮れたシスターたちが立っていた。彼女だけが外にいた。

「わたしにはこうする権利があるわ！」

「誰にもそんな権利などないわ。このまま突き進んだら、あなたは天から与えられた恵みの心髄を、あなた自身の魂を、引き裂くことになるのよ」

彼女の負けはすでに決まっていた。「もうとめられない」

「とめられるわ。あなたしかとめられないのよ。さあ、こっちへ来て、わたしたちのところへ。あなたを破滅へ導くのはその男なんだから」

彼女は足もとの男を見おろし、その顔がめまぐるしく変わるのを見た。恐怖、歓喜、哀願、渇望――。

「いいえ。彼の命はここで終わるのよ」

彼女は片手をあげた。爆音とともに雷が落ち、彼女の指先に突き刺さって、銀の剣に変わった。「わが力をもちて、そなたの命を奪う。過ちを正し、争いを終わらせんがために。正義のためにわが怒りを解き放ち、運命の導く道をたどらん。この場所、この時間から……」闇の戦慄に突き動かされ、彼女は悲鳴をあげている男に向かって剣を高く掲げた。「われ、力の甘き実を味わわん。今裁きを下す、血には血を！　われ望む、かくあれかし」

彼女は憎しみをこめて、一気に剣を振りおろした。その切っ先に肉を切られながらも、男は笑みを浮かべた。そして、ふっと消え失せた。

夜が叫び、大地が震えた。嵐の向こうから、彼女の愛する男性が駆けてきた。

「来ないで！」彼女は怒鳴った。「近づかないで！」

しかし、彼は強風をものともせずに走り寄ってくるや、彼女に向かって手をのばした。その瞬間、彼女が握っている剣の先端から稲妻がほとばしり出て、彼の心臓に突き刺さった。

「リプリー、大丈夫か、ハニー。目を覚ますんだ。悪い夢を見ただけだよ」

リプリーは泣きじゃくっていた。彼女がわなわなと体を震わせていることより、その泣き声に身のよじれるような深い悲しみが含まれていたことのほうが、マックの不安をかきたてた。

「とめられなかった。わたし、彼を殺してしまったの。どうしてもこらえきれなかったのよ」

「もう終わったことだ」彼はベッドの横のランプに手をのばしたが、スイッチを探りあてられなかった。そこで仕方なく起きあがり、彼女を腕のなかに引き寄せて抱きしめ、ゆっくりと体を揺すった。「もう全部終わったんだよ。きみは大丈夫だ。さあ、目を覚まして」涙で濡れた頬に、おでこにキスをする。

体にまわされた彼女の腕が鋼鉄のように感じられた。「マック」

「そうだよ、ぼくはここにいる。きみは悪夢にうなされてたんだ。部屋の明かりをつけて、水でもくんできてあげようか?」

「いえ、いいの……いいから。しばらくこのまま抱きしめていて、いいでしょ?」

「もちろんさ」

あれは悪夢じゃなかったわ、とリプリーは彼にしがみつきながら思った。過去と未来の出来事がまざりあった幻視よ。ビーチに横たわっていた男の顔に――いくつもの顔に――見覚えがあった。ほかの夢で何度も見た顔だ。三百年前に死んだ男。アースという名の魔女の呪いを受けて。

もうひとりは、黄色いコテージの裏に広がる森で初めて見かけた。その男はネルの喉にナイフを突き立てていた。

三人めは、カフェで見かけた例の男、新聞を読みながらスープをすすっていたあの男だ。

ひとつの全体の三つの部分？　ひとつの運命の三つの段階？　ああ！　どうしてわたしはそんなことを知っているの？

わたしが彼らを殺したからだ。最後には、剣を握りしめて嵐の只中に立っている自分の姿が見えた。彼らの命を奪ったのは、自分にはそうできる力があったから、そうしたいという欲求があまりにも巨大だったからだ。

その代償は恐ろしいほどに高くついた。

嵐の向こうから駆けてきた男性はマックだった。自分のなかに宿っていた力をわたしがコントロールできなかったせいで、マックは雷に打たれたのだ。

「あんなこと、絶対に起こさせやしない」リプリーはささやいた。「絶対に」

「話してくれ。夢で見たものを全部。きっと気分が楽になるよ」

「いいえ。このほうがいい」彼女は唇を彼の口もとへ寄せ、キスに溺れた。「わたしにふれて。ああ。わたしを愛して。あなたと一緒にいたいの」彼の腕のなかでとろけながら、新たな涙を流す。「あなたが必要だから」

慰め、満たし、求めるために。これを手に入れ、そして与えよう。これが最後。過去のすべて、彼女がこれまで抱いてきた願いのすべてがひとつにまとまり、完璧なる愛の行為に注ぎこまれていく。

闇のなかでも、彼の顔ははっきりと見えた。造作のひとつひとつ、線の一本一本を、頭と心にしっかりと刻みこむ。これほど深くこれほどひたむきに恋に落ちてしまうなんて、いったいどうして……？

自分がこんなふうに人を愛せるとは信じていなかったし、愛したいとも思っていなかった。にもかかわらず、この胸のなかでうずいているのは紛れもなく愛だった。自分にとって彼は最初で最後の愛する人だというのに、それを伝える言葉が見つからなかった。

彼には言葉などいらなかった。

ただ、求めに応じて、彼は彼女に覆いかぶさった。そこには、ふたりにとって未知の深い思いやりと愛情があった。その愛に溺れながら、彼は彼女の名前をつぶやいた。彼女にすべてを与えたかった。心も、頭も、体も。この手で、この口で、彼女をあたためてやりたかった。永遠に強く抱きしめ、安心させてやりたかった。

彼女が体を起こし、彼を下へと引き寄せた。ふたりの吐息がまじりあう。そしてふたりはたっぷりと時間をかけ、愛の祝宴を心ゆくまで楽しんだ。

やさしい愛撫、溶けあう唇。魂を揺さぶる静かな欲求。

彼女は開き、彼は満たした。ぬくもりがぬくもりを包みこむ。ふたりは漆黒の闇のなかで、ゆったりしたビートに合わせてともに動き、歓びが大きく花開いて熟すのを待っていた。

彼が唇で彼女の涙をぬぐうと、すばらしい味がした。暗がりのなかで手探りして彼女の手を握りしめた。

「きみさえいれば、ほかにはなにもいらない」

やさしいささやきが彼女の耳に届いた。やがて波が高くなってふたりをさらうと、その声はシルクのようにやさしくなった。

その晩、彼女は闇のなかで、彼の腕に抱かれて眠りについた。夢はもう襲ってこなかった。

朝は必ずやってくる。リプリーは覚悟ができていた。とるべき手段があるのなら、ためらうことなくそれをやろう、と心に決めていた。決して後悔しないように。

そして、朝早くこっそり家を抜けだすことにした。最後にもう一度だけ、ベッドで安らかに眠っているマックを見つめる。ほんのつかのま、もしかしたら手に入ったかも知れないものに思いを馳せることを自分に許した。

それからドアを閉め、もう二度と振りかえらなかった。

ネルはすでに歌いながらキッチンで立ち働いている。じきに兄も起きだして、新たな一日を始めるだろう。その前に、とにかく家を出なければ。

正面玄関から外へ出て村へ向かい、保安官事務所まできびきびと走った。

ゆうべの雨風はすでにやみ、晴れ渡った空のもとには、刺すように冷たい空気が戻っていた。

ざぶんざぶんとうねる海の音が聞こえてくる。波はまだ高く荒れていて、ビーチには水が運んできたさまざまなごみや瓦礫が打ちあげられていた。

でも、今朝の彼女に、ここを心ゆくまで走る時間はない。

きらきらと光る氷に覆われた村は、相変わらず絵のように美しかった。この村が目覚め、あくびをし、のびをして、ほんの小さな裂け目から卵が割れるように、かたい殻がはがれ落ちていくさまを想像してみる。

わが家にいるみんなが安全に目を覚ませるようにするためならどんな手でも打ってやろうと決意を新たにして、彼女は事務所のドアのロックを外した。

なかに入るとひやっとした空気に包まれ、今は非常時用の発電機によって電気がまかなわれていることを思いださせた。夜のうちに停電したため、自動的に発電機が作動したに違いない。しばらくしたら、こういう予備の電源を持っていない住民たちへの対応に追われ、ザックとふたりでてんてこ舞いする忙しさになるだろう。

でも、それはもうしばらくあとの話だ。

今の時刻を確かめてから、コンピューターを起動する。必要な作業を手早く終えるだけなら、内蔵バッテリーで足りるはずだ。

ジョナサン・Q・ハーディング。彼女は両肩をぐるぐるまわして筋肉をほぐしてから、情報の検索にとりかかった。

保安官の任務の基礎とも言うべき作業が気分を落ちつかせてくれる。それはすでに第二の天性と言ってもおかしくないほど、やり慣れた手順だった。昨日ホテルに立ち寄って、彼の住所は入手済みだ――いいえ、彼がホテルの台帳に記した住所よ、と頭のなかで訂正する。

いよいよこれから彼の正体を暴くつもりだった。パズルのピースをひとつずつ集め、彼が彼女の個人的なドラマにいかなる役割を果たすのかを探るのだ。

画面をスクロールして、呼びだしたデータに目を通していく。ジョナサン・Q・ハーディング。年齢四十八。離婚歴あり。子供なし。ロサンゼルス在住。

「LA、ね」そうつぶやいたとたん、ホテルの宿泊者台帳で彼の現住所を確認したときと同じおののきを感じた。

エヴァン・レミントンもロサンゼルスの住人だった。そういう人はほかにもごまんといるでしょ、と自分に言い聞かせる。昨日もそうしたように。だが、今回ばかりは、その言葉になんら説得力はなかった。

雇用履歴を見てみると、雑誌記者である旨が記されていた。リポーターだ。ああ、なんてこと。

「特ダネを追ってるの、ハーディング？　残念ね、ここにはなにも転がってないわよ。それ以上ネルに近づこうとしたら、このわたしが相手に……」

彼女は言葉をのみこみ、息を吐きだした。それから、あえて、意識的に、本能的にわいた怒りを静めようとした。

記者もまた、この世には掃いて捨てるほどいる。しつこくくいさがる寄生虫のような輩から、興味本位のゴシップ記者まで。そういう連中のことは、これまでうまくあしらってきたじゃない。ならば、この男も同じようにあしらってやればいい。

もう一度データを閲覧し、ハーディングには犯罪歴がいっさいないという事実に気づいた。駐車違反でつかまったことさえ、ただの一度もない。つまり彼は、どこからどう見ても、法を遵守するタイプの男であるらしい。

リプリーは椅子の背にもたれて、考えこんだ。

もしもわたしが特ダネを探しているＬＡのリポーターだとしたら、どこから取材を始めるだろう？　まず頭に浮かぶのはレミントンの家族だ。姉、友人、仕事仲間。彼をとり巻く人々に関するリサーチ。そこには当然ネルも含まれる。そのあとは？　おそらく、警察の報告書だろう。レミントンとネルの双方を知る人物へのインタビューも欠かせない。

ただし、それらはすべて背景的情報にすぎないはずだ。主要な登場人物から直接話を聞くことなくして、おいしい肉は手に入らない。

レミントンが収容されている施設へ電話をかけてみようと思い立ち、リプリーは受話器をつかんだ。だが、雑音が聞こえただけで、やがてぶつっと回線が切れた。最初は電気、そして今度は電話が不通になったわけだ。ぶつくさ文句を言いながら携帯電話をとりだし、電源ボタンを押した。ディスプレイに電池切れの表示が出たのを見て、奥歯をぎりぎり噛みしめた。

「なんでよ！　なんでこうなるの？」椅子を後ろに押して勢いよく立ちあがり、部屋のなかをせわしなく行ったり来たりする。今すぐなんとかしなければ、という焦燥感に駆られていた。この焦りが、保安官として、女性として、あるいは魔女としてのものなのかは、この際どうでもいい。とにかく、ハーディングがレミントンに会っていたかどうかを、一刻も早く確認しなくては。

「落ちつくのよ」リプリーは平常心をとり戻そうとした。ここは、冷静かつ理性的にふるまうことが大切だ。

飛翔を試みるのは実に久しぶりだった。しかもここには、エネルギーを集中させるための道具などひとつもない。ここにミアがいてくれたらと、たった一度だけ願いながらも、わたしひとりでやりとげるしかないのだと意を決した。

慌てすぎないよう注意しながら、床に描いた環《サークル》の中央に立って心を澄まし、開け放つ。

「すべての力あるものに呼びかけん、その力、われに授けたまえ。風を起こし、わが羽ばたきに力を貸したまえ。目を開き、わが瞳に光を与えたまえ。体はここに残れども、わが心は思うままに飛んでゆかん。われ願う、かくあれかし」

ちりちりする感覚が体じゅうを穏やかに駆けめぐり、次第に上へと集まってくる。次いで、それまで自分が閉じこめられていた殻から意識だけがすうっと抜けだした。彼女は自分を——サークルのなかで目を閉じ、頭を上に向けて立っているリプリーを——見おろした。

いつまでもこうやって漂っていたら、そのうち飛翔の歓びにとらわれてしまうとわかっていたので、精神を集中させて目的地を強く念じた。そして、ふわりと高く舞いあがった。

風が流れ、海がはるか下に見える。ああ、なんて楽しい——それが危険な誘惑であることはわかっていた。華麗な静寂とめくるめく動きに知らず知らずとりこまれてしまう前に、彼女は頭のなかに音を満たした。

声が低く響きはじめる——街じゅうの人々の考えや言葉が、彼女のなかで共鳴していた。不安、喜び、怒り、情熱、そのすべてが合わさって、かくもすばらしく人間的な音楽を奏でている。

さらに空を飛んで徐々に下へとおりていき、彼女はやがて聞きたい音だけに波長を合わせた。

「ゆうべから様子は変わってないわ」看護婦が別の看護婦にカルテを手渡した。ふたりの思考には雑念がまじっている。

不満、疲労、夫とけんかした記憶、アイスクリームが食べたいという強烈な思い。

「昏睡状態にあるほうが、面倒がなくていいわ。それにしても妙よね、あの記者が帰って二時間ほど経ってから、急に倒れたんでしょう？　ここ数日はずっと意識がはっきりしていて、態度も落ちついていたし、受け答えだってちゃんとしていたのに、いきなりこんなふうになるなんて」

並んで廊下を歩いているふたりの横をリプリーがすり抜けると、そのうちのひとりがぶるっと身震いした。

「ああ、なんだかぞくぞくするわ」

リプリーはレミントンが寝ている病室の閉じたドアからなかへ入った。バイタル・サインをチェックする機械や監視用のカメラが何台も置かれている。

リプリーは宙を舞い、彼を観察した。昏睡していて、拘束具をつけられ、鍵のかかる部屋に厳重に閉じこめられている。こんな状態の男が、いったいどんな悪さをしでかせるというの？

彼女がそう思ったちょうどそのとき、彼がまぶたを開けて目を合わせ、にやりと笑いかけてきた。

ナイフで心臓を刺されたような、信じがたいほど鋭くリアルな痛みが走る。彼女のなかの力、彼女をとり巻く力が、ぐらぐら揺れた。そして彼女は、真っ逆さまに落ちていくのを感じた。

彼の思考が彼女の頭のなかで鳴り響く。血塗られて悪意に染まった拳が太鼓を打ち鳴らし、復讐を、死を、破壊を、声高に叫ぶ。その手が彼女をわしづかみにした。すかさず絡みついてくる欲深い指が、おぞましくも、なぜか彼女の快感をかきたてる。降伏しろ、と誘うように。

降伏するだけでなく、奪え、と命じるように。

〝いやよ。あなたなんかにつかまるものですか。わたしも、わたしの者たちも〟

彼女は死にものぐるいで抗い、その手を振りほどこうとした。彼のなかに精気がよみがえってくるのを感じると、パニックが喉もとまでせりあがってくる。

怒りと恐怖の叫びをあげながら、彼女はやっと自由をとり戻した。

はっとわれに返ったときには、保安官事務所の質素な木の床に描かれたサークルのなかで大の字に寝そべっていた。

痛みに表情をゆがめつつ、シャツを引き裂かんばかりの勢いでがばと広げ、戦慄に打ち震えながら、赤くみみずばれになっている胸もとの生々しい傷を見おろす。

そのあとようやく両脚で立ちあがると、自制心をかき集めて、どうにかサークルを閉じた。救急箱を捜しに行こうとしてよろめいたとき、ドアがばーんと音を立てて開いた。

ミアがつむじ風のように飛びこんでくる。「あなた、自分がなにをやっているか、わかってるの？」

リプリーは本能的にシャツの前をかきあわせた。「そっちこそ、こんなところへなにしに来たの？」

「わたしにはばれないと思ったわけ？」怒りのあまり身を震わせて、ミアがつめ寄ってきた。「わたしはなにも感じないとでも？　ねえ、どうしてひとりでこんな大それたことをしたの？　なんの準備もせずに？　自分がどれほどの危険を冒したか、わかってるの？」

「この身をどんな危険にさらそうと、わたしの勝手でしょ。わたしの行動をこそこそ見張る権利なんか、あなたにはないはずよ」

「あなたはすべてを危険にさらしたのよ、わかってるくせに、わたしがこそこそ見張ってたわけじゃないってこともね。わたしはすてきな夢を見ていたのに、あなたに突然起こされたんだから」

リプリーは小首を傾げ、相手をまじまじと見た。ミアの髪はくしゃくしゃで、口紅は塗られておらず、頬も白いままだ。「言われてみれば、慌ててここへ飛んできたから出陣化粧《ウォー・ペイント》を施す暇すらなかったようね。お化粧していないあなたを見るの、十五のとき以来じゃないかしら」

「化粧なんかしていなくても、いつだってあなたよりはましよ――とくに今はね。骨みたいに真っ白な顔をしてるじゃない。ほら、そこに座って。座りなさい――」そうくりかえしながら、ミアはリプリーの体を押して、無理やり椅子に座らせた。

「余計なまねはしないでほしいわ」

「不幸なことに、あなたの行動はわたしにもかかわりのあることなのよ。だいたいね、レミントンの様子を調べたかったのなら、心の目で見るだけで充分だったはずよ」

「お説教はやめて。わたしがその魔法はあなたほど得意じゃないこと、知ってるでしょ。それに、ここにはガラス玉も水晶もなかったし――」

「カップに水をくめばすんだことよ、あなたも完璧に気づいているとおりね。万が一のとき現実に引き戻してくれるパートナーもなしに空を飛ぶなんて、愚かにもほどがあるってこと、もちろんあなただってわかっているわよね？」

「そんな必要はなかったわ。ちゃんと帰ってこられたでしょ」

「わたしに相談してくれたらよかったのに」無念な思いがして、悲しみの矢がぐさりと突き刺さる。「ねえ、リプリー、本当のことを言って、あなたはそれほどまでにわたしを憎んでるの？」

純然たるショックに襲われて、リプリーは息をのみ、胸もとを押さえていた両手をだらりとさげた。「あなたを憎んでなんかいないわ。わたしはただ――」

「ちょっとそれ、いったいどうしたの？」赤いみみずばれが見えたとたん、ミアの怒りはかき消えた。素早くリプリーに近づいてシャツをはだけさせると、ミアの魂に怖気が走った。「彼がやったのね。どうしてこんなことが可能なの？　あなたはサークルのなかにいたのに。彼はただの男なのに。彼はどうやってこの守護を破って、あなたの肉体に傷を負わせたの？」

「あいつはただの男じゃないの」リプリーはにべもなく言い捨てた。「今はもう、ね。なにかが彼のなかに宿ってるのよ、とても強くて、とても暗いものが。その一部はここにいるわ。ホテルに泊まってる男よ」

リプリーはミアに、わかっていることをすべて打ち明けた。ネルにも同じことを伝えるつもりだ。準備を整えておかなければいけないのだから。

「わたしも調べてみるわ」ミアが言った。「考えてみる。答えはきっと見つかるはずよ。それまではとりあえず……ねえ、魔よけの護符《アミュレット》はまだ持ってる？　あなたの守り石は？」

「ミア——」

「四の五の言わないで、今は。そのアミュレット、ちゃんと身につけておくのよ。その前に、もう一度エネルギーをこめないとね。とにかく、もう少し詳しいことがわかるまで、そのハーディングって男には近づかないほうがいいわ」

「それくらいわかってるわよ。でもね、ミア、わたしは絶対に彼を阻止するわよ。だからあなたもわたしの邪魔だけはしないと約束して、たとえわたしがどんな手を使うはめになっても」

「その方法は、みんなで見つけましょう。じゃあ、今からその傷を癒すわ」

「ねえ、わたしをとめる気でいるんでしょ」リプリーはミアの手首をつかみ、きつく握りしめた。「あなたはわたしより強いし、本当はわたしがぎりぎりのところまで近づいていること、知ってるはずだもの」

「やるべきことをやるまでよ」もどかしげに言って、ミアはリプリーの手を振り払った。「これじゃ、さぞ痛むでしょう？　すぐに治してあげるわね」

「焼けつくような痛みに襲われたとき、一瞬、快感がよぎったの」リプリーは呼吸を整えてから続けた。「思わず引きこまれそうになったわ。わたしはそれを求めていた、もっともっと欲しいと感じたのよ」

「そこが相手の狡猾なところよ」じっとりと冷たい恐怖がミアの肌を震わせた。「あなたも知っていると思うけど」

「ええ、知ってるわ。この体でまざまざと感じたもの。あなたとネルなら耐えられるでしょうし、ザックのことはネルが守ってくれるはず。だけどわたし、最悪の事態がどんなものかをこの目で見てるのよ。だから、危ない橋は渡りたくないの。わたし自身はこの島を去るわけにいかないでしょ、そのやり方じゃ絶対うまくいかないもの。となると、マックに去ってもらうほかないのよ」

「彼は出ていかないわ」ミアは指先で傷をやさしくなぞった。

「わたしが出ていかせてみせる」

ミアはリプリーの胸にてのひらをあて、愛と恐怖のリズムを刻む心臓の鼓動を感じた。鋭い痛みが伝わってきて、ミアの心もうずいた。「試してごらんなさい」

これは必要なステップなのよ。リプリーは自分にそう言い聞かせながら、黄色いコテージへ近づいていった。ほかにもいろいろとやるべきことはあるけれど、これはほかのなにより重要なステップだ。つらい思いをするはめになるのは、もう一度よく考えなおしたり水晶玉で占ったりしなくても、明らかだった。ミアの力をもってしても完全には治りきらなかった胸もとの傷より、ずっと大きな痛みが伴うだろう。

この作戦がうまくいったら、彼はわたしを憎むようになるかもしれない。たとえそうなっても、彼が無事でいてさえくれればかまわなかった。

もう迷わない。リプリーは意を決してドアをノックし、勝手になかへ入った。

マックはよれよれのスウェットシャツと、さらにくたびれたジーンズに身を包み、ものであふれたベッドルームに立っていた。ゆうべ録ったビデオ・テープを見なおしていたらしい。モニター画面に映しだされた彼が目に飛びこんでくると、リプリーの胸はときめいた。動揺をみじんも感じさせない冷静で頼もしい彼が、ベッドに寝ている彼女の横に座り、やさしく声をかけながら脈を測っている。

そして今も、マックが肩越しにこちらを振りかえり、それまで画面に集中していた目にふっと穏やかな笑みが浮かぶのを見ると、同じように胸がときめいた。

彼は体でモニターを隠すように立ちはだかり、スイッチを消した。

「やあ。今朝はぼくが起きる前にこっそり出ていっちゃったんだね」

「用事があったから」彼女はそう言って肩をすくめた。「さっそく仕事にかかってるわけ？」

「これは別にあとでもいいんだ。コーヒーでもどうだい？」

「そうね、いただくわ」

リプリーはマックのキスを避けようとはしなかったが、その代わり、反応もしなかった。彼の困惑が感じとれたので、キッチンまでついていくことにした。

「あのね、話したいことがあるの」彼女は口を開いた。「わたしたち、一緒に遊ぶ仲になってけっこう経つわよね」

「一緒に遊ぶ？」

「ええ。波長が合うっていうか、とくにベッドのなかでの相性は抜群だと思うの」リプリーは椅子に座り、別の椅子に脚を載せて足首のところで交差させた。「でもね、はっきり言ってこのところ、ちょっと行きすぎじゃないか、って気がしてきたのよ。ほら、ゆうべなんかとくに。だから、そろそろ身を引こうと思って」

「身を引く？」マックは彼女の言葉を二度もオウム返ししていたことに気づき、やれやれと頭を振った。「ゆうべの実験が大変だったのはわかるよ」マグをふたつとりだし、コーヒーを注ぎ入れる。「ああいうのはしばらくやめにしよう」

「わたしの言いたいこと、伝わってないようね」心のなかではすでに血を流しながら、リプリーはマグを受けとった。「研究に協力するのがいやだとか、そういうことを言ってるんじゃないのよ。実際の話、あれはやってみたら、想像していたよりずっとおもしろかったわ。知的な男性っていうのも、かなりセクシーよね。あなたくらい頭のいい男の人とつきあったの、初めてだったから……」

コーヒーをすすって舌をやけどしたが、かまわずに話しつづける。

「つまりね、マック、あなたはほんとにほんとにいい人だし、一緒にいてとても楽しかったわ。おまけに、わたしが頭を整理するのに、いろんな面で手を貸してくれたし。その点は感謝してるの」

「本当に？」

マックはまるで、スライドにとまった小さな虫でも見るような目で彼女を見ていた。

「本当よ。そうなんだけど、近ごろちょっと、なんていうか、息苦しくなってきちゃったのよ。だから、ここらであなたとは発展的解消ってことにしたいの」

「なるほどな」落ちついた声に、あまり関心なさげな響きがまじっている。「要するに、ぼくを捨てるってことだね？」

「その言い方はちょっときつすぎるわ」彼の反応はリプリーにとって意外なものだった。その顔には、怒りも、狼狽も、悲嘆も、ショックも浮かんでいない。それどころか、どこかおもしろがっているふうにも感じられる。「もっと気さくに、これまでお互い楽しかったね、って言うのはどう？」

「いいよ」マックはカウンターに寄りかかると、彼女の姿を鏡に映したように長い脚を別の椅子に載せて足首で交差させ、コーヒーを飲んだ。「これまで楽しかったね」

「よかった」憤りの小さなかけらが心にちくりと刺さり、リプリーの声をかすかに震わせる。「やっぱりあなたって話のわかる人よね。そういうところが、実を言えばわたしのタイプじゃなかったのかもしれないわ。そうと決まれば、あなたは近々ニューヨークへ帰るんでしょう？」

「いや、あと数週間はここにいるよ」

「いつまでもぐずぐずしてたって仕方がないじゃない。わたしはもう、あなたと遊ぶつもりはないのよ」

「だったら、ぼくの世界の中心はきみだと考えるのはやめにするよ。だが、ぼくにはまだ、シスターズ島でやるべき仕事が残ってるんだ」

「これ以上、わたしの協力は得られないのよ。そうなったらどうなるか、よく考えてみて。ここは小さな島だもの、わたしのほうから別れ話を切りだしたって噂はすぐに広まるわ。あなたはきっと、とてもばつの悪い思いをするんじゃないかしら」

「そういう心配はぼくひとりがすればいいことだ」

「ならいいわ。わたしが困るわけじゃないし」リプリーは勢いをつけて椅子から立ちあがった。

「そうとも」愛想のいい声で言って、マックがマグを脇に置く。リプリーは完全に油断していた。彼は探るような目を向けたかと思うと、次の瞬間には彼女を胸に抱き寄せていた。

そして熱い唇でキスを奪った。情熱的に、荒々しく、吸いつくすように。

「どうしてぼくに嘘なんかつくんだ?」

リプリーは息ができなくなり、頭のなかの考えも蟻が散るように消え失せた。「手を離してよ!」

「どうして嘘なんか?」マックはそうくりかえし、リプリーの背中を冷蔵庫の扉に押しつけた。

関心がない、ですって? 彼女は内心ひどくとり乱して自分に問いかけた。彼はこの話にあまり関心がなさそうだなんて、わたしは本気で思ってたの?

「いったいどこから、そんなくだらない考えがわいてきた?」マックが彼女の体を一度だけ素早く揺さぶる。「なぜぼくを傷つけようとしてるんだい?」

彼はたしかに傷ついていた。みぞおちのあたりにずきずきする痛みが走り、心臓がゆっくりとよじられるような気がする。

「傷つけたいなんて思ってないけど、あんまり追いつめられたら、そのうち本当にそうなってしまうかもしれない。わたしはあなたが欲しくないの」

「嘘だね。眠っていたとき、きみはずっとぼくに抱きついていたじゃないか」

「寝てるときにしたことまで責任はとれないわ」

「きみは闇のなかでぼくを求めた」情け容赦のない口調だ。心のどこかで、これは命を懸けた戦いだ、と感じているかのようだった。「このぼくに、きみ自身を捧げてくれたじゃないか」

「セックスは――」

「セックスの話じゃない」マックはあのときなにがどうなったかを克明に覚えていた。ふたりにとって。両手から力が抜け、怒りは憤りに変わった。「こんな手に引っかかると思ったのか？　ぼくを怒らせてきみから離れさせ、島から出ていかせようとしてるんだろう？　どうしてなんだ？」

「あなたにここにいてほしくないから」リプリーは彼を押しやり、引きつった声で言った。「わたしのそばにいてほしくないの」

「なぜ？」

「わかるでしょ、おばかさん、あなたを愛してるからよ」

18

マックは両手をリプリーの腕にすべらせていき、手をとって頭を少しかがめ、彼女の額に唇をそっとつけた。

「ばかなのはどっちだ、ぼくだってきみを愛しているんだよ。さあ、座ってもう一度やりなおそう」

「えっ？　ええっ？」リプリーは両手を引き抜こうとしたが、その分、彼の手に力がこもっただけだった。「離れて」

「いやだ」やさしい声でマックが言う。「いやだよ、リプリー、ぼくは離れない。どこへも行かない。きみを愛することもやめるつもりはないよ。だから、その点は受け入れてもらうしかないね。そのうえで、きみがぼくを追い払おうと考えるほどに恐れていることについて、一緒に対策を練ろうじゃないか」

「マック、わたしを愛してくれているなら、お願いだから荷物をまとめて、しばらくニューヨークへ帰ってて」

「そのやり方には納得できない。いやだ」

そうくりかえす彼に向かって、リプリーは言いつのった。「そんなに意固地にならないで――」

「ぼくは〝しぶとい〟って言われることのほうが多いな。〝石頭〟って言葉よりは上品だろう？　でも、今回の場合、どちらもあてはまらないと思う」マックは頭の角度を変えた。「なにかを恐れたり、誰かのことが心配で心配でたまらなくなったりすると、人は本能的に離れようとするものだ。きみが、その恵まれた力に対してそうしたように」彼女の反論には耳を貸さずに話しつづける。「ミアに対してもね。だが、ぼくからは決して離れさせないよ。ふたりのあいだにあるものから逃げないでくれ、リプリー」彼はつないだ手を口もとへ引きあげ、彼女の手の関節にキスをした。「それくらい、ぼくはきみを愛している」

「だめよ」わたしの心は耐えられそうにない、とリプリーは思った。「おとなしく待っていて」

「きみに向かってノーと言いつづけるのは本当にいやなんだけどね。この埋めあわせはあとでするよ」そしてマックは顔を近づけ、彼女の骨がとろけてしまいそうになるまでキスをした。

「どうすればいいのかわからないの、どう対処すればいいのか。こんなこと、初めてなんだもの」

「ぼくだってそうだよ。一緒に考えよう。とりあえず座って、話しあおうよ」

「ザックに、二十分で戻るわ、って言ってきちゃったの。これほど長くかかるはずじゃなかったから……」

「ぼくを捨てるのに、かい？」彼がにやりと微笑む。「驚いたな。じゃあ、彼に電話をかけておけば？」

リプリーは首を振った。「今はまともに考えられないから。それに、なにかわたしに用ができたら、どこにいるかは知ってるもの」まるで、自分のなかのすべてがめちゃくちゃに跳んだり跳ねたりしているかのようだ。それでも、中心には心がしっかりと据わっていて、月のごとき輝きを放っていた。「ねえ、本当にわたしを愛してくれてるの？」

「完全にとりこだよ」

「そう」彼女はかすかに鼻を鳴らした。「だったら、今まで一度もそう言ってくれなかったのはどうして？」彼に問いただす。

「きみのほうこそ、ぼくを愛してるとは一度も言ってくれなかったじゃないか。それはなぜなんだい？」

「こっちが最初に訊いたのよ」

「ばれたか。まあたぶん、徐々に気持ちが高まるのを待ってたからじゃないかな。わかるだろう……」マックは彼女の腕を二、三度軽く握ってから、椅子へ促した。「きみの士気を弱めるというか……」

「わたしも同じことをしていたのかもしれないわ」

「本当かい？　それで最後に自分から別れを切りだすなんて、作戦としてはおかしいじゃないか」

「マックったら」リプリーは身を乗りだして彼の両手をとった。「わたしが気持ちを告白した男性はあなたが初めてなのよ。愛してるって、軽々しく口にすべき言葉じゃないでしょ。しょっちゅうそんなこと言ってたら、力がなくなってしまうもの。わたしが初めて愛を告げたのは、本当にあなたが初めて愛した男性だったからよ。わたしにとっては、たったひとりの男性。トッド家の人間はみんなそう。いったん誰かを愛したら、一生添いとげるの。つまり、あなたはわたしと結婚しなきゃならないってこと」

マックは熱いものがたちまち体じゅうに広がるのを感じた。「こういうときって、指環かなにかもらえるものじゃないのかい？　きみは片膝を床につけて結婚を申しこむ、そこでぼくがイエスかノーか答えるんだろう？」

「あんまり調子に乗ってると、運を使いはたしちゃうわよ」

「運が向いてる気分なんでね。で、家を買おうと思ってる」

「そう」リプリーの心は揺れた。深い悲しみと、甘んじて受け入れなければという思いの狭間で。「ニューヨークに、でしょ。仕方ないわ、あなたの仕事のためには、あちらに住んだほうがいいものね。でもまあ、あの街ならいつだって警官は募集中でしょうから」

「それはそうだろうけど、ぼくが買おうとしてるのはこの島の家だよ。島を離れてほしいなんて、ぼくが頼むはずないだろう？　きみの心はここにあるのに。今ではぼくの心だってここにあるんだよ、知らなかったかい？」

リプリーはマックを見つめた。しばらくのあいだ、ただただ彼を見つめることしかできなかった。そしてその瞳のなかに、ふたりの人生を見た。「泣かせないで。わたし、泣くのは嫌いなのに」

「ローガン家の屋敷を買いたいと申しこんであるんだ」

「あそこは……」海のそばの、大きな美しい屋敷だ。「売りに出されていないでしょう？」

「いや、いずれ売ってもらえると思うよ。ぼくは粘り強く交渉するつもりだから。子供はたくさん欲しいからね」

「わたしもよ」リプリーは彼の手を握っている手に力をこめた。「あそこなら申し分ないわね。広くて、造りもしっかりしてそうで、必要以上にごてごてしてもいなくて。でもその前に、ひとつだけあなたにお願いがあるんだけど」

「ぼくはどこへも行かないよ」

「たったひとつの願いすら聞けないくらい、わたしが信頼できないの？」

「そんなふうに言ってもだめだ。それより、きみがなにをそれほど恐れているのか、教えてくれ。まずは、ゆうべの夢の話からだ」

彼女はマックから目をそらした。「わたし、あなたを殺したの」

「どんなふうに？」彼は興味をそそられたように訊いた。

「どういう神経をしてるの？　あなたの血管には氷でも流れてるわけ？　わたしはあなたの命を奪った、存在を消した、って言ってるのよ」

「下手に狼狽したりしないほうが解決策が見つかるのも早いよ。さあ、夢の話を聞かせてくれ」

リプリーはテーブルに手を突いて立ちあがると、小さな環を描いてキッチンのなかを三回歩きまわり、動揺した心を落ちつけた。それから、彼に話した。話をしたせいですべての記憶が鮮烈によみがえってきて、生まれたての蜘蛛の子が散るように、恐怖がぞわぞわっと肌を這う感覚に襲われた。

「わたしはあなたを殺して、大切なものをなにもかも破壊したの」彼女はそうしめくくった。「それほどの重荷を背負うなんて、わたしには無理よ、マック。きっと耐えられない。だからこそ、わたしは自分自身に背を向けてきたの。ミアに対しても。そうするのが正しいと――そうするほかないと――思えたから。わたしの一部は、いまだにそう感じてるわ」

「でもきみは、その方法ではうまくいかないと悟ったんだろう？　立ち向かうしかないんだ、って」

「つまりあなたはこのわたしに、あなたや家族や友人の命を、そしてこの大切な故郷を、危険にさらせって言ってるの？」

「いいや、そうじゃないよ」マックの声はやさしかった。「ぼくたちを守ってほしいと頼んでるんだ」

その瞬間、彼女は感動の波に洗われた。「ああ、マック、そのボタンを押されてしまったら、うんと答えるしかないじゃない」

「だと思ったよ。ぼくも手伝うから、リプリー。そうするのがぼくの運命だと思うんだ。きみを愛するのが」マックはそうつけ加え、彼女が握りしめている拳をそっと開かせた。「そうやってこの件にかかわることが。ぼくがこういう研究を続けてきたことも、この島へ来たことも、今こうしてきみと座っていることも、ただの偶然ではないはずだ。それにぼくらは、ふたり一緒にいたほうが、離れ離れでいるより強くいられるからね」

リプリーはつながれた手を見おろした。わたしがずっと欲しかったもの、自分ではそれを探し求めていると気づいてさえいなかったものが、この手のなかにある。

「もしも本当にあなたを殺すはめになったら、きっとわたし、ものすごく自分に腹が立つと思うわ」

彼の唇がぴくぴくっと引きつった。「ぼくもだよ」

「ミアにもらったペンダント、今もちゃんとつけてる？」

「ああ」

「それを外したまま絶対にどこへも行っちゃだめよ。それか、これを……」リプリーはポケットをまさぐった。家を出るとき、これだけはどうしても持って出なければと思った時点で、こうなることは予想がついていたのかもしれない。それは、複雑な細工の施された銀の指環だった。小さな円のなかにそれぞれに違うシンボルが刻印されたリングが三つ組みあわさっている。「これ、祖父のものだったの」

マックは居住まいを正した。感極まって涙がこみあげそうになり、咳払いをしてから口を開く。「結局、指環をもらえるわけだ」

「そうなるわね。あなたの指には小さすぎると思うから、そのペンダントのチェーンに通して、一緒に身につけておいて」

彼は指環を受けとると、眼鏡なしでシンボルを読みとろうと目を細めた。「ケルト文様みたいだね」

「そうよ。真ん中のシンボルは〝正義〟、両端のはそれぞれ、〝思いやり〟と〝愛〟を表してるの。それでだいたいカバーできるでしょ」

「美しい指環だ」マックがチェーンを頭から抜き、金具を外して指環に通す。「ありがとう」

リプリーはマックがふたたびチェーンをかける前に、彼の手首をつかんだ。「もう一度わたしに催眠術をかけて」

「危険すぎるよ」

「そんなこと言ってる場合じゃないでしょ。すべてが危険すぎるところまで来てるんだから。わたしが催眠状態になったら、目が覚めたあとで効果の現れる後催眠をかけてほしいのよ。力のコントロールを失いかけたときに、わたしをとめてくれるような暗示を」

「まず第一に、トランス状態のときのきみは、ほかのエネルギーに対してオープンすぎるんだ。他人がきみのなかへ注ぎこもうとするエネルギーを、スポンジみたいにすべて吸収してしまう。そして第二に、暗示をかけても効果があるかどうか、ぼくにはまったく自信がない。覚醒してるときのきみは精神も意志も強すぎるから、そういうふうに影響を及ぼすのは無理じゃないかと思う」

「予防線を張るようなせりふは聞きたくないわ。とにかく試してみなくちゃ、効くか効かないかわからないじゃない。あなたにはあなたのできることがあって、わたしはあなたを信頼してるの。ねえ、お願いだからわたしを助けて」

「それもまた、とてつもなく大きなボタンだな。わかった、やってみよう。ただし、今すぐはだめだぞ」急いで言い添える。「もう少し下調べをして、準備を整えてからだ。それから、ネルとミアにも立ち会ってもらいたい」

「どうしてふたりっきりじゃだめなの?」

「ふたりだけの問題じゃないからだよ。きみがちゃんとした環《サークル》のなかにいてくれなければ、ぼくも催眠術をかけるわけにはいかない。ちょっと、ここで待っててくれるかい?」

まじめに言っているんだ、口答えしても無駄だぞ、と言わんばかりの口調だったので、リプリーは怒っていいやら、おもしろがっていいやら、はたまた感銘を受ければいいやらわからなかった。とにかく彼女は無言のままテーブルを指で打ち鳴らし、彼を見送った。

ベッドルームを引っかきまわしては悪態をつくマックの声を聞きながら、すっかり冷めてしまったコーヒーを飲む。

やがて彼が戻ってきて、リプリーを引き寄せて立ちあがらせた。「十二年ほど前に、アイルランドで買ったものなんだ」てのひらを上に向けさせて、銀製の小さな円盤形のアクセサリーを載せた。中心に向かって二本の線が渦巻き模様を描いていて、どちらの端にも完全な球体の小さな石があしらわれている。

「薔薇石英《ローズ・クオーツ》と月長石《ムーンストーン》ね」リプリーは言った。

「愛と憐憫だよ。ちょっとした幸運のお守りのつもりで買って、いつも持ち歩いていた。どこへ行ったかしょっちゅうわからなくなるんだけど、そのたびに必ず出てくるんだ。だから、けっこう運は強いんじゃないかな。昔はペンダント・ヘッドとして使われてたものだと思うよ、裏にチェーンを通す金具がついてるからね。さもなきゃ、ポケットに入れて持ってるだけでもいい。そのときはわからなかったけど、これはきっときみのために買ったものだったんだ」

リプリーは彼の肩に頭をすり寄せた。「こんなものもらったら、涙が出てきちゃいそう」

「ぼくはかまわないよ」

「これからまた仕事に戻らなきゃいけないのに、真っ赤に泣きはらした目をしていくわけにいかないでしょ。わたし、本当にあなたを愛してるわ」顔をあげ、マックの口に唇を近づけながら言った。「本当に、本当に」

マックはリプリーをうまく説得し、一刻も早く催眠術をかけてほしいとはやる気持ちをどうにか抑えさせた。ただし、こちらが説得しようとしていることを彼女に悟られないよう、細心の注意を払いながら。

彼には、やらなければいけないことがたくさんあった。

自分が傷つくことなどあり得ないと思いこむほど、マックは愚かではなかった。もちろん、殺される可能性だってあるだろう。リプリーの見た夢はこれから起こりうることを予知したものに違いないと彼は信じていた。三百年前に始まったサイクルは今も脈々と生きている。

だが彼は、自分の身を守るさまざまな方法があるはずだと理解できるくらい、賢くもあった。知識は力だと信じていた。だから、ふたりの身を守るために、盾となってくれる知識をかき集めるつもりでいた。

リプリーの身は安全だという確信が持てない限り、無防備なトランス状態に彼女を導くわけにはいかない。

彼は先祖の残した日記の目次をとりだし、読みたいページを見つけた。

二月十七日

夜明け前。寒くて、まだかなり暗い。わたしは眠っている夫をあたたかいベッドに残し、塔の部屋へ来てこれを書いている。気分が落ちつかず、痛む歯のように不安がうずいている。

低く垂れこめた靄が屍衣のごとく家を覆っている。ガラスを押し破ろうとしているのだ。骨しかない指がガラスを引っかく、キーキーという音が聞こえてくる。なかに入りたくてたまらないのだろう。ドアや窓、ありとあらゆる隙間にも、残らずお札を貼っておいた。母が絶望に心をのみこまれてしまう前に教えてくれたとおりに。

はるか昔のことなのに、こんな夜は、つい昨日のことのように感じられる。母が恋しくて仕方がない——母の慰め、力強さ、美しさが。骨にしみ入るような冷気に包まれているととくに、母の助言が欲しくなる。けれども、それは決して得られない、水晶やガラスの玉を通じてさえも。

わたしが案じているのは自分自身のことではなく、子供たちの子供たちのこと。三百年後の世界がどうなるか、わたしは夢に見た。あれほどの不思議。あれほどの魔法。あれほどの悲しみ。

環がくるくるとまわる。わたしにははっきりと見えない。けれどわたしは、わたしの血を引いて前と後ろに連なる者たちが、その環とともにくるくるとまわることを知っている。力強さ、清らかさ、賢さ、そしてなによりも愛が、今この家の外で這いまわっているものに打ち勝てるだろう。

それは歳月を越えたもの、それは永遠。それは闇。

わたしの血がそれを解き放った。そして、わたしの血がそれに立ち向かうことになる。この場所、この時においては、今ここにあるものを守る以上のことはできないけれど、これから先に来る者たちのためにわたしは祈ろう。わたしの魔力を、愛する未来の子供たちのために残していこう。

悪しきものが悪しきものによって打ち負かされることはない。闇は闇をのみこんで、より暗黒になるだけだ。願わくば、あとから来る者たちがこれをしかと受け継いで備え、すべてが破壊されつくす前にこの戦いを終わらせてくれんことを。

その下に書かれていたゲール語の呪文を、マックはすでに訳してあった。その文言をもう一度読み、過去からのメッセージが現在に力を貸してくれることを祈った。

ハーディングの気分は、ここ数日のうちでは最高だった。何者かに体を乗っとられたかのような不快感が徐々に消え、彼を悩ませつづけているだるさも薄らぎはじめた。頭はすでにはっきりしていて、自分がようやく危機を脱したことを確信していた。

実際彼は、たかがインフルエンザに調子を崩されて予定を大幅に狂わされたことにいらだちを感ずるまでに快復していた。彼はこの日、いきなりネル・トッドに接近してインタビューを申しこむことで遅れをとり戻そうと、心に決めていた。

準備のために、まずは軽めの朝食とラージサイズのポット入りコーヒーのルームサービスを頼み、これまでに書きためたノートを再読して詳細な記憶をよみがえらせてから、執筆を予定している本のための取材に応じてもらうにはどう言ってネルを説得するのがいちばんいいか、作戦を練ることにした。

本が出版されたら転がりこんでくるはずの大金と栄誉に思いを馳せ、期待感に胸を震わせた。ここ何日かは、頭がぼんやりしていてまともに考えられず、今後の展開を想像するどころか、自分で立てた計画すら忘れてしまいそうだった。分厚いドアの奥に閉じこめられたかのようで、なんとか頭を働かせようとするたびに、疲労感に阻まれつづけた。

朝食が届くのを待つあいだに、シャワーを浴びてひげをそる。鏡に映る自分を見て、最高の状態ではないな、と思った。顔は青白く、少しやつれている。明らかに減ってしまった数パウンドをわざわざとり戻す必要はないが、目のまわりのどす黒いくまだけは彼の美意識に反していた。

印税の前払い金をすでに受けとったつもりになって、少しばかり贅沢し、どこかの高級スパに何日か泊まって養生するのもいいかもしれない。

元はヘレン・レミントンだった女性への第一回めのインタビューが無事成功したら、契約に際してのこちらの要望をまとめ、すでにこの本の構想を話してあるニューヨークの出版エージェントに送ることにしよう。

シャワーを出てベッドルームへ行き、テイラード・スーツを着ていくべきか、セーターにスラックスというカジュアルな装いにするべきか迷った。そして結局カジュアルなほうを選んだ——親しみやすく、気さくな雰囲気が醸しだせるからだ。ネル・トッドに会うにはそのほうがふさわしいだろう。エヴァン・レミントンとの面会に着ていったフォーマルなスーツよりも。

　レミントンのことを思い浮かべたとたん、なぜか頭がくらくらしはじめたので、クローゼットのドアにしがみついて体を支えなければならなかった。どうやらまだ百パーセント快復したとは言えないようだ。だが、朝食をとれば、気分はもっとよくなるだろう。

　スラックスをはいたとき、次なるショックが襲ってきた。ウエストがぶかぶかで、腰まわりにもだいぶ余裕ができている。インフルエンザと闘っているあいだに、少なく見積もっても十ポンド、もしかするともっと体重が落ちてしまったらしい。ベルトをいちばんきつくしてしめるときも手がぶるぶる震えたが、この予期せぬ展開を逆に利用してやればいいんだ、と自分に言い聞かせた。

　定期的なエクササイズを始め、食事内容にも気をつかって、このままの体重を維持する。そうすれば、本が刊行されたのち公衆の面前に姿を現す際、健康的かつスリムに見えていい。

　ルームサービスの係が窓際にセットしてくれたテーブルに着いて食事を始めるころには、気分は完全に元どおりになっていた。実際、これまでで最高の気分だ。

　一杯めのコーヒーを飲みながら、窓の外へ目を向ける。陽射しは明るい。あらゆるものの表面を覆っているように見える氷に反射して、まぶしすぎるほどだ。そこでふと疑問を感じた。あれだけ陽射しが降り注いでいるのに、氷が少しも溶けていないのはなぜだろう？　それに、村の通りも静かすぎるほど静かだ。まるで、本当にすべてが凍りついてしまったかのように。琥珀に閉じこめられた虫。

　この天候のせいで本屋が閉まっていないといいのだが。初めて正式にネル・トッドに会うのは、あそこのほうが都合がいい。そのほうが彼女は安心できるだろうから、こちらの話に耳を傾けてくれる確率も高くなる。うまくすれば、ミア・デヴリンにもインタビューを申しこめるかもしれない。

　ネルがこの島へやってきたとき、すぐに彼女を雇い入れて家まで貸してやったデヴリンから話が聞ければ、本に豊かな彩りを添えることができる。

　それに、ミア・デヴリンの正体は魔女だというもっぱらの評判だ。もちろん、ハーディング自身がそんなたわごとを信じているわけではない。しかし、レミントンが逮捕されたあの夜、森のなかでなにか尋常ではないことが起きたのは確実なのだから、デヴリンの側からも真実を掘りさげてみる価値はある。

　青い稲妻、光るサークル。皮膚の下を這いずりまわる何匹もの蛇。

　ハーディングは思わず身震いしてから、ノートを読みはじめた。

　ネル・トッドに接近する作戦として、詳しい情報が欲しいという要求はオブラートに包み、ひとまず彼女の勇気と知性を褒めちぎるというのはどうだろう？　それならたいして嘘をつかずにすむ。彼女のとった行動に度胸と技能と知力が不可欠だったことは、ハーディングも認めるところだ。

そうやって彼女のプライドをくすぐりつつ、彼女のたどった道のりを自分もたどって国じゅうをめぐり、彼女がともに働いていた何十人もの人々に取材したことを伝える。ああ、そうそう、とハーディングはノートをめくりながらひらめいた。彼女の同情心に訴えて、昔の彼女と同じように虐待されている女性たちのためにも、インタビューに答えるのが彼女の義務だと思わせる手もある。

〝希望ののろし〟ハーディングは急いでメモを書きつけた。〝勇気の輝かしき手本。女性の権利向上。ある者にとって、逃げだすことは考えるだけでも恐ろしすぎる選択肢、押しつぶされた精神状態ではとうてい思いつかない解決策。(家庭内暴力、女性向けの保護シェルター、配偶者間殺人の被害者などに関する最新の統計データを提示のこと。ファミリー・セラピストからも話を聞く――事件の主な原因、影響、結果について。過去に虐待を受けていたほかの女性にもインタビュー? 加害者側は? さまざまな事例の比較と検証)〟

思考がふたたび滞りなく流れるようになったことに満足し、ハーディングは食事を始めた。

〝この種の監禁事件では往々にして、被害者自身が虐待のサイクルにとらわれている。

だがヘレン・レミントン――ネル・チャニング・トッド――には、今のところそのような背景は見受けられない。(子供時代についてさらなる調査。虐待の被害者のうち、以前の家庭生活において虐待の過去を持たない者は何割程度か、統計を入手。)ただし、サイクルには必ず始まりがあるはずだ。この事例ではどう見ても、始まりも終わりもエヴァン・レミントンとしか考えられない〟

ハーディングはメモをとりつづけたが、次第に集中がとぎれはじめた。指の関節が逆に曲がるほど強くペンを握りしめ、ペン先を紙に押しつける。

売女め! 淫売め! 魔女を焼き殺せ!

俺のものだ俺のものだ俺のものだ俺のものだ俺のものだ俺のものだ!

血。死。復讐。

復讐はわれにあり、われにあり、われにあり。

猛スピードでページをめくり、言葉を書き殴る。呼吸がどんどん荒くなる。やがてノートは彼のものではない筆跡で埋めつくされた。

やつらはみな死なねばならない。やつらはみな死なねばならない。そして俺は生きかえるのだ。

ハーディングがわれに返ったときには、ノートは閉じられ、ペンもその脇にまっすぐ置かれていた。そして彼は、窓の外を眺めながら今日のプランを立てつつ、のんきにコーヒーを飲んでいた。

あたりをゆっくりと散歩して、新鮮な空気を吸いながら適度に体を動かすのが賢いかもしれない。島の情景描写に役立ちそうなところを歩き、島へやってきたネルが初めて住んだコテージとやらをじっくり観察してこよう。

それに、あの夜レミントンが彼女を追いかけたという森も、そろそろこの目で見ておいたほうがいい。

腹もそこそこいっぱいになると、ハーディングはノートを片づけ、新しい一冊をとりだした。それと、小型のテープ・レコーダー、さらにカメラをポケットに突っこみ、さっそく仕事に出かけることにした。

先ほど自分が書いた文句も、自分のなかから突然わきあがってきた血への渇望も、彼はいっさい覚えていなかった。

19

黄色いコテージは小さな森の縁に静かに立っていた。葉のない裸の黒い木々が、短い影を地面に投げかけている。敷地内は完全なる静寂に包まれていた。

コテージの窓には薄いレースのカーテンがかかっており、ガラスは明るい陽射しを浴びて光っている。

なにも動く気配がない。冬枯れした芝生の一本も、かさかさに乾いた茶色い落ち葉の一枚も。そばには海があり、背後には村があるというのに、音という音がいっさい消えてしまったかのようだ。森の際に立つそのコテージを見つめながら、ハーディングはふと、こう思った。これではまるでほかの誰かが撮った写真でも見ているみたいじゃないか。なぜかはわからない理由で彼に与えられた、凍りついた一瞬。

寒気が背筋を駆けのぼるのを感じた。それにつれて体が震えだし、呼吸が荒く、速くなっていく。よろめくように大きく一歩さがったとき、背中が壁にぶつかった気がした。きびすを返して逃げだしたい衝動に駆られたが、どうしても後ろを振りかえれなかった。

その妙な感覚は、襲ってきたときと同じく、突然消え去った。彼は道路の脇にたたずみ、冬の森のそばに立つかわいらしいコテージを見つめていた。

本土へ戻ったら、必ずや健康診断を受けなければ。心にそう決めて、おそるおそる前に一歩踏みだした。このところ、自分で気づいている以上に大きなストレスにさらされているのは明らかだ。本を書くのに必要な背景情報を手に入れ、いくつかの調査をすませたら、休暇をとることにしよう。実際の執筆作業にとりかかる前に、一週間か二週間、骨休めをして英気を養ったほうがいい。

その考えに励まされて、彼は森へ近づいていった。今になってようやく、穏やかで規則的な海の鼓動や、鳥たちが大らかに鳴き交わす声、裸の木々を揺らす風のささやきが聞こえてきた。

彼は頭を振って木々のなかへ分け入り、寂寥感漂う自然を、筋金入りの都会派人間らしい少々うさんくさげな目で見まわした。わざわざこんな場所を選んで暮らす連中がいるなんて、自分にはとても理解できない。

だが、ヘレン・レミントンはまさにそうした。

莫大な富、特権的なライフスタイル、美しい豪邸、輝かしい社会的地位、それらすべてを捨てて——彼女はいったいなにを手に入れた？　見知らぬ客のために料理をつくり、岩場だらけのちっぽけな島に住み、いつの日か——彼の想像によれば——うるさいほどにぎやかな子供たちを育てるだけの生活だ。

ばかな女め。

歩きながら、彼は無意識に拳を握ったり開いたりしていた。足もとから汚れた霧がわいてきて、靴の上までせりあがってくる。彼は歩調をどんどん速めていき、今や走っているのとほとんど変わらない速度になっていた。ところどころ氷が溶け残ってぬかるんでいる地面を蹴り、口から白い息をたなびかせて走る。

恩知らずな淫売め。

あの女は罰せられなければならない。痛めつけてやらなければ。彼女とほかのすべての者は報いを受けねばならない、自分たちがしでかしたあらゆることに対して、きっちり代償を払わせてやろう。やつらがもし俺の力に対抗しようとしたら、俺の権利を侵そうなどとしたら、やつらは全員断末魔の苦しみにもだえながら死ぬことになる。

霧は地を這うように広がっていき、やわらかく白い光を放っている環《サークル》に出たところで消えた。彼の唇はめくれて歯がむきだしになり、残忍なうなり声が喉の奥で低く響いた。

彼はサークルへと突進していき——跳ねかえされた。地面から天に向かってのびた、黄金色に輝く薄い光のカーテンに。彼は激怒して、何度も何度も体あたりした。白い炎が肌を焦がし、服を焼いて、煙を立ちのぼらせた。

体の内側から憤怒にむさぼりつくされて、ジョナサン・Q・ハーディングはわめき散らし、光を呪いながら、地面へ身を投げだした。

ネルは本日の特製ランチを二種類準備した。そしてハミングしながら、今月末にケイタリングを頼まれている結婚パーティーのメニューをあれこれ考え、細かな調整を加えていった。

ビジネスは順調だった。シスターズ・ケイタリングはしっかりと軌道に乗り、本来なら暇なはずの冬のあいだでさえ、依頼が次々と舞いこんで彼女を満足させてくれた。それでもなおネルには、カフェ・ブックの発展のために具体的な方策を考える余裕があった。店でクッキング・クラブを開くことと、メニューを増やすことは、どちらもさほど無理なく実現できそうだ。もう少し詳細をつめてから、ミアに話を持っていこう——ビジネスウーマンからビジネスウーマンへの企画の提示だ。

店内の客の注文をさばき終えて、ちらりと時計を見た。あと三十分ほどで、ペグと交代の時間だ。その後もまだまだ細かな用事が残っていて、ケイタリングのほうの打ちあわせも二件控えている。

てきぱきこなしていかないと、夕食をつくる時間に間に合わなくなってしまいそうだわ。ただでさえ忙しく慌ただしい家事に加え、ビジネスウーマンとしての責任も増える一方で、ネルはついついうれしい悲鳴をあげたくなった。

でも実は、そのあとに深刻な問題が待っている。今夜のディナーは、みんなで集まって食事を楽しむことだけが目的ではなかった。マックの不安はよくわかるし、来《きた》るべき事態に備えて内なるエネルギーを集中させなければいけないことも、ちゃんと理解している。けれど彼女はすでに一度、最悪の事態に直面しながら、そこから見事に生きのびた。

愛する人々や大切なものを守るためならなんでもする覚悟はできている。

彼女は客席のほうへ出ていって空いたテーブルを片づけ、客が置いていってくれたチップをポケットにしまった。チップは自分用のお小遣いとして、専用の瓶に貯めることにしている。カフェのお給料は生活費にあて、ケイタリングの仕事で得られる利益はふたたびビジネスに投資するよう心がけていた。でも、チップだけはなにか楽しいことをするために、ぱっとつかう。ポケットの小銭をちゃらちゃら言わせながら、ネルは空いた皿やボウルを厨房へさげようとした。

そのとき、カウンターの前に立って黒板のメニューをうつろな目で見あげているハーディングに気づき、思わずはっと立ちどまってから、すぐに彼に駆け寄った。

「ミスター・ハーディング、どうなさったの？　大丈夫ですか？」

彼の視線が彼女をとらえた。彼女の向こうにあるものを。

「お座りになったほうがいいわ」

ネルは持っていた皿をカウンターにがちゃんと置き、彼の腕をとった。そのままカウンターをまわりこんで、厨房へと導く。手近な椅子を引き寄せて彼を座らせてから、シンクへ飛んでいきグラスに水をくんだ。

「いったいどうしたんですか？」

「わからない」彼はありがたくグラスを受けとり、冷たい水をごくごくと飲んだ。喉がひどく焼けただれている気がする。熱した針を何本も粘膜に押しつけられたかのようだ。

「今、お茶を淹れますね。あと、チキンのスープも」

彼は静かにうなずき、両手を見おろした。素手で地面を掘ったみたいに、爪に泥がつまっている。関節の皮はすりむけ、てのひらにも引っかき傷ができていた。

スラックスは泥まみれで、靴も汚れている。セーターには枯れ枝や枯れ葉のかけらがいくつもついていた。

洒落者の彼は、こんな見苦しい格好をしている自分に屈辱を感じた。「すみませんが……手を洗わせてもらっていいですか？」

「もちろんですとも」ネルは肩越しに振りかえり、心配そうに彼を見つめた。ひどい日焼けをしたあとのように、赤い筋が顔の半分を覆っている。なんともまがまがしく、痛々しく、見るだけで恐ろしくなる感じの傷だ。

ネルは彼をレストルームへ連れていき、ドアの外で待って、ふたたび厨房へ連れ帰った。それからスープをボウルにすくい、ハーブ・ティーを淹れる。そのあいだ彼はトランス状態にでもあるかのように、呆然と突っ立っていた。

「ミスター・ハーディング」彼女はそっと声をかけ、肩にふれた。「あの、どうぞお座りになって。ご気分がすぐれないんでしょう?」

「いや、わたしは……」彼はかすかな吐き気を感じた。「どこかで転んでしまったようだ」ぱちぱちとまばたきする。どうしてちゃんと思いだせないんだ？　晴れた冬の午後、森へ散歩に出かけたんだろう?

それ以外はなにひとつ記憶がなかった。

幼い子供やよぼよぼの老人が面倒を見てもらうように、彼はおとなしくネルに世話を焼いてもらった。あたたかいスープをひとさじ口から流しこむと、焼けつくように痛む喉やすっきりしない胃がすーっと癒されていく。

それから、蜂蜜がたっぷり入った甘いハーブ・ティーも飲んだ。

そのあいだひとことも口を利かずにいてくれるネルの厚意がありがたかった。

「転んでしまったんですよ」彼はもう一度言った。「ここ数日、ずっと具合が悪かったんです」

彼女について調べたこと、その足跡を追って自分も国じゅうを旅してみて、あらためて彼女の行動に感嘆させられたことなど思いだす。すばらしい記事が――いや、本が――書けそうだ。勇気と勝利を行動で示した女性について。

〝恩知らずな淫売め〟その言葉が頭のなかでかすかにこだまし、彼をおののかせた。

ネルは心配そうに彼の顔をのぞきこんだ。「病院へ行かれたほうがいいんじゃありません？」

彼は首を振った。「主治医に診てもらうほうがいい。でも、お気づかいには感謝します、ミセス・トッド。あなたはおやさしい方だ」

「せめて、そのやけどの手あてだけでもさせてください」

「やけど？」

「ちょっとお待ちくださいね」

ネルはふたたび厨房から出ると、ちょうどやってきたペグに簡単に事情を話した。そのあと、キャビネットにしまってあった緑色の細いボトルを持って厨房に戻った。

「成分のほとんどはアロエですから」元気な声で話しかける。「これで痛みがやわらぐと思いますよ」

彼は顔に手をやって、すぐにおろした。「たぶん……陽射しは思ったよりはるかに強烈だったんですね」どうにかこうにか口を開く。「ミセス・トッド、ちょうどいい機会なので申しあげますが、わたしがこの島へ来たのは、あなたからお話をうかがいたかったからなんですよ」

「そうなんですか？」ネルはボトルのキャップを開けた。

「わたしはライターなんです」彼は話しはじめた。「あなたのことを書きたくて、取材を続けておりましてね。まず初めに、わたしがいかにあなたを高く評価しているか、ご承知おきください」

「本気でおっしゃってるの、ミスター・ハーディング？」

「ええ。もちろんですよ」なにかが腹のあたりから喉もとへ這いあがってきそうな気配を感じた。それを無理やり押しさげる。「最初は、雑誌の特集記事が一本書ければいいかな、という程度の興味で取材を始めたんですが、いろいろ調べていくうちに、あなたの体験なさったこと、あなたのとった行動には、もっともっとすばらしい価値があると思えてきましてね。ぜひとも、多くの人々に知ってもらいたくなったんです。虐待のサイクルにとらわれている女性が大勢いることは、あなたも当然ご存じだと思いますが」薬を指にとるネルを見ながらしゃべりつづける。「あなたは希望ののろしですよ、ミセス・トッド、女性の勝利と権利向上のシンボルです」

「そんな大それたものじゃありませんわ、ミスター・ハーディング」

「いえ、そうなんです」彼はネルの瞳をのぞきこんだ。なんて青く、なんて穏やかな瞳なのだろう。それを見ただけで、差しこむような腹の痛みがおさまった。「わたしは、あなたが逃げた道のりをたどってみたんです」

「本当に?」彼女は訊きかえし、真っ赤になっている彼の頬に薬を塗った。

「あなたが働いていた店の方々にお話を聞き、あなたの足跡を一歩一歩たどったわけです。ですから、あなたがなにをし、どれほど苦労し、どれほどの恐怖を味わったか、わかっているつもりです。それでも、あなたは決してあきらめなかった」

「これからもそうするつもりです」ネルはきっぱりと言った。「そのことは、よく理解しておいてください。わたしは絶対にあきらめませんから」

「おまえは俺のものだ。どうしておまえは、わざわざこの俺に暴力を振るわせるようなまねをするんだ、ヘレン?」

それはエヴァンの声だった——彼女に罰を与える前の、静かで、理性的な声だ。とてつもない恐怖が今にも爆発しそうになる。しかしネルにはわかっていた、その恐怖こそ彼の求めているものだと。

「あなたにはもう、わたしを傷つけることはできないわ。わたしは、自分の愛する人たちを、決してあなたに傷つけさせやしない」

ネルの指がふれている部分から彼の肌にさざ波が広がった。なにかがその下でうごめいているかのように。なおも彼女は薬を塗りつづけている。彼は大きく身震いして、彼女の手首をつかんだ。「逃げだせ」彼はささやいた。「手遅れになる前に、ここを離れるんだ」

「ここはわたしの家よ」ネルはこみあげる恐怖と闘った。「全身全霊を捧げても守ってみせる。必ずあなたを打ち負かしてみせるわ」

彼はふたたび身震いした。「今、なんておっしゃったんです？」

「おやすみになったほうがいいわ、と言ったんです、ミスター・ハーディング」目の前の男性に対する哀れみが胸にあふれるのを感じながら、ネルはボトルのキャップを閉めた。「早く具合がよくなるといいですね」

「それで、彼を帰しちゃったの？」リプリーは保安官事務所のなかを行ったり来たりしながら、悔し紛れに髪をかきむしった。「頭をやさしく撫でてやって、昼寝でもしてきたら、とだけ言って？」

「リプリー」ザックが静かな声でたしなめたが、リプリーは大きく頭を振った。

「のんきに構えてないで、考えなさいよ、ザック！　あの男は危険だわ。ネルだって、そいつのなかになにかを感じたんでしょう？」

「あの人のせいじゃないのよ」ネルが口を開くと同時に、リプリーはくるりと振りかえった。

「誰のせいとか、そんなこと言ってないでしょ、現実問題として危険だと言ってるのよ。たとえ彼が、誇大妄想にとり憑かれた一介の記者にすぎないとしても、それだけで充分に悪いわ。彼はあなたを追ってきたんでしょ？　あなたの足跡をたどって国じゅうを渡り歩き、あなたに関する噂話をこそこそ調べあげたのよ」

「それが彼の仕事だもの」ネルはリプリーがふたたび突っかかってくる前に、片手をあげて制した。一年前なら、こんなふうに言い争うこと自体、さっさと避けようとしただろう。時が彼女を変えてくれたのだ。「そういう仕事をしてるからって、今彼の身になにかが起きてるからって、彼を責めることなどできないわ。彼自身もなにが起きているのかわからずにいるんだもの。あの人、ひどく具合が悪そうで、とても怯えていたわ。あなたは彼に会ってないでしょ、リプリー。わたしは直接会ったのよ」

「わたしが彼に会いそこなったのは、あなたが連絡をくれなかったせいじゃないの。どうしてわたしを呼んでくれなかったの？」

「気に入らないのはそのことなの？　わたしがあなたのアドバイスを求めなかったから？　助けを呼ばなかったから？」ネルは頭を傾けて訊いた。「ねえ、聞かせて。もしあなたがわたしだったら、わたしを呼んだ？　もしくはミアを？」

リプリーは口を開きかけ、ふたたび閉じて真一文字に結んだ。「わたしがどうしようと関係ないでしょ」

「あるかもしれないわ。すべてが関係しているのかもしれないじゃない。結局、サイクルなんだもの。ことは、わたしたちのなかにあるものから始まったのよ。だとしたら、わたしたちのなかにあるものによって終わらせるしかない。あの人、傷ついていたの」ネルはザックに訴えかけた。「混乱して、怖がっていた。なにが起こっているのかわかっていないのよ」

「きみにはわかっているのかい？」ザックが尋ねた。

「確信はないわ。暗黒の力が働いていることはわかるけれど。その力があの人を利用しているの。それにおそらく……」口にするのも考えるのもつらかった。「エヴァンのことも。橋渡し役としてね。正体不明のその力が、エヴァンを介して、哀れなハーディングを動かしているのよ。わたしたち、彼を助けてあげなくちゃ」

「それより、彼を島から出ていかせればいいわ」リプリーは横から口を挟んだ。「本土行きの次のフェリーに乗せてやれば。それなら魔法なんて必要ないし」

「ハーディング自身は、悪いことなどなにひとつしてないんだぞ、リップ」ザックが指摘した。「法を犯してもいなければ、誰かを脅迫したわけでもない。そういう男に、島からの退去を命じることなんかできない」

リプリーは両手でデスクをばーんと叩き、ぐっと身を乗りだした。「そいつはネルを追ってくるわ。必ずや追ってくるのよ」

「やつを彼女に近づかせなければいいだけだ。ぼくがそうはさせないさ」

リプリーはネルのほうを振り向いた。「そいつはあなたの愛するものをめちゃくちゃにするわ。そのためにここへ来たんだから」

ネルは首を振った。「わたしがそうはさせないわ」腕をのばし、リプリーの手をとる。「わたしたちが、ね」

「わたしね、そいつの正体がどんなものか、どれだけの力を持っているか、知ってるの。この体で感じたのよ」

「知ってるわ」ネルはリプリーと指を絡ませた。「わたしたちにはミアが必要よ」

「たしかにね」リプリーはうなずいた。「ものすごく悔しいけど」


「あなたっておもしろい人ね、実に興味がつきないわ、リトル・シスター」ミアはキッチンのカウンターに寄りかかり、ネルが沸騰した鍋にパスタを放りこむのを見守っていた。「三百年前から懸案になっていた問題がここへ来ていよいよ襲ってこようっていうときに、そうやっていつものようにお料理してるなんて。リプリーなんか、いらいらして悪態をついてばかりいるのに」

「みんな、自分のいちばん得意なことをしてるのよ」ネルは湯のなかのパスタをさっとかきまぜてから、顔をあげてミアを見つめた。「あなたはどうするの、ミア？」

「わたしは待つわ」

「だめよ、ことはそれほど単純じゃないわ」

「じゃあ、準備をするわ」ミアはワイングラスを掲げ、口をつけた。「なにが襲ってきても大丈夫なように」

「あなたには見えていたの？　こういう事態になるって？」

「具体的にではないけれどね。強くて、とても病んだなにか。血と復讐心によって形づくられたなにか。それは自分の生みだしたものを渇望していて……むさぼるごとに成長する。弱みにつけこんでくる」

「なら、わたしたちは弱くならなければいいのね」

「向こうはわたしたちを見くびっているわ」ミアは続けた。「わたしたちは決して相手を過小評価しないよう、用心しないとね。邪悪なものは、ルールや公正さなどおかまいなしに責めてくるわ。しかも、かなり巧妙に。一見、望ましいものに形を変えてきたりするのよ」

「今度はわたしたち三人一緒だもの。わたしにはザックがいて、リプリーにはマックがついているわ。あなたにも――」

「わたしなら平気よ。必要なものは持っているから」

「ミア……」ふさわしい言葉を探しながら、ネルはパスタの水切り用のボウルをとりだした。「もしもわたしたちが今ここにいるものと対決して勝ったとしても、まだもうひとつだけやらなきゃいけないことがあるでしょ。あなたが」

「わたしが崖から飛びおりるとでも思っているの？」ミアはネルの不安を笑い飛ばせるくらいリラックスしていた。「約束するわ、そんなこと絶対にしないって。わたし、生きるのが楽しくてたまらないんだもの」

なにもない世界へ身を投げるやり方はほかにもある、とネルは思った。それを口にしようとしたが、すんでのところで思いとどまった。ただでさえ今は、考えるべきことが山積みなのだから。


いったいみんなどうしちゃったの？　おいしい匂いの漂う料理が並んだ食卓でみんなの話に耳を傾けながら、リプリーはあきれはてていた。誰もが、普段どおりの声で、普段どおりの会話を交わしている。

〝お塩をとって〟

冗談じゃないわ。

わたしのなかでは、なにかがぐつぐつと煮えている。もうじき沸騰してごぼごぼと泡を立て、蓋を吹き飛ばすに違いない。それなのに、ここにいるみんなはなごやかにおしゃべりを楽しみ、いつもの夜と同じように料理を口に運んでいる。

頭のどこかでは、このひとときは士気を高めて力をかき集める前の一時的な静けさにすぎないとわかっていた。それでも、彼女には我慢ならなかった。ネルの落ちつきも、ミアのクールな態度も。兄のザックはあろうことか、パスタのお代わりまでしている。自分たちにとって大切なものが崖っぷちに置かれ、危険にさらされているなどとは、まったく思っていないかのように。

そしてマックは……。

じっと観察し、情報を収集し、検討している。リプリーは憤りを覚えながらこう思った。まったく、どこまでもおたくなんだから……。

わたしたちを待っているのはとてつもなく飢えたもの、きれいに盛りつけられた家庭料理などではとうてい満足することのないものだ。誰もそれを感じないの？　それは血に飢えている。血と肉を、死と苦悶を求めている。深い悲しみを欲している。

その激しい欲求が、リプリーに鋭い爪で襲いかかってきた。

「いいかげんにしてよ」彼女が皿を押しやると、会話がとぎれた。「いつまでここに座って、パスタなんか食べてればいいの？　楽しいパーティーじゃあるまいし」

「対決への準備の方法はいろいろあるんだよ」マックが口を開き、彼女の腕に手を置いた。

思わずその手を振り払いたくなり、そう感じた自分がいやになった。「対決？　これは戦争なのよ」

「それでも、準備のやり方はいろいろある」マックはくりかえした。「こうやってみんなで集まり、料理を分けあって食べる。この行為は、生命と団結のシンボルであって――」

「シンボルがどうこうなんていう話をする時期は、とっくに過ぎたわ。もっと確実な手を打つ段階に来てるのよ」

「怒りは相手の力を増大させるだけよ」ミアが話に加わった。

「だったら、大爆発が起きても不思議はないわね」リプリーはぴしゃりと言いかえし、憤然と立ちあがった。「だってわたし、これ以上ないくらい腹が立ってるもの」

「憎しみ、怒り、暴力への渇望」ミアはワイングラスを唇に近づけた。「そういうネガティブな感情は、相手の力を強め、あなたを弱らせるわ」

「わたしがなにを感じるべきかまで指図しないで」

「あなたが従ってくれたことが一度でもあったかしら？　今のあなたは、昔からずっと欲しがってたものを欲しがっているだけでしょ。明確な答え。手に入らないとわかったとたん、拳を叩いて悔しがるか、ぷいとそっぽを向いてしまう」

「ふたりともやめて」ネルが懇願した。「内輪もめしている場合じゃないわ」

「わかったわ。仲よくすればいいんでしょ」リプリーは自分でも声のとげとげしさを感じて恥ずかしくなったが、どうしても口調をやわらげられなかった。「じゃあ、のんびり仲よくコーヒーとケーキでもいただこうかしら？」

「それくらいで充分だ、リップ」

「充分なもんですか」とうとう我慢の限界を超えてしまい、リプリーはザックに噛みついた。「これに片をつけるまで、すべてを終わらせるまで、充分なんてあり得ないわ。今度は、ネルの喉にナイフを突きつけられるだけじゃすまないのよ。相手の武器は、兄さんの血にまみれたナイフ一本じゃないんだから。わたしは、愛するものを失いたくない。向こうから襲ってくるのを、ただじっと座って待つつもりなんかありませんからね」

「珍しく意見が一致したわね」ミアはグラスを置いた。「わたしたち、絶対に負けるわけにいかないわ。さて、議論してばかりでは消化にもよくないから、そろそろ具体的な話しあいに移りましょうか」そう言って立ちあがり、てきぱきとテーブルを片づけはじめる。「このほうがネルはずっと気分がいいはずよ」リプリーが嫌味なことを言いだす前に言う。「家のなかがきれいに片づいているほうがね」

「はいはい、わかったわ」リプリーは自分の皿を持って立ちあがった。「さあ、みんなでお片づけしましょう」

すべるような足どりでキッチンへ向かい、シンクに皿を置く。自分を褒めてやりたかった。よく我慢したじゃない、リプリー。すばらしい自制心だわ。

ああ！　彼女は大声で叫びたかった。

マックがひとり静かにあとを追ってきた。カウンターに皿を置き、かちかちにこわばっている彼女の肩に両手をかけて、自分のほうを向かせる。

「怖いんだろう？」言いかえそうとするリプリーに向かって、彼は首を振った。「みんなそうだよ。でもきみは、すべてが自分の肩にのしかかっているような気がしてるんだよね？　自分の行動いかんで、次になにが起こるかが決まってしまうような。そんなふうになるとは限らないのに」

「なだめるのはやめて、マック。自分がひどい態度をとったってことくらい、わかってるんだから」

「よかった。それなら、わざわざ指摘してやる必要はないものな。ぼくらは、きっとこの試練を乗り越えられるよ」

「わたしが感じてること、あなたは感じないでしょ。感じられっこないのよ」

「ああ、たしかに感じられない。でも、ぼくはきみを愛しているんだよ、リプリー、ぼくのなかにあるものすべてで。だから、わかる。それは、同じものを同じように感じることの次にすばらしいことだと思うんだ」

リプリーはほんのしばらく、甘えることを自分に許した。彼の腕にしっかりと抱かれ、彼のサークルのなかでほっと安心することを。「わたしたち、すべてが終わったあとで出会ったほうがよかった気がするわ」

マックが頬を彼女の髪に押しつける。「そう思うのかい?」

「すべてが終わって普段どおりの生活に戻ってからなら、心ゆくまでこうやってべたべたしていられたのに。普通の人たちみたいに。バーベキューをしたり、夫婦げんかをしたり、すてきなセックスに溺れたり、歯医者の請求書に目を丸くしたり……」

「きみはそういうことがしたいのかい?」

「今この瞬間は、そういうささいなことがどれも最高に思えるわ。わたしね、怯えてるよりは、なにかにひどく腹を立ててるほうがいいの。そのほうが力を発揮できるから」

「これだけは覚えておいてほしい、すべてはこれにつきるんだ」マックは彼女の顔を上に向けさせ、唇に唇を重ねた。「世の中には、みんなが知っている以上の魔法が存在するんだよ」

「わたしのこと、見捨てないでね。いい?」

「見捨てるものか」

着々と準備が整えられていくなか、リプリーは必死で、はやる心を抑えようとしていた。今回は、ソファーに寝そべることは断った。あまりにも無防備になった気がするからだ。その代わり、リビングルームの椅子に座って両手を肘掛けに載せ、モニターやカメラも拒絶した。

ミアとネルが両脇に立って、番兵さながらに守りを固めてくれるのだから、もっと安心感を覚えてもよさそうなものだ。だがリプリーはばかばかしさしか感じなかった。

「ねえ、さっさとやりましょうよ」彼女はマックに言った。

「もっとリラックスしないとだめだよ」彼は椅子を引き寄せてリプリーの正面に陣どり、ペンダントをぶらぶらさせた。「ゆっくり息をするんだ。吸って、吐いて」

たったそれだけで、リプリーはもう催眠状態に入ってしまった。あまりの簡単さ、あまりの素早さに、マックの全神経はいっせいに逆立った。

「あなたに波長を合わせてたのね」ミアは驚きを禁じ得なかった。リプリーは彼に完全に身をゆだねている。「あなたも彼女に。それ自体が、ある種の力を生むはずよ」

その力がきっと必要になるだろう。冷たい震えが肌を伝う感覚を覚えながら、ミアは思った。リプリーの上に片腕をのばして、ネルと手をつなぐ。

「われらは三人」朗々とした声で唱えた。「ふたりがこのひとりを守る。われらがつながりを保つあいだは、いかなる災いも起こり得ぬ」ぬくもりが戻ってくると、ミアはマックに向かってうなずいた。

「きみは安全だよ、リプリー。ここにいれば、誰もきみに手を出せない」

「あいつはすぐそばまで来てる」リプリーが体を震わせながら言った。「寒がってて、待つことにうんざりしてる」まぶたを開き、焦点の合わない目でマックを見つめる。

「あなたのこと知ってるの。ずっと見張ってて、待っていたのよ。あなたが血を流してるわ。あいつは、わたしを通じて、あなたを死に追いやろうとしてるのよ。死によって力を得、力によって破壊しようとしてる。わたしを仲立ちとして」

深い悲しみがリプリーの骨の芯までしみとおった。

「お願い、わたしをとめて……」

そして彼女はがくりと頭をのけぞらせ、白目をむいた。

「われはアース」

みんなが見守るなか、彼女はみるみる変身した。髪がくるくるとカールし、顔立ちもいくぶんふっくらした感じになる。

「わたしの犯した罪は贖われなければなりません、時は迫っています。シスターからシスターへ、愛から愛へ。嵐がやってきます、闇を引き連れて。わたしは無力。わたしの負けです」

涙がとめどなくあふれ、リプリーの頬を伝った。

「シスター」ミアは空いているほうの手をリプリーの肩に置いた。またしても寒気が伝わってくる。「わたしたちにできることって？」

ミアが見つめているのはリプリーの瞳ではなかった。はるか古《いにしえ》の、耐えがたい悲しみをたたえた瞳だ。「あなたのするべきこと。あなたの知っていること。あなたが信じていること。ひとつめは信頼、ふたつめは正義、そして、三つめは限りなき愛。あなたがその三番めね。あなたは強くあらねばなりません、さもないと、すべてが無に帰してしまう。これを生きのびたなら、あなたの心はふたたび破られるでしょう。それを受けとめる覚悟はできていますか？」

「わたしは生きて、心を守るわ」

「彼女もそのつもりだったのです。わたしは彼女を愛していました、もうひとりのことも。愛しすぎたのか、愛し足りなかったのか、その答えはまだわかりません。あなたのサークルが強く保たれますように」

「どうすれば保てるのか教えて」

「それはできません。答えがあなたのなかにあるのなら、質問に意味などないはずです」そして彼女はネルのほうを向いた。「あなたは自分の答えを見つけましたね。ですから、まだ望みはあります。ご加護がありますように」

彼女ははっと息をのみ、リプリーに戻った。

「嵐のなかで……」そのとき最初の稲妻が走り、青い光が部屋のなかへ飛びこんできた。

ランプが床に落ちて砕け散る。ネルの花瓶は宙を舞い、壁にぶつかって粉々に壊れた。ソファーは逆さまになり、部屋じゅうを飛びまわる。

ザックがネルに駆け寄ろうとした矢先、テーブルが倒れて行く手をふさいだ。彼はそれを飛び越えて、罵声を発しながら彼女の腕をがっちりつかみ、体を盾にして守ろうとした。

「だめよ」ミアは、部屋に吹きこんできた風の音に負けじと、大声で叫んだ。「ネル、わたしから離れないで」つないだ手に力をこめ、もう一方の手で、だらりと垂れたリプリーの手をとる。「力をとめ、風を静めたまえ。この環を破らんとする者よ。われらここに立つ、われら三人。われらは望む、かくあれかし」

意志と意志とのぶつかりあい。魔力と魔力のせめぎあい。そして風は、吹きはじめたときと同じように、唐突にやんだ。その瞬間、それまで宙を乱舞していた何冊もの本が、どさどさと床に落ちた。

「リプリー」マックの声は、心臓が激しく鼓動するのとは裏腹に、完璧な落ちつきを保っていた。「じゃあ、十から逆に数えていくよ。ぼくが一と言ったとき、きみは目覚める。ゆっくりと」

彼は身をかがめてリプリーの頬にそっとキスをし、先祖の日記に記されていた魔法の呪文をささやいた。

「目が覚めたあとも、この呪文は記憶に残っているはずだよ」マックはリプリーにそう言い聞かせ、本当に必要なときが来るまで呪文が彼女の胸に刻まれていますように、と祈った。「きっと聞こえるはずだ。きっとわかるはずだ」

マックに導かれて徐々に覚醒しながら、リプリーは高みへ引きあげられていく気がした。羽毛の山をのぼるように。頂上に近づくにつれて、寒気が押し寄せてくる。そして、大きな不安も。

ようやくまぶたが開いて視力が戻ったとき、血を流しているマックの顔が目に飛びこんできた。額から頬へ、ひと筋の血が肌を伝って流れ落ちていく。

「ああ！　なんてこと！」

「たいしたことないよ」そのときまでマックは、自分が血を流していることに気づいていなかった。彼の顔にふれたリプリーの指先が赤くべっとりと濡れたのを見るまでは。「飛び散ったガラスかなにかがかすめただけさ。たいしたことないって」彼はくりかえした。「ほんのちょっとした切り傷だよ」

「あなたの血……」彼女は握った拳を傷口に押しあて、罪悪感と力を感じた。飢えと恐怖を感じた。

「ひげをそってるとき、これより大きな切り傷をつくったことだってあるくらいだ。さあ、ぼくを見つめて。リラックスするんだ。ネル、リプリーに水を一杯くんできてくれるかい？　今のことについて話しあう前に、少し休憩しよう」

「いいえ」リプリーは語気鋭く言って立ちあがった。「自分でくみに行くわ。ちょっとだけひとりになりたいから」彼の顔にそっとふれる。「ごめんなさい。どうしても力をコントロールできなかったのよ。ごめんなさい」

「大丈夫だから」

ええ、というようにうなずいてみせたものの、ひとりでキッチンへと向かうリプリーには、そうでないことくらいわかっていた。少しも大丈夫などではない。大丈夫なはずがない。

なすべきこと、なされるべきことは、はっきりしていた。指先についた彼の血は、すでに冷えて固まりはじめている。彼女は裏口から家を抜けだし、嵐の真っ只中へと飛びだしていった。

20

風のなかへと飛びだした目的はただひとつ。ハーディングを連れてとにかくこの島を出るためだ。マックから離れて。ネルとミアとザックから離れて。あとは、その次に起こることをなんとかすればいい。愛する人々にもっとも直接的な害を及ぼしかねないのは、リプリー自身のなかにあるもの、ハーディングのなかにひそむなにかとつながっているものだった。

〝マックに血を流させたのは、このわたしだ〟

まだ血のついている指に力をこめ、ぎゅっと握りしめた。血は力、もっとも基本的な力の源だ。魔法が邪悪なものになればなるほど、血は力を体内にとりこむ導管のような役割を果たし、あるいは実際に飲まれたりもする。

彼女のすべてが、彼女が信じていることのすべてが、愛する者に血を流させることを受けつけなかった。それを拒絶し、異を唱えた。

害をなすなかれ。もちろん、誰にも、なににも害をなさないよう、充分気をつけるつもりでいる。だがその前に、愛する者を決して傷つけないため、万が一にも彼らが傷つくことのないように、遠く離れておきたかった。

〝罪もなく殺された人々〟

せっぱつまったようなささやきが耳もとではっきり聞こえ、彼女はくるりと後ろを向いたが、誰も立っていなかった。

そこには夜が広がっているだけだった――暗い闇と、ぎらぎら光る残忍な嵐だけが。家から遠く離れるにつれて、嵐は激しさを増して荒れ狂い、リプリーの怒りもかきたてられた。それは彼女を利用して、マックを傷つけ、ネルに近づき、ミアを破壊しようとしている。

それならいっそのこと、わたしが最初に死んでやるわ。そうすればあいつはみんなに手を出せない。

ビーチにたどり着いて歩調を速めたところで、背後から物音が聞こえ、彼女は振りかえった。

闇のなかからルーシーが一目散に駆けてくる。さすがに犬は耳聡い。たったのひとことときつく命じれば、すぐにおとなしく帰るはずだ。だがリプリーは、家を指すためにあげた腕をおろし、ふうっと息を吐いた。

「しょうがないわね、一緒においで。おばかな犬でも、そばにいてくれたら心強いから」ルーシーの頭に手を載せて言う。「わたしの大切なもの、守ってね」

リプリーは髪をなびかせながら、犬とともに砂の上を走った。黒い水の壁を思わせる波が、絶えず高く押し寄せてきては、派手に砕け散る。

その音が頭のなかでビートを刻んだ。

妹は死んだ。愛ゆえに、その心ゆえに、子羊のように屠られた。天から与えられた力ゆえに。正義はどこにあるのだろう？

空気は、幾千もの怒号や叫び、苦悶の悲鳴に満ちていた。足もとでは、汚れた霧が地を這いはじめ、足首まで、さらにはふくらはぎのあたりまで覆い隠した。

寒さが骨までしみてくる。

血には血を。命には命を。力には力を。それ以外の方法があるなんて、これまでどうして信じていられたのだろう？

なにかが彼女を肩越しに振りかえらせた。窓に明かりの灯る家があったはずの場所には、薄汚れた白いカーテンがあるだけだった。

ついにわたしはわが家から切り離されたのだ――そして村からも。濃い霧がうねりながら立ちこめていき、村までも覆い隠そうとしているのが見えた。

これでいい。そう思いながら、不安な気持ちを怒りの下に押しこめた。

「さあ、そろそろかかってきたらどうなの?」彼女の大声は、ガーゼを切り裂くメスのように鋭く、霧を切り裂いた。「わたしをつかまえてごらん」

最初のパンチが飛んできて、リプリーは大きく三歩ほど後ろによろめいてから地面に倒れた。

荒々しい怒りが彼女のなかで煮えたぎる。両腕を広げて相手をつかまえようとした瞬間、先端の赤い鞭のような稲妻が空から海へ走った。そうよ、ここにこそ腕力の魔法があったんだわ。彼女は自分が――自分ではない自分が――強風のなかでたたずみ、力を集めようとしているのを見た。風、土、日、水。

脇に控えているルーシーが頭をあげ、おおーーーん、と遠吠えした。

するとハーディングが、あるいは彼を操っている者が、霧の向こうから姿を現した。

「リップは昔から、ああやって癇癪を起こすのが大の得意だったからな」ザックは場の雰囲気を明るくしようとして言った。

リビングルームはいまだ修羅場のようなありさまで、ふと油断したら、先ほどこの部屋に吹き荒れていた激しい風の音が聞こえて鳥肌が立ちそうな気がするからだ。

「恐怖と怒り、怒りと恐怖」ミアがあたりを歩きまわりながら言う。「わたしでさえ手が届かなかったわ。リプリーにも、彼女の祖先のアースにも。とても頑丈で、とても分厚い壁に阻まれてるみたいで」

「彼女の石頭みたいにかい？」マックがかすかな笑みを浮かべて言った。

「ええ、まさに。次は相手がどういう作戦で来るのか、彼女から教えてもらえたら、って思っていたんだけど。そうすればこっちも対策を講じておけるし。だけどそれって、あまりにも虫のいい願いだったようだわ」

「彼女、とても苦しがっていたわね」ネルがぼそりと言った。

「わかってるわ」ミアはさりげなくネルの腕をさすった。「わたしも心苦しく思っているのよ。今のわたしたちにできるのは、そういうネガティブな感情を次にどう活かせるか、じっくり考えることよ。この段階まで来てしまったら、守りの魔法はただの一時しのぎにしかならないわ。保安官代理の意見に賛成するのは気にくわないけれど、わたしたちはもう、行動を起こさないといけないのよ」

そこまで言って、ミアは少し考えに沈んだ。

「あなたはまだ経験が浅いわ、ネル。だから、いずれにしろ簡単にはいかないと思うけれど……」

「なにがだい？」マックが訊いた。「まさか、悪霊ばらいの儀式をやるつもりじゃないだろうね」

「学者さまがそばにいると、なにかと便利ね。そのとおりよ」ミアは続けた。「わたしたちは五人。本当は十二人でやるほうがいいんだけれど、人を集めるだけの暇はないし、準備の時間だって足りないくらいだから、今いる人数で、ここにあるものだけを使ってやるしかないわ。いったん儀式を……」

ミアの声は消え入り、その顔は死人のように青ざめた。

「リプリーがいないわ。守りの結界から出ていってしまったのよ」恐怖がミアの体から飛びだした、彼女がそれを封じこめる前に。「サークルを破って」すぐさまドアへと駆けだそうとするマックを、腕をつかんで引きとめる。「だめよ、だめ。考えて。感じるだけでは不充分なの、それが彼女の問題だわ。わたしたちは一緒に行きましょう」ミアの視線は部屋のなかをさまよった。「準備も整えて。あなた、やり方は知っている？」

マックはパニックに陥らないよう、必死で自分を抑えていた。「理論的には」

ザックは拳銃のホルスターを身につけた。それを見てミアは、そんなものは役に立たないと言おうとしたが、あまりに険しい彼の表情を見て、言うのをやめた。

「どうすればいいのか教えて」ネルがせかすように言った。「急がないと」

リプリーは脚を開いて地面に踏んばり、しっかり身構えた。無謀な試みであることはわかっている。あいつを呼びだして、自分のなかにとりこみ、ほかの者たちを救う。

そして、あいつの息の根をとめる。

足もとでルーシーが低くうなっていた。

「ハーディング」氷のように冷ややかな声に嘲笑を含ませて言った。「中年で、太鼓腹の、都会っ子。なんとも冴えない選択ね、わたしに言わせれば」

「これでも殻としては役に立つさ」その声はハーディングのものより低く、どことなくぬらぬらしていた。「前にも会ったな」彼が言う。

「そうだった？　わたし、興味のある人しか覚えていないから」

「おまえのなかにあるものは、俺を覚えているぞ」

彼は軽やかな足どりで彼女のまわりを一周した。リプリーはつねに面と向かっているよう、彼に会わせてじりじりと回転した。今にも相手に飛びかかっていきそうなルーシーの首輪に指をかけ、その場にとどまらせようとした。

「おまえは俺のなかにあるものをつかみ、恋人のように自分のなかにとりこんだ。その恍惚を覚えているだろう」

それは質問ではなく、思いだせ、という命令だった。またたくまに興奮がリプリーの体を満たす。刺激的な快感。甘美な高揚感。全身にオーガズムの波が一気に押し寄せたかのようで、その純粋で荒々しい歓びに、思わず地面に這いつくばりたくなってしまう。

彼女はわななき、甘いあえぎ声をもらした。

ああ、神さま、ああ！　これをまた味わえるの？　そのためならどんな代償を払っても惜しくない気がする……。裏切り、破壊。死。

頭をはっきりさせようともがくなか、彼女の目は閃光のような動きをとらえた。とっさに迎え撃とうと身構えたが、結局、凍てついた砂に顔から突っこんでしまう。まるで、トラックに轢かれたような感じだった。

体を起こして四つん這いになったとき、いかにも楽しげに笑う彼の声が聞こえた。ルーシーがうなりながら低く構え、牙をむいて飛びかかっていったが、ぶつかった瞬間明るく燃えあがった空気の壁に跳ねかえされた。

「だめよ！　ルーシー、だめ！　とまりなさい！」

「俺はおまえが欲しがっているものを、もっと大きな歓びを与えてやれる。だが、ただで、というわけにはいかないな。ただではないが、簡単なことだ。さあ、俺の手をとるがいい」

どうにか息がつけるようになると、リプリーは体を小刻みに震わせながら吠えているルーシーに手をのばした。「やれるものならやってごらんなさい」

彼はまた彼女を地面に打ちのめした。邪悪な風をひと吹きさせただけで。「おまえなど、簡単にひねりつぶしてやれるんだぞ。だが、それではもったいない。おまえの力と俺の力を合わせれば、すべてを支配できる」

嘘よ、とリプリーは自分に言い聞かせた。彼は嘘をついているわ。あなたをもてあそんでいるだけよ。頭を働かせなさい。うまい手を考えるのよ。「わたし、混乱しているみたい」彼女は弱々しい声で言った。「考えられないの。わたしの愛する人たちの身が安全かどうか確かめないと」

「もちろんだとも」彼がなだめるように言う。「すべてはおまえの思いどおりになるんだ。さあ、おまえの力を俺に与えてくれ」

彼女はがっくりとうなだれたまま、あたかもつらそうにゆっくりと立ちあがった。そして顔をあげたとき、胸のなかにある思いを一気に彼にぶつけた。激しい怒りのすべてを。ほんの一瞬、彼の顔にショックの表情が浮かんだ。そして体は彼女の憤怒に突き飛ばされ、地面に叩きつけられた。

彼が落ちた地点は、霧の下で黒く焼け焦げた。

「わたしがあなたを地獄へ送ってやるわ」リプリーはそう約束した。

まばゆい光があふれ、熱と冷気が榴散弾のごとく空中ではじけた。彼女は本能的に飛びすさり、身構え、攻撃した。

彼女はとてつもない痛みを感じ、それを新たな武器として使った。

「おまえもおまえの仲間たちも苦しむことになる」彼が告げる。「断末魔の苦しみが襲いかかり、そしてさらに、すべてが消えてなくなるんだ。おまえの愛する者どももきれいさっぱり消え失せる」

「誰にも指一本ふれさせないわ。このわたしを倒すまではね」

「なんだと？」

相手の息づかいが荒く苦しげになっているのがわかった。疲れてきたのだろう。これなら勝てる。そう思って力を振りしぼり、一気に片をつけようとしたそのとき、彼は両手をしっかり組みあわせて高く掲げた。不気味な空に黒い閃光が走り、彼の手に突き刺さって、光り輝く剣に形を変えた。

彼はその剣を、びゅん、と振りおろし、それからもう二回、宙を切ってみせた。そして勝ち誇った顔をして、彼女に近づいてきた。

彼女はアースの名を呼び、大地がかすかに揺れるのを感じた。揺れが次第に大きくなると、ルーシーが飛びかかってきてリプリーを押し倒し、その体で彼女を守ろうとした。リプリーが悲鳴をあげた瞬間、剣が振りおろされた。

「おまえの愛するものすべて」地面に横たわる犬を見ながら彼が言った。「すべてが今夜、死に絶える」

「ならば――」リプリーは天に向かって片手を掲げ、力を集めた。「わたしがあなたを殺してやる」

次の瞬間、その手で剣の柄を握りしめていた。手袋のようにぴったりとなじむ形、扱い慣れた重さ。彼女がそれを思いきり振りおろすと、刃と刃がぶつかって不吉な音を立てた。

今や、嵐を起こしているのは彼女のほうだった。何十何百という雷が砂と水の上に落ちてきてふたりを囲み、炎の監獄をつくっていく。その猛烈な凶暴さが彼女のエネルギーとなり、彼女そのものとなる。

あくことを知らない食欲のごとく憎しみがわいてきて、ふたり以外のすべてのものをのみつくした。「あなたは罪もない人たちを殺したのよ」

彼は唇をめくれあがらせて笑った。「ひとり残らずな」

「わたしの姉妹たちも」

「泣きながら死んでいったよ」

「わたしの愛した男性も」

「あのときも、そして今もだ」

彼女は激しい喉の渇きを感じた。血が欲しい。その感覚はとてつもない勢いで、全身に広がろうとしていた。彼女は続けざまに剣を振るい、相手を炎の柵の際まで追いつめていった。

誰かが彼女の名を呼ぶ声がおぼろげに聞こえた——頭のなかで、耳のなかで。だが、聞こえなかったふりをして剣を振りつづけた。やがて彼の剣が小刻みに震えはじめ、彼女の剣先はわずかずつだが確実に相手をとらえはじめていた。

彼女の願いは、この刃で相手の心臓を突き刺す栄光に酔いしれることだけ、そして、そのひと突きの残忍さをたたえるように、力が全身にみなぎるのを感じることだけだった。

その思いは刻々と深くなっていき、より現実味を帯びてきた。あと少し。あとほんの少しだけ近づければ、約束された栄光を味わえる——暗く、苦い、誘惑の味。

彼が剣を宙に舞いあがらせ、足もとに倒れこんできた瞬間、彼女はセックスにも似たスリルを感じた。

両手で剣を握りしめ、頭上に高く掲げる。

「リプリー」

頭のなかでわんわん音が鳴り響くなか、マックの静かな声が届いた。ほとんど聞きとれないほどかすかな声だったが、リプリーは両手を小刻みに震わせながらも、動きをとめた。

「やつはそれを望んでるんだ。その望みを叶えちゃだめだ」

「わたしは正義を望んでるのよ」髪を四方八方に激しく振り乱しながら、リプリーは叫びかえした。

「弱すぎるおまえにこの俺が殺せるものか」足もとの男がわざと仰向けになり、喉首あらわにした。「そんな勇気はないだろう」

「ぼくのそばにいてくれ、リプリー。ぼくを見ろ」

両手で剣を握りしめたまま、リプリーは炎の柵の向こうに目を凝らした。マックがあと数インチのところまで近づいていた。

彼はいったいどこから来たの？　ぼんやりした頭で考える。どうやってここへ来たの？　彼の横には兄がいて、その両脇にミアとネルが立っていた。

自分の息が乱れてぜいぜいしはじめたのが聞こえ、冷たい汗が肌を伝うのを感じた。貪欲さが脈動しながら血管のなかを泳いでいた。

「きみを愛してるんだ。ずっとそばにいてくれ」マックはくりかえした。「思いだしてくれ」

「バリアをさげて」ミアが厳しい声で言った。「環《サークル》をつくるのよ。そのほうが強くなれる」

「やつらもみんな死ぬぞ」ハーディングの顔に、リプリーを嘲るような表情が浮かんだ。「俺が殺してやる、ゆっくりと、苦痛を味わわせながら。おまえにやつらの絶叫を聞かせてやるためにな。俺の死か、やつらの死か。さあ選べ」

リプリーは愛する者たちに背を向け、敵と目を合わせた。「もちろん、あなたのよ」

彼女が勢いよく剣を振りおろすと、夜は轟音を響かせて爆発した。いくつもの光景が走馬燈のように脳裏をよぎる。その向こうに、誇らしげに微笑む彼の目が、悦楽の表情をたたえた彼の瞳が見えた。

一瞬後、それはゆらっと揺らめいて、消えた。そしてハーディングの目に戻った。

リプリーが振りおろした剣先は、彼の喉まであと一インチというところで、かろうじてとまった。

「助けてくれ」彼はささやき、その肌は粟立った。

「わかったわ。魔法の起源は心のなかにあり」リプリーはマックが潜在意識に刻みこんだ魔法の呪文を唱えはじめた。「天与の力、ここより出ずるべし。その明かりをもちて闇を照らし、その喜びをもちて印を残さん。守り、防ぎ、生きて、見るためにわれ望む、かくあれかし」

狙いの定まった剣の下で、ハーディングが笑いはじめた。「そんな弱い女の呪文なんかで、俺をとめられると思うのか？」

リプリーは哀れみにも似たものを感じながら、頭を少しだけ傾けた。「ええ。それと、これでね」頭のなかはガラスのようにくっきりと澄んでいた。彼女は刀身を握りしめた。指先にはすでにマックの血がついているてのひらに、刃がすーっと切れこんでいく。

マックのくれたお守りが胸もとでほんのり光り、あたたかくなった。

「彼の血とわれの血。今ここにまじりあう」てのひらから流れる血が剣を伝って相手の肌に垂れ落ちるまで、リプリーは刀身を握りつづけた。やがて彼が怒鳴り散らしはじめた。激しい怒りに駆られているのだろう。かくもすばらしき怒り。「心より注がれしこの血が、汝を打ち破る。わが力、解き放たん。われ望む、かくあれかし」

「この売女め！　淫売め！」リプリーが後ろへ数歩さがると、彼はわめき散らしながら、起きあがって彼女をつかまえようともがいた。どちらも無理だと悟ると、歯をむきだしてうなった。

突然、リプリーの視界は信じがたいほどに晴れ渡った。輝く希望が、すべてを明るく照らしてくれている。彼女は光の柵を消し、後ろを振り向いた。「ハーディングをこのままにしておくわけにはいかないわ」彼に対する同情が胸にあふれる。「かわいそうに」

「悪霊をはらいましょう」ミアが言った。

三人は塩と銀器でサークルをつくった。そのなかに横たわっているハーディングは、獣のようにふーっとうなったり吠えたりしている。その罵声はどんどん汚くなっていき、脅しの言葉もより凶悪になっていった。

彼の顔に、さまざまな顔が浮かんでは消えた。骨がいったんばらばらになっては、ふたたび組みあわさるかのように。

　空の上では荒れ狂う波のごとく雷鳴が轟いており、刺すような風がびゅうびゅうと吹きつけてくる。

　その場にいる全員がハーディングを囲んで手をつなぐと、彼の目が裏返った。

「われら汝をはらわん、闇から闇へ、これより永遠に、汝はわれらの印を背負わん」ミアが念を送ると、ハーディングの頬に小さな五芒星《ペンタグラム》が白く浮かびあがった。

　彼は狼のごとく咆哮した。

「虚無へ、夜へ」ネルは続けた。「この魂より出でて、明かりの向こうへ」

「ヘレン、俺はおまえを愛してるんだ。おまえは俺の妻、おれのすべてなんだよ」彼がエヴァンの声で言う。「どうか情けをかけてくれ」

　ネルは哀れみを感じた。けれど、彼女が与えてやれるのは、頬を伝うひと筋の涙だけだった。

「この場所、このとき」リプリーも詠唱《チャント》に加わった。「われらは汝をはらいて、その力を奪わん。われらは結ばれたり、われらは三人。われらは望む、かくあれかし」

「われら汝をはらわん」ミアがくりかえすと、手をつないでいる者全員が順にあとに続き、やがて声がひとつに揃った。

　悪臭漂う冷たい突風のようなものが彼の体から勢いよく飛びだした。それは黒い竜巻となって空へ駆けのぼると、空を切って遠ざかっていき、海のなかへ消えた。

「彼の手あてをしてあげなくちゃ」ネルが言った。

「じゃあ、彼を連れて先に帰ってて」リプリーは後ろへ一歩さがった。するとたちまち脚から力が抜けて、がくがく震えだした。

「大丈夫、ベイビー、もう大丈夫だ」マックがとっさに体を支え、彼女をそっとひざまずかせた。「息を整えて、頭を空っぽにするんだ」

「わたしは平気よ。膝が笑ってるだけ」リプリーはおもむろに顔をあげ、兄を見やった。「どうやら、殺人の罪で兄さんに逮捕されることはまぬがれたみたいね」

「そうだな」ザックも妹の前にひざまずき、その顔を両手で包んだ。「まったく、肝を冷やされたぞ、リップ」

「わたしもよ」彼女は口を引き結び、唇の震えをこらえようとした。「明日はきっと忙しい一日になるわ。嵐の被害がすごそうだもの」

「なんとかするさ。トッド家はシスターズ島の世話役を仰せつかってるんだからな」

「そうよね」息を吸って、吐きだすと、自由になれた気がした。「ネルに手を貸して、ハーディングを連れて帰ってあげて。彼も気の毒に。わたしはもう大丈夫だから」

「おまえはずっと大丈夫だったよ」ザックは妹の頬にキスをし、しばらく顔を眺めてから手を離した。立ちあがりながらマックに声をかける。「じゃあ、こいつを頼む」

リプリーはもう一度深呼吸した。「ちょっと待っててね、あと一分だけ。いいでしょ？」マックを見あげて訊く。

「二分くらいなら待てると思うけど、あんまり長いとどうかな」

「わかったわ」彼女はうなずき、彼の助けを借りてゆっくりと立ちあがった。

膝はまだゼリーのようにぷるぷるしている。それでも、意志の力で両足をしっかり地面につけ、ミアのほうを向いた。その瞬間、リプリーは弱さとショックを忘れ、力の名残さえも消し去った。ミアは少し微笑みながら、ルーシーの頭を撫でていた。犬は狂ったメトロノームのように激しくしっぽを振っている。

「ルーシー！」リプリーはひとっ飛びで犬に抱きつき、やわらかい毛のなかに顔を埋めた。「死んでしまったかと思ってたの。だって……」そこでぱっと顔をあげ、毛をまさぐって傷を探す。

「現実じゃなかったのよ」ミアが静かに言った。「彼の剣は幻覚がつくりだしたものにすぎなかった、あなたを引っかける暴力のトリックだったの。あなたに罪をくりかえさせるためのね。彼はあなたに死んでほしくはなかったのよ――まだ。あなたの魂、あなたの力を手に入れるまでは」

リプリーはもう一度ルーシーを抱きしめてから、体を起こしてミアに面と向かった。

「でも、結局は彼の負けだったでしょ」

「そのようね」

「こうなること、最初からわかってたの？」

「断片的には」ミアはかぶりを振った。「確信が持てるほどではなかったわ、不安と疑いがぬぐいきれないくらい」ミアは片手を差しだした。ふたりのもとへネルがやってくる。「心では、あなたが失敗するはずなどないと信じていたわよ。でも、頭のなかでは、もしかしたら、っていう思いが消えなかった。わたしにとって、あなたは昔から、難しいパズルみたいなものだから」

「ほんとはね、もう少しでやってしまいそうだったのよ。それくらい怒りを駆り立てられてたし、恐ろしくもあったから。でもそのとき、あなたたちふたりの存在を感じたの、自分のなかに。こんなもの求めてなかったのに」リプリーは憤慨したように言った。「そのこと、あなたは知ってるでしょ」

「人生は厳しいものよ」ミアが肩をすくめながら答える。「配られたカードでプレイするのがいやなら、おりるしかないわ」

「わたしは、あなたが勝つってわかってたわよ」ネルはリプリーの傷ついた手をとり、そっとてのひらに包みこんだ。「この傷もちゃんと手あてしないと」

「ええ。でも、そうひどくはないのよ」リプリーは唇を噛みしめた。「傷跡は残しておきたいし」もうひとことつけ加える。「わたしにはそれが必要だから」

「それじゃ……」ネルはリプリーの指をそっと丸め、軽い拳をつくらせた。「ザックとわたしはミスター・ハーディングを連れて家に戻るわ。あたたかいものを食べさせてあげたいから。彼ね、がくがく震えていて、頭も混乱している割に――」ネルはザックに支えられて立っているハーディングに目を向けた。「けがらしいけがはしていなかったの、不思議になるくらい。記憶はほとんどないみたいだけれど」

「それはそのままでいてもらいましょう」リプリーは言い放った。「さあ、さっさと戻って、後片づけしないとね」空を見あげると、消えかかった雲の向こうから、純白の光輪を背負った月が顔を出していた。「嵐も過ぎ去ったことだし」リプリーはつぶやいた。

ミアがうなずいた。「今日のところはね」

リプリーはふたたびハーディングのほうを見やり、口を開いた。「彼のことは男性陣に連れ帰ってもらって、わたしたちだけ少しここに残りましょうか」

「わかったわ。ザックにそう言ってくるわね」

激しかった風はそよ風に変わり、夜と水の匂いを運んできた。リプリーは男たちと元気な犬が家に向かって歩きだすのを待っていた。

そののち、ミアとネルと三人でサークルを閉じた。リプリーは儀式用の――とはいえ本物さながらの切れ味だった――剣を拾いあげ、きれいに洗い清めた。波が白い泡となって穏やかに寄せてきて、彼女のブーツを濡らした。

「剣を掲げたときね……」ふたりの友はすぐそばにいてくれると信じて、話しはじめる。「血が欲しくてたまらなかった。異常なくらい渇望してたの。剣をさげはじめてから振りおろすまでの一瞬が、何時間にも感じられた」リプリーは片方の足からもう一方へ体重を移した。「わたし、幻視だのなんだのって大騒ぎするのは好きじゃないけど――あなたの得意分野ですものね、ミア。でも、あのときはっきりと見えたの。マックが。マックとわたし。父さんと母さん。ザック。去年の秋に、森にいたときのわたしたち三人も。それから、ネルの姿が見えたわ。赤ちゃんを抱いてたわよ」

「赤ちゃん」ネルはおなかに手をあてながら、夢見るような声で言った。「でも、わたし――」

「まだそこにはいないと思うけど」

「ああ、すてき!」ネルは興奮ととまどいの入りまじった笑い声をあげた。「なんて、なんてすてきなの!」

「とにかく」リプリーは続けた。「そんなようなものがいろいろ見えたわけよ。暗い森のなかで光のサークルのなかに立つ、三人の姉妹も。アースは嵐のなかで、まさにこのビーチに立ってたわ。たくさんの光景が重なりながら、次から次へとめまぐるしく流れていったけど、そのどれもが完璧にはっきりと見えたの。あなたのことも。あなたは崖にたたずんでた、崖っぷちに。たったひとりで、泣きながら。まわりは暗かった、今夜ハーディングが姿を現したときみたいに。そいつはあなたを欲しがってるのよ。なぜか、わたし……。昔からずっと、そいつが求めてるのはあなただったわ、誰よりも」

寒気が背筋を駆けのぼるのを感じながら、ミアはうなずいた。「わたしに……用心しろ、って言ってるの？」

「絶対に油断しないで。剣をとめる寸前、ほかにも見えたものがあるのよ。最後の最後に。わたしたち三人はサークルにいた。だから、大丈夫だとはわかったんだけど。つまり、わたしが言いたいのはね、〝大丈夫にもなりうる〟とわかったってこと。みんながなすべきことをして、正しい選択をしさえすれば」

「あなたは今夜、正しい選択をしたわ」ミアが言った。「わたしもそのときが来たらそうするわ、信じてちょうだい」

「あなたはいちばん強いものね」

「あら、まあ。まさか、今聞こえたのって、褒め言葉かしら？」

「ちゃかさないで。こと魔法に関しては、あなたがいちばん強いのは事実でしょ。だけど、あなたに向かってくるものも、同じくらい強力よ」

「わたしたちはもう、ひとりじゃないわ」ネルがミアの手をとり、それからリプリーの手をとった。「わたしたちは三人」

リプリーはミアの空いているほうの手をとって、リンクを完成させた。「そうね。三人の魔女のおでましよ」


やらなければいけないことはやるしかない。リプリーは自分にそう言い聞かせたが、だからといってそのことを楽しめるとは限らなかった。彼女は無言のまま、ネルがハーディングを癒して魔よけの呪文をかけるのを見守った。スープと紅茶を与えて元気づける様子を観察した。ミアにはおとなしく手の傷の手あてをしてもらった。そして、黄色いコテージへと帰るときが来るまで、マックとふたりきりになることを避けつづけた。

「あなたがそうしたいなら、今夜のうちに機材をこっちへ運んでもいいわよ」

「ぼくが明日とりに行くよ」マックは答えた。彼は彼女にふれようとしなかった。どうしてかは自分でもわからなかったが、彼女にはまだ心の準備ができていない気がしたからだ。

「ハーディングは結局本を書くのかしら」

「まあ、彼が最初に思っていたような本にはならないだろうけどね。でもネルは、虐待のサイクルにとらわれている人々に希望を与える本、というアイディア自体は気に入ってるようだから。まあ、今の彼は恐るるに足らぬ存在だし……」

「悪霊がはらわれたから、ってこと?」

「そんなようなところかな。ひとつ、専門的な質問をしてもいいかい?」

「たぶん」美しい夜だった。空気は澄み、空も晴れている。神経をぴりぴりさせる必要など、どこにもないはずだった。

「血があいつを弱らせることは、どうしてわかったんだい?」

「はっきりわかってたわけじゃないわ」

「祖先から受け継いだ知識とか?」マックがそう言うと、リプリーは肩を小さくすくめた。

「そうかもしれない。もともと懐にあったもの、って感じかしら。魔法は血のなかに流れてるのよ。わたしのはそう」彼女はそう言って、片手をあげた。「あなただってそうでしょ、ずいぶん薄まっちゃったとはいえ」笑い声をあげた彼の顔をちらりと見て、少しむっとしたように言った。「別に間違ったことは言ってないと思うわ。かなり正確な言い方よ。血はなにかを運ぶものだし、供物にもなるし、いろいろよ。命でもあるわね」

「異論はないよ」彼は立ちどまって振りかえり、やわらかい影を落としている木々と、黒い枝のあいだからもれ入ってくる月光を見つめた。「それで終わりかい?」

「絆っていうのもあるわ。感傷的だけど——知性とか、論理とか、儀礼とかはさておき」

「愛」彼は一拍置いてから訊いた。「どうして今、それを口にできないんだい？」

「あなたはあんなわたしを見たことなかったでしょ」リプリーは早口で言った。「今夜のことに比べたら、今までのは子供だましみたいなものだったから……」

「今夜のきみはとびきり輝いて見えたよ」マックがそう言うと、リプリーが目を丸くした。これから五十年か六十年、こうやってときどき彼女の不意を突いてやるのは楽しそうだ。「きみのああいう姿を見たせいで、ぼくの気持ちが変わるとでも思ったのかい？」

「そうじゃないけど。わからない。マック、わたしはもう少しで誘惑に負けそうだったのよ。家から飛びだしたときは、自分ひとりが犠牲になればいいっていう考えに酔いしれていたの——浅はかなやつだ、なんて言わないでよ。それは自分でもわかってるんだから」

「じゃあ、我慢するよ」

「よかった。ともかくね、家から遠く、あなたから遠く離れるにつれて、わたしは血が欲しくなった。一瞬、いいえ、一瞬よりはもっと長かったけど、さっきとった行動とは逆に、目の前に差しだされたものを引っつかみたい衝動に駆られたわ。その誘惑はものすごかった――驚くほど巨大で、官能に直接訴えかけてくるの」

「でも、きみは誘惑に負けなかった」

「ええ」

「どうしてだい？」

「もっとほかのものが欲しかったから。そんなものより、あなたのほうが欲しかったからよ。それにわたし……こんな言い方すると陳腐に聞こえると思うけど……」

「いいじゃないか、言ってごらん」

「正義を求める気持ちのほうが強かったの」

マックはリプリーの肩に手を置き、眉のあたりをかすめるようにそっとキスをした。包帯を巻かれた手をとって、そこにも唇を寄せた。「きみはとびきり輝いて見えた、って言葉も、かなり正確なものだよ。きみの体から光が一気にあふれてきたんだからね。あの輝きに勝るものなんてない。そして今……きみはぼくのかわいい子だ」

「あなたのかわいい子？」リプリーは鼻を鳴らした。「ちょっと、お願いだから」

「きみのすべてはぼくのものだ」彼はそう言うと、天に向かって光り輝く剣を掲げるリプリーを見た瞬間からずっとやりたかったことをした。彼女を両足で立たせて、思い切りぎゅっと抱きしめながら、唇を重ねて熱い熱いキスをした。「ぼくと結婚してくれ。海のそばの家で、一生ぼくとともに生きてくれ」

「ああ、マック、愛してる。ほかのなによりもすてき。なによりもすばらしいわ。ねえ、マック……」彼女は頭を少しだけ後ろに引いて言った。「それがすべてよ」

「もっとすばらしいのは、まだ始まったばかりだってことだ」

リプリーはマックの肩に頭を寄せた。彼の手がやさしく髪を撫でる。口もとに笑みを浮かべながら彼女は思った。聡明な頭、たくましい体、広い心。すべてがわたしのものなんだわ。

「力が宿っているときにね、わたしは無敵だ、っていう気がしたわ。熔けた金が血管のなかを流れているみたいな。今はどんな感じだか、わかる？」

「どんな感じ？」

「そのときよりもっといい気分よ」

彼女はふたたび顔を上に向けて、もう一度唇をふれあわせた。遠くに聞こえる海の音は心臓の鼓動のように穏やかなリズムを刻み、頭上の白い月はゆっくりと空をすべっていく。ふたりのまわりには、魔法がこだまする夜が広がっていた。

ほかにはなにもいらなかった。

訳者あとがき

ノーラ・ロバーツ著〈魔女の島トリロジー〉の第二作めにあたる本書『母なる大地に抱かれて』は、女ながらも腕っぷしは決して男に引けをとらず、正義を求めてやまない熱い心を持った保安官代理、リプリー・トッドの物語です。前作でもヒーローであるザックの妹として、またヒロインのネルの友人として、アクティブで、頑固で、人一倍責任感が強く、かっとしやすい性格ながらユーモア好きの一面もある女性として描かれていたリプリーが、本書ではさらにその魅力を開花させて活躍します。

ここで、前作をお読みになっていない方のためにざっとあらすじを紹介しておきますので、内容をお知りになりたくない方はどうぞ読み飛ばしてくださるようにお願いします。

三部作の第一弾『新緑の風に誘われて』は、虐待をくりかえす夫から必死の思いで逃れ、二〇〇〇年の六月、運命に導かれるようにしてスリー・シスターズ島へたどり着いたネル・チャニングが、島の魔女であるミア・デヴリンの経営するカフェ・ブックを訪れるところから始まります。

ネルはその日のうちにカフェのコックとして雇われ、以後、持ち前の料理の才能をフルに発揮して、島での生活に溶けこんでいきます。しかし、夫から受けた暴力がトラウマとなっているため、もう二度と男性とは深くかかわるまいとかたく決意していたのですが、保安官ザックと知りあって交遊を重ねるうちに少しずつ心を開いていき、いつのまにか惹かれはじめます。それと平行するように、魔女のミアから島の伝説について知らされ、ネル自身も実は不思議な力に恵まれている事実を教えられて、ミアの手ほどきを受けながら徐々に自分の正体を学んでいきます。

やがて島はサマー・シーズンを迎えて観光客が増え、カフェでのネルの仕事ぶりも好評を得て、ときおりケイタリングの仕事まで頼まれるようになります。そうして忙しい夏が過ぎた九月半ば、平穏な日々をのちに大きく揺るがすことになる偶然が起こります。ネルは、そのときたまたま島を訪れていた夫婦に姿を目撃されるのですが、その夫婦が彼女を虐待していた夫、エヴァン・レミントンの知人であったことから、現在の居場所を突きとめられてしまうのです。

ネルの身に不吉なことが起こりそうだと予感したミアは、もうひとりの魔女であるリプリーの協力を仰ぎ、三人で力を合わせてエヴァンを迎え撃とうと考えます。しかし、とある理由によって十年ほど前から魔力を自ら封印しているリプリーはミアの頼みに応じようとせず、保安官代理の立場で兄のザックとともに、島民であるネルを守ることに全力を傾けようとします。

そしてとうとうハロウィーンの前日、エヴァンが島へ乗りこんできます。翌日彼と対決するはめになったネルは、ミアとリプリーの助けを借りて魔力でエヴァンの呪縛を打ち破り、彼の逮捕後、晴れてザックと結ばれます。

本書はそれから二カ月あまりのち、マカリスター・ブックという超常現象の研究者が島へやってくるところから幕が開きます。相変わらず魔法とは距離を置こうとしているリプリーと、それらを科学的に研究することをライフ・ワークとしているマックとのあいだに生まれるロマンスは、ネルとザックの物語とはまた違った駆け引きやスリルに彩られています。

そして次作ではついに、魔女伝説の鍵を握るミアがヒロインとなって登場します。本書でも徐々に謎が明かされはじめたスリー・シスターズ島の伝説はいかなる結末を迎えるのか、誰よりも深い愛をその胸に秘めているミアはいったいどんな形でその愛を実らせるのか、ぜひご期待ください。

（二〇〇三年八月）

扶桑社ロマンスのノーラ・ロバーツ作品リスト

『モンタナ・スカイ』(上下) *Montana Sky* (井上梨花訳)
『サンクチュアリ』(上下) *Sanctuary* (中原裕子訳)
『愛ある裏切り』(上下) *True Betrayals* (中谷ハルナ訳)
『マーゴの新しい夢』*Daring to Dream* ※(1)
『ケイトが見つけた真実』*Holding the Dream* ※(2)
『ローラが選んだ生き方』*Finding the Dream* ※(3)
『リバーズ・エンド』(上下) *River's End* (富永和子訳)
『珊瑚礁の伝説』(上下) *The Reef* (中谷ハルナ訳)
『海辺の誓い』*Sea Swept* ☆(1)
『愛きらめく渚』*Rising Tides* ☆(2)
『明日への船出』*Inner Harbor* ☆(3)
『この夜を永遠に』*Tonight and Always* ★
『誘いかける瞳』*A Matter of Choice* ★
『情熱をもう一度』*Endings and Beginnings* ★

『心ひらく故郷』(上下) *Carnal Innocence*(小林令子訳)
『森のなかの儀式』(上下) *Devine Evil*(中原裕子訳)
『少女トリーの記憶』(上下) *Carolina Moon*(岡田葉子訳)
『ダイヤモンドは太陽の宝石』 *Jewels of the Sun*◎(1)
『真珠は月の涙』 *Tears of the Moon*◎(2)
『サファイアは海の心』 *Heart of the Sea*◎(3)
『新緑の風に誘われて』 *Dance Upon the Air*＊(1)
『母なる大地に抱かれて』 *Heaven and Earth*＊(2)本書
Face the Fire＊(3)
Home Port(芹澤恵訳)
Villa(中谷ハルナ訳)
Genuine Lies(岡田葉子訳)
Midnight Bayou(小林令子訳)
A Little Magic(清水はるか訳)

※印〈ドリーム・トリロジー〉、☆印〈シーサイド・トリロジー〉、◎印〈妖精の丘トリロジー〉はいずれも竹生淑子訳です。

★印は、いずれも清水はるかにより、著者自選傑集*From the Heart*収録の三作品を一作品一冊に分冊して刊行したものです。
＊印〈魔女の島トリロジー〉は、いずれも清水寛子訳です。
扶桑社ロマンスでは、これからもノーラ・ロバーツの作品を、日本の読者にお届けすることを計画しています。今後の予定については、最新刊の巻末をご覧ください。

（二〇〇三年八月）

◎訳者紹介　**清水寛子（しみず・のぶこ）**
1961年生まれ。英国ウェールズに留学後、国際基督教大学教養学部卒。1987年より、翻訳・編集業に携わる。ロバーツ『新緑の風に誘われて』（扶桑社ロマンス）、米崎邦子名義でクレスウェル『夜を欺く闇』、ハワード『瞳に輝く星』（以上、MIRA文庫）など、訳書多数。

魔女の島トリロジー2
母なる大地に抱《いだ》かれて

発行日　2003年9月30日第1刷

著　者　ノーラ・ロバーツ
訳　者　清水寛子

発行者　中村　守
発行所　株式会社　扶桑社
東京都港区海岸1-15-1　〒105-8070
TEL.(03)5403-8859(販売)　TEL.(03)5403-8869(編集)
http://www.fusosha.co.jp/

印刷・製本　株式会社　廣済堂
万一、乱丁落丁の場合はお取り替えいたします。

ISBN4-594-04205-8　C0197
Printed in Japan（検印省略）
定価はカバーに表示してあります。

扶桑社海外文庫

ワンダーランドで人が死ぬ
ケント・ブレイスウェイト　渋谷比佐子／訳　本体価格838円

カリフォルニアのテーマパークで連続殺人事件が発生。メキシコ系米国人の詩人探偵が奔走する。探偵の名台詞が随所で炸裂する異色ハードボイルドの逸品！

惨殺の月夜
テリル・ランクフォード　近藤隆文／訳　本体価格876円

LAの闇に、殺し屋対殺し屋の死闘がはじまる。だが、一方は人知を超えた怪物と化していた！　ハリウッドB級映画の巨匠が放つ驚愕の一冊。〈解説・矢部健〉

森のなかの儀式（上・下）
ノーラ・ロバーツ　中原裕子／訳　本体価格上876円・下886円

故郷の町に帰郷したクレア。自殺した父親の死について探るうち、悪魔崇拝集団の存在が浮上し、彼女の身にも危険が迫る！　異色ロマンティックサスペンス。

あの人は結婚している
マドレーヌ・シャプサル　松本百合子／訳　本体価格800円

既婚者との愛人関係に疲れた女性作家ミシェル。心の癒しをもとめてやって来た海辺の街で出遭った男性はまた既婚者だった。一夏の淫らで奔放な愛の物語！

＊この価格に消費税が入ります。

扶桑社海外文庫

悦楽者たちの館
ジョン・ウォーレン　三川基好／訳　本体価格724円

ワイルドなセックスが楽しめる高級宿泊施設で、女性実業家が殺された。一夜にして容疑者となり、施設内に拘束された滞在者たちが見た悪夢とは？

刑事エイブ・リーバーマン
憎しみの連鎖
スチュアート・カミンスキー　棚橋志行／訳　本体価格933円

老刑事リーバーマンが通う教会堂が襲撃された！　街にイスラム対ユダヤの対立が燃えあがる。人間の憎しみの連鎖を断つことはできるか？　警察小説の最高峰。

彼氏をバッド・ボーイにする方法
O・ゴールドスミス　安藤由紀子／訳　本体価格1048円

「全米一素敵な都会」といわれる街シアトルを舞台に、オタク青年ジョンと、女性新聞記者トレイシーが展開する、トレンディなノンストップ恋愛コメディ！

快傑ムーンはご機嫌ななめ
ジャネット・イヴァノヴィッチ　細美遙子／訳　本体価格876円

犯罪者の爺さんにはコケにされ、姉はレズビアン宣言。そしてあたしは、モレリとの結婚を断言してしまい……老人力炸裂のシリーズ第七弾。〈解説・杉江松恋〉

＊この価格に消費税が入ります。

扶桑社海外文庫

金時計の秘密
ジョン・D・マクドナルド 本間 有／訳 本体価格848円

大富豪の叔父が亡くなり、遺産横領の濡れ衣を着せられたカービー。だが、彼が相続した金時計には、驚くべき秘密が！ 巨匠の埋もれた傑作。〈解説・松坂 健〉

母と娘の旅路
メアリ・シェルダン 瓜生知寿子／訳 本体価格933円

女優の夢捨て難く、娘を捨てフランスに渡った母と、インテリア・デザイナーとして成功した娘の物語。世界的超人気作家シェルダンの娘、衝撃のデビュー作！

美しい足に踏まれて
ジェフ・ニコルスン 雨海弘美／訳 本体価格819円

理想の女性、キャサリンの恋人が殺されて喜んだのも束の間、ぼくは殺人事件の容疑者に！ 足への偏愛から悲運に絡めとられた男の悲劇を綴る、異色ミステリー。

幸せを運ぶ料理店（上・下）
メイヴ・ビンチー 安次嶺佳子／訳 本体価格各1048円

出張料理の店を開いたキャシーとトム。だが、夢を叶えるために二人が払った犠牲はあまりにも大きかった。家族の崩壊と再生を鮮やかに描く、感動巨編！

*この価格に消費税が入ります。